Margherita Oggero
Espresso mit Todesfolge

PIPER

Zu diesem Buch

Die weibliche Seele ist unergründlich, auch wenn es die der besten Freundin ist. So wird Camilla Baudinos samstägliches Shoppingvergnügen mit der ihr so vertrauten Dora zum tödlichen Abenteuer. Und sie beginnt zu ahnen, dass die Gute neben all ihren Vorzügen ein dunkles Geheimnis und ein mörderisches Schicksal zu bieten hat. Als dann eines Morgens ein schreckliches Unglück geschieht, sieht Camilla sich in ein düsteres Verbrechen verstrickt. Ein Wettlauf mit der Zeit beginnt. Mit charmanter Raffinesse, ironischem Humor und jeder Menge Lebenserfahrung lässt Margherita Oggero, die Grande Dame unter den italienischen Krimiautoren, ihre Ermittlerin Camilla Baudino in den Kreisen des Turiner Verbrechens für Wirbel sorgen.

Margherita Oggero, geboren und wohnhaft in Turin, ist pensionierte Lehrerin und eine überaus erfolgreiche Romanautorin. »Espresso mit Todesfolge«, ihr erster Krimi um die ungewöhnliche Zufallsdetektivin Camilla Baudino, schaffte es bis an die Spitze der italienischen Bestsellerliste. Die Serie wurde für das Fernsehen verfilmt und begeistert in Italien eine ständig wachsende Fangemeinde. Zuletzt erschien von ihr auf Deutsch »Mord zum Aperitivo«.

Margherita Oggero

Espresso mit Todesfolge

Kriminalroman

Aus dem Italienischen von
Christiane von Bechtolsheim

Piper München Zürich

Mehr über unsere Autoren und Bücher:
www.piper.de

Hinweis: Ereignisse, Umstände und Figuren des Romans sind frei erfunden.

FSC
Mix
Produktgruppe aus vorbildlich bewirtschafteten Wäldern und anderen kontrollierten Herkünften
www.fsc.org Zert.-Nr. GFA-COC-001223
© 1996 Forest Stewardship Council

Ungekürzte Taschenbuchausgabe
Januar 2010

Titel der italienischen Originalausgabe:
»L'amica americana«

Umschlaggestaltung: semper smile, München
Umschlagfoto: Chev Wilkinson / getty images
Autorenfoto: Basso Cannarsa
Satz: Filmsatz Schröter, München
Papier: Munken Print von Arctic Paper Munkedals AB, Schweden
Druck und Bindung: CPI – Clausen & Bosse, Leck
Printed in Germany ISBN 978-3-492-25740-4

Für Alberto

Wieso warten Sie nicht in Ruhe ab, bevor Sie Ihre Schlüsse ziehen?

Raymond Chandler, *Der lange Abschied*

1

»Ich bin unsterblich, unsterblich!«, schrie der Mann in dem zu langen grauen Regenmantel und rannte vom Bürgersteig zwischen die Autos, die sich im dichten Morgenverkehr vorwärtsschoben. Vollbremsungen, quietschende Reifen, Flüche und Verwünschungen aus heruntergelassenen Fenstern. Manchmal krachte es, dann war die Straße mit Scheinwerfersplittern übersät und erboste Fahrer stürzten aus ihren Autos. Aber er hatte sich in dem wütenden Hupkonzert längst nach rechts oder links aus dem Staub gemacht, und niemand konnte ihn einholen. Immer die gleiche Szene, mehrmals die Woche, immer um die gleiche Zeit, zwischen sieben und acht, in der Via della Consolata oder dort in der Nähe. Doch an diesem Morgen hielt er sich nicht an die Regeln: Er war später dran als sonst, und das Spektakel fand woanders statt.

»Unsterblicher!«, schrie sie hinter ihm her. »Magst du einen Cappuccino in der Bar?«

Er drehte sich um, kniff die Augen zusammen, erkannte sie und blieb stehen. Es hatte keine Karambolage gegeben, und niemand verfolgte ihn.

»Cappuccino und Schokocroissant. Du lädst mich ein.«

»Klar lade ich dich ein. Was verschlägt dich denn hierher?«

»Öfter mal was Neues. Du hast hier doch auch nichts verloren, oder? Musst du nicht arbeiten?«

»Ich fange später an.«

»Keine Standpauke heute?«

»Nein, ich habe keine Lust mehr. Sind ja deine Knochen.«

»Ohne Standpauke gilt's aber nicht.«

»Du willst mich wohl verarschen.«

»Du bist mir eine schöne Lehrerin! Ein Mundwerk wie ein Fuhrknecht.«

»Es gibt keine Fuhrknechte mehr. Ich rede so, weil ich jedes Mal zu Tode erschrecke.«

»Da haben wir ja die Standpauke. Braves Mädchen. Weißt du, dass dein Haus verkauft wird?«

»Was sagst du da?«

»Dein Haus wird verkauft, das Haus, das du so gern magst. Da steht ›zu verkaufen‹ auf einem Schild.«

»Seit wann?«

»Seit heute. Gestern war's noch nicht da.«

Es gibt Häuser, in die man sich auf den ersten Blick verliebt. Man fühlt sich leidenschaftlich und aus heiterem Himmel zu ihnen hingezogen. Zehn Jahre war es her, dass sie zufällig an dem Haus vorbeigekommen war und sich verliebt hatte. Seitdem kam sie oft daran vorbei – nicht mehr zufällig, sozusagen als Pilgerin –, blieb jedes Mal stehen und sah es sich an. Immer unbewohnt. Immer sich selbst treu, nur von Jahr zu Jahr ein bisschen blasser. Der früher leuchtend gelbe Putz hatte mittlerweile einen Stich ins Ockergelbe, das Grün der Fensterläden war ohne Glanz, der Garten verwildert, das Tor vom Rost zerfressen. Das Haus kriegt langsam Falten, hatte sie gedacht, aber bei Dingen tun Falten der Schönheit keinen Abbruch, im Gegenteil.

»›Zu verkaufen‹, und was noch?«

»Nichts. ›Zu verkaufen‹ und eine Telefonnummer.«

»Die du nicht mehr weißt.«

»Doch.«

»Sag sie mir.«

»Was machst du, wenn ich sie dir sage?«

»Ich rufe an.«

»Und dann?«

»Keine Ahnung. Ich höre mir mal an, was sie sagen, wie viel sie wollen ... Was ist, rückst du die Nummer jetzt raus?«

»In der Bar, nach Croissant und Cappuccino.«

Sie wusste wirklich nicht, was sie tun würde. Mit dem gelben Haus baute sie beim Einschlafen Luftschlösser und tröstliche Phantasien. Es würden Phantasien bleiben, denn ein solches Haus konnten sie und ihr Mann sich nie leisten. Eine zentral gelegene Villa mit Garten, Mitte neunzehntes Jahrhundert, ein Haus ohne Schnickschnack, hübsch und solide zugleich, mit einer kleinen, von einer uralten Glyzinie berankten Loggia im ersten Stock. Wenn Camilla im Spätfrühling vorbeikam, betrachtete sie verzaubert den violetten Vorhang aus Blütentrauben und sog, wenn nur ein kleines Lüftchen wehte, den Duft ein. So viele Jahre unbewohnt und jetzt zu verkaufen. Sie würde es sich nicht mehr als ihr eigenes vorstellen können. Auch die wildesten Phantasien brauchen eine kleine Anknüpfung an die Realität. Die Fenster würden geöffnet, die Zimmer gelüftet und getüncht, jemand würde sich Bäume, Sträucher, Brombeeren vornehmen, ein Hund würde Löcher buddeln und den Eidechsen auflauern. Nicht ihr Hund. Und eine Katze, ein schöner, wohlgenährter Kater würde sich auf einem Fensterbrett träge in der Sonne räkeln.

Der Unsterbliche stippte das Schokocroissant in den

Cappuccino und sah sie amüsiert und gleichzeitig besorgt an. Er wartete darauf, dass sie ihn noch mal nach dieser verflixten Telefonnummer fragte, aber er fürchtete auch, dass er sich nicht genau erinnerte. In der Mitte stand 89 – dachte er –, vielleicht aber auch 98, ich hab's mir nicht aufgeschrieben, weil ich ohne Stift und Zettel unterwegs war, ich konnte ja auch nicht wissen, dass ich Camilla treffe. Was findet sie eigentlich an dem Haus, sie hat doch eine Wohnung. Ein Haus ist so gut wie das andere, Hauptsache, man hat ein Dach über dem Kopf. Ich habe eins, achtzehn Quadratmeter ganz genau, ich habe mal zwei Wände ausgemessen und dann multipliziert, Fläche des Rechtecks gleich Grundfläche mal Höhe, Fläche des Dreiecks gleich Grundfläche mal Höhe durch zwei, das habe ich in der Grundschule gelernt. Das Klo ist draußen auf dem Hof, aber egal, man darf abends eben nicht so viel trinken, und nachts steht der Ölkanister mit dem Henkel neben dem Bett. Den Kanister habe ich von dem Tankwart am Corso Regina, aber den Drahthenkel habe ich selber drangemacht, der Henkel ist wichtig, sonst ist das mit dem Ausleeren blöd. Und sich sauber zu halten, ist kein Problem: Es gibt öffentliche Bäder, die haben sie noch nicht demontiert wie die *Ubaldo Renzi*, die öffentlichen Pissoirs aus den dreißiger Jahren. Man weiß ja gar nicht, wohin, wenn man unterwegs mal muss. Mit dem Essen komme ich auch zurecht: Ich kriege meine Erwerbsunfähigkeitsrente, die reicht irgendwie immer, und wenn es mal gar nicht geht, weil ich Extraausgaben hatte, stelle ich mich für eine Mahlzeit im Cottolengo an, aber da sind immer so viele Penner, die stinken aus dem Mund, an den Füßen und sonst wo, und da sind auch die Marokkaner und die Schwarzen, die anders riechen als wir und denen es hier nicht viel besser geht als da, wo sie vorher waren, glaube ich.

»Also, was ist mit der Telefonnummer?«

»Ich habe Angst, dass ich sie nicht mehr richtig zusammenkriege. In der Mitte ist eine Acht und eine Neun und vorher, die Vorwahl, drei drei neun oder vier neun … Bist du sauer?«

»Nein, schon gut, ist egal.«

»Wenn du mir einen Zettel und einen Stift gibst, gehe ich noch mal hin und schreib's mir auf.«

»Und dann?«

»Dann warte ich vor der Schule auf dich.«

»Ich bin erst um Viertel nach eins fertig, da musst du zu lange warten.«

»Ach was. Ich setze mich auf dem Platz mit der Säule auf eine Bank.«

»Und schmeißt dich wieder vor ein Auto.«

»Ich schmeiße mich nicht vor die Autos, sondern dazwischen.«

»Warum, Unsterblicher?«

»Ich finde es schön. So wie du das Haus schön findest.«

2

Um Viertel nach eins stand er vor der Schule und wartete auf sie.

»He!«, schrie er.

Die Schüler und Lehrer, die durch das Tor traten, sahen

sich um, um festzustellen, wen dieser gestörte Typ wohl meinte.

»Ich habe die Telefonnummer. Und weißt du was? Die Fenster standen offen.«

»Hast du jemanden gesehen?«

»Nein.«

»War jemand drin?«

»Woher soll ich das wissen? Das Gartentor war zu.«

»Richtig zu, mit Vorhängeschloss?«

»Lass mich überlegen. Du bist echt schlau. Ja, mit einem Vorhängeschloss, dann war also niemand drin. Du hast nicht mal Danke gesagt.«

»Entschuldige. Magst du ein *panino*?«

»Ich habe schon gegessen. Wann sagst du denn endlich Danke?«

»Dankedankedanke. Reicht das? Nein, im Ernst, vielen Dank. Willst du wirklich kein *panino*?«

»Nein. Wo gehst du jetzt hin?«

»Nach Hause.«

»Ich begleite dich ein Stück. Später hab ich zu tun, ich muss mir die Baustelle an der U-Bahn anschauen.«

»Das ist aber weit.«

»Ich fahre mit der Straßenbahn.«

»Hast du eine Fahrkarte?«

»Ich habe eine Zeitkarte. Die kriege ich von meiner Betreuerin, gratis. Ich nehme immer die Sechzehn, weil sie orange ist. Und weil sie eine von den alten ist, da kann man allein sitzen, rausschauen und reisen wie der Papst. In den neuen setzen sich die Leute neben dich und gegenüber. Heute komme ich mit der Sechzehn nicht weit, aber ich trickse sie alle aus.«

»Wen trickst du aus?«

»Die neuen Straßenbahnen. Mit drei oder vier von den alten komme ich genauso zu der U-Bahn-Baustelle. Ich bin auch schlau, nicht bloß du.«

Später, zu Hause, drehte Camilla den Zettel mit der Telefonnummer unschlüssig hin und her. Sie war mit dem Hund draußen gewesen und hatte seinen Napf gefüllt und dabei an nichts anderes denken können als an diese offenen Fenster, die auf eine endgültige Veränderung hindeuteten. Merkwürdig, warum gerade jetzt, dachte sie, nach so vielen Jahren. Potti, der Hund, sah sie besorgt an, sie war so still und zerstreut und schmuste nicht mit ihm. Aber Frauchen roch wie immer, sie roch nicht nach Angst, nicht nach Wut und nicht nach Krankheit, es konnte also nichts Schlimmes sein. Er verkroch sich unter die Kredenz, streckte die Pfoten vor, legte die Schnauze auf den Boden und rührte sich nicht mehr, nur die Augen folgten langsam ihren Schritten. Was soll ich telefonieren, dachte sie, Telefonieren ist reine Zeitverschwendung, außerdem kultiviere ich damit meine Unzufriedenheit. Und wer weiß, in welchem Zustand das Haus innen ist: Feuchtigkeit, Schimmel, in großen Stücken abbröckelnder Putz, die Böden wahrscheinlich zu erneuern, die elektrischen Leitungen veraltet, vergammelte Bäder… Wir könnten allerdings ein Darlehen aufnehmen. Wir sind beide fest angestellt, sind noch keine achtzig, haben nie einen ungedeckten Scheck oder faulen Wechsel unterschrieben. Und dann? Mit welchem Geld sollen wir renovieren, wovon sollen wir leben, wenn wir Monat für Monat das Darlehen abstottern müssen? Wir leben von Brot und Zwiebeln, bloß schade, dass weder Kind noch Hund Zwiebeln essen. Sie kriegen nur Brot. Nein, das geht nicht.

Und weil es nicht ging, setzte sie sich in den Sessel und nahm den Telefonhörer auf. Der Hund sprang auf ihren Schoß.

Erst nachmittags um drei stellte sie fest, dass sie nichts gegessen hatte. Sie merkte es an einem Mattigkeitsgefühl, gemischt mit einem leichten Krampf in der Magengrube, außerdem war kein Teller, kein Besteck, kein Glas oder sonstiges Geschirr in der Spüle. Ich bin wirklich neben der Spur, dachte sie. Bei Fleming, Follett und Le Carré haben die Spione ihr Hirn auch beieinander, wenn der Killer naht, Flugzeugpiloten behalten die Nerven, wenn die Motoren schlappmachen, und ich vergesse nach einem banalen Telefongespräch zu essen. Na ja, so banal war es auch wieder nicht gewesen, nicht das übliche »Wie geht's, wann sehen wir uns?«. Bei diesem Gespräch hatte es Verlegenheit, Unsicherheit, Furcht, Neugier gegeben und Phantasien aus zehn Jahren Leben. Vielleicht sind Spione nur im Roman kaltblütig, natürlich bauen Piloten manchmal Mist, und ihre Maschinen zerschellen am Boden. Freispruch für mich. Man muss sich selbst ein bisschen mögen und ein Nachsehen mit den eigenen Schwächen haben.

Sie stand vor dem weit geöffneten Kühlschrank und nahm eine Bestandsaufnahme des Inhalts vor, immer noch zerstreut, immer noch unkonzentriert, immer noch fahrig – eine Vakuumpackung gekochter Schinken (sieht kränklich aus, tuberkulös, warum habe ich den gekauft?), ein Sortiment Käse mit hohem Cholesteringehalt, eine Schale mit bereits stark vitaminreduziertem Obst, Butter, Eier, Oliven und so weiter –, als ihre Mutter wie üblich Sturm läutete. Drin … drin … driin … driiiin … Immer mit der Ruhe, blaffte sie im Stillen, nicht so eilig, außerdem bin ich nicht taub.

»Du hättest ja wenigstens schnell Hallo sagen können.«

»Entschuldige, ich hab's vergessen.«

»Du hast vergessen, dass du eine Mutter hast.«

Wie mich dieses Verhältnis, das in einem unabänderlichen Muster erstarrt ist, deprimiert, dieses krampfige Festhalten meiner Mutter an der Rolle des Opfers, der Vereinsamten, der Ungeliebten. Sie perfekt, und ich undankbar; sie stets vom Schicksal heimgesucht (es regnet, wenn sie, die Haare frisch gelegt, den Friseur verlässt, immer stellt jemand die Mülltonnen unter ihr Fenster, die Bananen, die sie so gern isst, kosten doppelt so viel wie letztes Jahr), und ich gleichgültig gegenüber ihrem Unglück. Alle zwei Tage verspüre ich den dringenden Wunsch, fünfhundert Kilometer entfernt zu wohnen. Die anderen Tage sind die, an denen ich sie bitte, sich um die Kleine oder den Hund zu kümmern. Ziemlich gemein und opportunistisch.

»Aber nein. Ich war nur in Gedanken. Und Kopfweh hatte ich auch.«

»Ist es vorbei?«

»Fast.«

»Hast du was genommen?«

»Novalgin.«

»Im Fernsehen haben sie gesagt, dass man Krebs davon kriegt.«

»Na klar.«

»Glaubst du das nicht?«

»Dass sie es im Fernsehen gesagt haben oder dass man Krebs kriegt? Lass es gut sein. Was hast du heute vor?«

»Ich gehe mit Rita ins Kino.«

»Sehr gut. Und danach vielleicht eine Pizza essen.«

»Ich weiß noch nicht, mal sehen. Inzwischen zahlt man in der Pizzeria ja so viel wie früher im Restaurant.«

»Stimmt, aber du nagst doch nicht am Hungertuch.«

»Man weiß aber nie, was alles passieren kann.«

Überschwemmungen, Erdbeben, Kulturkämpfe, Atomkriege ... Aber vielleicht hat sie recht, man landet schnell unter der Brücke, dazu reicht eine lange Krankheit oder ein nicht endender Streit vor Gericht.

»Denk einfach nicht dran, Mama, und amüsier dich gut.«

Die Stimme, die sich zuvor am Telefon gemeldet hatte, war angenehm und freundlich. Die Stimme einer nicht mehr jungen Frau, aber sie hätte nicht sagen können, wie alt sie war. Nein, ein Makler sei nicht mit dem Verkauf beauftragt. Sie wolle sich als Eigentümerin selbst darum kümmern. Der Preis? Für eine endgültige Entscheidung warte sie noch auf die vernünftige Schätzung von ein paar Fachleuten. Aber in der Zwischenzeit wolle sie das Haus möglichen Kaufinteressenten zeigen. Camilla hatte keine Lust gehabt, ihr etwas vorzuspielen, und lieber gleich erklärt, dass der Preis ihre Möglichkeiten höchstwahrscheinlich überstieg, doch um den Anruf zu rechtfertigen, fügte sie noch hinzu, sie sei seit zehn Jahren in das Haus verliebt und gehe immer extra daran vorbei, um den Anblick zu genießen und sich sein Innenleben vorzustellen. Am anderen Ende der Leitung war eine kurze Pause gefolgt und dann der Vorschlag für einen Termin. Jetzt konnte sie nur noch warten.

3

Vielleicht ruft sie nicht an, aber die Nummer habe ich ihr gegeben, dachte der Unsterbliche. Ich bin zuverlässig, wenn ich was verspreche, halte ich es auch. Ihr Bier, wenn sie nicht anruft, da bin ich aus dem Schneider; ich habe getan, was ich konnte, da braucht sie nicht meckern. Sie ist ja nett, sie hält mir nur immer eine Standpauke wegen den Autos, weil sie nicht will, dass ich mir die Knochen breche, sagt sie, aber ich glaube, das mit der Standpauke macht ihr von Berufs wegen einfach Spaß. Meiner Lehrerin hat das auch Spaß gemacht, sie hieß Luigina Porrovecchio verwitwete Porrone – alte Warze, dicke Warze –, und wir haben uns schiefgelacht über ihre Namen. Aber sie war uns nicht böse, und wenn sie uns mal einen Klaps gab, dann mehr zum Spaß und nur wenn es ihr zu bunt wurde und sie nicht mehr konnte. Aber Standpauken hielt sie gern, obwohl sie wusste, dass sie nicht viel nutzten. Genau wie Camilla. Die ist auch Lehrerin und hat diese Berufskrankheit. Aber sie nervt nicht so wie Iris Pecorara – Schafhirtin –, noch so ein Name, über den man lachen kann, aber das traue ich mich nicht. Aber Iris Pecorara würde ich zu gern mit dem Tatzenstecken ein paar überziehen, wie der Lehrer, der nach Luigina kam, der war so ungerecht, und wir hatten ihn zwei Jahre, und dann ist er mit dem Fahrrad im Straßengraben gelandet, und weil er betrunken war, ist er mit dem Gesicht nach unten liegen geblieben und in einer Handbreit Wasser ertrunken. Der war fies zu uns Kindern, einer musste vorn knien, der andere hinter der Tafel, da unten hast du ewig überlegt, was wir eigentlich falsch gemacht haben, und der armen Teresa Chiarito hat er mal eine runtergehauen, dass sie aus dem Ohr geblutet hat. Und als ihr Vater protestiert hat, hat er gesagt, dass das gar nicht stimmt und dass er den Kindern nie ein Haar krümmen würde. Das fiese Schwein hat gelogen wie Judas, vielleicht hat ihn ja der Vater von der Chiarito geschubst, und er ist schlimmer als ein Hund krepiert, denn wenn ein Hund in einen Graben fällt, schafft er es auch wieder raus. Iris Pecorara ist auch gemein und erpresst einen. Ich schenke dir eine Zeitkarte für die Straßenbahn, aber du musst das tun und das darfst du nicht tun, sonst nehme ich sie dir wieder ab, sagt sie. Du musst an dem und dem Tag zu der und der Uhrzeit in mein Büro kommen, verstanden? Klar habe ich verstanden, ich bin ja nicht blöd. Ich vergesse es höchstens. Es ist ja kein Verbrechen, wenn man was vergisst. Und wenn ich es vergesse, kommt sie daher und redet mich blöd an, und nachdem sie nichts gegen die Wohnung sagen kann, weil ich sie sauber halte, und gegen mich auch nichts, weil ich fast jede Woche dusche und mich jeden Tag wasche und nicht stinke – das hat Camilla auch gesagt, dass ich nicht stinke, und ihr glaube ich –, und nachdem sie mir wegen dem Putzen auch keinen Stunk machen kann, fällt ihr eben was anderes ein, zum Beispiel dass ich meine Katze anders nennen oder sie weggeben muss. Ich schicke höchstens sie weg, nicht meine Katze, und die heißt, wie sie immer geheißen hat. Sie sagt, das ist eine religiöse Beleidigung, aber sie ist dumm und hat echt keine Ahnung, und sie hat nie in ihrem Leben ein Buch gelesen, denn sonst wüsste sie, dass Mohammed Katzen mochte, und einmal hatte er seinen Hausrock an, da ist eine auf seinem Arm eingeschlafen, und da hat er sich den

Ärmel abgeschnitten, damit sie nicht aufwacht. Hunde mochte er nicht, aber was weiß die schon. Vielleicht lege ich mir auch einen Hund zu, aber einen kleinen, für die großen ist das Futter zu teuer, und dann kriegt er einen Namen, über den sie sich ärgert; die Tiere darf sie mir ja nicht wegnehmen, solange ich sie gut versorge, denn die Beschäftigung mit einem Tier ist therapeutisch wertvoll, sagt der Doktor, genau so, »therapeutisch wertvoll«, und wenn es der Doktor sagt, muss sie es schlucken und die Klappe halten. Schade, dass sie nicht trinkt, die Iris Pecorara, und auf einem Fahrrad habe ich sie auch noch nie gesehen, ihr Arsch ist so fett, dass ein Sattel nicht ausreicht, vielleicht hat sie sich deswegen keins gekauft. Aber für einen Hund findet man nicht so leicht einen Namen. Wenn ich ihn Fido oder Bobi nenne, bringt das gar nichts, vielleicht kann ich sie ärgern, wenn ich es mit Iris oder Pecorara versuche, aber dazu müsste ich ein Weibchen nehmen, das kriegt dann Junge, und dann gibt's Ärger. Außerdem weiß ich nicht, ob eine Hündin, die keine Schafe hütet, es so toll findet, wenn sie Pecorara heißt. Wenn ich mir einen Hund zulege, quetscht sie mich bestimmt aus, ob er auch gegen alles geimpft ist und ob er tätowiert ist und ob er einen Impfpass hat und ob ich dies und ob ich jenes, und dann brummt mir der Schädel von den ganzen Fragen. Ich weiß nicht, vielleicht lege ich mir lieber doch keinen zu. Sonst muss ich mich auch an feste Zeiten halten und drei- oder viermal am Tag mit ihm rausgehen, und ich weiß nicht, ob ich das mit meinen ganzen anderen Sachen unter einen Hut kriege. Eine Katze kommt allein zurecht, sie geht durch die Katzenklappe raus, erledigt ihr Geschäft und kommt zurück, wann sie Lust hat. Mit einem Hund ist das anders, und auch wenn ich einen kleinen nehme, passt der nicht durch die Katzenklappe, außer es ist einer von denen, die wie Mäuse aussehen, aber die sind doch scheußlich. Ich frage am besten Camilla, was ich machen soll, sie versteht was von Hunden, sie hat selber einen, einen Dackel, aber einen mit langen Haaren, nicht so eine Wurst. Ihren hab ich mal gesehen, der ist ganz schön, er hat einen langen Schwanz mit Fransen, aber ich hätte mir einen Hund mit normal langen Beinen gekauft. Vielleicht will sie das Haus wegen dem Hund haben, dann hätte er einen Garten, in dem er sein Geschäft machen kann, und könnte raus, wann er Lust hat, oder sie könnten ihm eine Hundehütte bauen, dann wäre er draußen an der frischen Luft und hätte seinen Spaß und könnte die Leute vorbeigehen sehen und herumrennen, da vergeht die Zeit und er langweilt sich nicht. Und sie müsste sich nicht an feste Zeiten halten.

Sie hatte unruhig geschlafen, war immer wieder wach geworden und früher als sonst aufgestanden. Zerstreut hatte sie zügig ihre morgendlichen Pflichten erledigt, und jetzt ging sie mit raschem Schritt in die Schule und dachte, dass der Vormittag aufreibend langsam vorbeigehen würde. Zwei Stunden Unterricht in der Elften, eine Stunde Aufsicht in der Bibliothek, zwei Stunden in der Dreizehnten, ein Paar belegte Brötchen in der Bar und anschließend weitere zwanzig Minuten, die vor dem Treffen herumzubringen waren. Dann Hausbesichtigung, ein bisschen mit der Besitzerin plaudern, auf Wiedersehen und Amen: Damit war die Geschichte beendet. Die Sache ad acta legen, zu etwas anderem übergehen, nicht länger in Träumereien ohne Zukunft schwelgen. Sie umkurvte einen Streifenwagen, der verbotenerweise quer auf dem Bürgersteig stand, und stellte nach einem Blick auf die Uhr fest, dass sie noch Zeit für einen Cappuccino in der Bar Centrale hatte. Einen Cappuccino und ein Croissant mit Aprikosenmarmelade, Schokocroissants hatte sie nie gemocht, aber die gab es dort sowieso nicht. Sie drückte die Glastür auf, trat ein, nahm die Brille, die sofort beschlagen war, ab und ging an die Theke, wo sie den Rest eines Gesprächs zwischen dem Barmann und zwei Gästen aufschnappte, einem Mann und einer Frau, beide groß und kräftig.

»Nein, nicht jeden Morgen, ein paar Mal in der Woche, höchstens dreimal.«

»Immer hier?«

»Ja, meistens, manchmal auch in einer Seitenstraße. Immer gegen halb acht. Gott sei Dank sind Sie gekommen.«

Sie wurde hellhörig und setzte die Brille wieder auf.

»Was genau macht er denn?«

»Er rennt zwischen die Autos. Dann haut er ab, aber früher oder später erwischt es ihn.«

»Und warum tut er das?«

»Keine Ahnung. Fragen Sie ihn. Der ist nicht ganz dicht. Aber es reicht mit den Staus und Auffahrunfällen.«

Verkehrspolizisten in Zivil, die hinter dem Unsterblichen her waren. Er sollte sich heute Morgen lieber nicht blicken lassen, dachte sie. Oder vielleicht doch, vielleicht ist es besser, wenn er mal Schiss bekommt, dann lässt er seine Version von russischem Roulette bleiben und erspart sich einen Krankenhausaufenthalt. Wenn sie ihn allerdings kriegen …

Sie zahlte, verließ die Bar und traf ihn zwei Häuserblocks weiter, wo er vor einem Schaufenster mit großmaschigem Gitter in den Anblick prächtiger Brautkleider versunken war.

»Unsterblicher …«

»Ich weiß, ich habe gesehen, wie sie aus dem Auto gestiegen sind. Sehr schlau, ohne Uniform, aber mit Streifenwagen. Der steht im Parkverbot und auf dem Bürgersteig. Sie müssten einen Strafzettel kriegen.«

»Von wem denn?«

»Von der Polizei.«

»Sie sind doch selber Polizisten.«

»Deshalb machen sie auch, was sie wollen. Tolles Vorbild!«

»Tust du mir einen Gefallen, Unsterblicher?«

»Ich habe dir erst gestern einen getan.«

»Tu mir noch einen.«

»Was denn?«

»Beobachte das Haus, das zum Verkauf steht. Ich habe um halb drei einen Besichtigungstermin, aber ich wüsste gern, ob es sich heute Vormittag noch andere Leute ansehen.«

»Dann hast du also angerufen.«

»Ja.«

»Kaufst du es denn?«

»Ich glaube nicht.«

»Das ist kein Gefallen, das ist ein Vorwand. Ich soll wegen den Polizisten hingehen.«

»Auch.«

»Ich gehe, aber nur, weil du es bist. Weil du keine Lügnerin bist.«

»Hast du schon gefrühstückt?«

»Ja, zweimal. Du kannst mich morgen zum Cappuccino einladen.«

4

Der Vormittag war überraschend schnell vergangen. In der Schule hatte sie unterschwellige Spannungen gespürt, wie vor einem Unwetter, das auch tatsächlich ausbrach. Um Viertel vor zehn, also kurz vor der dritten Stunde, riefen die beiden Rädelsführer den Streik gegen einen Willkürakt von Idelba Briccarello aus; ihre Schüler hatten bei einem Test – der guten alten Klassenarbeit –, dreist und weithin sichtbar gespickt, und die Lehrerin hatte durch die Bank allen eine Fünf verpasst. Daraufhin ein Riesenzirkus, die Schüler in den Fluren statt in den Klassenzimmern versammelt, Madame Buonpeso (die Direktorin) um Vermittlung bemüht.

Camilla verzieht sich rasch in die Bibliothek, um dem Chaos und möglichen Kopfschmerzen zu entgehen. Sie ist seit zehn Minuten dort und hat noch nicht angefangen, die Karteikarten der Ausleihe zu sortieren, als Gianni Marchese hereinkommt, einer ihrer Schüler aus der Dreizehnten.

»Hallo, Signora. Was ist, denken Sie nach?«

»Ein bisschen.«

»Worüber?«

»Darüber, dass ich gern woanders wäre. Wie läuft's da draußen?«

»Nicht so besonders, glaube ich. Die Direktorin wäre auch gern woanders.«

»In einem anderen Woanders, in meinem will ich sie nicht haben.«

Bei Gianni kann sie ihrem Ärger Luft machen. Er ist

noch keine neunzehn, aber sie hat das Gefühl von gleicher Augenhöhe.

»Wen hätten Sie denn gern in Ihrem Woanders? Oder ist das eine indiskrete Frage?«

»Allerdings. Und ich, darf ich dich was fragen?«

»Klar.«

»Wobei ist dein Schneidezahn abgesplittert? Das will ich dich schon seit drei Jahren fragen.«

»Bei einem Sturz vom Fahrrad. Aber das hätten Sie mich ruhig eher fragen können. Die Mädchen fragen mich immer sofort.«

»Ich bin kein Mädchen.«

»Stimmt. Finden Sie, es sieht schlimm aus?«

»Nein, aber es wäre besser, ihn richten zu lassen.«

»Warum?«

»Weil er angeknackst ist und sich mit der Zeit vielleicht lockert.«

»Ich wusste gar nicht, dass Sie studierte Zahnärztin sind.«

Sie lachen beide, und Gianni befühlt mit dem rechten Zeigefinger den abgesplitterten Schneidezahn.

»Was sagt denn deine Freundin dazu?«

»Meine Freundin?«

»Du wirst doch eine Freundin haben. Oder hast du ein Keuschheitsgelübde abgelegt?«

Gianni ist ein bisschen verlegen.

»Die sagt das auch.«

»Ja und?«

»Dann lasse ich ihn richten. Nach den Prüfungen.«

»Bis dahin darfst du keine Nüsse knacken. Wie heißt sie denn?«

»Eleonora.«

»Schöner Name. Ihr seid jung, ihr seid verliebt, ihr seid glücklich. Ihr habt es gut, du hast es gut.«

»So gut auch wieder nicht.«

»Nein? Warum nicht?«

»Na ja, das ist alles nicht so einfach.«

»Wie meinst du das?«

»Sie ist reich, richtig echt reich. Andere soziale Schicht.«

»Gianni, das neunzehnte Jahrhundert ist seit über hundert Jahren vorbei. Das achtzehnte noch länger.«

»Von wegen. Manchmal stecken wir noch mitten drin.«

»Das finde ich nicht.«

»Doch, es ist so. Ihre Eltern können sie zwar nicht ins Kloster stecken oder sonst wohin schicken, sie können sie auch nicht daran hindern, sich mit mir zu treffen, aber ...«

»Aber?«

»Aber es ist nicht so einfach, das habe ich doch schon gesagt.«

»Dann lass mich raten. Sie hat ein Auto und du nicht, ein Haus in den Bergen, ein Sommerhaus am Meer ... all so was.«

»Okay, erraten. Und wenn wir was unternehmen wollen, wo können wir dann hin? Pizzeria, Bar, Kino: Das kostet alles einen Haufen Geld, und ich will meine Eltern nicht immer anpumpen.«

»Büchereien.«

»Klar. Wir überwintern in einer Bücherei. Am besten in einer Stadtteilbücherei. Da ist es warm, zu bestimmten Tageszeiten sind keine Leute da, und wir können miteinander reden. Eine Zeit lang geht das.«

»Warum nur eine Zeit lang?«

»Wahrscheinlich hat sie auf die Büchereien und mich eines Tages keinen Bock mehr.«

»Und du nicht mehr auf sie. Hör auf, verbale Tränen zu vergießen. Du bist ein hübscher Kerl, du bist intelligent, du bist witzig, du bist …«

»… pleite und demnächst arbeitslos.«

»Du liebst und wirst wiedergeliebt.«

»Finden Sie, das reicht?«

»Und ob das reicht«, sagt sie, obwohl sie da nicht so sicher ist. Sie möchte Gianni etwas Sicheres bieten, Zweifel hat der Junge selbst genug.

5

Das Tor hatte kein Vorhängeschloss und war nur angelehnt. Camilla legte den Zeigefinger auf den Klingelknopf aus grünlichem Messing, der sich weigerte, auch nur einen Millimeter nachzugeben. Sie drückte fester, wieder ohne Ergebnis, und blickte sich unterdessen suchend nach dem Unsterblichen um, von dem aber weit und breit nichts zu sehen war. Klar, dachte sie, er hat bestimmt nicht den ganzen Vormittag aufgepasst, obendrein war mein Auftrag nur vorgeschoben, es geht mich nichts an, ob eventuelle Käufer kommen oder nicht, ich biete ja nicht mit. Und jetzt? Soll ich in den Garten gehen, hier warten, die Besitzerin anrufen? Während sie in ihrer Handtasche nach dem Handy kramte, öffnete sich die Glastür der Loggia, und eine Frau trat heraus. Um die fünfzig, soweit Camilla das auf die Entfernung schätzen konnte, mittelgroß und schlank.

»Signora Baudino?«

Das war die Stimme, die sie zwei Tage zuvor am Telefon gehört hatte.

»Ja, das bin ich.«

»Bitte gehen Sie rein. Die Klingel funktioniert nicht. Ich komme gleich.«

Sie drückte das Tor auf, trat ein und entdeckte Gegenden des Gartens, die sonst hinter der Mauer verborgen waren. Ein altmodischer, verwilderter Garten, aber mit einer Laube aus Kletterrosen, die zur rechten Zeit blühen würden, wenn auch kümmerlich wegen des fehlenden Schnitts, und unter der Laube stand ein alter Tisch mit einer leicht verwitterten Terrazzoplatte. Schön, unter den Rosen zu essen, vor den Blicken der Passanten geschützt, abends im Spätfrühling und im Sommer, wenn das Licht nur langsam vergeht und die Stunden lieblicher erscheinen; schön auch, in aller Ruhe auf einer Liege zu lesen, Potti zu Füßen, der ab und zu aufspringt, um einen Schmetterling zu verfolgen oder sich von einer Hornisse stechen zu lassen. Livietta spielt derweil, allein oder mit ein paar Freundinnen, im Schatten der silbrigen Linde, die im Juni ihren Duft mit dem Duft der Linden auf der kleinen Piazza mischen wird, ihren betörenden, wie im Liebestaumel sinnlichen Duft. Eine Illustration wie in einem englischen Buch vom Ende des neunzehnten Jahrhunderts, eine Fotografie wie in einer alten Zeitschrift; ich habe keine Hose an, sondern ein geblümtes Kleid aus weißem Musselin, die Kleine trägt das lange Haar zum Pferdeschwanz gebunden, weiße Söckchen und Lackschuhe mit Riemchen. Kindische, aber tröstliche Phantasien. Lebensfernes Aquarell alternativen Lebens.

Inzwischen hatte die Signora von der Loggia die Haustür geöffnet. Vielleicht etwas über fünfzig, aber ich war noch nie gut darin, anderer Leute Alter zu schätzen, kastanienbraunes, sonnengebleichtes Haar mit einem hübschen Schnitt, ein zartes Gesicht, dezent geschminkt und dadurch frisch und nicht ordinär. Sie lächelt freundlich, aber ihre Augen lächeln nicht.

»Dora, Dora Vernetti, freut mich, Sie kennenzulernen.«

»Camilla Baudino, ich freue mich auch. Und vielen Dank, dass Sie sich Zeit genommen haben.«

Floskeln eingeschliffener Höflichkeit, doch sie passten irgendwie zur realen Stimmung.

Sie gingen ins Haus. Im Erdgeschoss standen alle Fenster und Gartentüren weit offen, und trotzdem hielt sich zäh der Geruch nach abgestandener Luft und Moder, wie wenn er sich in den Mauern und den wenigen verbliebenen Möbeln eingenistet hätte. Ein großes Wohnzimmer: ein Kamin aus hellem, vom Staub grauen Marmor, an manchen Stellen leicht aufgeworfenes Parkett, hier und da rissiger oder abgebröckelter Putz. Sie bestückte den Raum umgehend mit Bücherregalen, Sofas, Sesseln und einem großen Pistoletto-Spiegel, der das Grün des Gartens ins Haus holte. Esszimmer: zerschlissene, verblasste Tapete mit den Trieben undefinierbarer Pflanzen, Kreuzgewölbe mit ähnlichen Blumen an den Ecken als Fresko. Hier richte ich mein Arbeitszimmer ein, dachte sie, ich werde doch kein so großzügiges Zimmer für offizielle Abendessen opfern. Weg mit der Tapete, der Putz wird ausgebessert, die Wände werden hell getüncht, aber die Blumen an der Decke müssen aus Achtung vor dem Haus und seiner Geschichte erhalten bleiben, nur kostet es, wenn ein guter Restaurator sie wieder zum Blühen bringt, bestimmt ein Vermögen. Renzo könnte sich daran versuchen, er hat geschickte Hände, und wenn er sich über die Technik informiert … Sie gingen in die Küche, und Camillas Verliebtheit verwandelte sich in Leidenschaft: ein großer Raum, nicht zu vergleichen mit den heutigen knappen Maßen, ein Ort, an dem man mit der Familie und lieben Freunden zusammen sein kann. Der Boden aus kleinen sechseckigen schwarzweißen Fliesen, die hier und da abgesplittert oder gebrochen, aber zu schön waren, als dass man jemals daran denken könnte, sie zu ersetzen, ein Fenster und eine Glastür zur Laube hin und vor allem, in der Mitte einer Wand thronend, ein gusseiserner Holzherd mit Majolikakacheln, groß, massiv und gütig wie ein Schutzgott. Ein solcher Herd bot sich an für nelkengewürzte Birnen in Rotwein, langsam aufgehende Kuchen, Lyoner Kartoffelgratin, karamellisierte Lammkeulen, mit Knoblauch und Rosmarin gespicktes Schweinskarree, Spaghetti im Beutel, Schwertfisch, Seebarsch, Goldbrassen, Lachs … Sie selbst trägt bequeme Jeans, ein altes, an Kragen und Manschetten fadenscheiniges Hemd und leise Filzschlappen und walkt den Teig für die Spinattorte aus, brät klein geschnipseltes Gemüse für die Bohnensuppe an und schlägt Eigelb für die Bayerische Creme. Der Rest der Familie ist auch da, denn eine solche Küche verlässt man nur schweren Herzens, Livietta hockt an einer Tischkante und malt oder sitzt auf einem Kissen am Boden und malträtiert ihre Plüschtiere, Renzo hängt ein Wandbord auf oder befreit den eben gekochten Tintenfisch von seinen Saugnäpfen, Potti wartet mit erhobener Schnauze darauf, dass versehentlich ein Quäntchen Speck oder ein Splitter Parmesan herunterfällt …

»Schön, nicht wahr?«, sagte Signora Dora und meinte den Ofen. »Wir haben ihn dagelassen, weil das einfach sein Platz ist, wir konnten ihn uns in einem anderem Haus nicht vorstellen.«

Camilla nickte. Sie bückte sich und öffnete Feuertür, Aschekasten, Backrohr und Wärmefach und kontrollierte in einem Akt symbolischer Inbesitznahme die Luftzufuhr, als wollte sie gleich anschüren.

»Dann haben wir hier noch Speisekammer, Wirtschaftsraum, Waschküche und Bad. Das Bad muss natürlich hergerichtet werden. Nachher gehen wir in den ersten Stock.«

Signora Vernetti war anscheinend nicht in Eile, und Camilla hatte sich den Nachmittag freigenommen und ihre Verpflichtungen an die Mutter delegiert. Die diesmal nicht protestierte, weil die Bitte um Hilfe in die anrührendsten Details gepackt war. Eine Kollegin sei zu einer Untersuchung im Krankenhaus, weil ihr Hausarzt Schlimmes befürchte und die Sache abklären lassen wolle. Die Miene der Mutter hatte zu weiteren Ausführungen ermuntert, und die hatte Camilla geliefert.

»Diese Kollegin – Samantha heißt sie, Samantha Calabresu – ist mutterseelenallein, ihre Familie, Vater, Mutter und zwei Brüder, sind unten in Kalabrien, sie wollte nicht, dass sie sich Sorgen machen, und hat ihnen nichts gesagt …«

»Aber sie machen sich doch viel mehr Sorgen, wenn sie anrufen und sie nie erreichen.«

»Sie hat kein Festnetz, das Handy ist praktischer für sie, und für eventuelle Ortsgespräche geht sie in eine Telefonzelle. Also, wo war ich stehengeblieben? Ach ja, ein Unglück kommt selten allein, sie war nämlich schon so fertig, völlig am Boden war sie, weil ihr Freund sie sitzen gelassen hat, und da hat sie die Müdigkeit, die Kopfschmerzen und den Schwindel zuerst gar nicht ernst genommen …«

»Kopfschmerzen hast du auch oft. Du solltest dich mal untersuchen lassen.«

Sie kreuzte die Finger hinter dem Rücken, und nachdem ihr die Geschichte so locker über die Lippen ging (abgesehen vom etwas phantasielosen Nachnamen der unglücklichen Kalabresin), machte es ihr Spaß, sie zu Ende zu spinnen.

»Der Exfreund ist aus Turin und arbeitet als Vermessungstechniker im Grundbuchamt. Sie haben sich in Rom bei einem Treffen der katholischen Jugend kennengelernt, und dann haben sie sich SMS geschrieben und telefoniert, wie das eben so ist. Jedenfalls haben sie nach einer Weile von Liebe geredet, und sie hat alle Hebel in Bewegung gesetzt, um hier eine Stelle zu bekommen, und dank einem Cousin, der im Kultusministerium arbeitet und die richtigen Leute kennt, hat sie es auch geschafft. Sie kommt nach Turin, mietet eine Einzimmerwohnung, die praktisch die Hälfte ihres Gehalts verschlingt, aber sie ist glücklich, weil die Geschichte ernst scheint, sie reden schon vom Heiraten, sehen sich Wohnungen an, gehen in Einrichtungshäuser, aber er stellt sie nie seinen Eltern vor, immer hat er eine Ausrede parat, sie sind krank oder verreist oder seine Mutter muss nach einem Schlaganfall den Großvater pflegen. Ich wäre ja misstrauisch geworden, aber Liebe macht blind, da denkt man an nichts Böses. Jedenfalls ist sie keine fünf Monate hier, da lässt er sie sitzen, angeblich ist er sich seiner Gefühle nicht sicher, braucht eine Pause zum Nachdenken … Und weißt du, wie er ihr das mitteilt? In einer Mail. Dann nimmt er

Urlaub und verschwindet, und am Handy verleugnet er sich.«

»So ein Schuft. So was hat es früher nicht gegeben.«

»Stimmt, E-Mail gab es nicht. Der ist kein Schuft, der ist ein Scheißkerl.«

»Camilla, wie redest du denn!«

»Manchmal muss man die Dinge beim Namen nennen, Mama. Vielleicht hat er ja gemerkt, dass es mit ihrer Gesundheit nicht zum Besten steht, und hat ihr den Laufpass gegeben, bevor er sicher wusste, was los war. Oder er hat bei einem anderen Treffen oder sonst wo jemanden kennengelernt, vielleicht hatte er auch schon vorher eine andere und hielt sich zwei Eisen im Feuer. Scheißkerl ist schon richtig. Und jetzt traut sie sich nicht, es ihrer Familie zu sagen, weil alle, vor allem die Brüder, ihr von dem Umzug abgeraten hatten, sie hatten gesagt, sie sollte noch ein bisschen warten und sehen, wie sich alles anlässt. Sie macht also alles mit sich allein ab, die Trennung und die Krankheit, die Ärmste. Wenn du dich um Potti kümmerst und Livietta später von der Schule abholst, besuche ich sie im Krankenhaus und muntere sie ein bisschen auf, ich kann auch den Schreibkram für sie erledigen, jetzt am Ende des Halbjahres, ich weiß nämlich nicht, ob ihre Vertretung dazu in der Lage ist.«

»Geh nur, ich habe morgen Nachmittag nichts vor. Und bring ihr ein paar Blumen, Blumen sind immer eine Freude.«

»Danke, gute Idee, besser Blumen als Pralinen, die sie vielleicht gar nicht essen darf.«

»Wie lange kannst du denn bleiben?«

»Keine Ahnung, aber nachmittags sind sie nicht so streng.«

Im ersten Stock gab es drei Schlafzimmer, ein zweites Bad, ein Schrankzimmer, eine große Besenkammer und die Loggia, über die sich die noch blattlose Glyzinie rankte.

»Wissen Sie schon Näheres über den Preis?«, fragte Camilla.

»Noch nicht, aber wenn Sie möchten, melde ich mich dann gleich bei Ihnen. Was meinen Sie, sollen wir einen Tee trinken gehen? Oder möchten Sie noch ein bisschen bleiben?«

»Am liebsten würde ich mein ganzes Leben hierbleiben.«

»Sie sind nicht besonders geschäftstüchtig.«

»Weil ich das Herz auf der Zunge trage? Sie haben recht, ich würde in einem Basar keine großen Geschäfte machen. Lassen Sie mich noch einen Blick in den Garten werfen, dann gehen Sie ruhig Ihren Tee trinken.«

»Ich habe Tee gesagt, aber ich trinke Kaffee.«

»Ich auch. Ich mag lieber Kaffee.«

Sie mochte auch Dora. Nicht so wie das Haus, aber fast.

6

Sie saßen in der Bar und plauderten.

»Das Haus gehörte meinem Mann, der vor anderthalb Jahren gestorben ist«, sagte Dora. »Er hat mit seinen Eltern und seiner Schwester hier gelebt, bis wir geheiratet haben und umgezogen sind. Er wollte es nie verkaufen, auch nicht nachdem Vater, Mutter und Schwester gestorben waren. Er hing zu sehr daran. Aber als ich …«

Camilla schwieg. Sie wollte alles über die Geschichte des Hauses erfahren, aber nicht indiskret sein.

»Als ich«, fuhr Dora nach einer Pause fort, »hierher zurückkehrte, mochte ich nicht in dem Haus wohnen: zu groß für einen allein, zu viel Arbeit. Jetzt habe ich mich entschlossen, es zu verkaufen, weil ich will, dass es erhalten bleibt.«

»Verstehe.«

»Ich möchte es aber nicht an den Erstbesten verkaufen, der es dann entstellt und völlig ummodelt, ich suche einen Käufer, der ihm Achtung erweist, der natürlich die notwendigen Reparaturen vornimmt, es aber nicht abreißt.«

Camilla schwieg immer noch und überlegte sich, dass Signora Dora und ihr verstorbener Mann wahrscheinlich keine Kinder hatten, denn wenn man ein Kind hat, stellt man sich doch vor, es würde mit seiner eigenen Familie dort leben: das Haus, ebendieses Haus als idealer Ort, um liebevolle Beziehungen und Erinnerungen weiterzuführen. Nein, keine voreiligen Schlüsse, korrigierte sie sich, das Kind lebt vielleicht ganz woanders, und in seiner Zukunft ist eine Rückkehr für immer nicht vorgesehen. Oder es gibt mehrere Kinder, und die Mutter verkauft lieber, damit kein Streit um die Aufteilung des Erbes entsteht. Oder aber die Kinder wollen etwas ganz anderes, was weiß ich, einen Attico, ein Loft oder ein renoviertes Bauernhaus, weit weg von Staub und Smog, mit einem Haufen Hühnern und Stechmücken.

»Heute Vormittag«, fuhr Dora fort, »sollten zwei Interessenten kommen, aber ich habe beiden abgesagt. Der erste war ein Mann mit einem so arroganten Ton, er klang so nach George Ohnets *Hüttenbesitzer*, dass ich sofort dachte, der will das Haus als Spekulationsobjekt. Sonst wie renovieren und dann an sonst wen weiterverkaufen. Der zweite Interessent war eine Frau, die den Konjunktiv falsch gebraucht hat.«

Camilla lachte amüsiert.

»Sie haben auch keine Händlerseele, Signora. Aber Sie haben recht: Wer den Konjunktiv falsch gebraucht, hat Ihr Haus nicht verdient. Darf ich Dora sagen?«

»Wir können uns auch duzen, was meinen Sie?«

»Ja, gern. Ich gebrauche zwar den Konjunktiv nicht falsch, stehle dir aber deine Zeit.«

»Das macht gar nichts, keine Sorge.«

Dora wurde plötzlich blass. Winzige Schweißperlen traten ihr auf die Stirn.

»Ist dir nicht gut?«, fragte Camilla.

Dora winkte mit geschlossenen Augen ab.

»Willst du ein Glas Wasser oder vielleicht etwas Stärkeres?«

Ein leichtes Kopfschütteln. Camilla schwieg, sie wusste, wenn einem plötzlich, auch wenn man es kennt, nicht gut ist, will man vor allem in Ruhe gelassen werden. Inzwischen ging es Dora wieder besser, und nach ein paar Sekunden öffnete sie die Augen.

»Entschuldige. Das habe ich manchmal. Du weißt schon, weibliche Unpässlichkeit, wenn man älter wird.«

Wechseljahre, dachte Camilla, der Graben, den wir alle überwinden müssen. Das Ende der aufwärts und dann eben verlaufenden Lebenszeiten, wenn uns die Natur unerbittlich an die Zwangsläufigkeit ihrer Gesetze erinnert, die man zwar für eine Weile austricksen, aber letztendlich nicht umgehen kann. Das erklärt auch den melancholischen Ton, der weniger in den Worten selbst als in ihrer Art zu sprechen liegt. Merkwürdige Wechseljahre, mit Anfällen von Blässe statt Röte.

»Wo waren wir stehengeblieben?«, fragte Dora.

»Bei nichts Besonderem.«

»Erzählst du mir was von dir?«

»Vierzig Jahre alt, eine Tochter, Ehemann, Mutter, Hund, ein paar Verwandte. Ich gebrauche den Konjunktiv nicht falsch, weil ich an der Fachoberschule Italienisch unterrichte.«

»Bist du glücklich? Nein, entschuldige, Glück ist kein Dauerzustand. Bist du ein heiterer Mensch?«

Für einen Augenblick verschlug es Camilla die Sprache. Das war eine harte Frage, zu direkt, wenn man sich noch keine zwei Stunden kannte. Aber es war auch eine mutige Frage, eine stillschweigende Bitte um Freundschaft.

»Normalerweise schon, in letzter Zeit nicht immer.«

Dora winkte dem Kellner.

»Ich nehme noch einen Espresso, und du?«

»Ich auch, einen starken.«

Der Keller entfernte sich wieder, und Dora sagte mit einem schmalen Lächeln: »Lass mich raten. Arbeit oder Geld ist es nicht, auch nicht die Gesundheit. Hast du Kummer?«

Camilla musste ebenfalls lächeln. Sie war doppelt überrascht: weil Dora so hemmungslos die Stationen des Vertrautwerdens abhakte und weil sie ins Schwarze getroffen hatte.

»Ja. Wie kommst du darauf?«

»Ich habe es in deinen Augen gelesen. Und was liest du in meinen?«

»Einsamkeit.«

7

Abend, häusliche Szene. Dicke Luft. Wie groß ist mein Kummer?, fragt sich Camilla, während sie die Küche aufräumt und Vergleiche zieht. Sie ist nicht hässlich, sie hat nichts von der kühlen und unnatürlichen Perfektion der Küchen in den Wohnzeitschriften, ihre Küche ist ein bisschen unordentlich, und man sieht ihr die Liebe zum Essen und gemeinsame Interessen an, auch wenn sie nicht mit der Küche mithalten kann, die sie am Nachmittag gesehen und sich zusammenphantasiert hat. Wie groß ist sein Kummer?, fragt Camilla mit einem Blick auf ihren Mann, der schweigend den kaputten Griff einer Pfanne repariert. Und ist sein Kummer eine Folge von meinem oder hat er eine eigene Ursache?

Die Kopfschmerzen, die sie zwei Tage zuvor der Mutter gegenüber vorgeschoben und vor denen sie in die Ruhe der Bibliothek geflüchtet war, hatten sie endlich eingeholt. Psychosomatische Schmerzen, lautete ihre Diagnose, spürbares Zeichen innerlichen Missbehagens und emotionaler Zwietracht, auch unbewusste Selbstbestrafung. Warum wünsche ich mir dieses Haus so sehr, warum bin ich nicht mit der Wohnung zufrieden, die wir zusammen gekauft haben, Renzo und ich? Was für eine rhetorische Frage. Das Glyzinienhaus gefällt mir, seit ich es, als ich zufällig daran vorbeiging, zum ersten Mal gesehen habe, besser gesagt, seit es mir zum ersten Mal aufgefallen ist. Zehn Jahre lang bin ich immer wieder in Träumereien verfallen, aber ohne den Wahn, es besitzen zu wollen. Rein platonische Phantasien, wie wenn ich mir vorstelle, ich wäre fünfzehn Zentimeter größer und hätte hohe Wangenknochen und die Stimme von Maria Callas. Doch jetzt wünsche ich mir das Haus, aber ich weiß auch, dass das ein Ersatzwunsch ist. Ich glaubte, endgültig Ordnung in meine Gefühle gebracht zu haben, doch da war keine Ordnung. Vielleicht brauche ich nur zu warten, Geduld zu haben, und am Ende verebben die Kreise, die der in den Teich geworfene Stein erzeugt. Renzo kämpft ebenfalls gegen sein Unbehagen an, er redet nicht darüber, aber der gemeinsame Alltag hat unterschwellig etwas Mühsames, das sich hin und wieder in einer pampigen Bemerkung, einer genervten Geste äußert.

»Wie war dein Nachmittag?«, fragt er und blickt von seiner Arbeit auf.

»Ich habe mir das Haus angesehen, das ich so schön finde, das mit dem Garten und der Glyzinie.«

»Ich dachte, du warst bei deiner Kollegin im Krankenhaus.«

»Das war nur die Version für meine Mutter. Bei Krankenhäusern und Beerdigungen wird sie sofort weich.«

»Was meinst du mit ›angesehen‹? Du hast es doch schon tausendmal gesehen.«

»Von innen. Es steht zum Verkauf.«

»Spinnst du? Das ist was für Millionäre. Oder hast du etwa klammheimlich im Lotto gewonnen?«

Danke, denkt sie, danke für den blöden Spruch und den Ton, den du draufhast.

»Schön wär's. Aber ich spiele nicht Lotto, und wenn ich gewinnen würde, könnte ich das nicht für mich behalten. Ich wollte einfach gerne wissen, ob die Realität hinter der Phantasie zurückbleibt oder ihr überlegen ist.«

»Ist sie ihr überlegen?«

»Ja. Das Haus ist wunderschön. Du müsstest es dir mal anschauen.«

»Ich denke gar nicht daran. Ah, bevor ich's vergesse, heute Abend gehe ich auf ein Pokerspielchen zu Ezio.«

Schon ist der Waffenstillstand passé. Er hat nicht »Macht es dir was aus, wenn ich heute Abend …« gesagt, sondern schlicht und einfach »ich gehe«, und vorher, wie beiläufig, »bevor ich's vergesse«, was bestimmt kein Hinweis auf Vergesslichkeit ist. Nichts ist weniger unschuldig als die Syntax, das kann man wohl sagen. Er braucht eine Pause von mir, für ein kleines Pokerspiel oder für etwas anderes, aber ich bohre lieber nicht nach. Was er bei meinem Nachmittag allerdings schon getan hat.

»Hält der Griff wieder?«

»Ja, eine Weile bestimmt. Du musst besser aufpassen.«

»Den habe doch nicht ich kaputt gemacht. Die Pfanne ist so aus der Spülmaschine gekommen.«

»Wo du sie irgendwie reingestopft hast.«

»Ich habe sie reingetan, weil du das Einräumen der Spülmaschine immer mir überlässt.«

»Dafür darf ich immer alles reparieren. Verstopfte Spüle, tropfendes Heizungsventil, Kurzschluss in der Steckdose …«

»Die Spüle hat der Klempner frei gemacht. Du hast nur die Küche unter Wasser gesetzt.«

»Und wer war schuld, dass sie verstopft war, du oder ich?«

Beide merken, wie sich das Gespräch auflädt und wie hohl es ist. Sie sind zwei vernünftige Erwachsene und führen es nicht fort.

Einsamkeit, dachte Dora, Einsamkeit hat Camilla in meinen Augen gelesen. Aber weiter ist sie nicht gegangen, sie hat nicht gelesen, was dahintersteckt, was noch schwieriger in Schach zu halten ist. Aber sie hat schon richtig gelegen: Die Einsamkeit ist ein Gefängnis, auf das ich nicht vorbereitet war, ein Gefängnis mit zu hohen Mauern, als dass ich ausbrechen könnte. Vielleicht ist das jetzt nicht mehr so wichtig, weil man sich an alles gewöhnt und schließlich resigniert. Ich glaubte, durch die Rückkehr nach Turin bliebe mir das erspart, könnte ich an die eine oder andere Bekanntschaft oder sogar alte Freundschaft anknüpfen, aber das war abwegig und unsinnig, eine Illusion, denn wenn man dreißig Jahre fort war, steht man in der Wüste. Ich bin selbst schuld, und jetzt ist es zu spät. Aber Washington ist eine so feindliche, so kalte Stadt, und wie fremd sie mir ist, habe ich erst nach Andreas Tod gemerkt. Vorher gab es ihn, und das genügte mir, ich brauchte keinen eigenen Raum, keinen Freiraum, um mich zu bewegen. Ich war nicht aufs Alleinsein vorbereitet, ich war nicht dafür gerüstet, ich war hundert oder noch mehr Jahre zu spät auf der Welt, eine Schattenfrau ohne eigene Konturen. Warum lebte ich so? Weil es mir gut dabei ging, weil ich keine Leere spürte. Nein, das stimmt nicht ganz, es gab eine Lücke, aber die konnten wir nicht füllen, das Kind, das nicht gekommen ist. Ärzte, Untersuchungen, Behandlungen, und darüber vergingen die Jahre. Ich hätte darauf bestehen und Andrea erklären müssen, wie sehr ich mir ein Kind wünschte, aber kaum brachte ich die Sprache darauf, wechselte er das Thema, und ich glaubte, er tue das aus Zartgefühl und um mir Schuldgefühle zu ersparen. Jetzt bin ich mir da nicht mehr so sicher. Vielleicht wünschte er sich gar kein Kind, er hatte seine Studien und seine Papiere, die er dechiffrieren und interpretieren musste, er hatte seine Berichte zu schreiben und Diskussionen zu führen. Und er hatte mich, sein Mädchen, wie er mich in den ersten Jahren nannte, als der Altersunterschied noch stärker auffiel. Als ich einmal, ein einziges Mal, von Adoption sprach, lehnte er ab: »Ich will kein Kind, das nicht unseres ist«, sagte er. Ein paar Tage weinte ich heimlich, weil ich begriffen hatte, dass das Nein endgültig war, und dann archivierte ich die Ablehnung als Liebesbeweis. Mit dreißig und dann vierzig und auch später meinte ich, unser Leben müsse immer gleich oder nur mit minimalen Abwandlungen verlaufen: seine Arbeit und die daran geknüpften Verpflichtungen, Abendessen, Empfänge, Tagungen, im Winter Ski laufen, im Sommer ans Meer. Er den ganzen Tag auf dem Segelboot, ich fast immer an Land, weil ich unweigerlich seekrank wurde. Aber er war so heiter, so fröhlich, wenn er zurückkam und fragte, wie es seinem Mädchen geht … Streit, Unverständnis, Rachegefühle? Nie hat es so etwas gegeben, und ich glaube nicht, dass ich die Zeit verkläre. Hier und da Empfindlichkeiten, hier und da ein grobes Wort, weil man es eilig hatte oder müde war, natürlich, aber mehr nicht. Um uns herum scheiterten die Ehen und endeten in Streit und zermürbenden Prozessen um Alimente und Sorgerecht, es gab neue Ehen, die besser überlegt und für die Dauer angelegt schienen und doch bald in die Brüche gingen. Die Frauen von Andreas Kollegen waren Gattinnen auf Zeit, auf Jane folgte Julia, und dann kam Kate oder Ellen oder Maud, und irgendwann mochte ich nicht mehr mitzählen. Manchmal empfand ich unsere Heiterkeit, unser Einvernehmen als unverdientes, zufälliges Glück.

Dann war eines Spätnachmittags alles vorbei. Ein Anruf, eine Fahrt im Taxi, und als ich ankam, war Andrea schon tot, ein weißes Laken bedeckte sein Gesicht. Der Schmerz kam später, erst waren da Ungläubigkeit, Benommenheit, Ablehnung. Zuerst beschwor ich absurde Schatten herauf, suchte fieberhaft nach Gründen, wo keine waren. Aber als er kam, schlug der Schmerz hart zu und verlangte schier zu viel von mir.

8

Der Unsterbliche schien seine angestammte Gegend verlassen zu haben, dafür war Tavernello zurück. Er war ein paar Monate fort gewesen, möglicherweise irgendwo in betreuter Quarantäne nach einer Alkoholvergiftung. Jetzt, um halb zwölf Uhr vormittags, saß er auf den Stufen vor einem Schaufenster der Buchhandlung San Paolo, in Gesellschaft von zwei bereits leeren Tetrapaks Wein aus dem Supermarkt. Transistorradio am Ohr, Stirnband und wie immer trüber Blick, versunken in einer Welt der Musik und Stimmen und wirren Delirien. Er hob ein wenig den Kopf, erkannte sie und nuschelte sabbernd einen Gruß. Camilla grüßte zurück, einen Augenblick unschlüssig, ob sie stehen bleiben sollte, und ging dann weiter. Tavernello überfordert mich, dachte sie, ich kann nichts für ihn tun. Was er im Suff sucht, weiß ich nicht, und das Beste, was ich ihm bieten kann, ist ein freundlicher Gruß ohne ein Zeichen von Nachsicht oder Missbilligung. Nicht mehr Hunger oder Mühsal lässt uns verrohen, sondern die Einsamkeit, die Distanz zu den anderen inmitten Tausender von Menschen, die uns praktisch auf die Füße treten. Doras Einsamkeit muss der Grund dafür gewesen sein, dass sie gestern angerufen und ein gemeinsames Mittagessen vorgeschlagen hat. Die Einladung, scheinbar beiläufig ausgesprochen, verriet Dringlichkeit. Ich habe aus vielerlei Gründen Ja gesagt, der wichtigste ist, dass ich meine alte Haut abstreifen will wie eine Schlange im Frühling. Ich will mich leicht fühlen und guter Dinge sein. Sich gegen Kummer zu wehren nützt nichts, man sollte ihn akzeptieren wie Falten im Gesicht. Ich weiß gar nicht, ob es mir ohne Kummer oder, besser gesagt, ohne diese Art von Kummer besser ginge. Auf die Telefongespräche mit Gaetano mag ich jedenfalls nicht verzichten.

»Ciao, wie geht's?«, hat er gestern gefragt.

»Danke, gut, und dir?«

»Auch ganz gut. Jetzt kannst du mich noch fragen, wo ich bin und wie das Wetter ist.«

»Du hast angefangen. Dass du in Rom bist, weiß ich schon, und das Wetter ist mir egal. Erzähl lieber von deiner Arbeit.«

»Wie ich mir schon dachte, die Leitung eines Pilotprojekts. Das stört mich nicht, aber Ermittlungen sind mir lieber.«

»Morde sind dir lieber.«

»Wenn du meinst … Ehrlich gesagt, wäre es mir am liebsten, wenn es keine Morde gäbe, aber da es sie nun mal gibt, kann man ja auch versuchen, die Täter dingfest zu machen.«

»Wann kommst du zurück?«

»Ich weiß es nicht. Wann soll ich denn kommen?«

»Was für eine Frage. Das hängt doch nicht von mir ab.«

»Nicht kneifen.«

»Was willst du denn hören? Dass du mir fehlst?«

»Genau. Fehle ich dir?«

»Ja. Am Telefon plaudern ist nicht das Gleiche, wie wenn man sich leibhaftig gegenübersitzt.«

»Du bist immer so nüchtern.«

»Was willst du denn hören? Eine Liebeserklärung?«

»Ich hätte nichts dagegen. Jedenfalls weiß ich nicht, wie lange ich hier noch brauche, ich komme, sobald wie möglich, und dann reden wir wieder leibhaftig miteinander.«

Gefährliche Gespräche, ich weiß, aber das Spiel mit dem Feuer hat seinen Reiz. Seit Jahren hat mir niemand mehr den Hof gemacht, und ich hatte vergessen, wie angenehm es ist, das Objekt der Begierde zu sein. Angenehm, befriedigend, sogar erhebend. Eheliches Umworbenwerden ist etwas anderes, es ist der überraschende Blumenstrauß, der rührt, aber nicht erregt, es ist das erwartete oder auf die eine oder andere Weise suggerierte Geburtstagsgeschenk. Aber mir hat mein vierzigster Geburtstag etwas Unerwartetes geschenkt: einen humorvollen Verehrer und entgleisende Gefühle. Ich habe die üblichen Stationen durchlaufen, auf die eine vernünftige und verantwortungsbewusste gute Ehefrau bei der Gelegenheit stößt: das Leugnen der Entgleisung, das Erkennen ihres Vorhandenseins, das Anerkennen nebst Schuldgefühl. Doch jetzt suche ich die Leichtigkeit. Innere Leichtigkeit. Wie schön ist es, auf einen Anruf zu warten, wie schön ist das Kribbeln, wenn es klingelt. Warum soll ich dieses prickelnde Verwirbeln des Alltags, diese perlende Unbekümmertheit nicht genießen dürfen? Ich wollte nie ein abenteuerliches Leben, aber jetzt gefällt es mir. Irgendwann werde ich auf meine Spur zurückkehren.

»Heute siehst du ein bisschen fröhlicher aus«, sagt Dora.

»Mir geht's auch besser.«

»Kummer vorbei?«

»Nicht ganz. Aber ich habe beschlossen, ihn zu akzeptieren.«

»Seine Ursachen und seine Folgen zu akzeptieren?«

»Dora, was willst du? Ein Geständnis?«

»Nein, um Himmels willen. Es war auch nicht geschwätzige Neugier, sondern aufrichtiges Interesse. Lass uns von was anderem reden.«

»Wir können schon darüber reden. Lieber mit dir als mit einer alten Freundin, da bin ich entspannter.«

»Wie mit einer Unbekannten im Zug. Die man nie wieder sieht.«

»Genau.«

»Dann sag lieber nichts. Ich würde dich gern wieder sehen.«

Wie offen mich die Frau um etwas bittet, denkt Camilla, wie ungeniert sie ihre eigenen Wünsche anbringt. Und diese Eile, eine Beziehung zu mir zu knüpfen … Sie beschließt zu erzählen und macht Dora zu ihrer Banknachbarin aus der Schulzeit.

Als sie fertig ist, fragt sie: »Gibt's was Neues in punkto Haus?«

»Vier Interessenten. Ganz nett, aber nicht umwerfend.«

»Hast du dir jetzt einen Preis überlegt?«

»Ja, eine Million dreihunderttausend. Was hältst du davon?«

»Keine Ahnung, ich bin über den Immobilienmarkt nicht im Bilde.«

»Hast du ein bestimmtes Lokal im Sinn, oder soll ich eines vorschlagen?«, fragt Dora, das Thema wechselnd.

»Sag du, ich verlasse mich auf dich.«

Auf ihrem Weg durch die Via Garibaldi bleiben sie hin und wieder vor einem Schaufenster stehen und werfen einen Blick hinein, nur einen, denn kaum etwas ist einen zweiten wert. Kurz vor der Piazza Castelli glaubt Camilla auf der anderen Straßenseite die Silhouette des Unsterblichen zu erkennen, der in einem Hauseingang verschwindet. Sie späht in die Richtung, um sich zu vergewissern, aber der Eingang liegt zu tief im Schatten.

Später sitzen sie in einem Lokal am Fenster und genießen, vor der Kälte der letzten Januartage geschützt, das Treiben in der Galleria Subalpina.

»Darf ich jetzt fragen?«, schlägt Camilla vor.

»Ja, jetzt bist du dran.«

»Frage- und Antwortspiel oder erzählst du?«

»Wir fangen mit Frage und Antwort an, dann sehen wir weiter.«

»Du sagtest, du seist zurückgekehrt: woher?«

»Aus den Vereinigten Staaten, genauer gesagt aus Washington.«

»Was hast du dort gemacht?«

»Ehefrau gespielt. Ich war Mrs. Andrea Cantino, die Schattenfrau ohne eigene Identität.«

»Hat dich das gestört?«

»Damals nicht, jetzt spielt es keine Rolle mehr, ob mich etwas gestört hat oder ob ich zufrieden war.«

»Und was hat dein Mann in Washington gemacht?«

»Gutachter, Berater, such dir was aus.«

»Gutachter welcher Art?«

»Das wäre eine lange Antwort.«

»Wir haben Zeit. Den Risotto machen sie hier ganz frisch.«

»Das glaube ich. Trüffel auf zerkochtem Reis wäre barbarisch.«

»Und wie lautet die lange Antwort?«

»Ich muss ein bisschen ausholen. Meiner Schwiegermutter gelingt in den schlimmen Zeiten die Flucht aus der Sowjetunion. Sie geht nach Amerika, bittet um politisches Asyl, erhält es und begegnet meinem Schwiegervater – also meinem zukünftigen Schwiegervater –, der in Boston arbeitet. Sie verlieben sich ineinander, heiraten und gehen nach Italien. Nach ein paar Jahren wird Andrea geboren, mein späterer Mann, der zuerst Russisch und dann erst Italienisch lernt. Nach dem Studium, verschiedenen Fachabschlüssen und diversen Beraterstellen bei großen Unternehmen bekommt er aus Amerika ein Angebot als Gutachter von offiziellen und offiziösen Dokumenten, die aus der Sowjetunion stammen. Eben als Experte in russischen Angelegenheiten, der angesichts der Familiengeschichte nicht unter Verdacht steht, irgendwelche Sympathien für die Kommunisten zu hegen. Ein Kremlspezialist, wenn du willst.«

Ein Spion, denkt Camilla, sagt es aber nicht.

9

Wann kommen die denn endlich aus dem blöden Lokal? Fast zwei Stunden sitzen sie jetzt da drin, und mir sterben die Füße ab. Kaputt gefroren wie die meines Großvaters auf dem Rückzug aus Russland, das hat er tausendmal erzählt. Ich hätte meine Stiefel mit der dicken Sohle und Wollsocken anziehen sollen, aber ich finde die Nikes so schön, mit den Nikes fühle ich mich ganz toll, und ich schaue nicht so pennermäßig aus. Rot, aus Leder, superschön. Ein Drittel von dem Vorschuss, den der Chef locker gemacht hat, habe ich dafür hingelegt, aber es hat sich gelohnt. Ich war schon seit über einem Jahr scharf auf die, hatte aber nie genug Geld. Ich habe immer nur kleine Jobs und muss die Miete pünktlich zahlen, sonst schmeißt mich dieses Arschloch von Hausbesitzer raus, das hat er schon bei der Schlüsselübergabe angekündigt. Und damit ich's auch gleich verstehe, hat er seinen Gorilla mitgebracht, einen Zwillingsbruder von Mike Tyson, ein dreitüriger Schrank von einem Mann, wenn man dem den Hals umdrehen will, braucht man vier Hände. Die Wohnung ist unter aller Sau, wenn meine Mutter noch leben würde, würde sie sich schämen, ihren Fuß reinzusetzen. Nicht dass wir früher in einem Palast gewohnt hätten, aber die Wohnung war ganz passabel, drei Zimmer mit Küche, Hochparterre, nicht weit vom Zentrum. Dann ging es allmählich bergab, es kam weniger Geld rein, und wir sind umgezogen. Ein Zimmer, Abstellkammer und Küchenzeile in San Paolo, vierter Stock ohne Aufzug, papierdünne Wände, schluchzende

Heizung, und ich schlief auf dem Ausziehsofa im Esszimmer, toll, mit fast dreißig. Aber ganz schlimm wurde es, als Mama starb und meine Schwester die Beerdigung zahlen musste, weil ich pleite war. Meinem Vater haben wir gar nichts erzählt, weiß ja niemand, wo er steckt, Australien, Argentinien, Kolumbien, falls er überhaupt noch lebt.

Wieso brauchen diese dämlichen Weiber so lange zum Essen? Gott sei Dank kann ich den Eingang im Auge behalten, ohne dass sie mich sehen, allerdings könnte es sein, dass die Bullen vorbeikommen und mich fragen, was ich hier mache. Scheiße, das ist doch mein Bier, ich fixe nicht, ich nehme auch sonst nichts, ich habe keinen Stoff bei mir und habe mir nie was zuschulden kommen lassen, was wollt ihr also von mir. Haltet euch an die drei Junkies da zwei Stufen weiter unten, die sind völlig breit. Breit und bescheuert, mit Wasserflasche, und die Spritze liegt auch noch da, eine für alle drei. Aids ist ihnen egal, wahrscheinlich haben sie es schon.

Dreihundertfünfzig Euro im Monat schwarz für das Loch, in dem ich jetzt wohne, ein ehemaliger Lagerraum, in dem ein Marktkarren und Kisten standen, aber wenn du keine feste Arbeit hast und keine Bekannten, die für dich bürgen, triffst du nur auf solche Halsabschneider. Wer findet in diesen Zeiten schon eine feste Arbeit? Man muss in irgendwas richtig gut sein, studiert haben, Sprachen können ... Alessia ist ausgebildete Grundschullehrerin, aber was Besseres als eine halbe Stelle als Kassiererin im Supermarkt hat sie nicht gekriegt, es ist zum Kotzen. Dann hat sie den Metzger getroffen und weiterhin an der Kasse gesessen, aber im Laden ihres Mannes, in Ciriè. Bei ihr lief's gut wegen ihren Titten und ihrem Hintern, aber jetzt, nach zwei Kindern, ist sie völlig aus dem Leim. Wir haben uns nie gut verstanden, als wir Kinder waren, hat sie mich verhauen und herumkommandiert, sie litt darunter, dass ich Mamas Liebling war, und das hat sie mich spüren lassen. Ein Glück, dass sie mit zwanzig abgehauen ist, ohne sie war es schön mit Mama. Jetzt sehen wir uns etwa alle zwei Monate, und sie fragt mich immer, ob ich ein paar Steaks oder Siedfleisch will. Nein, ich will nichts, du kannst deine Almosen behalten, aufgeblasene Zicke.

Keine Ahnung, warum der Chef alles über die Blonde wissen will, richtig blond ist sie ja nicht, aber fast; er will wissen, wen sie trifft, was sie tut, wohin sie geht. Seine Sache. Solange er blecht, laufe ich ihr bis in die Hölle nach, aber ich brauche einen Aufschlag für das Mofa. Das hat Richi mir verschafft, eine Schrottkiste, aber er hat geschworen, dass es sauber ist, Papiere in Ordnung und so, weil wenn ich Ärger bekomme, kann ich das vergessen, dass ich vom Chef noch mal einen Job kriege. Ah, Gott sei Dank …

»… Gott sei Dank hattest du dein Portemonnaie dabei. Es ist mir schrecklich peinlich, ich habe mich benommen wie … wie ein … Wie sagt man noch mal?«

»Ist schon gut, das kann doch jedem passieren.«

»Nein, nicht jedem. Aber sag, wie heißt das noch mal: sich benehmen wie ein …«

»Schokoladenfabrikant.«

»Ach ja, wer weiß, warum.«

»Wenn du willst, erkläre ich es dir.«

Noch während sie erklärte (eine alte Anekdote über einen reichen Schokoladenfabrikanten, der aus purer Angeberei eine luxuriösere Kutsche wollte als der König), merkte sie, dass die Geschichte und die Redewendung gar nicht zu dem passten, was gerade geschehen war, und empfand den Schock mit der Rechnung für das Mittagessen nur noch als halb so schlimm. Risotto, Tatar – beides großzügig mit weißem Trüffel bestreut –, Lauchpudding, Kuchen mit glasierten Maronen, eine Flasche hervorragender Roero, Jahrgang 2001, und zwei Tässchen Espresso. Als die Rechnung kam, hatte Dora festgestellt, dass sie Portemonnaie, Kreditkarten und alles zu Hause vergessen hatte, und Camilla war nichts anderes übrig geblieben, als zu zahlen. Gute Miene zum bösen Spiel. Renzo musste sich derweil mit einem schlichten Gericht in einem der zahlreichen Ticketrestaurants zufriedengeben. Luxusgattin, wer hätte das gedacht. Dora hatte sie einladen wollen, Dora hatte das Restaurant ausgesucht und Dora hatte gesagt, man müsse die Trüffelsaison nutzen. Was hätte ich sagen sollen? Nein danke, für mich eine Brühwürfelsuppe und Birnenkompott? Jedenfalls erzähle ich zu Hause lieber nichts, ich will die Atmosphäre nicht stören, die sich seit ein paar Tagen aufzuhellen scheint. Eheliches Zusammenleben ist eine reichlich komische und verwickelte Angelegenheit: Als ich meine Gefühlsentgleisung partout nicht akzeptieren wollte und in den tiefsten Brunnen der zu verdrängenden Dinge verbannte, konnte man die Spannung zu Hause mit dem Messer schneiden, und jetzt, da ich meine Gefühle als etwas Natürliches annehme, ist die Harmonie zwar nicht wiederhergestellt, aber man kann ein bisschen leichter atmen.

»Was meinst du?«, fragte Dora.

»Entschuldige, ich war in Gedanken woanders. Das passiert mir in letzter Zeit häufiger.«

»Weil du an deinen hübschen Kommissar denkst?«

»Eigentlich habe ich an meinen Mann gedacht. Aber du hast schon recht, Gaetano hatte ich im Hinterstübchen.«

»Stellst du ihn mir vor, wenn er aus Rom zurück ist?«

»Gern.«

»Gern? Wie meinst du das? Dass ich deiner Meinung nach keine Konkurrenz bin, dass ich keine Gefahr bedeute? Das ist ja eine schöne Antwort.«

»Was hätte ich denn sonst sagen sollen? Nein, ich stelle ihn dir nicht vor, er gehört mir, und ich schaffe sämtliche Frauen zwischen fünfzehn und sechzig aus der Welt?«

Sie hakten einander unter und setzten ihr amüsiertes Palaver fort, während ihnen jemand in gebührendem Abstand folgte.

An diesem Nachmittag war es schwierig gewesen, sich von Dora loszueisen. Sie wollte einen Schaufensterbummel machen, sie wollte ins Kino gehen, sie wollte einen Vortrag in der Fondazione Rebaudengo hören, sie wollte alles. Camilla wog die Gefahr weiterer Ausgaben ab und weigerte sich höflich. Und dachte bruchstückhaft immer wieder an ihr eigenes Programm. Hund, Kind, Mann, in dieser Reihenfolge nicht der Wichtigkeit, sondern der Dringlichkeit nach. Hefte korrigieren, Wäsche aufräumen, Vorhänge bügeln.

»Den Film im Lux habe ich schon gesehen. Miserabel.«

»Aber in der *Stampa* hatte er drei Punkte.«

»Das muss ein Blinder gewesen sein. Oder ein Freund des Regisseurs.«

Ich sollte die Vorhänge lieber selber bügeln – schoss es ihr durch den Kopf –, Luana ist imstande und hinterlässt den Abdruck des Bügeleisens oder färbt sie nussbraun. Es widerstrebt mir immer, meiner Mutter recht zu geben, aber manchmal sollte ich wirklich nicht so stur sein und ihre Ratschläge befolgen. Luana ist unfähig, lautete kurz und bündig auch Renzos Urteil, und er hat leider recht. Sie versteht sich gut mit dem Hund und klaut nicht, aber damit erschöpfen sich ihre Verdienste auch schon. Und Ersteres ist nur ein halbes Verdienst, denn unter dem Vorwand, ihn hätscheln zu müssen, nimmt sie ihn auf den Arm und quatscht ihm halbe Stunden lang die Ohren voll mit ihren unbegreiflichen, unwahrscheinlichen, unendlichen Liebes- und Bettgeschichten. Als ob ihr der Hund den richtigen Rat geben könnte. Was soll dieses Getue überhaupt? Sie streichelt ihn in einem fort, krault ihn am Bauch und hinter den Ohren, er grunzt leise, wedelt mit dem Schwanz, stupst und küsst sie. Potti lacht sogar mit Luana, und das ist kein schöner Anblick, denn wenn er lacht, zieht er ein Maul wie eine Hyäne, wie eine lachende Hyäne eben. Er ist doch mein Hund und darf nur mit mir lachen.

»Hast du Lust auf einen Bummel in der Via Roma?«, fragte Dora. »Vielleicht finden wir was Hübsches.«

»Welcher Art?«

»Keine Ahnung. Wenn man spontan shoppen geht, findet man meistens was.«

Ohne Portemonnaie? Ohne Kreditkarten? Was für ein schöner Bankrott-Nachmittag sich da anbahnt. Du solltest die Vorhänge mit Bügelfix einsprühen, Luana hat sicher den Weichspüler im letzten Spülgang vergessen, und ich kriege einen Bleiarm, wenn ich das Bügeleisen darüberschiebe. Aus Nylon oder Polyester sind sie praktischer, du wäschst sie, lässt sie trocknen und hängst sie wieder auf, möchtest aber blind sein, wenn dein Blick auf sie fällt. Blind wie der, der diesem Mistfilm drei Punkte gegeben hat, und ich habe mich darauf verlassen, ich habe

Renzo reingeschleppt, und hinterher hat er gesagt, da hätte er auch Bittersalz nehmen können, zwei Stunden auf dem Klo wären amüsanter gewesen. Wir hätten ja gehen können, aber Marisa und Filippo waren dabei, und für die braucht ein Film nur aus Burkina Faso oder der Mongolei zu kommen, um ein Meisterwerk zu sein.

»Hörst du eigentlich zu, oder denkst du an Gaetano?«

»Ich denke an die Vorhänge, die ich bügeln muss.«

»Du? Nicht deine Hilfe?«

»Die kommt nur dreimal die Woche, außerdem ist sie ein bisschen grob.«

»Dann gehen wir doch zu dir. Ich helfe dir bügeln.«

»Das wäre aber nicht …«

»Jetzt zier dich nicht so.«

Dora konnte viel besser bügeln als sie, sie handhabte das Bügeleisen, als hätte sie in Washington nichts anderes getan. Er Spion, sie am Bügelbrett, das Paar war für Überraschungen gut. Doch als sie mit dem ersten Vorhang fertig war, war sie blass geworden, sie hatte um ein Glas Wasser gebeten und ein paar Pillen geschluckt, die sie aus der Handtasche genommen hatte.

»Bitte ruf mir ein Taxi«, hatte sie dann gebeten, »ich bin ein bisschen müde und möchte nach Hause.«

»Ich bringe dich.«

»Nie und nimmer, du bügelst deine Vorhänge fertig.«

Camilla hatte ein Taxi gerufen und Dora hinuntergebracht, und erst als der Wagen um die Ecke verschwunden war, hatte sie sich gefragt, womit Dora wohl zahlen würde.

10

»Hallo, Signora. Denken Sie wieder nach?«

»Ja, ciao, Gianni.«

»Diesmal frage ich nicht, worüber.«

»Diesmal solltest du aber fragen.«

»Also worüber?«

»Ich muss etwas herausfinden.«

»Soll ich weiterfragen, oder betrete ich vermintes Gelände?«

»Frag nur.«

»Was ist es denn?«

»Etwas über eine bestimmte Person.«

»Kenne ich sie?«

»Ich habe dir mal von ihm erzählt. Der Unsterbliche.«

»Der Mann, der vor die Autos rennt.«

»Genau. Ich wüsste gern, wo er wohnt.«

»Warum fragen Sie ihn nicht?«

»Weil er verschwunden ist. Ich habe ihn seit fast zwei Wochen nicht gesehen.«

»Wahrscheinlich hat es ihn erwischt.«

»Hoffentlich nicht, aber ich befürchte es.«

»Haben Sie in den Krankenhäusern angerufen?«

»Ich weiß seinen richtigen Namen nicht.«

»Dann wird es kompliziert. Seine Telefonnummer wissen Sie anscheinend auch nicht.«

»Wahrscheinlich hat er kein Telefon. Weder Festanschluss noch Handy.«

»Wo sollen wir dann anfangen?«

»Bei dem, was ich über ihn weiß. Er zieht ein paar Mal

die Woche seine Show ab, immer in der Via della Consolata oder dort in der Nähe. Immer zwischen zwanzig nach sieben und Viertel vor acht.«

»Er wohnt in der Gegend. Er geht zu Fuß.«

»Wahrscheinlich, aber sicher ist es nicht. Er hat eine Zeitkarte.«

»Dann arbeiten wir mit dem Wahrscheinlichen. Ich kann mir nicht vorstellen, dass er die Tram benutzt, dass er auf sie wartet, sich rumkutschieren lässt, aussteigt, ein Stück läuft und dann seine Show abzieht. Sagen wir mal, er wohnt in der Gegend, aber nicht allzu nah am Schauplatz seiner Nummer. Er will nicht von irgendwelchen Nachbarn auf frischer Tat ertappt werden. Passt das?«

»Es passt. Er hat gewissermaßen etwas Diskretes an sich und macht kein Aufhebens um seine Person.«

»Wie könnte er wohnen?«

»Altstadt, also in einem historischen Haus, wie das immobilienmaklerisch heißt. Aber von der heruntergekommenen Sorte, unrenoviert, sonst hätten sie einem wie ihm längst gekündigt. Jetzt fällt es mir wieder ein: Er wohnt im Erdgeschoss, zum Innenhof hin.«

»Mehr wissen Sie nicht?«

»Ich muss überlegen.«

»Und?«

»Brot kauft er in einem kleinen Supermarkt in der Nähe, das ist billiger als in der Bäckerei, sagt er.«

»Wissen Sie den Namen?«

»Nein, den hat er nie erwähnt. Ein kleiner Supermarkt mit einer netten Kassiererin.«

»Dass sie nett ist, hilft uns auch nicht weiter.«

»Aber es ist doch gut, dass sie nett ist.«

»Gut für ihn.«

»Gut für alle. Es laufen zu viele arrogante Leute herum.«

»Und weiter?«

»Da war noch was mit den Croissants, es liegt mir auf der Zunge.«

»Entrümpeln Sie Ihr Hirn, schließen Sie die Augen und entspannen Sie sich.«

»Machst du jetzt einen auf Guru? Oder glaubst du, du stehst vor einer Fernsehkamera?«

»Ich fand das einen schönen Satz. Wenn Sie ›okay‹ gesagt und meinen Rat befolgt hätten, dann wäre Ihnen der entscheidende Punkt nach zehn Sekunden eingefallen.«

»Er ist mir auch so eingefallen. Und könnte tatsächlich entscheidend sein. Die Schokocroissants in seiner Bar schmecken scheußlich.«

»Entscheidend, meinen Sie?«

»Ja.«

»Sollen wir jetzt in sämtlichen Bars in der Altstadt die Schokocroissants testen?«

»Nein, die fragliche Bar ist die Juve-Bar. Schau im Telefonbuch, wo sie ist.«

»Ich weiß, wo sie ist. Ganz woanders, in San Paolo.«

»Schau trotzdem nach.«

»Ich schau im Internet nach, das geht schneller.«

»Wie du meinst.«

»Da: Bar Juventus, Via Monginevro.«

»Er hat Bar della Juve gesagt, nicht Bar Juventus.«

»Das ist doch das Gleiche.«

»Ist es nicht, mein lieber Watson. Lass die Liste durchlaufen und nimm eine größere Schrift, ich brauche meine Augen noch. Fang oben an.«

»Bin ich zu schnell?«

»Nein, du kannst ruhig noch schneller machen. Du grüne Neune, ist die lang.«

»Die Bar Juventus haben Sie gesehen, ja?«

»Die ist es aber nicht. Weiter ... weiter ... noch weiter ... Stopp! Bar Zebra: Das muss die Juve-Bar sein, mitten in der Altstadt, sechs oder sieben Minuten zu Fuß von der Via della Consolata.«

»Soll ich mit den dortigen Supermärkten gegenchecken?«

»Ja, es gibt bestimmt einen in der Nähe.«

»Tatsächlich. Einen *Dì per Dì*. Auf der gegenüberliegenden Straßenseite, drei Häuser weiter. Was haben Sie jetzt vor?«

»Nach der Schule hole ich mir ein *panino* und sehe nach dem Unsterblichen. Hast du Lust, mich zu begleiten?«

»Das wollte ich gerade fragen.«

Die Koordinaten stimmten, waren aber noch ein bisschen vage. Der Supermarkt mit der netten Kassiererin hatte mittags zu, in der Bar mit den scheußlichen Croissants wollten sie sich lieber nicht erkundigen, denn beim Unsterblichen wusste man nie, ob er sich nicht mit irgendeiner Szene den ewigen Zorn des Chefs zugezogen hatte. Sie betraten vier Innenhöfe, wollten angesichts dreier verschlossener Hauseingänge schon aufgeben und befragten dann eine schwammige Frau in den Siebzigern, die, behindert durch die Leine, an der sie einen knurrenden räudigen Hund führte, gerade keuchend eine der Türen öffnete.

»Ah, Sie meinen den Irren.«

»Na ja ...«

»Der Irre wohnt in Nummer 23. Er macht aber nicht auf.«

»Danke, Signora, sehr freundlich.«

Die Tür zur Nummer 23 war eine der Türen, bei deren Anblick sie fast aufgegeben hätten. Sie war morsch und hing schief in den Angeln, sodass man sie nur zwei- oder dreimal entschlossen mit der Schulter hätte rammen müssen, aber es war halb drei Uhr nachmittags, und auf der Straße waren Passanten. Gianni zückte ein falsches Schweizer Messer.

»Soll ich?«, fragte er und zeigte auf das Schloss.

»Du spinnst. Wir beherzigen lieber den Rat der klugen Klassiker. Weißt du noch, was Machiavelli dazu sagt?«

»Nein.«

»Du bist mir ein Esel. Was versuche ich euch denn beizubringen?«

»Sagen Sie schon, was er sagt, sonst werden wir hier noch alt.«

»Er sagt, es ist manchmal heilsamer, Zeit zu gewinnen, als Gewalt anzuwenden.«

»An dem Tag muss ich gefehlt haben.«

»Oder du hast geschlafen. Oder an Eleonora gedacht.«

»Vor einem Jahr habe ich an Romina gedacht.«

»Die mit der operierten Nase?«

»Woher wissen Sie, dass sie sich die Nase hat operieren lassen?«

»Das sieht man auf den ersten Blick. Vorher hatte sie eine richtige Nase, jetzt hat sie eine Seriennase, sagen wir Typ C4, Billigversion. Es gibt noch zwei oder drei davon an der Schule. Derselbe Chirurg, dasselbe Modell. Jetzt sei still, dann kannst du was lernen.«

Sie drückte mit der Hand auf alle Klingeln der Sprechanlage, und sofort tönte es im Chor: »Ja bitte?«

»Ich verteile Werbegeschenke der Parfümerie Clerici.«

Das Türschloss schnappte ein Dutzend Mal in rascher Folge.

»Ganz schön link, die Frau Lehrerin!«, lautete Giannis Kommentar.

»Ich nutze nur die Schwächen meiner Mitmenschen für ein hehres Ziel. Wenn die Leute ›Geschenk‹ oder ›gratis‹ hören, sind sie für jeden Mist zu haben. Ich dagegen reagiere wie Goebbels bei dem Wort ›Kultur‹: Ich entsichere meinen Revolver.«

Im Innenhof gab es eine Schreinerei, zwei Garagen und drei zur Hälfte verglaste Türen. Ein uraltes Weiblein kam aus einer der Türen und trippelte zu den anderen, die die Treppen hinunterstiegen und auf die Briefkästen zusteuerten.

»Welche nehmen wir?«, fragte Gianni.

»Die linke. Sie hat einen blickdichten Vorhang.«

Sie klopften. Ohne Erfolg. Sie klopften noch mal. Eine Katze schlüpfte durch das Katzentürchen und rieb sich lustvoll an Camillas Knöcheln. Innen war das Rücken eines Stuhls zu hören.

»Unsterblicher, mach auf. Ich bin's, Camilla, ich will mit dir reden.«

Die Tür ging, nicht sofort, einen Spalt auf. Dahinter stand er, völlig in Ordnung, zumindest in dem Längsausschnitt, der von ihm zu sehen war.

»Und wer ist das?«

»Ein Schüler von mir, er heißt Gianni Marchese. Jetzt lass uns schon rein.«

Die Tür öffnete sich ganz, der Unsterbliche ging beiseite, und sie traten ein. Das Zimmer war ein Loch, aber nicht übel. Eine Mischung aus Pulp und Pop, wie aus einem Tarantino-Film. Die Wände tapeziert mit Emailschildern für Eisreklame: *Motta, Algida, Chiavacci, Sammontana, Pepino, Sanson, Le tre Marie*, eine einzige Eisorgie, Tüten, Becher, Eis mit Schokoglasur, Eishörnchen, Wassereis, *granite* und Torten. Überall Pappkartons, aber sorgfältig gestapelt und mit Inhaltsangabe an der zugänglichen Seite. Ein Blechschrank wie aus einer Umkleidekabine in der Sporthalle, in dem – laut angeheftetem Etikett – Folgendes untergebracht war:

grauer Regenmantel
grüne Windjacke
2 Overalls
3 Dicke Pullover
Unterwäsche
Leintuch zum Wechseln
Decke aus Reinem Kasmir

Was das Reine Kasmir (oder Kaschmir) anging, hatte sie ihre Zweifel, aber sie musste zugeben, dass in der Tollheit doch Methode steckte. Ein Tisch, zwei Stühle, ein Herd, eine Ottomane, die als Bett fungierte und unter Schachteln begraben war.

»Hat dir die Pecorara gesagt, wo ich wohne?«

»Wer ist die Pecorara?«

»Die Betreuerin, eine blöde Kuh.«

»Die kenne ich nicht, ich hab's selber rausgefunden.«

»Ja, klar, du bist ja so schlau. Ich habe aber auch rausgekriegt, wo du wohnst.«

»Darf ich mich setzen oder muss ich stehen bleiben?«

»Setz dich nur. Wartet einen Moment, aber nichts anfassen.«

Er verschwand und kehrte gleich darauf mit einem Hocker zurück. Als er ihn hinstellte und Gianni bedeutete, sich zu setzen, wirbelte Sägemehl auf.

»Welchen Gefallen soll ich dir diesmal tun?«, fragte er in mürrischem Lehrerton.

»Gar keinen. Ich war nur in Sorge um dich, ich hatte Angst, dass dir was passiert ist. Schau, wir haben Schokocroissants mitgebracht.«

»Aus der Juve-Bar?«

»Nein, die schmecken doch scheußlich, hast du gesagt. Die sind aus der Bar Mogador.«

»Gut so, danke. Ich esse sie heute Abend mit einem Cappuccino.«

»Unsterblicher, ich weiß gar nicht, wie du richtig heißt.«

»Ich heiße Unsterblicher.«

»Ja, aber welcher Name steht in deinem Personalausweis?«

»Keine Ahnung, den habe ich verloren.«

»Und auf der Zeitkarte?«

»Da steht Secondo Traversa.«

»Secondo. Dann hast du also einen älteren Bruder oder eine ältere Schwester.«

»Ich habe keine Geschwister.«

»Hieß ein Großvater Secondo?«

»Ich hatte nur einen Großvater, und der hieß Argeo, das ist kein schöner Name für ein kleines Kind.«

»Warum dann Secondo?«

»Weil meiner Mutter Primo nicht gefiel.«

»Wie soll ich dich denn nennen?«

»Wie du mich immer genannt hast. So wie ich immer Camilla zu dir gesagt habe.«

»Einverstanden. Darf ich dich ab und zu besuchen?«

»Ja, aber ich hab viel zu tun. Kann sein, dass ich nicht da bin.«

»Dann komme ich ein andermal wieder. Und wenn es dich mal in meine Gegend verschlägt, kommst du auf einen Espresso oder einen Cappuccino zu mir, ich würde mich freuen.«

»Dritter Stock, Treppe A.«

»Du weißt wirklich alles.«

»Ja. Willst du ein Geschenk?«

»Klar.«

»Was magst du lieber: Torte oder Becher? Darfst es dir aussuchen.«

Sie sah sich um.

»Am liebsten eins mit Schokoüberzug oder Mandelsplittern.«

»Schlau wie immer, du willst das schönste. Aber du kriegst es trotzdem.«

Das Schild der Gelateria del Corso, das sie gleich im Keller verstauen wollte, versetzte allerdings Livietta in vollkommenes Entzücken.

11

Ein Erdbeben – dachte Dora – so fühlt man sich wahrscheinlich nach einem Erdbeben. Die Häuser eingestürzt, die Bezugspunkte ausgelöscht, die gewohnte Landschaft in einen unbekannten Ort verwandelt. Das Gefühl, dass alles immer weiter in sich zusammenstürzen kann, dass die Erde, auf der man läuft, nur eine dünne Kruste ist. Umkehren, eine Entscheidung ungeschehen machen, verhindern, dass ein Gedanke Gestalt annimmt und in die Tat umgesetzt wird. Angiolina, die Patentante von Andrea. Meine törichte Suche nach nutzlosen Wurzeln. Eine alte Frau mit papierenem Gesicht, die Augen tief in den Höhlen, die Hände knotig wie Olivenzweige. Ein luxuriöses Altersheim auf einem Hügel mitten im Grünen, aber durchzogen vom Geruch des Todes. Ich hatte meinen Besuch nicht angekündigt, ich hätte umkehren, die Zeit zehn Minuten vor dem Erdbeben anhalten können. Als ich den Geruch des Todes spürte, war ich drauf und dran, das zu tun. Aber ich wusste, dass Andrea sie sehr gemocht hatte, dass er eine ähnliche Sicht der Dinge gehabt hatte wie sie. Dann die räumliche Ferne … In den ersten Jahren ab und zu ein Brief, ab und zu ein Anruf, später eine liebe Karte mit Weihnachtsgrüßen und dann gar nichts mehr. Ich hätte die Verbindung aufrechterhalten können, doch für mich war sie eigentlich eine Fremde, ein Hochzeitsgast, ein Gesicht auf Fotografien, ein Name, der einem manchmal einfällt. Und jetzt, jetzt, da alle tot sind – meine Familie, ihre Familie –, habe ich mir in den Kopf gesetzt, sie aufzusuchen, die Einzige, die noch am Leben ist.

Das Alter ist ein schrecklicher Lebensabschnitt. Es ruiniert den Körper, stiehlt den Geist, lässt die Knochen durchscheinen und jene dunkle Seite der Seele, die durch die Kinderstube und die Achtung vor sich selbst und den anderen ganz in die Tiefe, in ein finsteres Verlies verbannt war. Der Körper stellt das Elend des Fleisches zur Schau – fleckige, schuppige Haut, deformierte Glieder, fleischige Hautlappen –, und der Geist verschließt sich in seinen

Groll, seinen Egoismus, seine Obsessionen, arme irre Maus in einem Labyrinth ohne Ausgang. Man sagt Dinge, über die man besser schweigen sollte. Öffnet Wunden. Zerstört mühsam erarbeitetes Gleichgewicht.

Angiolina öffnete die mitgebrachte Schachtel mit den kandierten Maronen, verschlang drei oder vier mit flüchtlingshafter Gier, ohne mir etwas anzubieten, ganz versunken in den schnellen Genuss. Wie ein Kind, aber alte Menschen wecken nicht in dem Maße Rührung und liebevolle Nachsicht. Wir können ihnen nicht verzeihen, dass sie sind, was sie sind, was sie geworden sind. Was auch wir sein werden.

»Wie geht es Andreas Sohn?«, fragte sie.

»Wessen Sohn?«, fragte ich.

»Dem Sohn deines Mannes.«

Ich glaubte, sie würde phantasieren. Und doch beschlich mich ein beklemmendes Gefühl, denn die Krankenschwester hatte gesagt, sie sei geschwächt, aber klar im Kopf, und kandierte Maronen seien nicht verboten. Die Maronen in der Schachtel, die sie mit beiden Händen auf dem Schoß festhielt. Die Maronen, von denen sie mir nichts angeboten hatte. Der letzte Rest von Kultiviertheit war verflogen. Ich schwieg, ich hoffte, sie würde nicht weitersprechen. Ich hätte aufstehen und gehen sollen.

»Andreas Sohn ist fünfunddreißig.«

Vor fünfunddreißig Jahren hatten wir uns kennengelernt, verlobt und geheiratet, alles innerhalb von sechs Monaten. Gleich darauf waren wir nach Washington gezogen. Ich schwieg immer noch. Aber Angiolina sprach weiter und erzählte alles. Alles, was sie wusste. Oder?

Ein Verhältnis mit einer verheirateten Frau, ihr Mann vielleicht verreist, vielleicht sind sie auch getrennt. Sie wird schwanger, sagt es Andrea. Der beendet die Affäre und will mit dem Kind nichts zu tun haben, niemals. Aber er schickt der Frau Geld, fünfundzwanzig Jahre lang. Wer war die Frau, wer war das Kind? Angiolina wusste es nicht, Andrea hatte ihr nur einen Teil der Geschichte anvertraut, mehr nicht, und nur ihr. Wer bezahlte die Schecks aus? Wahrscheinlich eine Bank. Nicht Andreas Vermögensverwalter, der verstorbene Dottor Bonadé-Bottino? Angiolina verneinte, Andrea habe die Sache geheim halten wollen.

»Warum erzählst du mir das, Angiolina, warum nach so vielen Jahren?«, fragte ich.

»Weil ich finde, dass du es wissen solltest«, antwortete sie. Dann rief sie die Schwester, um sich in ihr Zimmer zurückbringen zu lassen, und ich blieb verwirrt und benommen sitzen.

Die eigentlichen Fragen stellte ich mir erst hinterher. Wie man dermaßen grob sein Kind ablehnen kann. Aus welchem Grund, falls es überhaupt einen Grund gab. Warum er mir in den dreiunddreißig Jahren unseres Zusammenlebens nie etwas davon gesagt hat. Vor allem passte diese ablehnende und gleichgültige Haltung überhaupt nicht zu dem Mann, den ich geheiratet hatte. Ein Kind, das nicht unseres ist, hatte er einmal gesagt, will ich nicht. Das konnte eine Anspielung auf seine heimliche Geschichte, die Bestätigung einer nie widerrufenen Entscheidung oder spätes Bedauern sein. Ich werde es nie erfahren.

Ich habe auch versucht, die vielen Fragen schönzureden. Dass Angiolinas Eröffnung nur das Phantasiegebilde eines getrübten Geistes sei. Oder eine bewusste Erfindung, um mich zu bestrafen, zum Beispiel weil ich sie die ganzen amerikanischen Jahre über nie besucht habe: Zwar waren wir nicht miteinander befreundet, standen uns in keiner Weise nahe, aber ich hätte als Ehefrau die Familienbande pflegen müssen, denn Andrea war beruflich ziemlich eingespannt. Vielleicht war das der Gedanke, der Angiolina zu einer letzten boshaften Rache getrieben hat.

Doch an Ausflüchte muss man bedingungslos glauben, sonst funktionieren sie nicht. Ich aber spüre nur Zweifel und unendliche Bitterkeit. Und würde mich am liebsten einfach fallen lassen. Im Dunkeln die Augen schließen, nichts und niemanden mehr sehen und hören.

»Wieso hört man eigentlich nichts mehr vom Neuzugang in unserem häuslichen Zirkus?«, fragt Renzo, der unter dem schon wieder verstopften Spülbecken werkelt.

»Welchem Neuzugang?«

»Deine amerikanische Freundin.«

»Keine Ahnung. Ich verstehe dich wirklich nicht: Wenn sie mich mit Telefonanrufen traktiert, beschwerst du dich, und wenn sie abgetaucht ist, machst du dir Sorgen.«

»Ich mache mir keine Sorgen, ich wundere mich nur. Ich nehme jetzt eine Pistole.«

»Um mich zu erschießen?«

»Um diesen blöden Abfluss freizukriegen. Was kippst du da eigentlich immer rein?«

»Nichts, was man nicht reinkippen dürfte. Das liegt an der ganzen Installation, die ist unter aller Sau.«

»Wenn du als Fachfrau das sagst, wird es schon stimmen.«

»Mach dich nur lustig. In der alten Wohnung war die Spüle nie verstopft, und hier ist sie es alle naslang. Da ich immer dieselbe bin, müssen die Abflüsse unterschiedlich sein, der ist vielleicht enger.«

»In der alten Wohnung hatten wir keine Espressomaschine, und du hast keinen Kaffeesatz in die Spüle gekippt.«

»Und was habe ich deiner Meinung nach mit dem Kaffeesatz aus der Espressokanne gemacht? Aus dem Fenster geworfen?«

»Ich dachte in den Abfalleimer, wo er hingehört.«

»Im Abfalleimer fängt er sofort an zu stinken.«

»Man müsste ihn nur öfter ausleeren.«

»Klar. Die Mülltüte runterzubringen gehört zu meinen Lieblingsbeschäftigungen. Das kommt gleich nach dem Gassigehen.«

»Warum heiraten die Leute erst und streiten dann immer?«, mischt sich Livietta ein, die gerade die Küche betritt.

»Gute Frage«, bemerkt der Vater, »aber ich kann sie nicht beantworten.«

»Ihr könnt euch jederzeit trennen. In meiner Klasse sind nur meine, Vanessas und Robertos Eltern nicht getrennt. Auch die von Radu, Ion und Mirela nicht, aber die zählen nicht.«

»Warum nicht?«

»Weil sie erst vor Kurzem aus Rumänien gekommen sind und noch keine Zeit dazu hatten.«

»Hättest du denn gern, dass wir uns trennen?«, fragt Camilla leicht besorgt.

»Nein. Was ist die Pistole für eine Marke? Beretta, Smith & Wesson, Colt, Browning, Walther …?«

»Schaust du dir immer noch mit Francesco die Waffenhefte an?«

»Francesco geht jetzt in eine andere Schule. Das hat die Psychologin seiner Mutter geraten.«

»Und woher weißt du das?«

»Alle wissen es. Francesco ist verhaltensgestört.«

»Wer sagt das?«

»Die Psychologin.«

»Aber sie hat doch gesagt, er sei ganz normal!«

»Die vorher. Die von jetzt sagt, dass er verhaltensgestört ist.«

»Und wem hat sie das erzählt?«

»Keine Ahnung! Wir wissen es von der Hausmeisterin, die ist froh, dass sie nicht mehr mit ihm aufs Klo gehen muss.«

»Wieso musste sie mitgehen?«

»Weil er gestört ist, hab ich doch gesagt. Wenn er allein gegangen ist, hat er die Wand angepinkelt und immer auf den Boden gekackt. Er ist als kleines Kind vom Hochstuhl gefallen.«

»Sagt die Psychologin.«

»Nein, er. Aber so doof war er eigentlich gar nicht. Wie ich ihn gehauen hab, hat er mich nicht mehr gehauen.«

»Wenn, dann ›nachdem‹, nicht ›wie‹.«

»Mama, fang bitte nicht damit an.«

»Fang lieber du nicht an.«

»Okay, ich geh zur Oma. Ihr seid ja alle beide schlecht drauf. Zeigst du mir morgen die Pistole, Papa?«

»Mir zeigst du sie auch. Seit wann haben wir eine Pistole?«

»Ich glaube, ihr beide seid auch vom Hochstuhl gefallen. Das ist eine Pistole, um den Abfluss freizumachen, nicht zum Schießen.«

»Dann interessiert sie mich nicht. Darf ich bei der Oma essen?«

»Wie du willst.«

»Auch schlafen? Dann könnt ihr in Ruhe streiten.«

»Wir streiten nicht.«

»Das tut aber so klingen.«

»Man sagt nicht ›tut‹ …«

»Mama! Jetzt geh doch mal ans Telefon, es klingelt seit einer halben Stunde.«

12

Dora hatte angerufen. Mit Grabesstimme.

»Essen wir morgen Mittag zusammen?«, hatte sie gefragt, und es klang nicht wie eine Frage, sondern eher wie eine Bitte. Sie hatte Ja gesagt und ihr im Stillen ans Herz gelegt, das Portemonnaie nicht zu vergessen.

Tags darauf saßen sie im *Tre Galline* – klug und erfindungsreich interpretierte piemontesische Küche – und hatten, passend zum Namen des Restaurants, Hühnersalat mit Stangensellerie und Nüssen bestellt, der sich als höchst delikat erwies. Da Dora keine Anstalten machte zu reden, rief Camilla noch mal den Kellner: »Mein Kompliment an den Koch. Solches Hühnerfleisch habe ich seit mindestens zwanzig Jahren nicht mehr gegessen.«

»Es ist eine Köchin. Aber der Geschmack ist vor allem das Verdienst der Blonden von Villanova.«

»Wie bitte?«

»Der Blonden von Villanova. Einer wertvollen Rasse mit geschützter Herkunftsbezeichnung. Dieses Huhn kann man nicht im Käfig züchten, es ist ein Produkt für Feinschmecker, das jetzt groß Karriere macht.«

Ich habe eine Blondine gegessen, dachte Camilla träge in dem sich hinziehenden Schweigen. Auch Hamburger, Frankfurter, Mohren im Hemd oder Amerikaner mussten schon dran glauben. Ich habe Latin Lovers, Lady Killers und Black Russians getrunken. Gastronomisch verfeinerter Kannibalismus.

»Ich weiß nicht, wo ich anfangen soll«, sagte Dora schließlich und legte ihre Gabel auf den Teller.

»Ganz von vorn. Das ist ein gutes Prinzip.«

Später wusste Camilla nicht, was sie sagen, wie sie trösten sollte. Sie beschloss, ebenfalls dem guten Prinzip zu folgen.

»Mal angenommen, die Geschichte ist, wie du sagst, wahr. Es kann doch viele Gründe für das Verhalten deines Mannes geben.«

»Ich sehe keinen einzigen.«

»Weil du von deinem Blickwinkel ausgehst, von deinem Wunsch nach einem Kind. Und weil du glaubst, dass du dieses Kind gern großgezogen hättest.«

»Stimmt.«

»Auch vor fünfunddreißig Jahren? Das Kind hatte schließlich eine Mutter. Eine Mutter, die nicht abtreiben wollte.«

»Vor fünfunddreißig Jahren war Abtreibung in Italien verboten.«

»Aber weit verbreitet.«

»Und?«

»Du könnest dich doch fragen, warum sie nicht abgetrieben hat. Weil sie aus Prinzip dagegen war, weil es zu spät war, weil man mit einer Schwangerschaft den anderen emotional gut erpressen kann …«

»Meinen Mann?«

»Vielleicht. Vielleicht auch ihren eigenen.«

»Wie denn das?«

»Die meisten Leute sind der Meinung, dass ein Kind eine Ehe zusammenhält.«

»Ein eigenes, aber doch nicht das Ergebnis eines Seitensprungs.«

»Hat sie ihrem Mann denn gesagt, dass das Kind von einem anderen ist? Und war dein Mann von seiner Vaterschaft wirklich überzeugt? Du hast zu wenig in der Hand, um das beurteilen zu können.«

»Aber ich will es wissen. Ich will diesen Sohn finden.«

»Ganz schlechte Idee, tu's nicht.«

»Warum nicht?«

»Erstens hast du kein Recht, dich in sein Leben einzumischen. Dinge auszugraben, die vielleicht bitter für ihn sind. Und auch aus Respekt vor der Entscheidung deines Mannes.«

»Ein zynischer Rat.«

»Ich rate dir nur zur Vorsicht. Wenn Mutter und Sohn in all den Jahren keinen Kontakt aufgenommen haben, haben sie sicher gute Gründe.«

Ich konnte es ihr nicht begreiflich machen, dachte Camilla, als sie später ihre Besorgungen machte. Aber Dora hat ja keinen Rat gesucht, sondern sich nur aussprechen wollen. Jetzt wird sie schmutzige Wäsche waschen und im Sumpf stochern, und alle werden ein bisschen unglücklicher sein als vorher. Aber der Spion, dessen Pflichtverteidigung ich übernommen habe, ist mir ja ein sauberes Früchtchen. Und diese Hexe von Patentante, die vielleicht nicht weiß, welcher Tag heute ist, aber eine üble Geschichte von vor fünfunddreißig Jahren ausgräbt? Unwissenheit hat hervorragende Nebenwirkungen, aber das vergessen wir allzu oft.

Und als sie so vor sich hin sinniert, meint sie plötzlich auf der Gegenfahrbahn Renzos Auto an der grünen Ampel anfahren zu sehen. Neben Renzo – falls er es war –, saß eine Frau. Sicher eine Kollegin, redet sie sich ein.

13

Ein paar Tage Pause. Stell dir nicht so viele Fragen, konzentrier dich auf deine konkreten Pflichten, sagte sie sich mehrmals am Tag. Dass der Unsterbliche verschwunden, aber aufzuspüren war, und Dora nicht dauernd vor der Tür stand oder anrief, tat der Pause gut, aber der Gedanke an zwei Personen in einem dunkelroten Fiat Punto ließ sich nicht einfach verscheuchen. Gaetano rief öfter an, es war das Geplauder zweier zu Teenies regredierter Erwachsener, die sich darüber zwar freuten, sich aber auch bewusst waren, dass ihrer heimlichen Beziehung etwas Lächerliches anhaftete. Sie drohte ihnen zu entgleiten und sich in etwas anderes zu verwandeln. Von außen betrachtet, hat Verliebtsein immer etwas Lächerliches, dachte Camilla zerstreut, egal, in welchem Alter und unter welchen Umständen. Man bräuchte die Unschuld des ersten Mals, dürfte nicht imstande sein, sich zu spalten und selbst zu beobachten, man sollte sich ohne langes Nachdenken der Fülle des Lebens hingeben. Man müsste vor mindestens ein paar tausend Jahren geboren sein und viele Bücher weniger gelesen haben. Aber auch so, auch wenn man alle nur denkbaren Fehler abwägt und bewusst einkalkuliert, ist es ein wunderschönes Abenteuer, verliebt zu sein, ein Vordringen in einen bekannten und doch exotischen Ort. Aber warum kann ich dann nicht großzügig sein, warum bin ich nicht bereit, Renzo ebenfalls einen Streifzug zuzugestehen? Weil ich, nein, weil wir unvollkommen und widersprüchlich sind, weil es uns empört oder verletzt, wenn sich die anderen so verhalten wie wir selbst, wir aber die Leidtragenden sind. Schluss jetzt. Draußen zeigt sich ein Vorbote des Frühlings, der für weiche Knie sorgt, der einer leichtfüßigen Hingabe an alle nur möglichen Phantasien förderlich ist, ureigenen oder solchen aus alten Büchern und Filmen: Hotelzimmer mit Blick auf einen Boulevard oder ein Dächermeer, ein durch die Nacht fahrender Zug, eine winzige, von einer Hecke aus Feigenkakteen und Agaven geschützte Bucht, ein mediterraner Garten zur müden Siestazeit, der warme Atem in einem Zelt in den Bergen, während langsam die Sonne aufgeht … Sich fallen lassen, sich den Phantasien ergeben, ohne sich zu genieren …

»Professoressa Baudino, würden Sie uns bitte sagen, ob Sie mit Ja oder mit Nein stimmen?«

»Nein.«

»Schon wieder? Ich erinnere Sie daran, dass sich die Zustimmung oder die Ablehnung des START-Projekts immens auf unsere Schule auswirken wird.«

»Ich sagte Nein.«

»Es wird zu Protokoll gegeben, dass das START-Projekt mit dem Nein von Professoressa Baudino vorläufig verschoben wird. Ich persönlich bedauere das sehr.«

Das Bedauern der Rektorin störte sie nicht im Geringsten. Sie hatte gar nicht recht verstanden, worum es bei dem START-Projekt überhaupt ging – jeden Monat war ein neues Projekt zu prüfen –, aber sie ahnte immerhin, dass es teuer war und jemand es allzu eifrig befürwortete. Jemand, der davon profitierte. Ich habe diese nebulösen Projekte satt, dachte sie, diese genialen Ideen zur Produktion von heißer Luft, geht das wirklich nur mir so? Sie sah sich um: Zu ihrer Rechten häkelte die Canavero mit minimalen Handbewegungen und reglosen Ellenbogen ein Babymützchen, die Puglisi las eine ziehharmonikamäßig gefaltete Zeitung, Reinaudo löste ein Kreuzworträtsel in der *Rätselwoche*. Mit ihm endete die Reihe. Sie wandte sich zur anderen Seite: Arnaud war auf seinem Stuhl nach vorn gerutscht und hatte, geschützt durch die athletischen Schultern des neuen Sport-Vertretungslehrers, die Augen zugeklappt, die Ferroni nickte reflexhaft zu jedem Satz, den die Rektorin von sich gab, und sortierte unterdessen die Nummern im Telefonverzeichnis ihres Handys, die Costamagna, mittlerweile im sechsten Monat, fächelte sich mit müdem Gesicht und leerem Blick Luft zu. Inzwischen hatte die Schulpsychologin die Rektorin abgelöst und verkündet, sie werde die Zuhörerschaft mit dem Aufmerksamkeits-Defizit-Syndrom unterhalten. Camilla wurde von einem unbezwingbaren Lachkrampf gepackt, den sie zu einem unbezwingbaren künstlichen Hustenkrampf abwandelte.

»Entschuldigung«, röchelte sie und rettete sich in den Flur hinaus.

Als sie ein paar Stunden später nach Hause kam, traf sie zu ihrer Überraschung den Unsterblichen vor ihrer Haustür an.

»Willst du mit rauf? Wir könnten einen Kaffee trinken«, schlug sie vor.

»Ich muss eine Kleinigkeit essen. Ich habe mittags nichts gegessen.«

»Wie das?«

»Ich hatte zu tun.«

»Magst du Tee mit Keksen oder lieber ein belegtes Brötchen?«

»Eines reicht nicht.«

»Ich mache dir, so viele du willst.«

»Drei.«

»Gut.«

Sie betraten die Wohnung, und flugs war der Hund zur Stelle und beschnupperte ihn.

»Wie heißt er?«

»Potti.«

»Ich glaube, dem geht's hier auch gut.«

»Wie meinst du das?«

»Dass der Hund gar keinen Garten braucht.«

»Welchen Garten?«

»Den von dem Haus, das du so schön findest. Die Besitzerin verkauft es nicht mehr.«

»Woher weißt du das?«

»Das Schild ist weg. Sie hat es abgenommen.«

»Dann hat sie verkauft. Sie hat gar nichts gesagt. Komisch.«

»Sie hat es nicht verkauft.«

»Wie du meinst.«

»Glaubst du mir nicht? Es ist niemand mehr zur Besichtigung gekommen, und vorgestern hat sie das Schild weggetan.«

»Hast du sie gesehen?«

»Ja. Wie alt ist sie?«

»Sechsundfünfzig.«

»Und hat keinen Mann mehr.«

»Witwe. Kinderlos und wohlhabend.«

»Und sieht gut aus.«

»Stimmt. Soll ich das Brötchen mit Mayonnaise bestreichen?«

»Nein, tu ein bisschen Öl drauf, aber wenig. Hast du keinen Hunger?«

»Doch, klar, ich leiste dir Gesellschaft. Wein, Bier oder Mineralwasser?«

»Ein Glas Wein, wenn du einen guten hast.«

»Natürlich habe ich guten Wein.«

So saßen sie in der Küche wie zwei alte Kumpel in der Osteria, als das Klingeln des Telefons sie zusammenfahren ließ.

14

Ich sollte auf Camilla hören. Das Geschehene hinnehmen, wie man hinnimmt, dass man älter wird, krank wird, liebe Menschen verliert. Mich in meiner Erinnerung an Andrea verankern, wie sie sagt, an die gemeinsam verbrachten Jahre. Ihm verbunden und treu bleiben, denn was ich nicht wusste, hat nie zu meinem Leben gehört.

Aber jetzt, da ich es weiß, muss ich immerzu daran denken.

Ich habe Angiolina noch einmal besucht, ich weiß selbst nicht, warum. Auch wenn sie mich angelogen hätte, hätte sie das nie zugegeben, nicht nach dem Schlag, den sie mir mit einer solchen Nonchalance versetzt hat. Vielleicht hoffte ich auf irgendeine Erklärung, die das Geschehene erträglicher machte, aber sie wollte nicht noch mal auf das Thema zurückkommen. »Mehr weiß ich nicht«, sagte sie, drehte den Kopf weg und starrte ins Leere, als stünde ich nicht mehr vor ihr, als wäre ich ohne ein Wort des Abschieds gegangen. Sie hatte ihren Teil erledigt, das genügte ihr.

Aber ich unternahm etwas. Zuerst ging ich zu Bonadé-Bottino, obgleich Pietro, Andreas Schulfreund, vor vier Jahren gestorben ist und sein Sohn Enrico die Kanzlei übernommen hat. Mit Pietro hätte ich offen sprechen können, ich hätte nicht um den heißen Brei herumreden müssen und hätte sofort gewusst, was Sache ist, aber mit dem Sohn war es anders; wir stehen uns in keiner Weise nahe und haben geredet, als wären wir beide taub. Das liegt am Altersunterschied, und zudem hatte ich keine Lust, die arme Witwe zu spielen, die so spät die Leichen im Familienkeller entdeckt. Ich konnte das Thema nicht direkt ansprechen und habe wohl keine besonders überzeugende Geschichte zusammengeschustert, denn er sah mich leicht verwundert an. Oder erschrocken, als würde ich ihn um wer weiß was bitten. Er sagte, er habe keine Ahnung, er wisse nichts von jahrelangen Überweisungen auf ein Bankkonto, jedenfalls werde er sich die alten Unterlagen im Archiv ansehen und mir dann Bescheid geben. Zwei Tage später rief er an, er habe nichts gefunden, und da sein Vater nicht nur als Verwalter unseres Vermögens, sondern auch bei der Verwahrung sämtlicher Unterlagen sehr gewissenhaft und ordentlich gewesen war, musste ich mich von dieser Möglichkeit verabschieden und einen anderen Weg suchen.

Ich dachte an ein Detektivbüro. Ein Blick in die Gelben Seiten nahm mir allen Mut; es gibt unendlich viele, zu viele, als dass man aufs Geratewohl eines aussuchen könnte. Und die meisten versprechen wahre Wunder auf jedem Gebiet, von der Werksspionage über die Kontrolle von Fehlzeiten und graphologische Gutachten bis hin zur Aufdeckung verdächtiger Freundschaften. Da fiel mir Alec ein, der viele Jahre in Italien verbracht hatte, und ich rief ihn in Washington an. Ihm musste ich keine Lügengeschichten auftischen, und ich sagte ihm, ich bräuchte einen guten Detektiv, der schnell arbeitet und mir eine klare Antwort gibt, Kosten würden keine Rolle spielen. Auf seine Empfehlung hin vereinbarte ich einen Termin mit Dottor Amoruso, dessen Name weder in den Gelben noch in den Weißen Seiten steht: Alec hatte ihn angerufen und ihn gebeten, sich unverzüglich um meinen Fall zu kümmern. Höchstes Understatement auch im Büro, zentral und in einem schönen Gebäude, aber ohne jegliches Zurschaustellen von Kompetenzen oder Referenzen. Die Jahre in Washington haben mich gelehrt, von scheinbar neutralen Details auf die Professionalität von Leuten zu schließen, die in bestimmten Bereichen tätig sind, und zu Dottor Amoruso fasste ich sofort Vertrauen. Er hörte mir zu, ohne sich Notizen zu machen, und sagte dann: In einer Woche, spätestens zehn Tagen melde ich mich bei Ihnen, aber versprechen kann ich nichts, weil ich vermute, dass Ihr Mann seine Geheimnisse zu wahren wusste. Natürlich, wie dumm, daran hatte ich nicht gedacht, wenn man so verstört ist, verliert man den Blick für das Naheliegende.

Dottor Amoruso hatte recht: Andrea war es gelungen, eine Beziehung, ein Kind und eine fünfundzwanzig Jahre währende finanzielle Verpflichtung geheim zu halten. Lassen Sie es gut sein, Signora, Sie werden nichts zu Tage fördern. Dann fügte er, als ich gehen wollte, hinzu: Wahrscheinlich hatte Ihr Mann gute Gründe für sein Verhalten. Das hat Camilla auch gesagt. Ich hatte mich schon seit zwei Wochen nicht mehr bei ihr gemeldet. Mein Gewissen drückte mich, ich rief aber nicht sofort an, weil ich noch einiges zu tun hatte.

»Dora, wie geht es dir? Ich habe mir schon Sorgen gemacht.«

»Gut, danke. Geht schon. Ich habe deine Nachrichten auf dem Anrufbeantworter gehört, aber ich war deprimiert und wollte dich nicht anstecken.«

»Und wie geht's dir jetzt?«

»Besser. Ich habe ein paar Sachen erledigt und Entscheidungen getroffen. Jetzt bin ich ruhiger.«

»Hast du das Haus verkauft?«

»Nein. Das gehört auch zu meinen Entscheidungen. Ich verkaufe es nicht. Eine Weile soll es bleiben, wie es ist, und dann wird sich schon irgendwas ergeben.«

»Hast du keinen würdigen Käufer gefunden?«

»Nein. Können wir uns treffen?«

»Klar.«

»Wann?«

»Kommt drauf an, was du machen willst. Samstagvormittag drehe ich immer eine Runde auf dem Flohmarkt

Balon, anschließend Porta Palazzo mit Großeinkauf. Das könnten wir zusammen machen. Und wenn du Lust hast, kommst du anschließend zu uns zum Essen und lernst meine Familie kennen.«

»Einverstanden. Um wie viel Uhr?«

»Um neun.«

»Wo?«

»Im Caffè Ambaradan, dann frühstücken wir zusammen.«

Der Unsterbliche hatte einen Teil des Gesprächs gehört, den Rest hatte er sich zusammengereimt.

»Siehst du, ich hatte recht. Sie verkauft es nicht mehr. Du kannst mir ruhig glauben, wenn ich was sage. Ich gehe jetzt, ich habe zu tun.«

»Was schleppst du dir denn für Leute in die Wohnung!«, sagt die Mutter zu Camilla. Kaum war der Unsterbliche fort, ist sie zu ihrer Tochter hinaufgerannt.

»Spionierst du mir etwa hinterher? Wenn du es unbedingt wissen willst – das ist ein Freund von mir.«

»Seit wann bist du denn mit Pennern befreundet?«

»Er ist kein Penner. Er hat eine Wohnung, ist sauber und stinkt nicht. Und auch wenn er …«

»Weiß Renzo das?«

»Mama, kümmere dich doch bitte um deinen eigenen Kram!«

»Danke, sehr freundlich. Wenn ich mich um meinen eigenen Kram kümmern würde, könnte ich nicht jedes Mal, wenn du mich brauchst, auf deine Tochter und deinen Hund aufpassen.«

Ganz unrecht hat sie nicht, denkt Camilla, misch dich nicht in anderer Leute Leben ein, dann tun sie das bei dir auch nicht. Ich könnte auch weniger spitz antworten, mit ihr so geduldig sein wie mit dem Unsterblichen. Aber bei der eigenen Mutter ist es anscheinend unmöglich, sich emotional im Zaum zu halten, zumindest für mich ist es unmöglich. Also Rückwärtsgang einlegen und noch mal von vorn.

»Er ist kein schlechter Mensch, Mama, er ist nur ein bisschen verschroben und hat ein paar Macken.«

»Inwiefern verschroben?«

»Wie viele andere auch, du kennst doch auch solche Leute.«

»Wie Großonkel Michele?«

»So ungefähr. Der hatte die Macke, dass er von morgens bis abends durch die Gegend gelaufen ist und die Wäscheklammern aufgelesen hat, die von den Balkonen runtergefallen sind, und mein Freund rennt eben in fahrende Autos, nein, nicht richtig rein, er rennt zwischen die Autos.«

»Na ja, es ist ein Unterschied, ob man Wäscheklammern sammelt oder in ein Auto rennt.«

»Ja. Allerdings hatte der Onkel mindestens zwei Dutzend große Säcke zu Hause.«

»Aber das mit den Autos ist gefährlich!«

»Er sagt, dass es ihm Spaß macht und er unsterblich ist.«

»Armer Kerl. Früher oder später landet er im Krankenhaus. Wie geht's übrigens deiner Kollegin?«

»Welcher Kollegin?«

»Der im Krankenhaus.«

»Sie wurde diese Woche entlassen.«

»Gesund?«

Ich könnte Wunderheilerin spielen, denkt Camilla,

oder doch nicht, lieber setze ich noch eins drauf. Die Ausrede mit dem Krankenhaus könnte ich noch mal brauchen.

»Nein, leider nicht. Sie wird operiert. Am Montag muss sie zurück ins Krankenhaus.«

15

Wie schnell sich eine Gewohnheit einschleicht, dachte Camilla anderthalb Monate später. Man braucht etwas nur drei- oder viermal zu tun, und schon hat es sich in den Trott unserer Tage und Wochen eingefädelt. Vielleicht nicht für alle Ewigkeit, vielleicht nur, bis eine winzige Verzögerung oder im letzten Augenblick etwas Unvorhergesehenes den Ablauf stört und durcheinanderbringt und am Ende zunichte macht. Dann rückt womöglich eine neue Gewohnheit für die verschwundene nach und begleitet uns auf ein paar Monate oder Jahre oder einen langen Lebensabschnitt. Wie lange diese Gewohnheit wohl anhalten wird? Der gemeinsame Samstag mit Dora, dieses Mittelding zwischen Freundschaftsbezeugung und Pfadfindertat. Den Alten über die Straße helfen, streunende Katzen füttern, die Ufer des Po von Spritzen und Kondomen säubern. Dora Gesellschaft leisten. Beim ersten Mal Kaffee und Croissant in der Bar, dann eine Runde über den Balon, ein paar schöne Möbelstücke in den Läden angucken, in den Unmengen Krimskrams oder wertlosem Plunder an den Ständen der fliegenden Händler und auf den Matten der Zigeuner stöbern. Ein bisschen Maghreb, Schwarzafrika und Orient schnuppern, ohne die Zollgrenze zu überschreiten. Für eine Kette aus echtem Kunstbernstein, die ich nie tragen werde, für einen Bambusfächer made in China, aber in Form von Donald Duck einen Haufen Geld rauswerfen. Dora freut sich wie ein Kind, sie hat ein Wunderland in diesem Flohmarkt entdeckt, der schon immer da ist und den sie schon vor ihrem amerikanischen Intermezzo wenigstens einmal besucht oder zumindest gekannt haben muss. Dann der Einkauf an der Porta Palazzo, ich belade mich mit dicken Tüten, um mir die täglichen Besorgungen zu ersparen, sie scheint ganz benommen von all dem Überfluss und der hemmungslosen Vielfalt der Waren und dem ebenso hemmungslosen Geschrei der Händler. Dora, wo hast du denn gelebt? Warst du noch nie auf einem Markt? Dora schüttelte den Kopf: In Washington haben sich Sarah und Daniel ums Einkaufen und alles andere gekümmert. Und hier? Hier lebe ich in einem Apartmenthaus, habe ich dir das nie erzählt? Ich war erstaunt, weil ich es nicht wusste und auch merkwürdig fand. Sie merkte es und erklärte, das sei nichts Endgültiges, sondern eine vorübergehende Lösung, die sie aus Trägheit in die Länge ziehe. Außerdem, fügte sie hinzu, fühle ich mich dort ganz wohl, die Wohnung ist groß und gut eingerichtet, ich muss nicht putzen, und wenn ich keine Lust zu kochen habe, gehe ich ins Restaurant oder hole mir was Fertiges im Feinkostladen um die Ecke. Ich sagte nichts dazu, dachte aber, ein Apartmenthaus ist keine gute Lösung für eine Frau in den Fünfzigern, die vor nicht langer Zeit einen Trauerfall erlebt hat, die unter ihrer Einsamkeit leidet und einen Hang zur Schwermut hat. Die Gründung eines neuen

Hausstands ist anstrengend, lenkt aber von dunklen Gedanken ab, man muss sich nach Möbeln umsehen, Lampen und Vorhänge aussuchen, Teppiche auswählen – sofern man welche mag und keine Milbenphobie hat – und gleichzeitig einen Maler mit Malerarbeiten beauftragen und einen Klempner, weil ein Wasserhahn tropft oder im Bad ein Stück ausgetauscht werden muss. Eine neue Wohnung markiert den symbolischen Beginn einer neuen Zeit, sie zieht die Grenze zwischen einem Vorher und einem Nachher, sie hilft nach einem schmerzlichen Verlust beim Neuanfang. Aber ich dachte auch, wie dumm es ist, anderen Menschen die eigene Sicht der Dinge aufzudrängen, und dann dachte ich noch, dass meine Überlegungen in punkto Originalität nicht ins Guinnessbuch der Rekorde kämen.

Nach dem Einkauf in der Käseabteilung schlug ich Dora bei diesem ersten Mal vor, mit der Straßenbahn zu fahren, aber davon wollte sie nichts hören: Taxi, sagte sie, die Dosis an Gedränge reicht. Während wir warteten, dass die Ampel auf Grün umsprang, telefonierte sie, wir überquerten den Corso und dann kam schon bald das Taxi. Es wurde uns sofort zur Gewohnheit: Frühstück, Balon, Einkauf, Taxi, Mittagessen mit der Familie. An diese Gewohnheit scheint Dora sich in ihren konturlosen Tagen wie an eine Boje zu klammern, und sie versäumt nie, am Freitag anzurufen und sich zu vergewissern, dass es keine Änderung gibt. Abgesehen vom Hund, hat die Familie gar nicht so schlecht reagiert. Aus mindestens drei Gründen: Neugier, einer gewissen Sympathie, Gewinn. Der Gewinn besteht aus Doras Mitbringseln, köstlichen Kuchen und hervorragenden Jahrgangsweinen, als Dreingabe zu den Geschenken für Livietta (ein T-Shirt, ein

Schal, ein Rock, samt und sonders Markensachen). Ich reagierte ein bisschen kleinlich und spießig (ich fühlte mich in ihrer Schuld und litt unbewusst unter der Dankbarkeit), aber Renzo, der manche Dinge besser durchblickt als ich, hat mich darauf aufmerksam gemacht, und so war ich beruhigt: Das Leben ist ein einziger Kuhhandel, auch in der Freundschaft und wenn man einander zugeneigt ist. Sogar in der Liebe. Und wir trinken nicht jeden Tag Qualitätsweine aus dem Roero und den Langhe. Es wird schon eine Weile gut gehen.

Dora bleibt bis zum späten Nachmittag und, wenn Liviettas Freundinnen zum Spielen kommen, auch bis zum Abend, was für Renzo bedeutet, dass er sich verziehen kann (vermutlich ohne schlechtes Gewissen), und für meine Mutter, dass sie unter dem Vorwand, mir behilflich sein zu können, nicht in ihre Wohnung runter muss. Vielleicht gucken Pfadfinder auch manchmal weg, wenn sie sehen, dass eine alte Frau die Straße überqueren will.

Der Job wäre wohl auch erledigt, überlegte unterdessen der Mann. Die Blonde interessiert den Chef nicht mehr. Anscheinend weiß er jetzt, was er wissen wollte. Ich habe keinen Grund, mich zu beklagen, er hat wegen den Stunden, die ich aufgeschrieben habe, nicht gemosert, und er hat mich gut bezahlt, besser als sonst, richtig gut. Aber manchmal verstehe ich den Chef echt nicht. Mit Richis Roller und dann dem Renault war an der Blonden leichter dranzubleiben, weil ich hinter ihr herfahren konnte, auch wenn sie im Taxi saß, aber beschatten kann man so was nicht nennen, man bräuchte eine ganze Mannschaft, wenn man einem Menschen ernsthaft auf den Fersen bleiben will. Irgendwann habe ich Feierabend gemacht; abgesehen davon, dass ich todmüde war, konnte ich ja schlecht stundenlang vor ihrem Haus herumstehen. Im Auto ist es schweinekalt, und den Motor laufen lassen – sehr witzig, dann wäre Gott und die Welt auf mich aufmerksam geworden. Aber abgesehen davon kann ich als Detektiv sowieso nichts Großartiges rauskriegen, was weiß ich, zum Beispiel ihre Telefongespräche, Abhören ist nicht meins, und man braucht die entsprechenden Geräte. Fotografieren ist auch nicht meins, das heißt, ich mache schon Fotos, aber die werden nicht immer was, weil mit diesen beschissenen modernen Fotoapparaten sagen alle, es wäre kinderleicht, aber von wegen. Egal, der Chef war zufrieden, und ich bin eben billiger als ein Profi, deswegen hat er mir den Auftrag gegeben. Wenn du dich nicht auf irgendwas spezialisierst, kannst du nicht viel verlangen, und jetzt mit dieser Invasion von Hungerleidern wird eher noch weniger gezahlt, weil wenn du's nicht machst, dann macht es eben ein anderer. Ich wäre echt gern zum Film gegangen, das haben viele geschafft, wo doch jetzt in Turin haufenweise Filme und Serien gedreht werden, aber bei den Probeaufnahmen haben sie mich nie genommen. Sie nehmen jeden dahergelaufenen Blödian, Monstertypen, ich kann dir sagen, und ich komme nie zum Zug, dabei sehe ich ganz passabel aus. Tatsache ist, dass man sich an die Mädchen vom Casting ranmachen muss, man muss sie flachlegen, wenn sie scharf auf so was sind, aber das eine Mal, wo ich's versucht habe, bin ich abgeblitzt, anscheinend war ich nicht ihr Typ. Wenn Mama noch da wäre, würde bestimmt alles besser laufen, aber die hat so ein Scheißlastwagen überfahren, und der hatte Zeugen, dass seine Ampel grün war. Ich war nicht dabei, und sie hatte sich am Abend vorher mit Schlaftabletten zugeknallt, die haben sie dann bei der Obduktion im Blut gefunden, sie war vielleicht wirklich nicht ganz klar und hat die Ampel und den Lkw übergesehen. Dumm gelaufen, für uns beide, doppelt dumm gelaufen, weil ich plötzlich allein dastand und die Versicherung null gezahlt hat. Mama war eine echte Dame. Wahrscheinlich konnte Alessia sie deshalb nicht ausstehen und hat sie wie ein Stück Scheiße behandelt, dabei war sie doch auch ihre Mutter. Einmal, da war sie achtzehn oder so, wollte sie ausgehen, praktisch mit nacktem Busen und geschminkt wie die letzte Nutte, da hat Mama sie drauf angesprochen, und sie hatte die Frechheit, »Du brauchst gerade reden« zu antworten. Ich habe mich zwischen die beiden gestellt und ihr mit der Faust aufs rechte Auge geschlagen, da brauchte sie eine Woche lang keinen Lidschatten oder wie das Zeug heißt. Sie hat das Gleichgewicht verloren und ist umgekippt, und da habe ich sie nach dem Fausthieb noch zweimal mit den Stiefeln getreten, dabei ist ihr eine Rippe angebrochen. Aber sie hat in der Notaufnahme nichts verraten, sie ist gestürzt, hat sie gesagt. Mama hat uns immer gut behandelt, nie eine Ohrfeige, an nichts hat sie es uns fehlen lassen. Aber Alessia war eifersüchtig, weil sie damals zwar toll aussah, aber Mama war noch schöner, obwohl sie viel älter war. Und dass der Chef mir immer wieder einen Job gibt, habe ich Mama zu verdanken, sie hat mich in dem Laden mit ihm bekannt gemacht, wo sie vor vielen Jahren eingestellt wurde, als eine in Mutterschutz ging. Die Jobs dauern nie lange, aber ich mache keinen Ärger, und wenn es heißt, ich soll niemand was sagen, weil es was Heikles ist, dann halte ich die Klappe, ich bin immer auf der Hut.

Außerdem hat mir der Chef mehr Kohle gegeben, eine Art Sonderzulage, deswegen ist heute echt ein guter Tag, und ich habe keine Lust, zu überlegen, was danach kommt.

16

Bravo, kleines Hündchen, so gehört sich das. Nasenstupser, Schlabberchen und Küsschen für dein Frauchen, nämlich mich, die ich mich rundherum um dein seelisches und körperliches Wohlbefinden kümmere – ich bereite dir dein Futter zu und gehe mit dir kacken, ich kämme dich von Kopf bis Schwanz und kraule dich am Bauch und hinter den Ohren. Ich bringe dich auch zum Waschen, was du nicht besonders magst, aber es ist zu deinem Besten, du bist ja keine Katze und hältst dich nicht selbst sauber, Katzen sind etepetete und narzisstisch und pflegen ihren Körper wie Starlets und Showgirls. Aber du und die gesamte Hundheit, ihr seid Ferkel und habt diese bescheuerte Macke, dass ihr euch in Schmutz und Aas wälzen müsst, das braucht ihr doch gar nicht, ihr lebt doch nicht in der Wildnis und habt es nicht nötig, Feinde mit einem anderen als eurem Hundegeruch zu verwirren. Es sind zwar Jahrtausende vergangen, aber ihr Sturköpfe habt das immer noch nicht kapiert. Ja ja, lach du nur, darfst aber nur mit mir lachen, verstehst du? Bei den anderen musst du dich ein bisschen bremsen, du kannst mit leichtem Schwanzwedeln zeigen, dass du eine gute Hundestube hast und dich in Gesellschaft zu benehmen weißt, aber mehr nicht, keine übermäßigen Vertraulichkeiten. Apropos gut erzogen, was hat Dora dir getan, dass du jedes Mal, wenn sie hier auftaucht, pikiert die Schnauze abwendest und dich unter die Anrichte verziehst? Ich glaube nicht, dass sie jemals nach dir getreten hat, das passt nicht zu ihr, dagegen hättest du dich auch gewehrt, du hättest Bissspuren hinterlassen oder ein Häppchen Wade probiert: warum also? Wie praktisch, nicht wahr, dass du dich nicht in unserer differenzierten Menschensprache ausdrücken kannst, wie praktisch, wenn du keine Lust hast zu antworten.

»Könntest du, wenn du mit dem Hundequatsch fertig bist, vielleicht eine Antwort in Erwägung ziehen?«

»Eine Antwort worauf?«

»Auf die Einladung der Bruzzones. Gehen wir dieses oder nächstes Wochenende hin?«

»Lieber nächstes.«

»Warum?«

»Dann kann ich Dora rechtzeitig Bescheid sagen.«

»Du bist doch nicht mit ihr verheiratet, und vor allem bin ich nicht mit ihr verheiratet.«

»Ich weiß, aber sie tut mir leid.«

»Sag ihr, sie soll sich zu irgendwas aufraffen. Sag ihr, sie soll arbeiten, sich ehrenamtlich engagieren, sich einen Mann suchen, sich für eine Weile verdünnisieren ...«

»Bist du sauer, oder was?«

»Ich bin nicht sauer, ich mag mir nur nichts mehr aufzwingen lassen.«

»Aufzwingen?«

»Wie würdest du als Meisterin des Lexikons das Dauerbiwak von Dora und deiner Mutter hier bei uns denn nennen?«

»Ich würde es Biwak nennen, genau wie du.«

»Von dir verfügt.«

»Nicht verfügt, nur geduldet. Ich bin eben flexibler als du.«

»Streitet ihr schon wieder?«, erkundigt sich Livietta.

»Wir streiten nicht, wir diskutieren nur.«

»Aha. Ich gehe zur Oma, aber ich sag ihr nicht, was Papa gesagt hat.«

»Und ich bringe das Auto in die Werkstatt.«

»Jetzt? Und wann essen wir?«

»Später. Hast du nicht eben was von flexibel gesagt?«

Beide fort, tut mir aber leid. Und dieses Auto, das seit einiger Zeit immer irgendwas hat. Behauptet er. Wer's glaubt. Als wäre es ein Formel-1-Ferrari. Besser nicht darüber nachdenken. Ich trinke erst mal ein Glas gut gekühlten Arneis und rufe Gaetano an.

Aber nein, es klingelt an der Tür, so ein Mist.

»Ja bitte?«

»Hier ist Gianni Marchese, Signora. Wenn Sie zu tun haben, sagen Sie's ruhig, ich bin noch unten.«

»Komm nur rauf, ich mach auf.«

Was will er wohl? Er war zusammen mit einigen Mitschülern ein paar Mal zur Durchsicht eines Artikels bei mir, den sie im Rahmen eines Schülerwettbewerbs einschicken wollten. Sie haben mit dem Artikel einen Preis gewonnen und mir einen kleinen Kaktus geschenkt. Nett. Ich hasse Fettpflanzen, vor allem stachlige – und das war natürlich eine –, aber das konnten sie ja nicht wissen. Da mir der Kaktus immer noch nicht gefällt, wächst und gedeiht er wunderbar, und gedüngt mit meiner Gleichgültigkeit, blüht er sogar. Wenn sie mir Venushaar geschenkt hätten, das ich sehr gern mag, wäre es schon vor Monaten verdörrt. Das Schicksal ist auch in kleinen Dingen gemein.

»Komm rein. Stimmt was nicht?«

»Sieht man das?«

»Ich finde schon. Komm mit in die Küche, wir trinken einen Aperitif. Du kriegst einen alkoholfreien, sonst werde ich noch angezeigt, weil ich dich auf Abwege führe.«

»Ich sehe aber keine Zeugen.«

»Also ein Glas Arneis und Taralli, so geht er besser runter. Na, was ist los?«

»Können Sie sich das nicht denken?«

»Vielleicht. Hat es was mit Eleonora zu tun?«

»Ja. Ich hatte es mir gleich gedacht. Sie haben falschgelegen.«

»Ich bin ja nicht das Orakel von Delphi.«

»Dachten Sie das wirklich, was Sie mir in der Bibliothek gesagt haben?«

»Nicht ganz.«

»Und warum …?«

»Weil man manchmal schwindeln muss, aber das Loblied auf die Lüge singe ich dir ein andermal. Jetzt erzähl du.«

»Es gibt nicht viel zu erzählen. Wir haben uns heute getroffen, und sie hat gesagt, es ist Schluss, sie hat sich in einen anderen verliebt.«

»Willst du tröstliche Banalitäten hören oder lieber Plattitüden über die Flatterhaftigkeit der Mädchen?«

»Wäre ein origineller Kommentar nicht besser?«

»Zu dem Thema gibt's nichts Originelles. Es ist schon alles gesagt.«

»Dann braucht man gar nicht darüber zu reden.«

»Doch. Darüber zu reden tut gut, aber der Wundschmerz braucht Zeit, um abzuklingen und irgendwann zu verschwinden. Aber etwas kann ich dir schon sagen, auch wenn du es vielleicht nicht gern hörst.«

»Nämlich?«

»Dass du mit Eleonora eine gute Wahl getroffen hattest.«

»Vielen Dank, sehr tröstlich. Warum soll sie eine gute Wahl gewesen sein?«

»Weil sie den Mut hatte, es dir persönlich zu sagen. Weil sie sich fair verhalten hat.«

»Und sich in einen anderen verliebt hat.«

»Sei doch nicht dumm. Sie hat sich nicht auf Befehl in einen anderen verliebt oder um dir eins auszuwischen. Das mit dem Verlieben hat nichts mit Willen zu tun, es passiert einfach. Sie war so anständig, es dir zu sagen. Und indem du dich in sie verliebt hast und nicht in eine, die sich ohne Not die Nase neu machen lässt, hast du eine gute Wahl getroffen.«

»Das tröstet mich leider nicht im Geringsten.«

»Was willst du denn hören? Dass sie doof ist? Das sage ich nicht, weil es nicht stimmt. Dass es gut ist, wenn es so zu Ende gegangen ist? Auch nicht. Aber ich sage dir, dass es vorbeigehen wird, auch wenn du dir das jetzt nicht vorstellen kannst. Und ich sage dir etwas, was noch schlimmer ist: dass eine Enttäuschung in der Liebe fast unerlässlich ist. Sie lehrt einen, sich nicht allmächtig zu fühlen. Hast du dein Fahrrad noch?«

»Ja, aber das hat doch damit nichts zu tun.«

»Doch, du könntest Loris anrufen und ihm für morgen eine schöne Tour vorschlagen. Das Wetter soll gut werden: Nehmt euch ein paar Brötchen und was zu trinken mit und strampelt ein paar Kilometer ab, bis ihr bleierne Beine habt. Eure Köpfe fühlen sich dann auch bleischwer an, das tut gut.«

»Morgen ist der Englischtest.«

»Den lasst ihr sausen, was soll schon …«

»Wie bitte?«

»Du musst bei mir nicht den Streber spielen. Ihr seid beide volljährig, ihr braucht nicht mal die Unterschrift zu fälschen.«

»Die Rivetti wird stinksauer, wenn wir den Test schwänzen.«

»Die Rivetti wird morgen keinen Test abhalten, ich werde ihr sagen, dass ich unbedingt ihre Stunde brauche. Nachdem morgen Donnerstag und ihr Lieblingsschuhhändler auf dem Markt ist, wird sie bei dem Gedanken, dass sie da hin kann, vor Freude einen Luftsprung machen.«

»Wieder die Machiavellische Methode?«

»Aber nein. Er argumentierte im großen Stil, das ist doch was Kleines. Und bleibt dran mit Fahrradfahren, du und Loris, auch danach.«

»Und sollen wir auch weiter schwänzen?«

»Übertreiben darfst du es nicht. Nachmittags. Es wird euch beiden guttun, dir wegen Eleonora, ihm, damit er ein bisschen Muskeln ansetzt. Hast du Lust, mit uns zu essen?«

»Ja, aber ich will nicht …«

»Stören?«

»Ja.«

»Du störst überhaupt nicht, ganz im Gegenteil, ich werde dich schamlos ausnutzen. Erst kannst du mir beim

Kochen helfen, und dann zeigst du mir ein für alle Mal, wie man bei Amazon Bücher bestellt, ohne irgendwelche Böcke zu schießen.«

»Ein für alle Mal hab ich's Ihnen schon ein paar Mal gezeigt.«

»Aber ich kann es immer noch nicht. Nobody is perfect.«

17

Samstagvormittag. Routine. Frühstück mit Dora, auf dem Balon mit Dora. Sie kramen in einem Korb mit Kurzwaren, erkunden einen Stand mit alten Spielsachen, folgen etwa zwanzig Schritte lang einem Trio Straßenmusiker, Gitarre, Saxophon und Akkordeon. Dora trägt einen wunderschönen flaschengrünen Überzieher. Ein Haute-Couture-Teil, das ihr allerdings überhaupt nicht steht, sondern sie schrecklich blass macht. Sie wirkt erschöpft und sagt, sie habe schlecht geschlafen. Camilla hofft leise, sich früher als sonst loseisen zu können. Sie hat noch nicht erwähnt, dass sie am nächsten Wochenende verreist. Aus Feigheit schiebt sie die Ankündigung vor sich her. Aber auch weil Dora unter ihrem Make-up so blass ist und ihr noch mehr leid tut als sonst. Den mysteriösen Sohn ihres Mannes hat sie nicht mehr erwähnt, sie hat ein anderes Problem angedeutet, das sie bald zu lösen hofft, sich aber nicht weiter dazu geäußert. Camilla hat auf dem Bauernmarkt Obst, Gemüse und Käse gekauft. Sie steuern auf den Zebrastreifen zu, der über den Corso führt. Dora bleibt stehen und bestellt mit dem Handy ein Taxi. Jetzt stehen sie am Straßenrand, vor den Tramgleisen. Hinter ihnen eine Menschentraube. Die Ampel ist rot. Dora steht links von Camilla, einen halben Schritt vor ihr. Langsam nähert sich die Drei. Sie erreicht ihre Höhe. Dora taumelt und strauchelt nach vorn. Die Straßenbahn streift sie mit Wucht, Dora stürzt zu Boden, wenige Zentimeter vor den Schienen. Die Trambahn bremst, aber es ist zu spät. Camilla rutschen die Einkaufstüten aus den Händen. Die Menschen schreien auf. Ein Augenblick der Starre: In dem Schrei gefriert jegliche Fähigkeit zur Bewegung, jegliche Initiative. Dann plötzlich stoßen Körper aneinander, Beine treten vor oder weichen zurück, Arme strecken sich, Hände bedecken die Augen, und während der Schrei verebbt, ertönen Rufe und Fragen. Der Tramfahrer öffnet die Türen und stürzt hinaus und mit ihm die Passagiere, die bei der Vollbremsung keine Prellungen davongetragen haben; er rauft sich die Haare, tritt ein paar Schritte zurück und flüstert nur immer benommen Jesus Maria, Jesus Maria. Ein Blutfleck breitet sich unter Doras Kopf aus. Camilla geht in die Knie und übergibt sich, der Magen von heftigen Krämpfen geschüttelt. Das Gehirn erteilt ihr konfuse Befehle, die zu befolgen sie nicht imstande ist. Zwei Verkehrspolizisten, die etwa zwanzig Meter entfernt stehen, haben ihr Geplauder unterbrochen und sich umgedreht: Von ihrer Position aus können sie nicht sehen, was geschehen ist, aber sie ahnen, dass es etwas Schlimmes ist. Sie laufen schnell zu der Menschenmenge, diesem verrückt gewordenen Ameisenhaufen, der Korpulentere der beiden stolpert in einem Schlagloch, fängt sich wieder und kann sich einen halben Fluch nicht verkneifen; der andere bleibt nicht stehen, schreit »Zurücktreten, treten Sie zurück!«, ohne zu wissen, was eigentlich passiert ist, bahnt sich mit den Ellenbogen einen Weg durch die Menschenbarriere, und dann sieht er und begreift. Heilige Muttergottes, flüstert er und hängt sich an sein Funkgerät. Eine Blutlache hat sich neben Doras Kopf gebildet. Camilla richtet sich auf, sie ekelt sich vor ihren vollgekotzten Schuhen, vor dem scharfen Geschmack im Mund, vor allem aber vor sich selbst, weil sie die Beherrschung verloren hat. Dora, Dora, Dora, murmelt sie im Stillen und tritt neben die Freundin.

18

Die Sirene kündigt schon von fern den Krankenwagen an. Die Carabinieri des mobilen Postens am Markt sind den Polizisten zu Hilfe gekommen. Gemeinsam halten sie die Menge auf Abstand, nur Camilla durfte sich neben Dora hinhocken, ihre Hand nehmen, auf ihren Atem lauschen, ihr tröstend und klagend unsinnige Worte zuflüstern. Worte, die Dora nicht hören kann oder wer weiß … Nichts ist sicher in diesem Zwischenreich, hinter dem der Tod lauert, und auch die Wissenschaft mit all ihren Apparaten und Tests und Aufzeichnungen muss den kalten Schatten des Zweifels zulassen.

Dora, Dora, Dora, wenn ich mit dem Wochenende bei den Bruzzones einverstanden gewesen wäre, würdest du jetzt nicht hier auf der Straße liegen, armer verrenkter

Hampelmann, elendes Bündel aus Knochen und Fleisch, hier auf der Erde, und darauf warten, dass fremde Hände dich aufheben und auf eine Trage legen. Auch weniger hätte genügt: keinen Spargel und Blumenkohl zu kaufen oder eine oder anderthalb Minuten später dran zu sein, dann hätten wir den Corso bei Grün überquert und wären beide drüben gewesen, auf dem Bürgersteig und in Sicherheit. Du warst heute Vormittag so blass, so müde nach der schlechten Nacht. Oder wegen deiner heimlichen Ängste, von denen du mir nicht mehr erzählt hast. Hast du das Gleichgewicht verloren, weil dir schwindlig war, oder hattest du ein paar Pillen zu viel geschluckt, um die Gespenster in Schach zu halten?

Die Sirene ist ganz nah, der Krankenwagen schlängelt sich durch die Menge und weicht Hindernissen aus.

»Die Handtasche«, sagt Camilla zu einem jungen Gefreiten, der aussieht, als würde er sich auch gleich übergeben, so grün ist er im Gesicht.

»Die Handtasche«, wiederholt sie, weil er nicht versteht und sie nur verwirrt anstarrt. Dann weist er mit dem Kopf zu Doras Handtasche, die ein paar Schritte entfernt auf dem Boden liegt. Unterdessen sind weitere Polizisten eingetroffen, einer fängt an, Fragen zu stellen, ein anderer besieht sich die Szene genau und fotografiert; auch ein Dienstwagen der öffentlichen Verkehrsbetriebe ist aufgetaucht, und seine Insassen sind aus dem Fahrzeug gesprungen, als müssten sie einen Brand löschen, Alte und Kinder aus einem einstürzenden Wohnhaus retten. Der Krankenwagen steht jetzt mit heulender Sirene neben der Trambahn, die Sanitäter und der Notarzt schätzen mit einem Blick die Lage ab und beginnen mit ihrer Arbeit. Als Camilla aufsteht, bemerkt sie auf dem Gesicht des

Arztes kaum wahrnehmbare Zeichen der Erschütterung, die ihre Befürchtungen bestätigen. Der Verkehr steht inzwischen still, hinter der Unfalltram warten acht weitere Straßenbahnen, an den überdachten Haltestellen wimmelt es von Menschen: Es ist Samstagvormittag, Hauptmarkttag.

»Wer fährt mit?«, fragt ein Sanitäter kurz, während Dora, die reglos auf der Trage liegt, in den Krankenwagen verfrachtet wird.

»Ich«, sagt Camilla.

»Sind Sie mit ihr verwandt?«

»Nein, ich bin ihre … Freundin.«

Polizisten und Carabinieri haben die Straße ringsum freigehalten, und jetzt wedeln sie mit den Armen, um dem Krankenwagen die Durchfahrt zu erleichtern. Die Sirene heult immer noch, und Camilla spürt den Ton, als würde er alles durchbohren, Kopf und Knochen und Eingeweide. Sie traut sich nicht, die Handgriffe des Arztes und seiner Helfer zu beobachten, wendet den Blick ab und versucht Ordnung in ihre Gedanken zu bringen.

Meine Handtasche? Ich hatte keine dabei, Handy, Portemonnaie und Schlüssel habe ich in der Hosentasche, ich muss sofort zu Hause anrufen, aber nicht hier, und dann … wen muss ich dann anrufen? Verwandte hat sie keine, und von Freunden hat sie auch nie etwas erzählt … Mein Gott, als ob dieses ganze Drama nicht schon trostlos genug wäre … und ich kann nicht mal hoffen, dass alles nur ein Albtraum ist, denn ich weiß, dass ich wach bin, ich weiß, dass vor einer halben Stunde noch nichts passiert war, und mit einer minimalen Verschiebung des zeitlichen Ablaufs wäre überhaupt nichts passiert und alles wäre weitergegangen wie vorher und wie immer.

Im Krankenhaus wird Dora von den Türen der Notaufnahme verschluckt, und jemand bittet Camilla zu warten und sich zur Verfügung zu halten. »Zu wessen Verfügung?«, fragt sie, aber niemand antwortet, denn schon ertönen herrische Aufforderungen aus den Lautsprechern, Dottoressa Cagetti dringend in OP C, Dottor Appiano auf die Intensivstation, ich wiederhole, Dottor Appiano auf die Intensivstation, OP-Schwester Gruppe H zum Chefarzt in die Neurochirurgie … Ringsum auf den Bänken und Stühlen des Wartesaals Leidende unterschiedlichen Grades, ein Sammelsurium von Menschen, die in Schmerz, Angst, Ungeduld, Frustration, Wut gefangen sind. Camilla lehnt sich in einer freien Ecke an die Wand und fängt still an zu weinen.

Zeit ist vergangen, wie viel, weiß sie nicht. Es gab Geschrei und Streit, zwei kräftige, resolute Pfleger schafften ein Paar hinaus, das in einer unverständlichen Sprache herumschrie. Eine junge Frau, höchstens Anfang zwanzig, taumelte herein und brach vor der Anmeldung zusammen; die Schwester auf der anderen Seite der Glasscheibe stöhnte genervt, stand auf und rief: »Mario, schnell, es ist wieder mal so weit!« Dann trat eine etwa fünfzigjährige Frau mit einem Krankenblatt in der Hand zu Camilla und fragte: »Waren Sie nach dem Unfall mit der Straßenbahn im Krankenwagen?«

»Ja. Wie geht es ihr?«

»Sind Sie mit ihr verwandt?«

»Nein. Wie geht es ihr?«

»Leider schlecht. Bitte kommen Sie mit.«

19

»Komm, ich bring dich nach Hause«, sagt Renzo, als er sie zwei Stunden später in den Arm nimmt.

»Wo ist Livietta?«

»Bei deiner Mutter. Mach dir keine Sorgen, denk an gar nichts. Haben sie dir ein Beruhigungsmittel gegeben?«

»Nein, ich wollte keins.«

»Warum nicht?«

»Weil ich sowieso schon wie betäubt bin. Meinst du … meinst du, sie schafft es?«

»Ich weiß es nicht, ich habe sie nicht gesehen. Ich bin kein Arzt. Was sagen sie denn?«

»Dass es schlimm ist.«

»Lass uns nach Hause fahren.«

»Nein. Ich will da sein, wenn sie aus dem OP kommt. Du kannst ruhig fahren. Ich mag sie einfach nicht allein lassen.«

»Und ich mag dich nicht allein lassen. Du brichst mir bald zusammen.«

»Schon geschehen.«

»Wann?«

»Gleich nach dem Unfall. Ich hab mir über die Schuhe gekotzt.«

»Über die hier? Deine nagelneuen Tod's?«

»Genau. Ein Unglück kommt selten allein.«

»Braves Mädchen, so mag ich dich. Ganz die alte.«

Es ist fast Abend, als sie endlich nach Hause fahren. Der Neurochirurg hat keine ermutigende Prognose geäußert: Schweres Schädelhirntrauma, die Patientin schwebe noch immer in Lebensgefahr, außerdem sei ihr Allgemeinzustand schon vorher ziemlich prekär gewesen. Man könne nur warten und auf Gott vertrauen, sofern man an ihn glaube.

»Erzählst du mir, wie es passiert ist?«, fragt Renzo. Sie liegt auf dem Bett, Livietta und Potti sind im Exil, in der sorgenden Obhut der Großmutter. Die hatte auch etwas hören wollen, aber in einem Ton, der keine Widerrede duldete, nur ein »Später« zur Antwort bekommen.

»Ich habe es schon tausendmal erzählt. In der Notaufnahme, den Carabinieri, der Polizei, dann wieder den Carabinieri … Ich habe es so oft wiederholt, dass es mir vorkommt, als wäre es jemand anderem passiert.«

»Dann lass es gut sein.«

»Nein … Ich will's dir ja erzählen. Jetzt sehe ich die Szene klarer. Irgendetwas an ihr stimmt nicht. Ein merkwürdiger Unfall …«

»Inwiefern merkwürdig?«

»Wenn man das Bewusstsein verliert, wie fällt man dann?«

»Ich weiß nicht, ich war noch nie ohnmächtig.«

»Ich auch nicht. Aber …«

»Aber?«

»Aber man sinkt doch in sich zusammen, als hätte man plötzlich ganz weiche Beine. Im Kino und im Fernsehen gehen die Heldinnen graziös in die Knie, wenn kein eifriger Kavalier oder ein Dienstmädchen sie stützt.«

»Ich glaube, man kann auch nach vorn fallen, wenn ich mir das jetzt so überlege.«

»Aber die Füße bleiben, wo sie sind, oder?«

»Wie meinst du das? Was bezweckst du denn mit deiner Fallstudie?«

»Der Sturz als solcher passt nicht in die Szene. Ich habe vorher nicht auf Dora geachtet, sondern nach vorn gesehen. Aber …«

»Aber?«

»Dann habe ich gesehen, dass Dora taumelt und einen Schritt nach vorn macht. Nein, dass sie taumelt und vornübergebeugt einen Schritt macht. Verstehst du?«

»Nein.«

»Ich zeig's dir, ohne hinzufallen. Schau zu.«

»Du hast dich bewegt, wie wenn du über etwas gestolpert wärst.«

»Man kann im Stehen eigentlich nicht stolpern, oder?«

»Stimmt.«

»Und jetzt?«

»Ich glaube, dass Dora gestoßen wurde.«

»Du hast doch gesagt, dass großes Gedränge geherrscht hat. Da kann man schon mal angerempelt werden.«

»Gestoßen, nicht angerempelt.«

»Und was willst du damit sagen?«

»Dass der Stoß heftig war, richtig heftig. So, jetzt ist es raus.«

»Ein heftiger Stoß, während die Straßenbahn kam. Aber meinst du denn …«

»Ich meine, dass es vielleicht kein Unfall war.«

»Bist du sicher, dass du die Szene nicht zu emotional rekonstruierst?«

»Sicher … sicher … Ich bin fast sicher, ziemlich sicher.«

»Ich hoffe, dass du dich irrst. Ein Schock kann einem böse Streiche spielen. Er brennt dir eine Szene ins Hirn, die nicht der Wirklichkeit entspricht, und die Details, die Mosaiksteinchen fügen sich willkürlich ineinander. Dass es der Sau graust, wie du das nennen würdest.«

»Stimmt. Allerdings rekonstruiere ich die Szene jetzt, da ich nicht unter Schock stehe.«

»Aber du rekonstruierst sie nach Details und Eindrücken, die du unter Schock registriert hast.«

»Stimmt, schon gut, vergessen wir's.«

»Du hast doch der Polizei oder den Carabinieri nichts davon gesagt?«

»Nein.«

»Gut so.«

»Ich habe nichts gesagt, weil ich da tatsächlich unter Schock stand.«

»Behalt's weiterhin für dich.«

»Warum denn?«

»Weil du sonst mit reingezogen wirst.«

»Wie meinst du das?«

»Keine Ahnung, aber du warst mit Dora zusammen, und Balon und Porta Palazzo war eure samstägliche Gewohnheitsrunde.«

»Ja und? Das ist doch kein Verbrechen.«

»Natürlich nicht. Aber falls sich herausstellen sollte, dass sie gestoßen wurde, werden sie dich ausquetschen. Über eure Freundschaft, was du über Dora weißt, was sie gemacht und was sie dir erzählt hat. Das gibt einen Haufen Fragen und wahrscheinlich Ärger.«

»Ärger?«

»Ja, Ärger, eben Ärger.«

»Was denn für einen?«

»Keine Ahnung, ich bin ja kein Hellseher. Aber irgendjemand könnte sich fragen, wer sie gestoßen hat, und vielleicht …«

»… denkt er dabei an mich. Wolltest du das sagen?«

»Nein, aber …«

»Aus welchem Grund hätte ich sie denn stoßen sollen?«

»Aus keinem. Mordgelüste traue ich dir sowieso nicht zu. Aber behalte deine Zweifel besser für dich.«

»Natürlich kann ich sie für mich behalten, aber jemand anderes wird auch draufkommen. Die Polizei oder die Carabinieri zum Beispiel.«

»Polizei und Carabinieri waren bei dem Unfall nicht dabei, sie haben also nicht gesehen, wie sie gefallen ist.«

»Aber sie haben bestimmt jemanden gefragt, der dabei war.«

»Ich glaube nicht, dass sie viel erfahren. Die Leute achten nur auf sich selbst, sie passen auf, dass ihnen der Geldbeutel nicht geklaut wird, und halten ihre Einkaufstüten fest.«

»Die Einkaufstüten!«

»Ja, warum?«

»Weil ich doch auch welche hatte! Und zwar vier, um genau zu sein.«

»Und wo sind die?«

»Keine Ahnung! Sie sind mir runtergefallen. Wahrscheinlich liegen sie immer noch dort, zertrampelt und zerquetscht.«

»In welcher Hand hast du sie gehalten?«

»In der rechten und der linken, zwei auf jeder Seite. Sie waren schwer. Ich hätte also, auch wenn ich gewollt hätte, niemanden mit den Händen stoßen können.«

»Klar. Aber bitte erzähl keinem was von stoßen.«

»Hör auf, ich fühle mich jetzt schon schuldig, obwohl ich nichts getan habe. Mein Herz klopft. Jetzt hätte ich schon gern ein Beruhigungsmittel. Eine Elefantendosis. Eine Dosis, die mich umhaut. Mit der ich schlafen und nicht mehr denken kann.«

20

Renzo hatte seinen Freund Alberto, der auch ihr Hausarzt war, angerufen. Er hatte ihm erklärt, was geschehen war, und ihn gebeten, die von Camilla verlangte »Elefantendosis« zu quantifizieren, doch als er das Gebräu dann mixte, reduzierte er die verordnete Tropfenmenge großzügig. Typisch Renzo: Ratschläge anderer Leute, und mochten sie noch so vernünftig und professionell sein, bastelte er sich in einem Anflug reflexhaften Widerstands zurecht, als wollte er seine tiefe Abneigung gegen jede Art von blindem Gehorsam betonen. Das Ergebnis für Camilla war einlullende Verdummung, ein Mittelding zwischen trancehaftem Schlaf und der Klarheit des Wachseins, ein Zustand, aus dem die Gedanken zwar nicht verbannt sind, doch haben sie keine Kraft, sich schlüssig zu entwickeln. Ein nebliges Bewusstsein, in dem sich die wahrgenommene Zeit auf die Gegenwart abflacht und man kein Gefühl dafür hat, dass sie vergeht.

Sie sah aus wie ein Zombie und bewegte sich auch so, als sie am nächsten Morgen aus dem Bett stieg. Auf dem Küchentisch lagen aufgeschlagen *Stampa* und *Repubblica* mit dem Unfallbericht inklusive Fotos des Opfers und der Unfallstelle. Dora wurde das Foto, wahrscheinlich ihr Passfoto, nicht gerecht.

Renzo reichte ihr eine große Tasse Kaffee und strich ihr rasch übers Haar.

»Besser?«

»Geht schon. Ich dusche jetzt und rufe dann im Krankenhaus an.«

Doch während sie unter dem fließenden Wasser wieder auflebte, kamen zwei Anrufe: Doras Zustand hatte sich verschlechtert, und die Carabinieri wollten noch mal mit Camilla reden, auf dem Revier in Falchera, also am Ende der Welt, am äußersten nördlichen Stadtrand.

»Warum ausgerechnet dort?«, fragte sie.

»Keine Ahnung. Was für ein beschissener Sonntag«, schimpfte er.

Im Krankenhaus war keine Besuchszeit, aber sie durfte sofort in die Intensivstation im zweiten Stock. Der Neurochirurg, den sie schon kannte, begrüßte sie (Renzo hatte sich ins Wartezimmer gesetzt) und sagte, er habe sie anrufen lassen, weil weder nahe noch entfernte Verwandte ausfindig zu machen seien. Die Patientin liege im Sterben und habe das Bewusstsein nicht wiedererlangt.

»Darf ich zu ihr?«, fragte sie.

»Meinetwegen. Aber Signora Vernetti wird Sie bestimmt nicht erkennen.«

»Das macht nichts. Ich will nur nicht …«

»Was wollen Sie nicht?«

»Dass sie allein ist, wenn sie stirbt. Das stelle ich mir schrecklich vor.«

Er blickte sie prüfend an.

»Wie es aussieht, war sie auch zu Lebzeiten allein.«

»Ja. Und ebendeshalb …«

»Einverstanden, es bringt Sie jemand hin. Ich fürchte, viel Zeit bleibt ihr nicht mehr.«

Ihr blieb etwas mehr als eine Stunde. Beinahe eine Ewigkeit. Dann der Augenblick, in dem alles endet, in dem der Atem bricht und ein unbekanntes Nachher beginnt.

Camilla spürte diesen Augenblick, und es war wie ein Faustschlag in die Brust.

Und dann die Carabinieri. Renzo saß wieder in einem Wartezimmer und hoffte, dass es sich nicht allzu lange hinziehen würde.

»Ich komme gerade aus der Klinik«, sagte Camilla, »Signora Vernetti ist tot.«

»Das wissen wir«, antwortete der Carabiniere, der ihr gegenübersaß. Er hatte sich ihr schon tags zuvor als Maresciallo vorgestellt, inklusive Vor- und Nachname, die ihr entfallen waren, und sie hatte ihm in Kurzform und konfus den Unfallhergang berichtet. Im Büro waren zwei weitere Personen, ebenfalls Carabinieri, dachte sie, aber in Zivil, die nur zuhörten und sie beobachteten. Routinefragen, eine Weile lang nicht viel anders als tags zuvor, dann, bohrender und präziser, Fragen zu der Art und Weise, wie Dora gestürzt war.

»Wir versuchen, den Unfallhergang exakt zu rekonstruieren«, erklärte der Maresciallo.

»Natürlich«, sagte sie und atmete bei dem Wort Unfall im Stillen auf. Dann erzählte sie, wie Dora nach vorn getaumelt, von der Straßenbahn gestreift und neben die Schiene gestürzt war. Sie ließ sorgfältig weg, was für sich zu behalten Renzo ihr geraten hatte. Hin und wieder schlug der Maresciallo eine Aktenmappe auf und schielte auf die Blätter darin, als suche er eine Bestätigung oder eine gegenteilige Darstellung dessen, was er gerade hörte, dann sah er sie an, als erwarte er neue Details.

»Ist das alles?«, fragte er schließlich.

»Eigentlich schon. Als ich Signora Vernetti am Boden liegen sah, war mir ganz elend.«

»Was meinen Sie mit elend?«

»Mir sind die Beine weggeknickt, und ich musste mich übergeben.«

»Aber dann haben Sie auf den Krankenwagen gewartet und die Signora in die Klinik begleitet.«

»Ja, natürlich. Das erschien mir das Mindeste.«

»Hatte Signora Vernetti, bevor der Krankenwagen kam, klare Momente, hat sie was gesagt?«

»Nein, nichts. Als ich mich neben sie hinhockte, waren ihre Augen geschlossen. Ich glaube nicht, dass sie bei Bewusstsein war.«

»Aber Sie sprachen zu ihr.«

»Ich sagte ihren Namen, ich versuchte, ihr Mut zu machen, glaube ich.«

»Sie glauben?«

»Ich war völlig durcheinander.«

»Ja, ich verstehe.«

Er fragte noch, um wie viel Uhr sie sich mit Dora getroffen hatte und was sie später, in diesem Danach, das es dann nicht mehr gab, vorgehabt hatten (wieder Fragen, die sie, wie ihr schien, schon tags zuvor in der Klinik beantwortet hatte), sie las und unterschrieb das Protokoll und wurde schließlich entlassen. Aber als der Maresciallo sie an die Tür brachte, sagte er »Wir sehen uns wieder« und nicht »Auf Wiedersehen«.

21

Zweieinhalb Tage Waffenstillstand. Aber auch Tage trüber Niedergeschlagenheit, die nicht nachlassen wollte. Unterschiedliche Gefühle verknäulten sich in ihr: der Schmerz über den Tod der Freundin, die Reue, dass sie sich nicht mehr um sie gekümmert hatte, dass sie manchmal einen Anflug von Unduldsamkeit empfunden hatte, von Unverständnis, fast kleinlicher Verschlossenheit, und zudem eine fortwährende nagende Unruhe, die auch Renzos beschwichtigende Worte nicht dämpfen konnten. Am Montag nahmen die Zeitungsartikel zu dem Unfall schon weniger Platz ein, am Dienstag waren sie, überrundet von anderen Nachrichten, zu mageren Kurzmeldungen zusammengeschmolzen. Doch am Mittwoch war alles wieder in Frage gestellt. Morgens um halb acht klingelte, kurz bevor sie aus dem Haus gehen wollte, das Telefon: Die Carabinieri wollten sie noch mal sprechen, aber nicht auf dem Revier in Falchera, sondern in der Kaserne in der Via Valfrè.

»Wann?«, fragte sie.

»So bald wie möglich«, lautete die Antwort.

»Aber ich muss in die Schule, ich kann nicht unentschuldigt fernbleiben«, wandte sie ein.

»Keine Sorge, sagen Sie uns, wie die Schule heißt, wir kümmern uns darum.«

»Jetzt haben wir den Salat«, erklärte sie Renzo, der neben ihr stand. »Es ist beileibe nicht vorbei. Diesmal soll ich nicht nach Falchera, sondern in die Via Valfrè.«

»In die Kommandostelle der Provinz also.«

»Schlechtes Zeichen?«

»Ich weiß nicht, ich glaube nicht. Ich begleite dich.«

»Und die Arbeit?«

»Ich rufe an, dass ich später komme.«

»Und Livietta?«

»Wir bringen sie in die Schule und fahren anschließend zu den Carabinieri. Jetzt schau nicht so, ist doch nicht schlimm, nur nervig.«

»Hoffen wir's.«

Im Vernehmungszimmer im ersten Stock in der Via Valfrè waren sie ebenfalls zu dritt. Der Carabiniere, der ihr gegenübersaß, hatte blaue Augen und war in Uniform. Ein neuer, ihr bislang unbekannter, mit Sternchen auf den Schulterklappen, die den Dienstgrad bezeichneten und ihr nichts sagten. Jedenfalls ein Offizier, der sich höflich vorgestellt hatte, aber auch diesmal registrierte sie weder Name noch Dienstgrad.

»Wir müssen Ihre Aussage noch mal durchgehen«, sagte er ohne jede Einleitung. Dann, als besinne er sich auf höfliche Umgangsformen: »Ist Ihnen das recht?«

»Ja, natürlich.«

»Dann wollen wir mal. Wann haben Sie Signora Vernetti kennengelernt? Bei welcher Gelegenheit?«

Camilla war froh, dass er nicht »die Verstorbene« sagte, und beantwortete die Frage genau.

»Wie würden Sie Ihre Freundschaft bezeichnen?«

»Was meinen Sie damit?«

»War sie zeitweilig, oberflächlich, tief, intim …?«

Camilla erstarrte auf dem Stuhl, er merkte es, sie merkte, dass er es gemerkt hatte, und wurde wütend. Wahrscheinlich, weil sie Angst hatte.

»Ich bin glücklich verheiratet und habe keine lesbische Veranlagung, falls Sie das wissen wollen. Außerdem verstehe ich nicht, was das mit der ganzen Sache zu tun haben soll.« (Dabei hatte sie genau verstanden: Der Unfallhergang war verdächtig.)

»Kein Grund, sich zu echauffieren, Signora«, seufzte er, »das sind nur Routinefragen.«

Bestimmt nicht, dachte sie, ihr stellt nicht in einem fort nur Routinefragen, aber ich sollte ruhig bleiben. Passende Antworten geben, nicht ins Detail gehen, zurückhaltend, aber auch nicht ganz zugeknöpft sein. Erinnere dich an alle Romane, die du gelesen hast, vielleicht kannst du sie verwerten. Du hast nichts verbrochen, aber auch Unschuldige sitzen im Knast.

»Die Freundschaft war ziemlich neu, sie basierte auf gegenseitiger Sympathie und hätte mit der Zeit tiefer werden können«, erklärte sie.

»Wir wissen«, sagte er, »dass Sie Ihren Wocheneinkauf gemeinsam auf dem Markt erledigten.«

Von wem, woher weiß er das? Hat er es im Kaffeesatz gelesen, hat er auf gut Glück geraten? Oder habe ich selbst es am Samstag den Carabinieri gesagt, die mich im Krankenhaus mit Fragen gelöchert haben?

»Was hat Signora Vernetti normalerweise gekauft?«

Ist das auch eine Routinefrage? Forscht ihr bei jedem Unfallopfer nach, in welches Kino es gerade gehen wollte und welche Filme es am liebsten gesehen hat?

»Normalerweise gar nichts«, antwortete sie.

»Warum ging sie dann auf den Markt?«

»Weil es ihr Spaß machte.«

»Der samstägliche Trubel an der Porta Palazzo machte ihr Spaß?«

»Ja, auch wenn es merkwürdig klingt. Das war ihre kleine wilde Freiheit.«

Beruhig dich, spar dir deine blöden Bemerkungen, wahrscheinlich versteht er so was nicht und denkt, du spinnst.

Er seufzte wieder und blickte gierig auf das Päckchen Camel, das auf seinem Schreibtisch lag. Sie musste leise lächeln, und auch das entging ihm nicht.

»Zigarette?«, schlug er vor.

»Eine Zigarette, ja bitte.« Rauchen tut nicht gut, dachte sie, aber manchmal tut es doch gut, auch wenn das nie und nimmer auf den Packungen stehen wird. Heutzutage sorgt die allgemeine Missbilligung dafür, dass sich zwei Raucher miteinander verbrüdern.

»Können wir weitermachen?«

»Wir können.«

»Was machten Sie nach dem Einkaufen?«

»Signora Vernetti aß bei uns zu Mittag.«

»Und Sie fuhren zusammen mit dem Taxi direkt nach Hause.«

»Nicht direkt, Dora ließ das Taxi unterwegs meistens anhalten und kaufte Kuchen oder eine Flasche Wein.«

»Um wie viel Uhr fuhr sie wieder zu sich nach Hause?«

»Unterschiedlich. Wenn die Freundinnen meiner Tochter zum Spielen kamen, blieb sie bis sechs oder sieben oder noch zum Abendessen, sonst ging sie gegen fünf.«

»Und nahm wieder ein Taxi?«

»Ja.«

»Wissen Sie, ob sie Kontakt zu Verwandten oder Freunden hatte?«

»Ich weiß, dass sie viel allein war, deshalb verbrachte sie ja den Samstag gern bei uns.«

»Hat sie Ihnen jemals intime Probleme anvertraut?«

Wieder ärgerte sich Camilla – die Anspielung auf Intimitäten machte sie immer noch nervös –, und er merkte es wieder, ging aber nicht darauf ein. Er hatte die Hände unter dem Kinn gefaltet und musterte sie unverhohlen. Die beiden anderen, die sich im Raum befanden – auch Carabinieri, dachte sie, aber nicht in Uniform –, beobachteten sie ebenfalls.

Drei Katzen und eine Maus, die Maus bin ich, verflucht sei der Augenblick, als ich das Wochenende bei den Bruzzones verschoben habe. Ich hätte einen schönen Tag in den Bergen genossen, mit Malvina geplaudert, die klug und witzig ist, von Ezio die Namen der Kräuter gelernt, Zank zwischen den Kindern geschlichtet, Potti in seiner Lüsternheit gebremst, mit der er Arta bedrängt. Wenn ich zu den Bruzzones gefahren wäre, würde Dora noch leben. Aber vielleicht nur bis nächsten Samstag, wenn der Stoß kein Zufall war …

Sie gab sich einen Ruck. »Ja, sie hat mir schon was gesagt.«

»Erzählen Sie bitte.«

»Sie hat die Patentante ihres Mannes im Altersheim besucht, und diese Begegnung hat sie sehr verstört.«

Er richtete sich auf seinem Stuhl ein wenig auf, und sie registrierte, dass es ihm nicht gelang, sein Interesse zu verbergen.

»Die Tante hatte gesagt«, fuhr sie fort, »Andrea, also ihr Patensohn, habe ihr vor fünfunddreißig Jahren eröffnet, er habe ein Kind mit einer verheirateten Frau. Ein Kind, von dessen Existenz Signora Vernetti nichts wusste.« Ihre selbstauferlegten Regeln befolgend, hielt Camilla an dieser Stelle inne. Er fragte sie, während er den

Hörer abnahm, ob sie vielleicht einen Espresso wolle. Es wird also noch ein Weilchen dauern, dachte sie und sagte: »Keinen Espresso, aber einen Cappuccino, das schon, mit einer Brioche, wenn das möglich ist. Und bitte lassen Sie meinem Mann sagen, dass er nicht auf mich warten soll.« Er verstand, dass sie verstanden hatte, gab die Bestellung auf und schickte jemanden zu ihrem Mann.

Von dem unbekannten, nicht gewollten Kind hatten die Carabinieri sichtlich keine Ahnung, und so musste Camilla alles berichten, was sie wusste. Sie musste – auf präzise Nachfrage – auch berichten, was sie hierzu geraten oder vorgeschlagen hatte, und obgleich eine Art sechster Sinn sie vor dem gefährlichen Terrain warnte, sagte sie die Wahrheit, nämlich dass sie versucht hatte, die Freundin von jeglichem Nachforschen abzubringen.

»Hat Signora Vernetti Ihren Rat denn beherzigt?«

»Ich weiß es nicht.«

»Wieso nicht?«

»Sie hat nicht mehr davon gesprochen, und ich wollte nicht nachhaken.«

»Was glauben Sie denn, was sie getan hat?«

»Dass sie diesen Sohn gesucht hat oder hat suchen lassen.«

»Worauf gründen Sie Ihre Vermutung?«

»Darauf, dass ich sie nicht überzeugen konnte. Außerdem hatte sie sich eine Zeit lang nicht gemeldet.«

Wann kommt er denn zur Sache, fragte sie sich. Entweder er unterschätzt meine Intelligenz, oder er will, dass ich den ersten Schritt mache. Vielleicht sollte ich mich trauen und genau das tun. Nein, lieber nicht, ich bin lieber vorsichtig.

»Was wissen Sie über den Gesundheitszustand von Signora Vernetti?«

Für einen Augenblick verschlug es Camilla die Sprache: Das war eine unvorhergesehene Frage, zumindest so formuliert.

»Sie wirkte oft erschöpft.«

»Hat Sie Ihnen gegenüber plötzliches Unwohlsein erkennen lassen?«

»Zweimal. Vielleicht auch dreimal, ich weiß nicht mehr genau.«

»Welche Art Unwohlsein?«

»Sie wurde mit einem Mal blass, und der Schweiß stand ihr auf der Stirn.«

»Wie hat sie das erklärt?«

»Mit den Wechseljahren.«

»Und Sie haben ihr geglaubt?«

»Ja. Eigentlich bescheren einem die Wechseljahre Hitzewallungen und nicht plötzliche Blässe, aber so genau weiß ich nicht Bescheid.«

»Es waren nicht die Wechseljahre. Signora Vernetti hatte eine akute Leukämie.«

Camilla fiel der Löffel aus der Hand, mit dem sie in der Tasse rührte.

»Akute Leukämie! Wie akut?«

»Den Ärzten zufolge bestand keine Hoffnung, unabhängig von der Verletzung durch den Unfall.«

»Mein Gott. Wusste sie es denn?«

»Ja. Sie hatte alle Untersuchungen machen lassen, sie war in Behandlung und hatte eine Chemotherapie hinter sich.«

»Jetzt verstehe ich ...«

»Was?«

»Dass sie so ein Bedürfnis nach Gesellschaft hatte, dass sie sich so an mich klammerte, an unsere Freundschaft … Wenn ich das gewusst hätte …«

»Was hätten Sie dann getan?«

»Ich hätte mich mehr um sie gekümmert und nicht …«

»Was?«

»Manche Verabredung nicht abgesagt, sondern mich öfter bei ihr gemeldet. Wie … wie lange hätte sie denn noch zu leben gehabt?«

»Nicht mehr lange, sagen die Ärzte. Ein paar Monate. Sie wollte es wissen.«

»Aber dann ist der Unfall …«

Das war ihr vor lauter Schuldgefühl und Überraschung herausgerutscht. Doras Krankheit stellte alles in Frage.

»Der Unfall?«

»Ich weiß nicht. Dann war es vielleicht kein Unfall.«

»Sie meinen, Signora Vernetti ist absichtlich in die Straßenbahn gelaufen?«

»Ja. Aber da war nichts, was das hätte vermuten lassen: Sie war ganz normal, sie wollte Schokoladenkuchen für meine Tochter kaufen, sie hatte gerade ein Taxi gerufen … Wie hätte ich das ahnen, begreifen können …«

»Da gab es nichts zu begreifen. Signora Vernetti ist nicht in die Straßenbahn gelaufen. Sie wurde gestoßen. Und zwar heftig, den Zeugenaussagen und Ermittlungen zufolge.«

Camilla schlug das Herz bis zum Hals. Sie hatte richtig gelegen, leider.

22

Sie sah Ärger auf sich zukommen, großen Ärger. So großen, dass sie ein Taxi gerufen hatte, um nach Hause zu fahren, ganz gegen den Grundsatz der Turiner, die nur ein Taxi nehmen, wenn sie zum Bahnhof oder ins Krankenhaus müssen. Dora war immer Taxi gefahren, aber sie war halbe Amerikanerin gewesen, und wenn Camilla von diesem Luxus profitierte, brach sie liebend gern und gratis mit einem Prinzip, von dem sie sich sonst nicht frei machen konnte oder wollte. Aber sie war erschöpft: zu viele Emotionen innerhalb weniger Tage und jetzt eine so unerwartete und erschütternde Nachricht. Wie dumm von ihr, Doras Unwohlsein und Müdigkeit den Wechseljahren zuzuschreiben. Manchmal ist man blind gegenüber dem Augenfälligen und gibt sich mit wenig plausiblen Erklärungen zufrieden, vielleicht weil man instinktiv Kräfte sparen und den alltäglichen Ängsten und Komplikationen nicht noch weitere hinzufügen will. Sie kannte die sichtbaren Symptome der akuten Leukämie nicht, hatte überhaupt von Leukämie nur vage Kenntnisse, dabei hatte sie sehr wohl geahnt, dass Doras plötzliche Schwäche, ihr angespanntes und krankes Aussehen Zeichen einer richtigen Krankheit und nicht des komplexen, aber unvermeidlichen Übergangs von einem Lebensabschnitt zum nächsten waren. Sie hatte nicht gefragt, und Dora hatte nichts gesagt. Warum nicht? Aus Scham, aus Diskretion, aus Bescheidenheit, mag sein. Dora gehörte nicht zu den Menschen, die einen auf die Frage »Wie geht es dir?« oder »Wie geht es Ihnen?« mit einem endlosen

Bulletin über ihre Zipperlein zermürben. Über die eigenen, aber auch die von Ehefrau (Ehemann), Schwiegereltern, Schwägern, Kindern, Nichten und Neffen. Bei ausgeprägter Logorrhö wird man auch noch über die Hämorrhoiden des Hundes oder die Kacke des Hamsters informiert. Dora war aus einem anderen, einem besseren Holz geschnitzt. Aber aus ihrer Bekanntschaft war doch Freundschaft geworden, und Camilla wäre gern bereit gewesen, sie zu trösten, denn der Gedanke an den Tod, der einem im Nacken sitzt, der »eilend kommt nachgegangen«, der Stunde um Stunde näher rückt, muss schrecklich und düster sein. Vielleicht nicht immer, vielleicht überwiegt im hohen Alter die Lebensmüdigkeit, die Gleichgültigkeit angesichts wiederkehrender Ereignisse und Situationen, die man schon erlebt hat oder glaubt, erlebt zu haben, und dann wird der Tod zum Bruder und ist kein Feind mehr. »Ich kann nicht sterben«, hatte Großtante Gigina, die der sechzehnjährigen Camilla wie eine tausend Jahre alte Frau vorgekommen war, einmal zu ihr gesagt: Damals hatte sie den Sinn dieser Worte nicht verstanden, doch jetzt war sie älter und verstand, und sie empfand leise Bestürzung. Aber Dora war nicht hochbetagt gewesen, und ihre Anhänglichkeit, ihre Freude am Essen, am Einkaufen, am Bummeln sprachen dafür, dass sie gern gelebt hatte. Doch das quälende Warten auf den Tod wollte sie allein ertragen, sie wollte kein Mitleid im eigentlichen Sinn des Wortes und keine Anteilnahme, die mit dem Mitleid einhergeht.

Jedenfalls ließ sich mit der Krankheit manches an ihrem Verhalten erklären. Der unglückliche Besuch bei der Patentante etwa. Sie wollte ihr bestimmt nicht von der Krankheit erzählen, sondern eine verwandtschaftliche Beziehung wiederaufnehmen, die letzte, die ihr geblieben war. Dann die wahrscheinliche Suche nach dem ominösen Sohn. Und die Entscheidung, das Haus zu verkaufen, der Wunsch, einen passenden Käufer zu finden. Warum Dora sich das mit dem Haus doch anders überlegt hatte, ließ sich allerdings nicht erklären. Es sei denn, sie hatte gehofft, den Sohn zu finden, der zwar nicht der gesetzliche, aber, moralisch gesehen, der rechtmäßige Erbe gewesen wäre. Ja, wahrscheinlich ist es so gelaufen, überlegte Camilla. Das über alles geliebte Haus wäre an den ungeliebten Sohn gegangen, als eine Art Entschädigung, obgleich das die schroffe Ablehnung gewiss nicht aufgewogen hätte.

Und dann plötzlich ein anderer Gedanke: Wer kümmert sich um Doras Beerdigung? Nein, bitte nicht, nicht ich. Ich will weit weg sein, an einem Ort ohne Sorgen und Ängste und vor allem ohne Carabinieri.

Der nächste Tag fing schlimm an. Mit der Lektüre der Zeitungen, die den Fall nicht begraben, sondern mit allem Pomp exhumiert hatten. Gelinde gesprochen, ein Scheißtag, dachte sie, wer weiß, was Renzo dazu sagt, wenn er diese netten Artikel liest. Ob gewollt oder nicht, jedenfalls war die Vermutung – nur die Vermutung, Gott bewahre – durchgesickert, dass es sich nicht um einen Unfall oder Selbstmord handelte, sondern dass Dora absichtlich gestoßen worden war, und die Klatschreporter freuten sich wie die Schneekönige. Man konnte sie ja verstehen, die Ärmsten, wenn man nur nicht selbst mit drinstecken würde. Seit Monaten hatte es in der Stadt keinen Mord gegeben, über den länger auszulassen sich lohnte, nur das übliche Gemetzel: Immigranten hatten sich im

Kampf um einen Schlafplatz oder wegen einer Drogengeschichte gegenseitig niedergestochen, ein kleiner Mafioso war verkohlt und mit einer Kugel im Nacken in seinem Auto gefunden worden, ein Achtzigjähriger war von dem Mieter unter ihm – ebenfalls an die achtzig – im Zorn über die wassertriefenden Geranientöpfe mit einer Eisenstange zusammengeschlagen worden. Solche Verbrechen locken niemanden hinter dem Ofen hervor, sie werden der Vollständigkeit halber gemeldet, aber am nächsten Tag kräht kein Hahn mehr danach. Doch sollte es sich in Doras Fall tatsächlich um Mord handeln, waren allein wegen des ungewöhnlichen, vielmehr noch nie dagewesenen Tathergangs alle Voraussetzungen für anhaltendes Interesse gegeben. Es war schon jemand vor einen Zug oder eine U-Bahn gestoßen worden, aber nicht in Turin, wo sich die U-Bahn noch im Bau befand und der Hauptbahnhof ein Kopfbahnhof war: Die Straßenbahn als Mordwerkzeug schien makabrer Piemonteser Genialität entsprungen. Dann die Person des Opfers: eine gut aussehende Frau aus dem wohlhabenden Bürgertum, amerikanische Vergangenheit, keinerlei Verwandtschaft, ein zurückgezogenes, untadeliges Leben. In den Artikeln war nicht die Rede von »unheilbarer Krankheit« – über die Leukämie hatten die Carabinieri offenbar kein Wort verlauten lassen –, dafür umso mehr von ihrer Freundin Camilla Baudino, die den Vorfall miterlebt hatte und ausführlich dazu befragt worden war. Die Kirsche auf der Sahnetorte war ein Foto, das jemand ohne ihr Wissen geschossen hatte, als sie nach der Zeugenaussage in der Kaserne ins Taxi stieg, um nach Hause zu fahren. »Du Schwein, du Scheißpaparazzo«, schimpfte sie, »du Feigling hast dich nicht mal gezeigt! Und das Gesetz über die

Privatsphäre kümmert dich einen Dreck!« In ihrem Zorn wollte sie schon die Seite aus der *Stampa* reißen, als sie feststellte, dass sie auf dem Foto gut aussah, besser als auf vielen anderen, zu denen Renzo sie nötigte, nicht einmal ansatzweise Falten und in einer Dreiviertelansicht, die sie jünger machte. Sie strich die schon halb zerknüllte Seite wieder glatt.

»Nein, Mama, sag nichts. Ich bin sowieso schon sauer. Bring mir keine Orangen in den Knast, sondern Kiwis, die schmecken besser und regeln die Verdauung.«

Ihre Mutter, die auf den richtigen Moment gewartet hatte, um sie ins Gebet zu nehmen oder zu bemitleiden, vielleicht auch beides, hielt sich eingeschüchtert zurück.

»Und der Hund, und Livietta?«

»Kümmer du dich um die beiden. Du hast die Zeitungen doch gelesen, oder?«

»Noch nicht, ich habe sie dir nur gebracht, aber um halb sieben habe ich Nachrichten gesehen. Gott steh uns bei…«

Ach ja, das Fernsehen hatte ich ganz vergessen. Morgens um halb sieben sahen wohl nicht allzu viele Leute fern, aber das konnten sie nachholen, um zwölf, um eins, um zwei und dann abends und bis spät in die Nacht. Herrgott noch mal, ohne diesen verfluchten Anruf wegen der Besichtigung eines Hauses, das ich sowieso nicht kaufen könnte, wäre ich jetzt nicht in dieser Lage, die Renzo euphemistisch als »beschissen« bezeichnet hat. Er ist heute früher als sonst aus dem Haus gegangen, der Fahrer des Kulturreferats hat ihn abgeholt, weil sie zu zweit oder zu dritt nach Zürich müssen, um eine Ausstellung zu organisieren: Er wird sich freuen, wenn er in der Zeitung das Foto seiner Frau entdeckt. Damit ist sein Tag auch gelaufen. Und ich bin schuld dran. Nein, schuld ist derjenige, der Dora den Stoß verpasst hat, und das war bestimmt nicht ich.

Und dann die Schule. Kollegen und Kolleginnen, die sie für ihr Leben gern ausfragen würden, aber aus Diskretion oder Verlegenheit nichts sagen. Madame Buonpeso, die Direktorin, anderthalb Stunden früher da als sonst, nur um sie im Lehrerzimmer verstohlen zu beäugen. Mein Gott, sie denken doch wohl nicht, ich hätte sie umgebracht? Oder hoffen sie es etwa, als willkommene Abwechslung zu dem ewigen Kontrollieren der Anwesenheit, dem Erklären, Standpaukenhalten und Abfragen?

Doch dann legte Uta, die deutsche Konversation unterrichtet, ihr zum Glück den Arm um die Schultern.

»Keine Sorge, *Schätzchen,* morgen ist alles vorbei.«

»Schön wär's!«, seufzte sie.

Wer sie ein bisschen aufmunterte, waren überraschenderweise ihre Schüler aus der Dreizehnten.

»Signora«, erklärte Gianni Marchese im Namen der ganzen Klasse, »Sie brauchen die Stunde gar nicht anzufangen, wir hören sowieso nicht zu. Erzählen Sie uns lieber genau, was los war, wie wenn Sie Machiavelli erklären würden, und dann versuchen wir den Krimi aufzuklären.«

»Seid ihr sicher, dass es sich um einen Krimi und nicht um einen Selbstmord oder Unfall handelt?«

»Sie haben uns doch selber das Zeitunglesen beigebracht«, mischte sich Sabrina Altobello ein.

Ein schönes Kompliment für ihre Arbeit unter denkbar misslichen Umständen.

»Und die Zeitungen reiten ein bisschen zu viel auf Ihrer Aussage herum«, meinte Loris Mazzetti wütend.

»Aber auf dem Foto sehen Sie echt geil aus!« Das war Jessica Cuscunà, die selten das richtige Wort traf.

Sabrina versuchte die Scharte auszuwetzen: »Und da Sie Ihre Freundin nicht gegen die Tram gestoßen haben, müssen wir rauskriegen, wer es war.«

»Warum seid ihr denn so überzeugt, dass ich es nicht war?«

Es folgten zwei oder drei Sekunden Schweigen, dann ergriff wieder Gianni das Wort.

»Weil wir Sie kennen, Signora.«

Kein Mensch war so gemein und lächelte, nur sie. Sie hatte es ja wissen wollen.

23

Die Blonde wurde umgebracht, das steht praktisch in der Zeitung. Weiß der Geier, was die für Geheimnisse hatte, dass einer ihr einen Stoß verpasst, damit sie für immer den Mund hält. Das musste schon ein dicker Hund sein, etwas Gefährliches, das hat nichts mit Fremdgehen oder irgendwelchen Flittchen zu tun, die für wenig oder viel Kohle die Beine breitmachen und denen sie gegen Bezahlung irgendwie geholfen hat, mit dem Haus oder was weiß ich; auch keine Drogengeschichte, zumindest nicht im kleinen Stil – in Parkanlagen, Schulen, Discos –, wenn schon Drogen, dann in größerem Stil mit betuchter

Kundschaft, jedes Mal ein Pfund Kokain für die tollen Parties in den Villen draußen auf dem Land, wohin die Commendatori und die Dottori und wer sonst was zu sagen hat, ihre langbeinigen Puppen mit den festen Möpsen mitnehmen, Mädchen von hier oder aus dem Osten, und manche, aber nicht viele, glauben, dass hier jede ein Topmodel oder Showgirl wird, und dann landen sie mit Glück in einem Massagesalon, und wenn sie Pech haben auf der Straße bei einem Zuhälter, der sie verprügelt, wenn sie nicht genug Kohle abliefern, und wenn es ganz beschissen läuft, findet man sie am Ende tot in einem Graben, weil sie die Klappe nicht gehalten haben. Aber die Blonde sah eigentlich nicht so aus, als würde sie in solchen Kreisen verkehren, auf mich hat sie einen kultivierten Eindruck gemacht, die hat vielleicht Kohle ins Ausland geschafft und auf diese Nummernkonten verschoben, für die sich die Staatsanwälte interessieren, wo sie aber nie einen Fuß in die Tür kriegen. Oder sie wusste was, was sie besser nicht gewusst hätte, irgendwas Unangenehmes, was Leute, die sonst in den Zeitungen neben Ministern, Generälen und Botschaftern auf Fotos zu sehen sind, hinter Gitter bringen konnte. Ich habe überhaupt nichts über sie rausgekriegt, für mich war sie eine Frau, die shoppen ging, die in Lokalen aß, wo man für eine Pastasciutta einen Monatslohn hinblättert, die sich mit dem Taxi herumkutschieren ließ, die irgendwelche Büros aufsuchte oder mit ihrer Freundin bummeln ging, die neben ihr stand, als sie von der Tram angefahren wurde. In der Zeitung steht, die Carabinieri hätten sie lange vernommen, vielleicht glauben sie, dass sie was damit zu tun hat oder dass sie was Wichtiges weiß oder dass sie vielleicht gesehen hat, wer die Frau gestoßen hat, wenn sie es nicht selber war. Ein Glück, dass ich an der Frau schon eine Zeit lang nicht mehr dran war und dass ich am Samstag erst gegen Mittag aufgewacht bin, als die schon fast im Jenseits war. Jedenfalls habe ich ein Alibi. Ein Scheißalibi: Ich war mutterseelenallein hier, am Abend vorher habe ich mit Richi eine kleine Kneipenrunde gedreht, die wir irgendwann aufgegeben haben, weil trotz Freitag nichts los war und die Mädchen, die nicht potthässlich waren, alle in Begleitung waren. Aber ich brauche gar kein Alibi, ich hatte mit der Frau nichts zu tun und war nur an ihr dran, weil mich der Chef darum gebeten hat. Anscheinend interessierte ihn, wo sie unterwegs war, warum, weiß ich nicht, aber so wichtig wird es schon nicht gewesen sein, sonst hätte er nicht mich, sondern einen Profi beauftragt, einen mit Erfahrung und den nötigen Mitteln. Außer … außer wir waren irgendwann zu zweit hinter ihr her, ich und ein echter Detektiv, der mich bestimmt bemerkt hätte, nur ich ihn nicht. Aber viel bringt das ja nicht, im Gegenteil, es wäre völliger Quatsch und rausgeschmissenes Geld, und der Chef hält sein Geld zusammen, er wirft es nicht aus dem Fenster, auch wenn er diesmal wirklich anständig war und mehr lockergemacht hat, als worum ich ihn gebeten hätte, ich wusste ja, dass er feilscht wie ein Araber, da muss ich immer bei hundert anfangen, um vierzig zu kriegen. Diesmal nicht, da war es anders, auch mit allem, was er mir eingeschärft hat, ich durfte ihn auf keinen Fall wie sonst im Büro anrufen und mich auch nicht blicken lassen, mit niemand darüber reden, nicht auffallen, und dann das neue Handy, das er mir gegeben und später wieder an sich genommen hat, mit dem musste ich zu einer bestimmten Uhrzeit eine bestimmte Nummer anrufen.

Aber … also wenn ich vom Fach wäre oder mir ein bisschen Mühe gegeben hätte … dann hätte ich den Grund dafür vielleicht rausgekriegt und noch ein bisschen mehr verdient.

24

Der Unsterbliche ging neben ihr her. Er hatte am Schultor gewartet und war dann zu ihr getreten, als hätten sie sich verabredet. Sie hatte keine Fragen gestellt, kein Gespräch begonnen, ihn nur mit einem Kopfnicken begrüßt. Sie liefen nebeneinander her, hingen ihren Gedanken nach, sahen sich nicht an, sprachen nicht. Als sie fast vor Camillas Haustür angekommen waren, empfand sie es mit einem Mal als unerträglich, den Rest des Tages bewältigen zu müssen: mit der Mutter reden, ans Telefon gehen, eine nicht existierende Normalität vortäuschen.

»Hast du Lust auf ein *panino* in der Bar?«, fragte sie den Unsterblichen.

»Ich hab keinen Hunger«, antwortete er.

»Ich auch nicht. Aber ich mag auch nicht nach Hause.«

»Frierst du?«

»Nein.«

»Dann gehen wir in die Giardini Reali.«

»Zu viele Junkies.«

»Um diese Uhrzeit nicht. Vor zwei fangen die nicht an. Wir setzen uns auf meine Bank.«

Die Bank des Unsterblichen stand in der Sonne, unter einer hundertjährigen Rosskastanie, die noch keine Blätter hatte. Niemand war in der Nähe, und der Straßenlärm vom Corso drang nur gedämpft herüber, nicht viel mehr als ein Hintergrundgebrumm.

»Schön ist es hier. Magst du?«, fragte sie und hielt ihm ein Päckchen Zigaretten hin.

»Nein, vom Rauchen kriegt man Krebs. Warum hörst du nicht auf?«

»Stimmt, sollte ich. Und du solltest mit den Autos aufhören.«

»Hab ich schon. Und du hast es nicht gemerkt.«

»Wann?«

»Eine Weile.«

»Entschuldige.«

»Schon gut. Aber steck die Zigaretten wieder ein.«

»Ja, du hast recht. Danke.«

»Weißt du, warum sie sich vor die Straßenbahn geworfen hat?«

»Dora? Nein, ich weiß es nicht. Vielleicht hat sie sich nicht davorgeworfen.«

»Dann war ihr schwindlig, und sie ist ohnmächtig geworden. Sie war immer so blass, man hat sofort gesehen, dass es ihr nicht gut ging.«

»Du hast das gemerkt, ich nicht. Ich führte es auf irgendeine kleine Unpässlichkeit zurück, dabei war sie schwer krank.«

»Krebs?«

»Leukämie.«

»Und das ist wie Krebs?«

»Ja.«

»Wusste sie es?«

»Ja, aber sie hat mir nichts davon gesagt.«

»Du hättest sie fragen müssen.«

»Vielleicht wollte sie es mir nicht sagen.«

»Oder vielleicht schon, aber nur, wenn du sie gefragt hättest.«

Als kurz nach zwei tatsächlich die ersten Junkies und Dealer auftauchten, sagte der Unsterbliche, es sei Zeit zu gehen, und begleitete sie schweigend bis vor die Haustür. Die Pförtnerin kam aus ihrem Kabuff: Was für eine schlimme Geschichte, Signora! Ihre Mutter, die vom Balkon aus nach ihr gespäht hatte, stoppte sie auf der Treppe: Du steckst aber in einer schlimmen Geschichte! Hoffentlich geht sie gut aus. Auf dem Anrufbeantworter waren ein halbes Dutzend Nachrichten von Freunden und Verwandten, die ihr ein baldiges Ende der schlimmen Geschichte wünschten. Auch Renzo hatte zwei Nachrichten hinterlassen, ebenso Gaetano. Renzo meldete, beziehungsweise korrigierte – als wäre weiter nichts geschehen und alles beim Alten –, nur seine Rückkehrzeit, ohne ein Wort zu den üblen Zeitungsartikeln; Gaetanos Nachrichten klangen dringend und beunruhigend in ihrer wiederholten Bitte (melde dich so bald wie möglich). Sie spürte, dass ihr Herz schneller schlug, trank ganz langsam ein Glas Wasser, überlegte, ob ein Infarkt mit vierzig wirklich so selten vorkommt, und rief Gaetano an.

»Mir gefällt nicht, was ich in der Zeitung gelesen habe«, fing er ohne jede Einleitung an.

»Mir erst recht nicht«, sagte sie und versuchte, den schnurlosen Hörer zwischen Ohr und Schulter geklemmt, ihren Puls zu messen.

»Was wollte Tenente Craighero denn von dir wissen?«

»Wer ist das?«

»Wer schon, natürlich der Offizier, der dich vernommen hat.«

»Der aus der Via Valfrè?«

»Sag mal, bist du wirklich so durch den Wind?«

»Ich kenne mich mit militärischen Dienstgraden nicht aus. Er wird es wohl gewesen sein, er hatte Sterne am Ärmel.«

»Wenn dann auf den Schulterklappen.«

»Du wirst allmählich pingelig wie ein Schuldirektor. Wie ein Bürokrat. Die römische Luft verdirbt dich.«

»Sag schon, was er wissen wollte. Bitte.«

»Viel. Zu viel. Welcher Art unsere Freundschaft war, wie sie entstanden ist, warum wir samstags, wo es so zugeht, einkaufen gingen und so weiter und so fort. Dann hat er was gesagt, was ich nicht wusste.«

»Was denn?«

»Dass Dora schwer krank war, akute Leukämie, und nicht mehr lange zu leben gehabt hätte.«

»Hat sie dir nie davon erzählt?«

»Nein.«

»Hast du das gesagt?«

»Wem?«

»Craighero, Herrgott noch mal.«

»Klar hab ich ihm das gesagt. Aber das wäre nicht nötig gewesen, er hat es mir angesehen.«

»Schlimme Geschichte.«

»Jetzt fängst du auch noch an!«

»Womit denn?«

»Jeder sagt dauernd zu mir, wie schlimm diese Geschichte ist. Aber ich habe sie doch nicht gestoßen! Was für ein Motiv hätte ich überhaupt haben sollen?«

»Keines, vermute ich.«

»Vermutest du? Was bist du denn für ein Freund! Ist dir klar, was du eben gesagt hast?«

»Ich habe gesagt, was ich denken würde, wenn ich Tenente Craighero wäre. Der dich nicht kennt, nichts von dir weiß, möglicherweise mit einem Mord zu tun hat und nie etwas als gegeben hinnehmen darf. Bist du noch dran?«

»Ja.«

»Deine Stimme klingt komisch.«

»Ich habe erste Anzeichen eines Herzinfarkts. Auch dank deines ›vermute ich‹.«

»Du hast recht, ich habe mich falsch ausgedrückt. Entschuldigen Sie, Frau Lehrerin, ich werde besser aufpassen. Wie auch immer, das fehlende Motiv rettet dich natürlich aus der Bredouille. Und wenn es sich, wie es aussieht, tatsächlich um Mord handelt, wird Craighero irgendeinen entfernten Verwandten oder Bekannten auftun, der ein Interesse an ihrem Tod hatte. Er ist auf Draht, und seine Leute arbeiten gut, aber du darfst ihm nicht querkommen.«

Ich werde mein Möglichstes tun, nahm sie sich vor, als sie aufgelegt hatten. Bescheidener Ton, respektvolles Benehmen, Ehrfurcht vor Uniform und Position. Ja, Herr Leutnant, natürlich, Herr Leutnant. Meine Schüler und meine Freunde sind von meiner Unschuld überzeugt und mögen mich, meine Familie steht hinter mir … Wunderbare Ehefrau, Mutter und Tochter, wie im Nachruf. Leuchtendes Beispiel für hervorragende Tugenden. Ein Muster an Fleiß und Anstand. Von außergewöhnlicher Sanftmut und Güte. Auch Potti, könnte er sprechen, würde sagen, dass ich ein vorbildliches Frauchen bin. Apropos Potti, der Doras Nähe immer mied: Roch er vielleicht die Medikamente, die Krankheit, den nahen Tod? Herrgott, was soll denn dieses Geklingel? Die Uhr am Herd ist es nicht, der Wecker auch nicht, mein Handy ist ausgeschaltet …

Doch auf dem kleinen Tisch neben dem Eingang lag ein klingelndes Handy, Renzos Handy, das er sichtlich vergessen hatte. Camilla war versucht, es klingeln zu lassen, bis es sich fusselig geklingelt hatte, doch dann überlegte sie es sich anders, drückte hastig auf die Antworttaste und lauschte hinein: »Renzo, warum rufst du denn nicht an?«, jammerte eine Frauenstimme.

Sie schleuderte das Handy auf den Boden und erklärte, alle könnten sie mal kreuzweise.

25

Renzo, warum rufst du denn nicht an? Warum rufst du nicht an, Renzo? Warum sollte er dich denn anrufen, du blödes Flittchen mit deiner affektierten Soap-Stimme, was sollte er dir am Telefon schon sagen oder ins Ohr flüstern oder seufzen oder keuchen oder stöhnen? Dass er an dich denkt, dass du ihm fehlst, dass er dich liebt, dass er geil auf dich ist, dass er es nicht erwarten kann, dich zum ersten Mal zu vögeln oder dich wieder zu vögeln? Was willst du, wer bist du? Nur ruhig. Ganz ruhig. Diese Seifenoper bastle schließlich ich mir zurecht, ich bin selbst so blöd und gehe an ein fremdes Telefon und ziehe dann vorschnelle Schlüsse aus einer Stimme. Aber aus einer nuttigen Stimme. Ornella hat auch so eine affektierte Stimme, obwohl sie keine Hure ist. Oder vielleicht schon, aber heimlich. So heimlich auch wieder nicht, nachdem sie beim vierten Ehemann gelandet ist. Nein, erst beim dritten: Immerhin hatte sie so viel Verstand, sich den von Kopf bis Fuß wie ein Maori tätowierten Zweieinhalbmeter-Wikinger nur vorübergehend zu halten. Aber was rege ich mich eigentlich über Ornella auf, sie hat schließlich nicht angerufen, und wenn sie ihre Ehemänner wechselt wie Autos, nachdem die Garantie abgelaufen ist oder sie fünfzigtausend Kilometer drauf haben, dann geht das niemanden etwas an. So unsympathisch ist sie gar nicht, solange sie nicht ihren Schlauchbootmund aufmacht und zu flöten anfängt. Na gut, sie ist mir unsympathisch, ich finde sie unerträglich, und wenn ich sie treffe, würde ich ihr jedes Mal am liebsten mit einem Stecken an die Knöchel schlagen, weil ich mal erleben möchte, wie sie über ihre Stöckelschuhe stolpert und mit dem Arsch auf den Boden knallt. Sie hat zwar nicht angerufen, aber der Ton und das affektierte Nuttengejammer waren enge Verwandte von ihr, Geschwister oder Vettern ersten Grades.

Ich sollte aufhören, einer Stimme wegen dummes Zeug zusammenzuspinnen. Ich könnte etwas gemein Konstruktives tun, beispielsweise herausfinden, wer angerufen hat, denn als ich abnahm, habe ich vor lauter Eile nicht mal nach der Nummer gesehen. Und dann? Nein, kommt gar nicht in Frage, danach würde ich mir sicher am liebsten ins Gesicht spucken, was gar nicht geht, oder jemand anderem ins Gesicht spucken, was nicht schön ist und nur die Fußballer tun, die meistens anthropologische Spätentwickler oder eine genetische Abart sind, denn ihr Gehirn funktioniert praktisch nur, um Beine und Füße zu bewegen. Wahrscheinlich war es seine neue Sekretärin, die die Gremo im Mutterschutz vertritt und ihm etwas Wichtiges mitteilen muss und ihn nicht erreicht … Von wegen neue Sekretärin! Mit der Gremo siezt er sich nach zehn Jahren Zusammenarbeit immer noch, und die jetzige soll ihn nach drei Monaten mit Nuttenstimme Renzo Reenzo Reeeenzo nennen? Mit dieser Schlafzimmerstimme? Mit orgiastischen Stöhnern zwischen den Wörtern? Das ist nicht die neue Sekretärin, das ist keine Kollegin, die Frau ist mir unbekannt, sie ist scharf auf ihn, ihr widmet er sich also und um sie scharwenzelt er herum, wenn er sagt, dass er in die Werkstatt oder zum Elektrodienst oder ins Fitnessstudio oder zum Pokern oder Fußballspielen geht. Von wegen Fußball, jetzt kommen wir der Sache schon näher … Ein Spiel ist es allerdings, immer wieder ein hübsches Spiel, vor allem mit einer neuen Partnerin, denn du musst herausfinden, in welchen Bereichen sie am meisten draufhat, du musst den Spielablauf bestimmen, ob du gleich zum Angriff übergehst oder zur Schonung der Kräfte eine Weile herumdribbelst und erst einen Treffer landest, wenn sie von deinen Finten völlig erschöpft ist und dir nichts mehr entgegenzusetzen hat …

Sie hob das Handy auf: Das Gehäuse hatte einen Sprung, das Blinklicht war erloschen. Geschieht euch recht, dachte sie, und mit ›euch‹ meinte sie Renzo, die Schlampe und das unschuldige Handy.

Am nächsten Morgen wachte sie um sechs Uhr von grässlichen pochenden Kopfschmerzen auf. Das wird ein Dauerzustand, dachte sie, als sie aufstand, um Novalgin zu suchen, und stellte fest, dass sie ihn sich selbst zuzuschreiben hatte. Um Wut und Kummer zu dämpfen, hatte sie zu viel geraucht und sich nach ihrem einsamen Abendessen – Kind und Hund immer noch in Omas Obhut, Renzo bis elf Uhr aushäusig – ein großzügig bemessenes Gläschen Whisky gegönnt. Und als er endlich da war, müde und zermürbt von der Arbeit und der stundenlangen Fahrt, hatte sie es geschafft, nicht über ihn herzufallen; lieber wollte sie in einem entspannteren Moment eine Erklärung verlangen. Aber Zigaretten, Whisky und der ganze Rest hatten in der Nacht stillschweigend gegen sie gearbeitet und sie übel zugerichtet. Schluss mit dem Rauchen, sagte sie sich, heute höre ich auf den Unsterblichen, der zwar spinnt, aber ziemlich klug ist, und rühre keine Zigarette an.

Schluss auch mit den Spekulationen über einen Anruf, der vielleicht etwas ganz anderes war als das, wofür ich ihn hielt. Ebenso Schluss, hoffe ich, mit Tenente Craighero. Der, wenn er wirklich so gut ist, wie Gaetano sagt, schon herausfinden wird, wer wirklich ein Motiv für den fatalen Stoß hatte. Jetzt setze ich mich ganz ruhig in den Sessel, warte auf die Wirkung des Novalgins und tue dann, was ich jeden Tag tue: Ich hole die Zeitung und sage Kind, Mutter und Hund guten Morgen, wecke Renzo, mache Frühstück für die beiden und gehe in die Schule. Wenn ich alles ganz wie immer mache, wenn ich mich nicht aufrege, wenn ich nicht um jeden Gedanken, der mir durch den Kopf huscht, herumspintisiere, wenn ich mich vernünftig benehme, wenn ich mich ganz klein und unsichtbar mache, dann wird der Tag glatt verlaufen, ohne Probleme und ohne irgendeinen Schlag aus heiterem Himmel.

Der Tag verlief bis zum Schluss glatt. Auch der folgende, aber nur bis fünf. Bis dahin war fast alles voraussehbar normal. Sie hatte ihren gewohnten Tagesablauf und ihre Aktivitäten wieder aufgenommen: Sie unterrichtete, trank in der Pause einen Espresso, plauderte mit den Kollegen über dies und das, und als sie die Schule verließ, beeilte sie sich, weil es regnete und sie keinen Schirm dabeihatte. Doch dann blockierte in der Via della Consolata auf Höhe des Pornoshops Sexy-Folies ein Krankenwagen die Straße und eine kleine Menschentraube den Gehsteig.

Lieber Gott, lass es nicht den Unsterblichen sein, der wieder zwischen den Autos herumgehüpft ist – stöhnte sie im Stillen –, nicht er, ich will nicht innerhalb weniger Tage noch einen Freund verlieren, und wenn er es ist, dann mach, dass er sich nur das Bein gebrochen hat, und wenn er dann nicht laufen kann, kümmere ich mich um ihn und kaufe ein und wasche seine Wäsche, nein, nicht er, ich mag ihn doch, und ich brauche ihn gerade jetzt!

Sie merkte, dass sie fast betete, dass sie ein nicht näher definiertes namenloses Wesen anflehte, sie fühlte sich dünnhäutig und schob sich, um dies wettzumachen, grob durch die Menschenmenge, und dann sah sie, um wen es sich handelte: Tavernello lag ohnmächtig in einer Pfütze aus Kotze und Kot. Die Sanitäter waren dabei, ihn auf die Trage zu heben, mit gezielten und achtsamen Bewegungen, aber verständlicherweise verzogen sie angeekelt das Gesicht bei dem Dreck und dem Gestank, der ihm entströmte.

Alkoholvergiftung oder so etwas, dachte sie, hoffentlich wird er wieder, und sie seufzte erleichtert, denn Tavernello hatte sie nicht so ins Herz geschlossen wie den Unsterblichen, und man kann nur eine winzige Portion der Menschheit ins Herz schließen.

Als sie durchnässt nach Hause kam, tauschte sie mit ihrer Mutter gern ein paar Banalitäten über das schlechte Wetter aus und steckte ebenso gern einen Tadel dafür ein, dass sie nie einen Schirm mitnahm, dann kümmerte sie sich um den Hund und ein paar unaufschiebbare Dinge im Haushalt, und schließlich las sie die Zeitungen, die sie am Morgen geholt hatte, und die, die sie auf dem Heimweg gekauft hatte. Die Berichte schlossen sich beinahe durchweg der Mordhypothese an, und ›beinahe‹ nur deshalb, weil Doras Gesundheitszustand mittlerweile bekannt war. Wenn ein Mensch wisse, dass er nur noch wenige Monate zu leben habe, sei ein Augenblick der Schwäche, der blinden Verzweiflung, der ihn dazu treibe, das Ende zu beschleunigen, natürlich nicht ausgeschlossen, aber – wurde mit nüchternen oder vor Pathos triefenden Worten gefragt – wie sei dann zu erklären, dass das Opfer noch kurz zuvor ein Taxi gerufen habe? Andere Artikel rekonstruierten den familiären Hintergrund des Opfers: der Vater ein angesehener Professor für Chemie, der verstorbene Ehemann Berater verschiedener Forschungsinstitute in den Vereinigten Staaten. Es folgte ein halb soziologisches, halb psychologisches Profil des Opfers: im für eine Frau schwierigsten Alter erst verwitwet, dann krank; die Enttäuschung, wenn man in die Heimatstadt zurückkehrt und sich fremd fühlt, weil man niemanden mehr kennt; keine Kinder, die Einsamkeit … Alles richtig, alles wahr, und wer weiß, woher die Journalisten ihre Kenntnisse hatten. Da sie schon mal dabei war, las Camilla sämtliche vermischten Nachrichten, allerdings übersprang sie manche Zeile und las uninteressante Artikel nur bis zur Hälfte. *Ipercoop-Autoknacker in der Falle*: zwei Brüder, Wiederholungstäter, die zur Mittagszeit die Autos der Kunden ausraubten, allerdings so vorsichtig, dass sie an den Türen keine Aufbruchspuren hinterließen. Also das Übliche, nur ein bisschen sorgfältiger bewerkstelligt. *Feuer im Keller, Wohnhaus evakuiert*: vielleicht ein Pyromane oder ein Idiot mit Lust auf die ganz große Nummer, einer, dem man rechts und links eine reinhauen könnte, der zwei Dutzend Familien, bei einem abenteuerlichen Einsatz der Feuerwehr mitten in der Nacht gerettet, in Angst und Schrecken versetzt. Familien, die jetzt kein Dach mehr über dem Kopf haben, weil die Wohnungen unbrauchbar sind. Ein Nichts genügt, und schon ändert sich dein Leben, wirst du zum Flüchtling im eigenen Land. *Goldener Schuss: Leichenfund nach anonymem Anruf:* wenige Zeilen, Vor- und Nachname nur mit den Initialen N. S. angegeben, gerade das Nötigste, denn Drogentote interessieren nicht besonders, solange es keine prominenten Namen, Stars und Sternchen aus Fernsehen und Regenbogenpresse sind. Drogentote sind wie Unfalltote, die nur eine Nachricht wert sind, wenn sie en gros vorkommen, ab einem halben Dutzend und nur bei spektakulären Karambolagen mit verstopften Autobahnen. *Gesichter ägyptischer Mumien rekonstruiert. Architekt Kha nach dreitausend Jahren zum Leben erweckt:* ein ganzseitiger Artikel. Es ist mir völlig egal, wie Kha ausgesehen hat, Mumien in Museen waren mir in ästhetischer wie ethischer Hinsicht immer schon zuwider, aber anscheinend bin ich mit dieser Reaktion ziemlich allein auf weiter Flur. Ein Glück, dass ich weder an der Grund- noch an der Mittelschule unterrichte, denn dort gehört es praktisch zum Pflichtprogramm, mit den Klassen ins Ägyptische

Museum zu gehen, wo sich regelmäßig ein paar Schüler übergeben, und du musst sie dann auch noch sauber machen und trösten. Eine ganze Seite Kha, und der Tote mit der Überdosis mit einem Zehnzeiler erledigt. Aber man kann nicht leugnen, dass der Junkie seinen Tod stillschweigend in Kauf genommen hat.

Um fünf, als sie sich gerade eine Tasse Tee einschenkte, kam das dicke Ende. Nicht das eigentliche dicke Ende, aber eine Vorankündigung desselben in Form eines Anrufs der Carabinieri: »Tenente Craighero bittet Sie, möglichst bald zu ihm ins Büro zu kommen.« Sie kippte den Tee in die Spüle – sie mochte keinen Tee, sie hatte ihn statt eines Espresso zubereitet, um Koffein zu vermeiden –, assoziierte in einem irrationalen gedanklichen Kurzschluss Tee mit Unglück und entschied beschwörend, nie wieder welchen zu trinken. Dann fragte sie sich aus rein beruflicher Neugier, wie das Wort »bittet« in dem Fall wohl gemeint war.

26

Auch diesmal erwarteten drei Carabinieri sie im Büro, der Tenente hinter dem Chefschreibtisch, die beiden anderen an einem kleineren Tisch. Die Hierarchie äußert sich auch in solchen Maßen, dachte sie und beschloss, sich noch am selben Abend hinzusetzen und das Alphabet der Sterne auf den Schulterklappen zu lernen. Falls sie bei der miesen Stimmung Gelegenheit dazu hatte.

»Ein neues Detail ist aufgetaucht, Signora«, fing der Tenente an.

Soll ich fragen, was es ist, oder warte ich besser, dass er es mir sagt? Ich warte, er wird es mir sowieso sagen.

Er wartete ebenfalls, und ein paar Sekunden passierte gar nichts. Sie war auf einen Schlag gefasst und versuchte, sich nichts anmerken zu lassen.

»Sie fragen gar nicht, was es ist?«

»Wie Sie meinen. Was ist es?«

Du darfst ihm nicht querkommen, hat Gaetano mir eingeschärft, und anstatt auf ihn zu hören, ziehe ich gleich vom Leder.

»Das Testament von Signora Vernetti.«

»Aha.«

»Ich nehme an, Sie wissen, dass Signora Vernetti ihr Testament gemacht hatte. Ein vorläufiges Testament, wie Notar Chiaffredo Galetto uns mitgeteilt hat.«

»Sie irren. Sie hat nie ein Testament erwähnt, weder ein vorläufiges noch ein endgültiges. Von ihrer Krankheit hat sie ja auch nie etwas gesagt.«

Flüchtiger Blickwechsel zwischen dem Tenente und einem der Kollegen, der sich von seinem Posten erhoben hatte. Stimmt etwas nicht? Habe ich zu viel gesagt? Die Sache mit der Krankheit? Aber es war doch schon letztes Mal klar, dass ich nichts davon gewusst hatte.

»Sie behaupten also, die letztwillige Verfügung des Opfers sei Ihnen nicht bekannt.«

Das klingt bürokratisch, das klingt nicht gut. Gaetano, warum hast nicht du den Fall übernommen? Du hättest von Anfang an gewusst, dass ich nichts damit zu tun habe, du würdest mich nicht irgendwohin bitten, wir würden uns sofort verstehen und die Sache zu Ende bringen.

Aber auch du »vermutest« nur. Ihr Bullen könnt mich alle mal.

»So ist es. Mir ist, vielmehr war, nichts von einem Testament bekannt und schon gar nichts von den Details einer letztwilligen Verfügung.«

Ich spiele auf Ihrem Terrain, Tenente, und rede wie Sie. In Ordnung so?

»Die letztwillige Verfügung des Opfers betrifft Ihre Person, Signora.«

Sie betrifft meine Person? Inwiefern? Sie wird mir doch nicht irgendeinen Mist angehängt haben, was weiß ich, zum Beispiel die Verwaltung ihres Vermögens? Mir reicht's, er soll endlich die Katze aus dem Sack lassen, ich habe die Schnauze voll von dieser Taktiererei, ich kriege gleich einen Anfall, verdammt noch mal.

»Würde es Ihnen etwas ausmachen, zur Sache zu kommen, Tenente? Sie haben sicher keine Zeit zu verschwenden und ich auch nicht.«

Majestätsbeleidigung? Was kann er mir schon anhaben. Soll er doch machen, was er will.

»Die Sache, wie Sie es nennen, ist, dass Signora Vernetti Sie in ihrem Testament zur Erbin bestimmt hat.«

»Ich? Mich?«

»Sie.«

Erbe. Motiv. Mein Gott, was für ein Schlamassel. Was für ein Scheißschlamassel.

»Erbin wovon?«

»Können Sie sich das nicht vorstellen?«

»Nein. Ich stelle mir gar nichts mehr vor. Sagen Sie es mir.«

»Erbin des Hauses, das am Anfang Ihrer Bekanntschaft stand.«

Ich hoffe, dass mir die Verblüffung anzusehen ist. Aber vielleicht denkt er, dass ich gut schauspielern kann. Nicht mehr lange, und ich kriege einen Herzinfarkt. Einen Schlaganfall. Ich breche zusammen und bleibe für immer gelähmt. Sabbernd und stotternd. Im Rollstuhl. Sie können mich nicht ins Gefängnis stecken und verdonnern mich zu Hausarrest. Den verbüße ich in Doras Haus. Aber darf ich es denn behalten, wenn sie denken, ich hätte sie umgebracht?

»Wollen Sie ein Glas Wasser, Signora?«

»Ja, bitte.«

Einer der beiden Untergebenen – derjenige, der aufgestanden war – holte eine Flasche Mineralwasser. Sie trank ein volles Glas – das Wasser war kühl und mit Kohlensäure versetzt, Vorzugsbehandlung, dann fragte sie, ob sie rauchen dürfe. Alle drei bejahten – derjenige, der ihr das Wasser gebracht hatte, nur mit einem Kopfnicken –, und vier Zigaretten wurden angezündet. Auf einem Schild stand »Rauchen verboten«, und das gab ihr ein wenig Vertrauen in ihre Gesprächspartner zurück.

»Tenente, warum sprechen Sie von einem vorläufigen Testament?«

»Signora Vernetti wusste über ihren Gesundheitszustand genau Bescheid und wollte ihr Testament errichten. So heißt das, nicht wahr? Aber bevor sie von ihrem Verwalter einen detaillierten Bericht über ihr übriges Vermögen bekäme, wollte sie eine Art Teiltestament bezüglich des Hauses machen. Das über den Daumen gepeilt über eine Million Euro wert ist, vielleicht auch anderthalb.«

Ich habe ihn unterschätzt. Er kann ja wie ein Mensch reden. Meine bescheuerten lexikalischen Spitzfindigkeiten sind ihm nicht entgangen. Er ist anscheinend nicht dumm, zu meinem Glück. Hoffentlich zu meinem Glück.

»Tenente, wenn ich das richtig verstanden habe, gibt es kein endgültiges oder vollständiges Testament, oder wie immer das heißt, und in dem vorläufigen oder teilweise verfassten stehe ich als Erbin des Hauses.«

»Das haben Sie richtig verstanden.«

Eine schlimme Geschichte, wie von allen prophezeit. Nicht nur schlimm, sondern scheußlich. Und gefährlich. Zu spät, die Dumme zu spielen.

»Sie unterstellen mir also ein Motiv, um das mal auf den Punkt zu bringen.«

»Ich unterstelle Ihnen überhaupt nichts, ich lege nur dar, was wir erfahren haben.«

»Dann ist es ja gut.«

»Aber wie Sie selbst zugeben, ist ein Haus, das eine oder anderthalb Millionen Euro wert ist, ein hübsches Motiv. Und im Augenblick sind Sie die einzige Person, die aus dem Tod von Signora Vernetti einen Nutzen zieht.«

»Ein schöner Nutzen! Darauf kann ich verzichten. Jedenfalls, um auch das klarzustellen, habe ich Dora nicht gestoßen. Auch wenn ich die Absicht gehabt hätte, hätte ich es gar nicht tun können. Und ich glaube, Sie wissen das.«

»Weil Sie neben dem Opfer und nicht hinter ihm standen?«

»Ja, und weil ich vier ziemlich schwere Einkaufstüten getragen habe, in jeder Hand zwei. Womit soll ich sie da gestoßen haben?«

»Sie könnten sie mit der Schulter geschubst haben.«

»Schauen Sie mich an, Tenente. Bin ich Maciste? Haben

Sie – aber ich will Ihnen nicht zu nahe treten – Gott bewahre – oder Ihre Kollegen denn keine Zeugen befragt? An dem Fußgängerübergang standen jede Menge Leute: Wenn Dora tatsächlich gestoßen wurde, dann muss das doch jemand gesehen haben.«

Ich habe einen wunden Punkt berührt. Sie wechselten wieder einen Blick, er und der andere, der immer noch steht. Haben sie etwa keine Zeugen? Aber das ist kein großer Vorteil für mich. Im Gegenteil.

»Die Zeugenaussagen wurden aufgenommen und werden noch überprüft. Erzählen Sie von Ihren Einkaufstüten.«

»Was wollen Sie denn wissen? Was drin war?«

»Ja.«

Also erzähle ich alles, von A bis Z. Mit allen Details und noch ein paar Fußnoten dazu.

»Äpfel, zweieinhalb Kilo Delicious und ein Kilo Renetten, gekauft bei dem Apfelbauern, der nur Freitag und Samstag kommt und behauptet, seine Äpfel seien biologisch. Ob das wahr ist, weiß ich nicht, aber sie kosten doppelt so viel wie die anderen und sehen nicht so schön aus. Ein Kilo Madernassa-Birnen, eine Sorte, die im Verschwinden begriffen ist. Im Ofen mit Wein, Zucker, Nelken und Zimt gebacken, sind sie besonders köstlich. Wir sind bereits bei vier Kilo, bitte ich zu bemerken. Ein grüner Blumenkohl – ich glaube, er hat einen speziellen Namen, aber den weiß ich nicht mehr – und ein kleines Bündel Treibhausspargel. Das genaue Gewicht kann ich Ihnen nicht nennen, ich würde sagen zusammen anderthalb Kilo. Eingekauft am Stand von der Baricia, die sich bestimmt an mich erinnert, weil ich Stammkundin bin. Dann Bergkäse, jungen und alten, Gorgonzola und frischen Schafskäse bei der Marghera, die köstlichen Käse hat. Das dürfte alles sein.«

Der Kollege, der am Tisch sitzt, schreibt etwas. Er verfasst einen Einkaufszettel. Notiert sich den Geheimtipp mit den guten Ständen. Als er mich begrüßte, klang ein apulischer Tonfall durch. Der Tenente dürfte seinem Familiennamen nach Südtiroler oder so sein, bei dem Dritten weiß ich es nicht, vielleicht ist er stumm und äußert sich nur mit Blicken und Gesten. Der Apulier blickt von seinem Notizblock auf. Vielleicht will er noch mehr Auskünfte. Oder Rezepte.

»Signora Baricia und Signora Marghera, habe ich das richtig verstanden?«

»Ja, aber wenn Sie sie befragen, rate ich Ihnen, sie nicht so anzureden.«

»Warum nicht?«

»Weil sie nicht so heißen. Baricia ist Dialekt und heißt ›die mit dem Silberblick‹. Ein Silberblick, der fast ansteckend ist. Es heißt auch ›Sardelle‹, aber das spielt hier keine Rolle. Marghera heißt Milchfrau, und das Wort als solches wäre keine Schande für eine Käseverkäuferin, aber es bedeutet noch etwas anderes.«

»Was denn?«

»Das ist doch egal, Abatangelo, oder?«

»Ich habe ja nur gefragt, Tenente.«

»Darf ich die Frage beantworten, oder sollen wir weitermachen?«

»Beantworten Sie die Frage, dann machen wir weiter.«

»Marghera, also Milchfrau, weil sie einen wogenden Busen hat. Aber ich hätte auch noch eine Frage, Tenente.«

»Ja?«

»Haben Sie meine Tüten gefunden? Sie …«

Ich wollte sagen, dass sie mir aus der Hand gerutscht sind, weil ich so erschrocken bin. Ich habe mich gerade noch gebremst. Er hätte mutmaßen können, dass ich sie abgestellt habe, um die Hände frei zu haben. Meine Güte, wie schwierig es ist, unschuldig zu sein.

»Sie …?«

»Ich habe gemerkt, dass sie … dass ich sie nicht mehr hatte, als ich in den Krankenwagen einstieg. Wurden sie gefunden?«

»Wollen Sie sie etwa wiederhaben?«

Er macht sich auch noch lustig. Humor ist allerdings ein gutes Zeichen, denke ich.

»Nein. Aber ich wüsste gern, ob Ihre Kollegen sie gefunden haben. Wir sind kultivierte Menschen, also sagen Sie bitte nicht, dass Sie hier derjenige sind, der die Fragen stellt, und ich nur antworte.«

»Die Polizei hat die Tüten sichergestellt. In dem Gedränge wurden sie natürlich zertrampelt. Der Inhalt entspricht dem, was Sie eben erzählt haben. Ein bisschen ausgeschmückt, muss ich sagen.«

»Jedenfalls hatte ich, wie Sie sehen, die Hände voll und konnte niemanden stoßen.«

»Das ist nicht gesagt. Sie können die Tüten abgestellt und den richtigen Zeitpunkt abgewartet haben.«

Etwas wegzulassen bringt auch nichts. Versuchen wir einen anderen Weg.

»Porta Palazzo ist voller Videokameras. Auch an dieser Stelle müssen welche sein, das ist ein Tummelplatz für Taschendiebe. Ich nehme an, Sie haben das Filmmaterial gesichtet.«

Wieder ein Blickwechsel. Vielleicht kann ich ein paar Pluspunkte verbuchen. Oder das Gegenteil.

»Weiter jetzt.«

Es ging noch eine gute halbe Stunde weiter. Camilla wiederholte noch einmal, wie und wann sie Signora Vernetti kennengelernt hatte, warum sie das Haus hatte sehen wollen, obwohl sie wusste, dass sie es sich nicht leisten konnten, beantwortete die Frage, ob sie sich an weitere Details ihrer Gespräche erinnere, an Namen von Bekannten, Verpflichtungen, Pläne … Anstatt sich zu wiederholen, hätte sie lieber ein paar naheliegende Vorschläge für die Ermittlungen gemacht, etwa dass man Doras Telefongespräche überprüfen sollte, aber sie fand es besser, dem Tenente nicht in die Suppe zu spucken. Als sie schließlich mit dem Rat, vielmehr der Anweisung, sich zur Verfügung zu halten, entlassen wurde, war sie dermaßen entnervt, dass sie nicht mit dem eigenen Auto, sondern mit dem Taxi nach Hause fuhr.

27

Camilla hat mir nicht alles gesagt, keine Ahnung, warum. Aber in der Bücherei habe ich in der Zeitung gelesen – ich gehe fast jeden Tag hin, weil ich da lesen kann und nichts zahlen muss –, dass es vielleicht Mord war, dass die Blonde, Signora Dora, gestoßen wurde und mit dem Kopf gegen die Straßenbahn geknallt ist, die in dem Moment kam. Im Krankenhaus wurde sie dann operiert, aber sie ist trotzdem gestorben. Da stand außerdem, dass sie schwer krank war, wie Camilla gesagt hat, und ich habe es gemerkt, nicht dass sie schwer krank war, aber dass sie krank war, das schon. Beim Laufen ist sie schnell müde geworden, und wenn ich hinter ihr war, habe ich gesehen, dass sie bald, wirklich ganz bald, anders gegangen ist, wie wenn man steil bergauf oder von mir bis zum Gerbido läuft, da bin ich früher jede Woche hin, um Mariuccia zu besuchen, die hat in dem Viertel gewohnt, und zurück habe ich dann den Bus genommen, obwohl ich noch keine Zeitkarte hatte. Manchmal habe ich eine Fahrkarte gelöst und manchmal nicht, je nachdem. Jetzt fahre ich nicht mehr hin, weil Mariuccia auch tot ist. Krebs, das ist wie Leukämie. Sie war auch blond, wie Signora Dora, fast gleich blond, und sie haben sich sehr ähnlich gesehen, obwohl Mariuccia schlecht gekleidet war, weil sie kein Geld hatte, als Fabrikarbeiterin hat sie nicht viel verdient. Mit dem Geld musste sie die Miete zahlen und ihren Sohn großziehen, diesen Nichtsnutz, der immer mehr Geld von ihr wollte, und wehe, wenn sie ihm nichts gegeben hat, dann wurde er zur Bestie und verprügelte sie. Er hätte sterben sollen, nicht sie, aber die Welt ist eben ungerecht. Ich hatte Mariuccia lieb und sie mich auch, denn wenn ich sie fragte, sagte sie immer: »Ich hab dich lieb, Secondo, aber wir sind zwei Pechvögel.« Die Arme hatte viel mehr Pech als ich, der Schuft, der sie geschwängert hat, ist verduftet, als er es erfahren hat, und sie hat das Kind allein großgezogen, aber sie hätte es lieber gar nicht erst kriegen sollen, dann wäre sie wenigstens nicht verprügelt worden. Mariuccia war schön, und sie fehlt mir sehr, mit ihr konnte ich reden, und ich war gern mit ihr zusammen. Als ich Signora Dora zum ersten Mal gesehen habe, dachte ich fast, es ist Mariuccia, und schon so oft hätte ich gern mit ihr geredet, aber ich habe mich nie getraut, auch weil da der mit den roten Schuhen war, der ist immer hinter ihr hergegangen, vielleicht war er ja ihr Leibwächter, und ich wollte keinen Ärger. Und auch als der nicht mehr hinter ihr hergegangen ist, hab ich mich nicht getraut. In der Zeitung steht, dass sie vielleicht gestoßen wurde, und anscheinend hat Camilla das gar nicht gemerkt, obwohl sie neben ihr stand. Sie hat ja auch nicht gemerkt, dass Dora krank war, aber ich schon. Auch nicht, dass ich nicht mehr zwischen die Autos laufe. Sie liest einfach zu viel, und dann denkt sie über die Bücher nach und achtet nicht mehr auf die Wirklichkeit, aber neulich hat sie echt fertig ausgesehen, mit Ringen unter den Augen wie eine Sechzigjährige, und man hat ihr angesehen, dass sie am liebsten geweint hätte, aber sie konnte nicht, vielleicht wollte sie vor mir auch nicht. Ich hätte auch am liebsten geheult, aber auf der Bank, wo dann die Junkies kamen, hatte ich keine Lust, aber zu Hause habe ich mich aufs Bett gelegt und nicht mehr an mich halten können. Und wie ich da so lag und an Mariuccia und an Signora Dora dachte, die vielleicht ermordet wurde, kam die Pecorara und hämmerte an die Tür und rief: »Mach auf, ich weiß, dass du da bist, mach sofort auf, sonst nehme ich dir die Zeitkarte wieder weg!« Da habe ich aufgemacht, aber schön blöd, denn wenn ich nicht aufgemacht hätte, dann hätte sie mir die Karte, die ich in der Hosentasche hatte, doch gar nicht wegnehmen können, oder? Und dann hat sie mich wie immer genervt, warum ich meine Termine nicht einhalte, warum ich nicht zu ihr ins Büro komme, wenn ich müsste, oder zum Doktor gehe und ob ich die Medikamente nehme, die er mir verschrieben hat. Ich habe gesagt, dass ich sie immer nehme, ich hab sogar geschworen, aber das stimmt gar nicht, ich wollte nur, dass sie schnell wieder geht. Die Tropfen nehme ich schon seit fast einem Jahr nicht mehr, anstatt sie jeden zweiten Tag zu nehmen, tropfe ich sie in die Spüle, und wenn sie zur Kontrolle kommt, sieht sie, dass immer die richtige Menge in dem Fläschchen ist, nicht zu viel und nicht zu wenig. Als sie das Fläschchen und das Glas gesehen hat, das immer danebensteht, hat sie sich wieder abgeregt und war schon besser drauf, dann hat sie mich gefragt, ob ich was bräuchte, und ich habe gesagt, Nein. Bloß, wenn ich die Pecorara sehe, bräuchte ich hinterher echt die Tropfen, weil ich am liebsten alles kurz und klein schlagen und mit dem Kopf gegen die Wand rennen würde. Ich bin dann wieder rausgegangen und hab schon überlegt, ob ich mit den Autos wieder anfangen soll, aber ich hatte Signora Dora versprochen, es nicht mehr zu tun, auch wenn ich ihr das nie gesagt habe, da hab ich's also nicht gemacht und wollte zu Camilla, aber die war nicht da.

28

»Keine Angst, du wirst sehen, in ein paar Tagen klärt sich alles auf, und wir sind aus dem Schneider. Glaub mir, du brauchst dir keine Sorgen mehr zu machen«, sagte Renzo, dem die Sorgen eine senkrechte Falte in die Stirn gegraben hatten.

»Glauben die, dass sie ermordet worden ist?«, fragte Livietta.

»Ich fürchte, ja.«

»Und glauben sie, dass du es warst?«

»Sie haben den Verdacht.«

»Schade, dass sie tot ist. Jetzt tut sie mir nichts mehr mitbringen.«

»Man sagt nicht … Schon gut, vergiss es. Findest du es nur der Geschenke wegen schade?«

»Neeeiin! Aber was ich von ihr gekriegt habe, kriege ich von dir nie.«

»Dann hätte lieber ich sterben sollen?«

»Nein! Du bist nicht mehr lieb, du sagst lauter so blöde Sachen. Du bist anders als früher.«

»Mama ist müde und hat Sorgen, lass sie in Ruhe.«

»Aber du hast doch gerade gesagt, sie soll sich keine Sorgen machen!«

»Sie hört aber nicht auf mich.«

»Sie hört nie auf jemand.«

»Das stimmt allerdings.«

»Bitte hört auf. Und geh mal einer ans Telefon. Ich bin nicht da, ich existiere nicht.«

»Hallo, ciao, Gaetano. Mir gut. Nein, ihr geht es gar nicht gut, sie ist müde und hat Sorgen. Papa sagt, dass sie das nicht soll, aber sie hört nicht auf ihn. Ich weiß nicht, sie hat gerade gesagt, dass sie nicht da ist, sie existiert nicht.«

»Gib her.«

»Aber du hast doch gesagt …«

»Gib mir den Hörer! Ich weiß schon, was ich gesagt habe, aber ich hab's mir anders überlegt.«

»Papa, ich geh zur Oma. Darf ich?«

»Ciao, Gaetano. Miserabel. Du weißt es schon? Woher denn? Maulwürfe überall, wie es aussieht. Morgen wird in der Zeitung die nette Meldung stehen, ich hätte mit der

Testamentsgeschichte ein Motiv. Vom Regen in die Traufe, wie es aussieht.«

Sie hatte es geahnt. Doras Tod war nach den Zeugenaussagen und Untersuchungen als Mord eingestuft worden, der Staatsanwalt hatte ein Strafverfahren gegen unbekannt eingeleitet, die Presse stürzte sich mit unzähligen Artikeln darauf, und sie rechnete jederzeit mit einem Ermittlungsbescheid. Renzos Sorgenfalte hatte sich erst in einen trockenen Husten, dann in Schüttelfrost und schließlich in eine Grippe mit neununddreißig Grad Fieber verwandelt, die gegen fiebersenkende Mittel resistent war. Stressgrippe, hatte sie entschieden, auch wenn er behauptete, es komme von der Kälte in Zürich. Livietta, die traurig war und verloren wirkte, ließ alles Gestichel sein, der Hund vegetierte zwischen seinen Gassigängen unter der Anrichte vor sich hin und ließ einen Großteil des Futters im Napf. Sie schlingerte von Kopfschmerz zu Kopfschmerz, den Novalgin, Optalidon oder Aulin nur dämpfen konnten.

Jedem kann es passieren, in einen Mordfall verwickelt zu werden, aber ausgerechnet auf mich haben die Götter ein Auge geworfen. Wie verletzlich das menschliche Dasein ist: Krankheit, Tod, Unglück treffen zufällig, bringen die relative Ordnung durcheinander, in der wir unser Leben eingerichtet haben. Eingebrochene Schützengräben, ausgerissene Gleise, das Chaos, das einen unendlich kleinen Teil des Kosmos erfasst. Und wie trist diese Beerdigung. Luxuriöser Bestattungsapparat – Mercedes als Leichenwagen, Mahagonisarg, Schnörkeldekor in Goldbronze, ein Orchideenkranz der »Kanzlei Bonadé-Bottino« –, aber nur sechs Menschen als letztes Geleit: zwei mir unbekannte Männer über sechzig, Dottor Bonadé-Bottino, Doras Vermögensverwalter, wie er erklärt, als er sich mir höflich und bedrückt vorstellt und auch mit seiner Frau bekannt macht –, selbige Ehefrau, ich und der Unsterbliche. Der ein Mimosensträußchen in der Hand hält, so rührend in seiner leuchtenden und duftenden Schönheit, dass es die prätentiösen Orchideen im Kranz und auch den von mir stammenden Sargschmuck aus Ackerstiefmütterchen in den Schatten stellt. Der Unsterbliche trägt nicht wie üblich seinen zu langen schmuddeligen Regenmantel, sondern einen blauen Mantel mit Rückenschnalle, der mindestens aus den sechziger Jahren des vorigen Jahrhunderts stammt, ein gut geschnittener Mantel aus gutem Stoff, von dem sich jemand endlich getrennt hat, vielleicht eine Witwe, die die Kleidung ihres Mannes noch lange in Ehren gehalten hat, oder ein Sohn, der die Wohnung seiner alten Eltern geräumt und die Geduld aufgebracht hat, die Sachen nach unbrauchbar und tragbar zu sortieren. Dieser Mantel war nicht im Schrankinventar des Unsterblichen verzeichnet, er hatte ihn wer weiß wo in seiner Höhle versteckt oder sich vielleicht eigens für diesen Tag besorgt. Um sich nicht zu blamieren. Er ist auch sorgfältig rasiert und gekämmt. Still geht er neben mir, jetzt habe ich auch noch einen Kloß im Hals, weil er mir leid tut, ich drücke seine Hand und sage: »Ich mag dich, Unsterblicher.«

Er dreht sich zu mir und will etwas sagen, doch dann blickt er zu Boden, und wir gehen weiter, und auf dem Friedhof warten wir auf das Ende der mühsamen, langweiligen, gewöhnlichen Begräbnisprozedur. Als der Sarg in das Untergeschoss des Familiengrabes hinuntergelassen ist, die Totengräber die Tür der Kapelle geschlossen haben und alle sich auf den Weg machen, legt er sein Mimosensträußchen auf den Boden und sagt endlich: »Ich dich auch.«

»Ich weiß. Und wir beide mochten Dora.«

»Ja, und wenn ich nicht aufgehört hätte, hinter ihr herzulaufen, wäre sie vielleicht nicht gestoßen worden und noch am Leben.«

»Wie meinst du das, dass du hinter ihr hergelaufen bist?«

»Ich bin ihr gefolgt. Wenn sie morgens aus dem Haus gegangen ist, wenn sie sich mit dir getroffen hat. Aber nicht immer.«

»Warum?«

»Was warum?«

»Warum bist du hinter ihr hergelaufen?«

»Das ist schließlich nicht verboten. Und da war noch einer.«

»Noch einer?«

»Ja. Ein junger Mann, ich meine, jünger als ich. Mit roten Schuhen.«

»Kennst du ihn?«

»Nein. Ich weiß aber, wo er wohnt.«

»Woher denn?«

»Was für eine dumme Frage. Ihm bin ich auch hinterhergelaufen.«

»Bist du sicher, dass er Dora beobachtet hat?«

»Ich bin doch nicht blöd, klar bin ich sicher. Vielleicht war er ihr Leibwächter.«

»Leibwächter gehen neben und nicht hinter einem.«

»Auch hinter einem.«

»Ja, aber dann sind auch welche daneben und davor.«

»Hm. Daran habe ich gar nicht gedacht.«

»Und was haben die roten Schuhe gemacht?«

»Du meinst den Mann, der ihr gefolgt ist? Nichts, er ist nur hinter ihr hergelaufen. Was interessiert dich der so?«

»Camilla!«

Sie dreht sich um und sieht ihn. Gaetano. Er ist plötzlich hinter einem Grabstein aufgetaucht, wie im Horrorfilm. Sie weiß nicht, ob sie vor Überraschung lachen oder ihn vor Freude, ihn wiederzusehen, umarmen soll. Sie umarmt ihn und spürt eine warme Welle vom Nacken in den Rücken fließen. Sie macht ihn mit dem Unsterblichen bekannt. Fragt, warum er wieder in Turin ist. Warum er ihr nicht gesagt hat, dass er kommt. Was er auf dem Friedhof will. Er antwortet: »Ganz ruhig, eins nach dem anderen.«

Dann legt er ihr den Arm um die Schultern, und sie machen sich auf den Rückweg. Der Unsterbliche beobachtet die beiden irritiert.

29

Sie sitzen zu dritt in einer Bar am Corso Regio Parco, die noch trostloser ist als der Friedhof. Das zeugt von Zartgefühl gegenüber den Trauernden – denkt sie, die Gaetanos Erscheinen aufgemuntert hat –, sie sollen nicht auch noch mit einem allzu brüsken Szenenwechsel schockiert werden. Wenn die Verwandten und Freunde der Verstorbenen nach dem Begräbnis in diesen Raum kommen, in dieses Zwischenreich zwischen den Welten, um einen

Espresso oder einen Grog zu trinken, können sie, mit Sicherheitsabstand, weiter die Grabesluft atmen, die Luft von Charons dunklen Gestaden, von bleichen Schattenlilien, und sind nach der Stärkung bereit, wieder in den Zirkus des Lebens einzutauchen. An den Wänden kleine Vasen mit verstaubten Plastikblumen. Ein auf alt gemachtes Bild mit Ruinen und zerbrochenen Säulen. Hinter der Theke wacht aus der Höhe eine siebenmal durchbohrte tönerne Madonna über die Flaschen mit Kräuterbitter und Anislikör. Der Barmann ist eine Kopie von Frankenstein juniors Igor-Aigor. Wer sich das alles ausgedacht hat, hätte eine Oscar-Nominierung für das beste Szenenbild verdient.

»Ich hatte um ein paar Tage Urlaub aus persönlichen Gründen gebeten«, hatte Gaetano gesagt, »aber erst gestern spätabends erfahren, dass ich weg kann. Heute Morgen habe ich das erste Flugzeug genommen, und da bin ich. Warum? Kannst du dir das nicht denken? Jedenfalls brauchst du Hilfe, damit du da möglichst schnell rauskommst.«

Sie hat das Gute und das Schlechte an dieser Erklärung im Nu begriffen, hat das Gute eine Weile genossen, es sich wie eine Praline, eine kandierte Frucht auf der Zunge zergehen lassen, und jetzt muss sie sich dem Schlechten stellen.

»Sag mir, wie schlimm es aussieht.«

»Ziemlich schlimm.«

»Aber sie haben keinen einzigen Beweis. Meines Wissens hat niemand gesagt, er oder sie hätte gesehen, dass ich sie gestoßen habe.«

»Stimmt. Aber es hat auch niemand sonst jemanden gesehen, der sie gestoßen hätte.«

»Ja und? Es herrschte Gedränge, das habe ich schon hundertmal wiederholt, die Leute standen dicht beieinander, und ich stand neben ihr, neben ihr – daneben, verstehst du? –, nicht hinter ihr.«

»Ich weiß, aber das ist nicht der springende Punkt.«

»Was dann?«

»Der Staatsanwalt.«

»Dottor Ciccarelli?«

»So ist es. Hast du ihn schon gesehen?«

»Einmal, im Flur. Was stimmt denn nicht mit ihm, außer dass er einen scheel anschaut und wie eine Hühneraugentinktur heißt?«

»Er bricht alles übers Knie. Um eine Sache zu beschleunigen, schickt er dir einen Ermittlungsbescheid, und dann brauchst du auf der Stelle einen Anwalt.«

»O Gott!«

»Er macht Druck, um eine Sache schnell abzuschließen.«

»Und dann hat man eben Pech gehabt.«

»So ist es.«

»Aber du hast doch gesagt, Tenente Craighero ist in Ordnung und versteht sein Handwerk …«

»Ja, er und seine Leute. Wenn man ihn seinen Stiefel machen lässt, wenn man ihn nicht hetzt.«

»Und vor lauter Eile jemanden, der gar nichts damit zu tun hat, in die Bredouille bringt.«

»Es wäre nicht das erste Mal.«

»Sehr tröstlich. Was haben eigentlich die Videokameras ergeben?«

»Sie waren ausgeschaltet.«

»Das wird ja immer schöner. Davon haben sie mir nichts gesagt. Am Samstagmorgen ausgeschaltet, wenn an der Porta Palazzo die Hölle los ist … Sie bilden sich doch hoffentlich nicht ein, ich hätte sie ausgeschaltet!«

»Das nicht. Aber anscheinend …«

»Was? Warum sprichst du nicht weiter?«

»Es ist eine heikle Sache.«

»Sprich nur. Der Unsterbliche, ich meine ihn, Secondo, ist ein Freund.«

»Ciccarelli vermutet anscheinend einen Komplizen, der euch gefolgt ist …«

»Die roten Schuhe!«

»Was sagst du?«

»Secondo hat mir vorhin erzählt, dass ein Mann in roten Schuhen Dora immer gefolgt ist.«

»Nicht immer, ich habe ihn schon seit einer Weile nicht mehr gesehen.«

»Woher wissen Sie denn bitte, dass jemand Signora Vernetti gefolgt ist?«

»Ich bin ihr auch gefolgt, aber hinter ihm.«

»Darf ich fragen, warum?«

»Nein.«

»Unsterblicher, bitte! Sag ihm alles, was du weißt, tu's für mich.«

»Ich sage ihm, dass ein Mann in roten Sportschuhen hinter ihr hergelaufen ist. Ich sage ihm, dass ich gesehen habe, wo er wohnt. Mehr nicht.«

»Dann sagen Sie uns Straße und Hausnummer.«

»Die Straße weiß ich nicht, die Hausnummer auch nicht, aber es ist nicht weit.«

»Nicht weit von wo?«

»Wo ich war, als ich hinter ihm hergegangen bin.«

»Was reden …«

»Warte, Gaetano. Mach du nicht auch noch Druck.«

30

»Wie geht's jetzt weiter, was soll ich tun?«, hatte sie später gefragt.

»Du tust gar nichts, ich kümmere mich. Diskret und ohne irgendjemandem in die Quere zu kommen. Doch vorher muss ich noch einige Telefonate erledigen und ein paar Fakten überprüfen«, hatte Gaetano geantwortet.

»Aber jetzt sieht die Sache doch ganz anders aus!«

»Beruhig dich, wir dürfen nichts überstürzen. Du weißt doch selbst, dass der Unsterbliche kein besonders glaubwürdiger Zeuge ist.«

»Aber mit seiner Hilfe …«

»Schon klar, ich weiß, was wir mit seiner Hilfe herausgefunden haben. Aber was er gesagt hat, kann Wort für Wort zerpflückt werden, und was wir jetzt wissen, bringt uns im Moment auch nicht weiter. Außerdem würden sich Craighero und seine Leute als Erstes fragen, warum er deine Freundin beobachtet hat. Und das verrät er uns nicht.«

»Aber das ist doch sonnenklar! Er hatte sich in sie verliebt!«

»Er? In Signora Vernetti?«

»Gaetano, wie tickst du denn? Du wunderst dich, dass sich einer, der ein bisschen spinnt, in eine Frau verliebt, die für ihn unerreichbar ist, ihn aber aus irgendeinem Grund beeindruckt?«

»Wie sehr spinnt er denn? Ich muss genau Bescheid wissen.«

»Er ist in psychiatrischer Behandlung und wird von einer Sozialarbeiterin betreut.«

»Weißt du, von wem? Vielleicht bringt es was, mit ihr zu reden.«

»Das glaube ich nicht. Er kann sie nicht ausstehen, und ich glaube, er kujoniert sie ziemlich. Sie heißt jedenfalls Iris Pecorara und hat einen Arsch für zwei, das hat er mal zu mir gesagt.«

»Was weißt du sonst über ihn?«

»Er rennt, beziehungsweise rannte vor fahrende Autos und schrie dabei, er wäre unsterblich. In der Via Consolata hat er jede Menge Karambolagen verursacht. Die Polizei wollte ihn eines Morgens auf frischer Tat ertappen, aber er hat es spitzgekriegt und seine Nummer nicht abgezogen.«

»Na toll. Kannst du dir vorstellen, was Craighero sich denken würde?«

»Nein.«

»Dass er Dora gestoßen hat und du ihn dazu angestiftet hast.«

»Nein! Er würde keiner Fliege etwas zuleide tun, das heißt nein, Fliegen erschlägt er, er erwischt sie im Flug, aber er ist herzensgut, ein sanfter Mensch.«

»Der Karambolagen provoziert.«

»Provozierte. Jetzt nicht mehr, er hat aufgehört.«

»Wie das?«

»Ich weiß es nicht. Er erzählt mir ja nicht alles. Vielleicht weil er verliebt war.«

»Und es seiner Auserwählten versprochen hat.«

»Warum nicht.«

»Aber er hat doch nie ein Wort mit ihr gewechselt, hast du selbst gesagt!«

»Ja und? Er hat nie persönlich mit ihr gesprochen. Die Leute, die einen Rosenkranz oder zur heiligen Rita oder zum heiligen Gennaro beten, reden doch auch nicht mit den Heiligen persönlich, sie wenden sich im Stillen an sie.«

»Kann sein. Ich habe nie einen Rosenkranz gebetet. Und du?«

»Als Kind.«

»Jetzt nicht mehr?«

»Nein, aber ich überlege, ob ich das nicht machen sollte.«

»Hoffentlich hat es nichts mit mir zu tun.«

»Gaetano, ich …«

»Einverstanden, wir sollten jetzt nicht über uns sprechen. Ich forsche erst mal nach, was hinter unserer Entdeckung steckt.«

Das mit der Entdeckung hatte eine Weile gedauert, aber schließlich hatte der Unsterbliche sie an ein verschlossenes Eingangstor aus rostigem Eisen geführt und erklärt, der Mann mit den roten Schuhen wohne dort, im Erdgeschoss, links von den Garagen, die sich im Innenhof befänden; er habe ihn mal hineingehen sehen, als ein Lieferwagen durch das offene Tor gefahren sei. Ob er sicher sei, dass er nicht einfach jemanden besucht habe? Ganz sicher, denn als er ihm später noch mal gefolgt sei, habe der Mann das Tor mit einem Schlüssel geöffnet.

»Und wie kommen wir rein? Da sind keine Klingeln«, hatte Camilla gefragt.

»Wir warten, bis jemand kommt«, hatte Gaetano erwidert.

»Was bist du denn für ein Polizist, dass du ein Tor nicht aufkriegst?«, hatte ihn der Unsterbliche provoziert.

Seufzend hatte Gaetano einen Schlüsselbund hervorgeholt und das Schloss geknackt.

Die Tür links von den Garagen war verschlossen, und auf einem Schild stand: »Raum von der Polizei beschlagnahmt«. Die Türritze war zusätzlich versiegelt, und zwar mit Verpackungsklebeband, das ein sechsjähriges Kind leicht hätte wegreißen können, aber niemand, kein Kind und kein Erwachsener, hatte sich die Mühe gemacht. Camilla sah Gaetano fragend an, der Unsterbliche blickte nach oben, zu den Balkonen, die mit einem Mal bevölkert waren.

»Was heißt ›beschlagnahmt‹?«

»Dass niemand reindarf.«

»Das war mir schon klar.«

»Es heißt, dass der Raum Gegenstand von Ermittlungen ist.«

»Das ist schon interessanter, was denn für Ermittlungen?«

»Woher soll ich das wissen? Ich muss mich erkundigen, jetzt versuchen wir erst mal festzustellen, wie der Mann mit den roten Schuhen heißt.«

An der Tür war kein Schild. Auf den langen Galerien standen mindestens zwei Dutzend Bewohner und sahen in den Hof hinunter: Frauen in Schürzen hatten ihre Hausarbeit unterbrochen, Rentner beobachteten die Szene, um dann in aller Ruhe ihre Mutmaßungen anzustellen, kleine Kinder bohrten in der Nase und fragten ihre Mütter, was los sei.

»Ich kann im Präsidium feststellen, wie er heißt«, sagte Gaetano, »wir gehen jetzt besser wieder.«

Aber der Unsterbliche war schon zum Tor zurückgelaufen und hatte einen Mann mittleren Alters angesprochen, der wie eine Dampflok keuchte, wahrscheinlich weil er Asthma hatte. Japsend berichtete er, dass in dem Zimmer ein Toter gefunden worden war, einer, der an der Nadel gehangen hatte und dabei draufgegangen war. Wie er hieß? Zu Lebzeiten hieß er Nicola Sorrentino, Gott hab ihn selig.

31

Renzo ging es etwas besser: Das Fieber war endlich gesunken, und er war wieder halbwegs bei klarem Verstand und unternehmungslustig. Mit dem Resultat, dass er während Camillas Abwesenheit einen *sugo all'amatriciana*, Rouladen mit Kapern und Oliven und dazu Broccoli kochte.

»Fehlt der Nachtisch, der bei einem Leichenschmaus obligatorisch ist, du musst dich eben bescheiden. Wie war's?«

»Grässlich. Aber es gibt Neuigkeiten.«

»Zur Abwechslung mal schlechte?«

»Vielleicht nicht. Eine sicher nicht.«

»Nämlich?«

»Gaetano ist wieder da.«

»Und Gaetano hilft dir.«

»Ich hoffe es. Stört dich das etwa?«

»Quatsch. Und sonst?«

Sie berichtete.

»Und du meinst, der Mann mit den roten Schuhen könnte der unbekannte Täter sein?«

»Vielleicht.«

»Das glaube ich nicht. Es wäre zu einfach. Er bringt eine Frau um, dann quälen ihn Gewissensbisse, die er mit einer Überdosis dämpft, die wiederum ihn umbringt. Das klingt nach Groschenroman, neunzehntes Jahrhundert, nur war Heroin im neunzehnten Jahrhundert noch nicht in Mode. Aber auch als heutiger Groschenroman taugt es nicht.«

»Wieso nicht?«

»Also erst mal läuft ein Detektiv nicht mit roten Schuhen herum.«

»Aber er war doch ein Junkie!«

»Ja und? Junkie heißt nicht automatisch blöd.«

»Blöd nicht, aber zumindest nicht bei klarem Verstand.«

»Nicht immer, nur wenn sie keinen Stoff haben. Und ich halte es für unwahrscheinlich, dass er sie beobachtet hat, wenn er Entzugserscheinungen hatte. Falls die ganze Geschichte mit der Beschattung und den roten Schuhen überhaupt stimmt.«

»Warum sollte sie nicht?«

»Weil dein Unsterblicher kein besonders glaubwürdiger Zeuge ist. Was sagt denn Gaetano dazu?«

»Das, was du eben gesagt hast.«

»Siehst du?«

»Was soll ich sehen? Ich sehe, dass ihr beide gleich denkt, wie Männer eben denken.«

»Findest du daran was Schlechtes?«

»Ich finde, es fehlt etwas. Und überheblich finde ich es auch.«

»Du meinst, ihr Frauen habt etwas, was uns Männern fehlt.«

»Glaubst du wirklich, wir haben Zeit für eine Debatte über Feminismus? Nach dem Motto ›wem seiner ist größer‹ – Kopf samt Verstand meine ich – und funktioniert besser?«

»Du hast damit angefangen.«

»Echt? Das wollte ich nicht. Aber ihr kennt den Unsterblichen nicht gut, weder du noch Gaetano. Er ist scheu, er hat einen Haufen Macken, er ist schrullig und was du sonst willst, aber er erzählt keine Lügenmärchen. Ich glaube ihm die Geschichte mit dem Detektiv.«

»Aber sie wird auf alle Fälle schwer zu beweisen sein.«

»Vielleicht nicht. Nimm an, sie finden rote Sportschuhe in seiner Wohnung, oder er hatte sie an, als er starb …«

»Das beweist nichts. Versetz dich mal in einen Ermittler: Ein etwas oder ziemlich verrückter Zeuge erzählt, ein Mordopfer sei von einer Person in roten Sportschuhen beobachtet worden. Erste Frage: Woher weiß der Halbirre das? Zweite Frage …«

»Verschone mich mit ihr. Auch mit den nächsten. Mir ist der Appetit vergangen. Auch wenn dies das einzige Positive an der ganzen Geschichte wäre.«

»Willst du wieder abnehmen?«

»Ich hätte nichts dagegen.«

»Mir gefällst du aber so.«

»Auch ohne Geflöte?«

»Geflöte? Was meinst du damit?«

»Nichts. Ich meine, dass ich wieder Kopfschmerzen habe.«

»Ich verstehe zwar den Zusammenhang nicht, aber was soll's. Ich denke eben als Mann.«

»Jetzt hast du aber angefangen.«

»Entschuldige, das wollte ich nicht. Aber diese Geschichte zermürbt uns. Könntest du nicht ein paar Wochen frei machen?«

»Ich habe schon einen Tag Urlaub genommen, um auf die Beerdigung zu gehen, den mir Madame Buonpeso gnädigst genehmigt hat.«

»Die kann dich doch mal. Ich will nicht, dass du nur noch mit Kopfschmerzen herumläufst.«

»Die Schule ist nicht schuld an den Kopfschmerzen.«

»Ich weiß, aber wenn du eine Sache weniger am Hals hast, geht es dir bestimmt besser.«

»Wenn ich in der Schule bin, denke ich nicht an meine Probleme.«

»An unsere Probleme.«

»Ist das ein Vorwurf?«

»Nein, Anteilnahme. Jetzt geh schlafen, und denk an nichts.«

An nichts zu denken ist anstrengend. Es sei denn, ich wäre ein Yogi, aber dann hätte ich mich vorher anstrengen müssen. Gelöster Körper und freier Kopf. Herzschlag und Atem unter Kontrolle. Entspannt sein. Gelassenheit angesichts der Ereignisse. Nichts, was stört, nichts, was dich aufregt und verwirrt. Ich weiß nicht, ob ich das möchte. Ich schaffe es nicht, nichts zu denken, also kann ich ebenso gut denken. An den Unsterblichen zum Beispiel. Ich glaube ihm die Geschichte mit dem Detektiv. Es wäre besser gewesen, wenn er nicht gestorben wäre, nicht nur für ihn, sondern auch für mich. Er hätte manches erklären können, warum er Dora gefolgt ist, was er von ihr wollte. Oder was die Person wollte, die ihn mit der Beobachtung beauftragt hat. Nicola Sorrentino. Nicola Sorrentino, wahrscheinlich jener N. S., der an einer Überdosis gestorben ist und in eine zehnzeilige Kurzmeldung verbannt war, damit Kha, seit mindestens dreitausend Jahren tot, genug Platz hatte. Die auf einen anonymen

Anruf hin entdeckte Leiche. Wahrscheinlich hat ein anderer Junkie angerufen, der keine Schwierigkeiten kriegen wollte. Bestimmt aus einer Telefonzelle. Mit einer Telefonkarte? Dann lässt sich der Anruf zurückverfolgen. Bei einem Phonecenter wäre das unmöglich. Aber sie haben sich bestimmt nicht die Mühe gemacht, das zu überprüfen. Es gab keinen Grund dazu. Wie dumm ich bin. Für Carabinieri, Polizei oder Notruf braucht man keine Karte. Anruf kostenlos, Anrufer nicht identifizierbar. Aber jetzt … was jetzt? Wenn kein sicherer Beweis erbracht werden kann, dass Nicola Sorrentino Dora Vernetti beobachtet hat, gibt es keinen Grund, Zeit an ihn zu verschwenden. Und was der Unsterbliche gesagt hat, nutzt ohne Beweise gar nichts. Was haben Gaetano und Renzo noch mal gesagt? Er sei kein besonders glaubwürdiger Zeuge. Ich glaube, bei solchen Ermittlungen funktioniert männliches Denken besser.

32

Der anonyme Anruf, mit dem der Tod von Nicola Sorrentino gemeldet wurde, war bei der Polizei eingegangen. Die Beamten hatten die Leiche kurz darauf fast noch warm vorgefunden, daneben die üblichen Utensilien für den käuflichen Tod: Spritze, Löffel und so weiter. Der Mann hatte sich mit Hochprozentigem abgefüllt, bevor er sich spritzte, und vielleicht deshalb – oder aus mangelnder Erfahrung – das Heroin falsch dosiert.

»Was heißt mangelnde Erfahrung?«, hatte Gaetano die Kollegen aus dem Kommissariat Dora-Vanchiglia gefragt, die den Fall übernommen hatten.

»Dass der Mann nach einer ersten Inaugenscheinnahme und auch nach Ansicht des Rechtsmediziners kein Gewohnheitsfixer war, sondern möglicherweise erst ein paar Versuche hinter sich hatte, wenn nicht den ersten überhaupt. Jedenfalls ein Ganove, einer ohne feste Arbeit, der in Bars verkehrte und zweifelhaften Umgang pflegte, nicht polizeibekannt, aber wahrscheinlich im kleinkriminellen Milieu zugange. Nein, gedealt hat er nicht, dafür gibt es keinen Hinweis, aber irgendwie muss er sich das Geld zum Leben beschafft haben, auch wenn er, wie es aussieht, nicht gerade auf großem Fuß gelebt hat. Aber sagen Sie, Commissario Berardi, warum interessieren Sie sich eigentlich für den Fall? Hatten Sie nicht in Rom im Ministerium zu tun? Schon zurück? Ach so, ein paar Tage Urlaub, und damit Sie nicht aus der Übung kommen, spannen Sie nicht aus, sondern beschäftigen sich mit einem dahergelaufenen Trottel, der so blöd ist, dass er nicht mal weiß, wie man sich einen Schuss setzt. Ob uns irgendwas komisch vorgekommen ist? Nein, war alles ganz normal: Die Tür war abgeschlossen, auf dem Tisch stand ein Glas und daneben eine halb leere Flasche Whisky, und was in der Flasche fehlte, hatte er gekippt, bevor er sich mit der Spritze abgab … Na ja, es mag spitzfindig klingen, aber es ist schon komisch, nach einem solchen Besäufnis müsste man sich eigentlich nicht noch weiter zudröhnen, aber bei den Junkies weiß man nie, was ihnen durch den Kopf geht, obwohl der eigentlich kein richtiger Junkie war, wie die Schwester, der Arzt und wir selbst auch meinen. Wie? Rote Turnschuhe? Warten Sie, ich sehe rasch ins Protokoll. Nein, da steht nichts: Als wir ihn fanden, trug er halbhohe Schuhe mit Gummisohle, an dem Abend hat es doch aus Kübeln gegossen, den ganzen Tag hatte es geregnet … Vielleicht in der Wohnung, na ja Wohnung, sah mehr aus wie ein Lager … Commissario, aber was wollen Sie eigentlich? Ah, verstehe, keine offizielle Ermittlung, die Carabinieri sind dran … Aber wie das, wenn wir die Leiche gefunden haben und das unser Fall ist? Ein anderer Fall, einer, mit dem die Carabinieri zu tun haben, klar, und wir kommen ihnen lieber nicht in die Quere, aber wenn Sie wollen, können wir jederzeit noch mal einen Blick in Sorrentinos Wohnung werfen, und wenn da rote Schuhe waren, sind sie immer noch da.«

Die roten Schuhe waren da. Nike-Schuhe aus rotem Leder, die ihr Besitzer am Tag seines Todes, einem Regentag, getragen haben musste, bevor er die Stiefel mit den Gummisohlen anzog. Die Schuhe waren ihm wohl ziemlich wichtig gewesen, denn er hatte sie mit zusammengeknülltem Papier ausgestopft, damit sie trockneten und ihre Form behielten.

»Ändern diese Schuhe jetzt irgendwas, Commissario?«, hatte einer der beiden Beamten gefragt, die ihn begleiteten. »Das weiß ich noch nicht«, hatte er geantwortet, »ich muss noch einiges überprüfen, bevor ich das sagen kann. Aber im Moment halten wir uns alle bedeckt, kein Sterbenswörtchen zu irgendwem.«

Danach, es war später Nachmittag, fast Abend, hatte Gaetano sie angerufen.

»Der Unsterbliche hat recht mit den roten Schuhen. Aber das heißt noch gar nichts.«

»Warum nicht?«

»Tust du eigentlich nur so, als würdest du nicht verstehen? Er ist ja nicht ganz dicht oder, wenn dir das lieber ist, geistig labil oder halb verrückt und könnte sich sehr wohl, aus welchen Gründen auch immer, auf eine bestimmte Person eingeschossen haben, also auf Sorrentino, und ihm gefolgt sein und so weiter und sich dann ausgedacht haben, dass der wiederum die Vernetti beobachtet hat.«

»Das glaube ich nicht.«

»Dass du es nicht glaubst, genügt nicht. Ich rufe jetzt mal die Schwester des Toten an und fahre zu ihr, sie wohnt in Ciriè.«

»Ich will mit.«

»Lass es, besser nicht.«

»Ich verstehe nicht, warum das besser sein soll. Ich verstehe auch nicht, was die Schwester damit zu tun haben soll. Du verschweigst mir irgendwas.«

»Ich sag's dir später. Hol mich ab, ich bin in der Bar neben dem Kommissariat Dora-Vanchiglia.«

»Ja, aber dann fährst du. Ich bin diese Woche schon zweimal wo entlanggeschrappt.«

Auf der Fahrt nach Ciriè hatte sie ein paar Fragen und ein paar Entschuldigungen, die sie loswerden wollte. Sie fing mit den Entschuldigungen an: »Ich habe mich nicht mal bei dir bedankt.«

»Dass ich gekommen bin, um dir zu helfen? Hättest du das etwa nicht von mir gedacht?«

»Ich weiß nicht, was ich gedacht habe, ich bin völlig durch den Wind. Ich fühle mich verunsichert, desorientiert, verloren …«

»Die Verlorenheit steht dir ziemlich gut.«

»Du meinst, weil ich dann weiblicher bin?«

»Hmmm … ja.«

»Wenn diese Geschichte vorbei ist – falls sie jemals vorbeigehen sollte –, werde ich mir ein paar Gedanken über die Rollenspielchen zwischen den Geschlechtern machen müssen. Jetzt habe ich keine Lust. Jedenfalls vielen Dank für alles. Du bist wirklich ein Freund.«

»Klar. Ein Freund. Nur ein Freund?«

»Nein, und das weißt du ganz genau. Aber wir waren uns einig …«

»Dass es der verkehrte Zeitpunkt ist. Mal sehen, was die Schwester sagt.«

»Was willst du sie denn fragen?«

»Ob es stimmt, dass ihr Bruder nicht gefixt hat.«

»Ah! Er hat nicht gefixt, ist aber an einer Überdosis gestorben.«

»Das klingt paradox und ist vielleicht nur vorgeschoben. Die Familie sagt meistens, sie hätte nichts gewusst. Sie sehen die zerstochenen Arme ihres Sohnes oder Bruders und denken, dass er mit Nadelkissen gespielt hat oder mit einem Igel zusammengestoßen ist. Sie, nein, wir alle lügen uns die tollsten Sachen in die Tasche …«

»Und noch eins. Warum bist du zur Beerdigung gekommen? Worauf hast du denn gehofft, als du dich wie in einem Mafia- oder Zombiestreifen zwischen den Gräbern versteckt hast?«

»Ich habe mich nicht versteckt, ich bin nur zu spät gekommen, weil das Flugzeug mit Verspätung gestartet ist. Und ich hoffte, irgendwelche interessanten Gesichter zu sehen.

»Da waren aber keine, denke ich.«

»Du täuschst dich. Eines war da. Ich habe es schon mal irgendwo gesehen, kann mich aber nicht erinnern, wo.«

Alessia Sorrentino verheiratete Gobbi war eine hübsche Frau. Knapp vierzig, rundlich und mit einem bitteren Zug um die Mundwinkel. Sie ließ gerade die Rollläden an der Metzgerei herunter und hatte keine Lust, ihre Zeit mit Geschwätz zu vertun. Sie hatte doch gesagt, was sie wusste, falls das überhaupt etwas gebracht hat. Sie wollte ihre Ruhe haben, den ganzen Tag hatte sie an der Kasse und hinter der Theke geschuftet, zusammen mit ihrem Mann, der noch müder war als sie, wegen der Arbeit und allem anderen. Aber Gaetano hatte einen wunden Punkt berührt: Auch er glaube nicht, dass ihr Bruder gefixt habe, und die Überdosis komme ihm verdächtig vor. Da endlich sah Alessia ihn aufmerksam an, sie änderte ihre Haltung, und der wunde Punkt erwies sich als Anknüpfungspunkt. Man soll sexuelle Anziehungskraft nie unterschätzen – dachte Camilla –, die Anziehungskraft wirkt auch unter den merkwürdigsten Umständen, wird kaum als solche wahrgenommen, lässt einen nach einem einzigen Blick Meinung und Haltung ändern. Wenn ich mit dieser Frau geredet hätte, wären meine Worte ungehört verklungen. Wenn Gaetano eine Boxervisage hätte, hätte sie kein Wort mehr gesagt. Dabei hängt von ihren Antworten möglicherweise meine Zukunft ab.

»Wir können in die Wohnung gehen«, sagte Alessia, »hier über dem Laden. Mein Mann sitzt mit ein paar Freunden in der Bar und entspannt sich ein bisschen, die Kinder sind beim Sport, wir können also in Ruhe reden. Sie haben von dieser Geschichte die Nase voll, und Nicola haben sie nie gemocht.«

33

»Wissen Sie, Commissario«, fuhr Alessia, die sich immer nur an ihn wandte, in der Wohnung fort, »ich mochte meinen Bruder zwar auch nicht besonders, aber er war nun mal mein Bruder. Man kann ihm einiges vorwerfen, aber Drogen, nein, mit Drogen hatte er nichts am Hut. Und wenn Sie mich fragen, woher ich das so sicher weiß: Eben weil ich ihn nicht mochte, habe ich darauf geachtet. Wissen Sie, inzwischen gibt es auch hier Drogen, alle möglichen Drogen, und hier kriegt man das mehr mit als in einer Großstadt, weil der Ort überschaubar ist und die Leute sich kennen, nicht alle, aber die meisten. Ich sehe jeden Tag drogensüchtige Jugendliche, ich beobachte sie und horche mich um, weil ich zwei Kinder in dem Alter habe, in dem man für solche Verlockungen anfällig ist, und ich, beziehungsweise wir, mein Mann und ich müssen sie im Auge behalten, ohne dass sie es merken, und dafür sorgen, dass sie nicht mit falschen Bekanntschaften und Entscheidungen ihr Leben ruinieren. Meinen Bruder habe ich auch im Auge behalten, nicht weil er irgendwas getan hätte, sondern so, aus Gewohnheit. Nein, ich habe ihn nicht oft gesehen, Nicola kam nie zu uns, und wenn ich in Turin war, habe ich ihn meistens nicht angetroffen. Ich bin trotzdem sicher, dass er nicht gefixt hat, das hätte nicht zu ihm gepasst, Junkies waren ihm zuwider. Das habe ich Ihren Kollegen auch gesagt, aber sie haben mich nach zwei Minuten wieder entlassen, sie haben mir praktisch nicht zugehört und dachten wohl, so würden Familienangehörige immer reden, das hat man ihnen angemerkt. Und dann gibt es noch etwas, das wusste ich bei der Vernehmung noch nicht: Er soll eine halbe Flasche Whisky getrunken haben, bevor er sich spritzte, aber das kann gar nicht sein, er vertrug keinen Alkohol, nach anderthalb Gläsern Wein klappte er zusammen und redete wirres Zeug. Nicola war ein armer Tölpel, ein Tölpel, der sich für schlau hielt, der glaubte, ihm würde alles zustehen, der den harten Kerl mimte, und sehen Sie mal, was für ein Ende er genommen hat. Aber es ist nicht allein seine Schuld, meine Mutter hat ihn so erzogen.

Commissario, kann ich Ihnen … und Ihnen natürlich auch … einen Aperitif anbieten, oder dürfen Sie nicht, weil Sie im Dienst sind? Einen Wermut, ein Glas Prosecco? Ich trinke auch etwas, das brauche ich jetzt, bei meinem Mann kann ich das alles gar nicht loswerden, ich weiß schon vorher, was er sagt, er würde sagen, man braucht sich wegen einem Taugenichts, der es drauf anlegt, nicht aufzuregen. Nicola war zwar kein Heiliger, aber dass er es drauf angelegt hat, stimmt nicht. Ich weiß nicht, wie er wirklich gestorben ist, aber da stimmt einiges nicht.

Meine Mutter? Was sagte ich über meine Mutter? Ach, Commissario, das ist eine lange Geschichte, und ich sollte sie besser für mich behalten, aus Respekt gegenüber den Toten und den Lebenden. Nein, es ist mir nicht peinlich, darüber zu sprechen, nur … so gern spricht man nicht über das eigene Elend, und ich glaube auch nicht, dass es Ihnen weiterhilft. Wenn Sie meinen … Noch ein Gläschen Wermut? Gut, ich auch noch einen Schluck, für mich ist heute Feierabend, wenn die anderen kommen, gehen wir Pizza essen.

Wissen Sie, ich war noch keine zwanzig, als ich heiratete, nur um von zu Hause fortzukommen. Ich hatte Glück, mein Mann ist ein guter Kerl, und ich mochte ihn, aber damals träumte ich von etwas anderem, ich träumte davon, Lehrerin zu sein und nicht, in einer Metzgerei zu arbeiten, ich träumte von so vielem, wie alle Mädchen in dem Alter. Ich träumte von der großen Liebe, nicht davon, unter die Haube zu kommen. Aber zu Hause hielt ich es nicht mehr aus. Warum? Weil ich mich unwohl fühlte; mein Bruder hat mich fertiggemacht, und meine Mutter hat ihn immer in Schutz genommen. Mein Bruder tat nichts für die Schule, egal, er verpasste mir Ohrfeigen oder Fußtritte, auch egal. Mein Vater? Ich habe ihn praktisch nicht gekannt und weiß nicht mal, ob er noch lebt. Vielleicht hatte er auch seine Gründe wegzugehen, vielleicht hielt er es nicht mehr aus, genau wie ich.

Warum? Na gut, ich habe angefangen, dann erzähle ich jetzt alles. Meine Mutter war schön, bildschön, und mochte die Männer. So war es später, und ich glaube auch vorher, als mein Vater noch da war. Er war Fernfahrer, tagelang fort, und sie tröstete sich mit irgendwelchen Männern, die ihr über den Weg liefen. Ich kann mich an etwas erinnern, als ich klein war. Streit, Türenknallen, Geschrei. Ich weiß auch noch, dass mein Vater mal geweint hat. Er saß am Küchentisch, hatte den Kopf in die Hände gestützt und weinte. Ich sehe die Szene noch vor mir und weiß, dass ich sie nicht geträumt habe.

Als er fort war, musste sie es alleine schaffen und – wie soll ich sagen – zur Vernunft kommen, sie … sie musste uns ja ernähren. Nein, sie ist nicht … nicht im klassischen Sinn … sie hat sich aushalten lassen, wie das früher üblich war, das macht man heute nicht mehr, es gibt so viele gut aussehende Frauen, die sich verkaufen, und die Männer wechseln gern öfter mal. Ich weiß nicht, ob sie immer nur einen oder mehrere Geliebte gleichzeitig hatte, und eines muss ich meiner Mutter wirklich zugute halten, sie hat immer dafür gesorgt, dass wir keinem begegnen. Aber wenn sie abends wegging und die ganze Nacht fortblieb, musste ich meinen Bruder ins Bett bringen und bei ihm schlafen, weil er sonst Angst hatte. Ich hatte ja selber so viel Angst, aber ich war die Ältere und durfte mir nichts anmerken lassen und erzählte ihm, sie sei nur auf einen Plausch oder einen Kaffee zur Nachbarin gegangen. Ich muss ihr noch etwas zugute halten, nämlich dass sie es uns an nichts fehlen ließ, aber mir wäre es lieber gewesen, wir hätten von Brot und Zwiebeln gelebt und sie hätte ihr Geld auf eine andere Art verdient. Ab und zu hatte sie einen Job, ich glaube, wenn sie … eine Pause hatte, und schön wie sie war, fand sie immer sofort etwas: an einer Kinokasse, als Verkäuferin in einem Geschäft, aber das dauerte nie lang, nur bis der nächste Zahlmeister dran war, zum Beispiel der Kinobetreiber oder der Ladenbesitzer. Mein Bruder hat sich nie gefragt, woher das Geld kam, er war dumm, wie gesagt, wirklich strohdumm, und als ich mal was andeutete, prügelte er mich krankenhausreif. Die Jahre sind auch an meiner Mutter nicht spurlos vorübergegangen, und allmählich kam weniger Geld ins Haus, sie und mein Bruder sind umgezogen, aber er hat deswegen noch lange nicht daran gedacht, sich ernsthaft um eine Arbeit zu kümmern, und sie hat ihn immer in Schutz genommen und ihm recht gegeben, bis sie gestorben ist.

Danach, aber das war das letzte Mal, habe ich versucht, ihm zu helfen, ich habe gesagt: »Zieh nach Ciriè, Nicola, wir mieten dir eine Einzimmerwohnung, und Giuliano – also mein Mann – hilft dir bei der Arbeitssuche, das ist in Ciriè leichter als in Turin, weil wir hier die Leute kennen.« Aber er sagte, er will kein Almosen, und das hat mich gekränkt, alles hat seine Grenzen, auch die Geduld. Er wollte lieber in seinem Mäuseloch wohnen, wo sie ihn dann tot gefunden haben, und ich glaube, er hat seinen Lebensunterhalt mit Gelegenheitsarbeiten verdient, kleine Umzüge mit einem Freund, soviel ich weiß, schwarz als Laufbursche für irgendwelche Firmen, aber immer nur kleine Sachen, ohne Aussicht auf etwas Dauerhaftes. Gedealt hat er nicht, sicher nicht. Aber weiß der Himmel, was er für einen Umgang hatte, mit was für Leuten er sich einließ.

Commissario, ich habe mich in den letzten Tagen tausendmal gefragt, ob ich nicht mehr hätte tun müssen, aber ich glaube nicht, dass es etwas genutzt hätte, er hat ja nichts von mir angenommen, ich durfte ihm nicht helfen, mich nicht kümmern, als ob wir wildfremde Menschen gewesen wären.«

34

»Traurige Geschichte«, meinte sie auf der Rückfahrt.

»Ganz normal, wie viele andere Geschichten. Solche hast du bestimmt auch schon gehört. Kaputte Familien, in denen immer der Schwächste draufzahlt. Das kommt auch in ganz normalen Familien vor, in denen alles funktioniert und keiner herumbrüllt, keiner Türen knallt, keiner untreu ist. Es kommt vor, leider.«

Er spricht von seiner eigenen Familie, dachte sie, einer normalen bürgerlichen Familie, in der das schwächste Glied, die kleine Schwester, als Nesthäkchen von allen besonders gehätschelt und geliebt, ihr Leben wegwirft und Eltern und Geschwistern Pfähle ins Herz bohrt. Sie hat ihr Studium geschmissen und sich in einen Kriminellen verliebt, dem sie auf seinen krummen Touren quer durch Europa folgt. Sie lässt sich von ihrem Freund bis aufs Blut verprügeln, hält es aber nicht länger als zwei Tage ohne ihn aus. Für sie konnte Gaetano noch nichts tun. Camilla versuchte, dem Gespräch eine Wendung zu geben: »Glaubst du, Nicolas Tod hängt irgendwie mit Doras Tod zusammen?«

»Wahrscheinlich, aber es ist schwer zu beweisen. Dafür muss man viel bewegen.«

»Was denn?«

»Na ja, erstens muss man die Kollegen dazu bringen, den Fall noch mal aufzurollen. Die Ergebnisse der Obduktion müssen überprüft werden, eventuell sind weitere Analysen notwendig. Dann das Verzeichnis der Anrufe auf Nicolas Handy. Er hatte keinen Festanschluss, umso besser, denn beim Handy können mehr Daten erfasst werden. Die Suche nach Fingerabdrücken bringt zum jetzigen Zeitpunkt wahrscheinlich nicht mehr viel, und falls Nicola getötet wurde, hat der Mörder bestimmt darauf geachtet, keine Spuren zu hinterlassen.«

»Die Whiskyflasche.«

»Fingerabdrücke auf der Flasche, meinst du?«

»Nein, eben keine. Ich versuche mir die Szene vorzustellen, sofern es sich nicht um einen Unfall handelt. Der

Mörder fordert ihn auf zu trinken und muss natürlich ebenfalls trinken, um keinen Verdacht zu erregen. Aus dem gleichen Grund kann er keine Handschuhe tragen, denn das käme auch einem Vollidioten komisch vor, falls er wirklich so dumm war und die Schwester nicht ein bisschen übertreibt. Beide trinken, und als Nicola stockblau ist und nichts mehr mitkriegt, zieht der andere Handschuhe an, erledigt seine dreckige Arbeit, spült gründlich das Glas, aus dem er selbst getrunken hat, und wischt die Fingerabdrücke von der Flasche. Doch mit seinen eigenen löscht er auch Nicolas Fingerabdrücke. Das kann doch sein, oder?«

»Es kann sein, wenn der Mörder ebenfalls dumm ist.«

»Mit anderen Worten, meine Hypothese ist dumm, und ich bin auch dumm.«

»Mit anderen Worten, du hast keine kriminelle Mentalität. Du bist nicht geübt als Mörderin. Versuch's noch mal.«

»Ich reinige die Flasche sorgfältig und betatsche sie dann mit den Händen des toten oder sterbenden Nicola.«

»Bravo, schon besser. Wenn du dich ein bisschen dahinterklemmst, hast du Chancen auf dem Mordsektor.«

»Eher nicht. Ich hätte notfalls sogar mit dem Monster von Milwaukee Mitlied. Nur wenn ein Mafioso oder einer von der Camorra verreckt, der en gros Leute umgebracht hat oder hat umbringen lassen, oder so ein Dreckskerl von Serienmörder, der bedauernswerte Frauen, ob Prostituierte oder nicht, gequält und getötet hat, dann vergieße ich bestimmt keine Träne. Im Gegenteil. Ich danke dem Schicksal für das Reinigungswerk. Falls es einen Gott gibt, liegt es an ihm, ob er dann Mitleid oder Milde oder was auch immer walten lässt.«

»Du würdest also kein Verbrechen begehen, freust dich aber, wenn es jemand anderes tut.«

»Das stimmt nicht. Ich bedauere es nicht, wenn es passiert, wenn es Schicksal ist. Und sag nicht, dass ich das nicht dürfte. Abel tut mir mehr leid als Kain. Auch wenn das nicht dem Zeitgeist entspricht. Mordopfer kriegen eine schöne Beerdigung, die Pfarrer geben in der Kirche die üblichen Banalitäten über das Verzeihen und nie über die Gerechtigkeit von sich, dann kommt der Sarg raus, die Fernsehkameras filmen die Menge, die wie im Theater Beifall klatscht, und niemand kommt auf die Idee, dass Stille besser wäre. Und wenn ihr dann den Schuldigen schnappt, gibt es einen Prozess, aber bis dahin vergeht ein Erdzeitalter, und dem Toten kann man leicht noch das eine oder andere Unrecht in die Schuhe schieben, das er womöglich gar nicht begangen hat. Außerdem sind die Lebenden die Sieger, und Sieger haben immer recht.«

»Ziemlich bittere Lebensauffassung.«

»Ist deine denn rosiger?«

»Ganz und gar nicht. Aber bei mir ist das eine Berufskrankheit. Los, schlüpf noch mal in die Rolle des Mörders, du hast ein Detail übersehen.«

»Lass mich nachdenken. Ach ja: Der Mörder muss sich mit Drogen auskennen. Theoretisch und praktisch.«

»Gut, weiter.«

»Der Mörder hat Dora beschatten lassen, warum, wissen wir nicht. Er hat einen Idioten auf sie angesetzt, der rote Schuhe trägt, damit ihn auch jeder sieht.«

»Und warum hat er so einen Dummkopf genommen, beziehungsweise einen, der nicht vom Fach ist und keine Ahnung hat?«

»Weil er ihn zur Hand hatte.«

»Hmm, bisschen dünn.«

»Weil er sich nicht an ein Detektivbüro wenden wollte.«

»Schon eher.«

»Wenn ein Detektivbüro mitgewirkt hätte, wäre es unvorsichtig gewesen, Dora anschließend umzubringen oder umbringen zu lassen. Damit wäre er womöglich erpressbar gewesen.«

»Du machst Fortschritte.«

»Er beauftragt Nicola, Dora zu beschatten und zu töten, und tötet dann anschließend ihn.«

»Jetzt bist du auf dem Holzweg. Mit einem Mord beauftragt man keinen Dummkopf wie Nicola.«

»Dann hat jemand anderes Dora umgebracht.«

»Wahrscheinlich. Und wenn man den Mörder finden will, muss man herausfinden, wer ein Motiv hatte.«

»Die mit dem Motiv bin ich. Hast du das schon vergessen?«

»Nein. Aber etwas anderes hatte ich vergessen zu fragen: Wo warst du mit wem am Dienstagabend, sagen wir zwischen elf und zwölf Uhr?«

»Oje. Zu Hause, glaube ich. Mit Renzo und Livietta. Nein, die Kleine war bei der Oma und Renzo … Renzo war noch nicht krank, wo war Renzo? O nein, er war verreist. Ein außerplanmäßiger Termin wegen der Ausstellung in Zürich. Er kam kurz nach elf. Verdammter Mist, ich habe aber auch wirklich Pech! Wenn Tenente Craighero, seine Marescialli und der Hühneraugen-Staatsanwalt das erfahren, drehen sie mir sofort einen Strick draus!«

»Wir sagen erst mal nichts. Auch wenn das schwierig

sein wird und wir einen Haufen Zeit verlieren. Jetzt fahren wir ins Präsidium. Ich muss ein paar Sachen erledigen, und du fährst dann nach Hause. Schaffst du das ohne Schrammen?«

35

Alle schlafen. Ich würde auch gern schlafen, statt in der Küche zu sitzen und darauf zu warten, dass es Tag wird. Ich kann nicht einschlafen, nicht mal mit Tavor. Wenn Giuliano aufwacht und merkt, dass ich nicht neben ihm im Bett liege, werde ich mich damit herausreden, dass ich von der Pizza Durst bekommen habe und aufgestanden bin, um ein Glas kaltes Mineralwasser zu trinken. Was einem für Lügen einfallen! Um die anderen zu schützen, um sich selbst zu schützen. Wie soll ich ihm erklären, dass ich einen Kloß im Hals habe, aber nicht weinen kann, und dass nicht nur Nicolas Tod der Grund ist? Es geht auch um mich und darum, was mein Leben ist. Wie soll ich ihm sagen, dass ich ihn lieb habe, aber nicht glücklich bin? Dann ginge es ihm auch schlecht, wegen nichts ginge es ihm schlecht, und er könnte es nicht verstehen. Das Unglück der anderen ist schwer zu verstehen, ich hätte nie gedacht, dass Nicola auch unglücklich sein konnte, das ist mir jetzt erst aufgegangen, nachdem ich mit dem Commissario und der Polizistin geredet habe. Wenn ich schon früher dran gedacht hätte, hätte ich vielleicht etwas tun können, dann hätte ich die Wut bezwingen können, die mich immer gepackt hat, wenn er vor mir stand und mich von oben herab behandelte, als wäre er ein Gott und ich getrocknete Hundescheiße. Aber ich ertrug ihn einfach nicht, obwohl ich an ihm hing, allerdings nur auf die Ferne. Dem Commissario habe ich zu viel und zu wenig gesagt, mir ist manches rausgerutscht, was ich besser für mich behalten hätte, und anderes habe ich verschwiegen, was ich offen hätte sagen sollen. Dass Nicola nicht nur von Gelegenheitsarbeiten lebte, sondern auch krumme Dinger gedreht hat, er hat zwar nicht gedealt, aber auch von Einbrüchen und Hehlerei gelebt, das habe ich immer gewusst und für mich behalten, die ganzen Jahre über. Es wäre zwecklos gewesen, darüber mit Giuliano oder den Kindern zu reden. Nicola war nicht aktenkundig, er hat sich nie erwischen lassen, er hat immer Glück gehabt, wenn man das so sagen kann, bis er ein für alle Mal bezahlt hat. Armer dummer Bruder, du wolltest nie der Realität ins Gesicht sehen und sie als das nehmen, was sie ist. Und ich? Ich habe das Gegenteil gemacht, aber zu früh aufgegeben. Weiße Fahne, Kampfgeist erloschen. Ich war noch keine zwanzig und habe nicht durchgehalten, bei der ersten Fluchtmöglichkeit, die sich bot, bin ich auf und davon. Das war Giuliano. Geduldig, lieb, anständig, und natürlich mag ich ihn, aber lieben … nein, geliebt habe ich ihn nie, und die ersten Male im Bett waren grässlich. Dann … man gewöhnt sich an alles, mit der Zeit kann man immer besser so tun als ob, so schwierig ist das auch wieder nicht, man muss nur an etwas anderes denken und im richtigen Augenblick ein bisschen stöhnen. Aber ich spüre eine Leere in mir, ich bin traurig, weil ich diese Gefühle nie hatte, nie diese Lust empfunden habe, die ich nur aus Büchern und Filmen kenne. Mama hat sich die Gefühle und die Lust nie versagt, und was sie von ihren jeweiligen Zahlmeistern, ihren Liebhabern nicht bekam, holte sie sich bei anderen, beim Mann der Nachbarin oder beim Vater von Gilda, meiner Klassenkameradin. »Die Sorrentino, diese Nutte«, sagten die Leute, und nicht so leise, dass ich es nicht gehört hätte. »Sag deiner Mutter, dieser Hure, sie soll sich mal zusammenreißen«, sagten die Nachbarin und Gildas Mama ohne Bedenken zu mir. »Ist deine Mutter echt eine Hure?«, fragte Gilda mich vor versammelter Klasse. Ich war zwölf, dreizehn und wäre am liebsten gestorben. Zu Nicola sagte niemand was, er war noch klein, außerdem ein Junge; aber auf mich, das Mädchen, brauchte man nicht so viel Rücksicht zu nehmen. Ich hätte ja sowieso das gleiche Ende genommen, Mutter Hure, Tochter Hure. Als ich die Mittelschule abgeschlossen hatte, hoffte ich, dass auf der Lehrerbildungsanstalt, die weit weg war von zu Hause, alles besser würde, weil mich niemand kannte. Das war ein Trugschluss. Auf dem Beiblatt zum Abschlusszeugnis der Mittelschule stand, Fleiß und Betragen seien »trotz der schwierigen familiären Verhältnisse« lobenswert. »Wieso schwierig?«, fragten sich die Lehrerinnen natürlich, sprachen, von guten Absichten beseelt, mit den Kolleginnen aus der Mittelschule und erfuhren alles. Was ist kränkender im Alter von vierzehn, fünfzehn Jahren und auch später – wenn einem jemand ins Gesicht knallt, dass die Mutter eine Hure ist oder jemand »Kopf hoch, Alessia« seufzt? Ungebetenes und aufgesetztes Verständnis kann schlimmer sein als Gleichgültigkeit. Ich hätte mir nichts daraus machen dürfen, aber das habe ich nie geschafft. Und dann konnte ich trotz Diplom nicht unterrichten. An den Staatsschulen gab es keine freien Stellen, ich konnte es mir nicht leisten, ewig nur schlecht bezahlte Vertretungen zu übernehmen und zu warten, an den Privatschulen zogen sie nähere Erkundigungen ein und entschieden sich dann für jemand anderen. Mutter Hure, Tochter Hure: Muss nicht sein, aber besser kein Risiko eingehen. Halbtags als Kassiererin in einem Supermarkt. Das war nicht mein Traumjob, aber es wäre schon in Ordnung gewesen, wenn Nicola nicht dauernd so gemein zu mir gewesen wäre, er schlug mich und trat nach mir, ich weiß nicht, vielleicht war er eifersüchtig. Und sie, Mama, hat ihn immer in Schutz genommen, immer, immer. Ich heiratete Giuliano, bekam zwei Kinder. Es fehlt mir an nichts, und doch fehlt mir so viel. In achtzehn Jahren habe ich nie jemanden etwas davon merken lassen, aber ich weiß nicht, wie lange ich noch durchhalte.

36

Ich weiß, dass es unrecht ist und der Herr mich vielleicht dafür bestraft, aber manchmal denke ich, man sollte besser keine Kinder haben. Aber der Herr hat mir schon eine harte Strafe auferlegt, als ich noch keine vierzig war und Guglielmo mir nichts dir nichts starb, einfach so. Der übliche Lkw-Fahrer, der keine Pause einlegt, sondern weiterfährt, obwohl er müde ist, und dann einschläft, ohne es zu merken, durch die Leitplanke bricht, auf die entgegengesetzte Fahrbahn rast und drei Autos von der Straße fegt. Zwei Tote, und einer war mein Mann. Ich mit vierzig Witwe mit einer fünfzehnjährigen Tochter, für die ich verantwortlich war. Mein Leben war wirklich kein Zuckerschlecken, auch wenn Camilla gut in der Schule war, keinen schlechten Umgang hatte, die Uni abgeschlossen und dann geheiratet hat. Aber es gab schon bittere Brocken ... Den ersten, schlimmsten, als sie mit zwanzig auszog. Sie hatte einen Job gefunden und lernte abends, alle sagten: »Wie tüchtig Ihre Tochter ist, Signora Baudino!«, und dann verkündet sie nach vier Monaten, sie würde mit einer Freundin in ein Mansardenzimmer ziehen. Fünfter Stock ohne Lift, fünfundzwanzig Quadratmeter zu zweit, als Heizung ein lebensgefährlicher Kerosinofen. »Aber warum denn, was fehlt dir hier?«, habe ich hundertmal gefragt, bevor sie ging, und am Ende sagte sie, dass ihr die Luft fehlt. Eine Tochter, die sagt, bei ihrer Mutter fehlt ihr die Luft! Sie machte doch sowieso, was sie wollte, Kino, Theater, Konzerte, und ruinierte sich dann mit der nächtlichen Lernerei die Augen, das habe ich ihr natürlich gesagt, denn auch wenn man jung ist, kann man nicht bis zwei oder drei Uhr wach bleiben und dann um halb acht wieder aufstehen, das geht auf die Gesundheit. Ihre dauernden Kopfschmerzen kommen von den Strapazen damals, als sie zwanzig war und nicht auf mich hörte. Was habe ich geweint, als sie fortging! Es war ja nicht weit, fünf Stationen mit der Straßenbahn, aber es war beinahe, als ob sie nicht mehr meine Tochter wäre, denn ich wusste nichts mehr von ihrem Leben, was sie tat, wen sie traf. Ein Glück, dass sie keine großen Dummheiten gemacht hat, sie hat fertig studiert, ihren Abschluss mit Auszeichnung gemacht, angefangen zu unterrichten, geheiratet. Aber ich musste immer wieder Bitteres schlucken. Allein die Hochzeit. Sie wollte kein

Brautkleid; ich verlangte keine Heirat in Weiß, sie lebte ja schon seit ein paar Jahren mit Renzo zusammen, doch ein angemessenes Kleid sollte es schon sein, aber nein, sie hat in Jeans geheiratet. »Was willst du denn damit beweisen?«, habe ich sie gefragt, und sie antwortete, sie wolle gar nichts beweisen, Jeans seien nur bequemer. Das stimmte nicht, sie war einfach widerborstig, denn das hat es ja noch nie gegeben, dass eine Frau sich kein Brautkleid besorgt, und wenn sie in bitterer Armut lebt. Außerdem hätte sie mir nach all dem die Freude gönnen können, aber ich brauche nur ein Wort zu sagen, und schon macht sie das Gegenteil. Extra. Ich müsste es inzwischen wissen, ich sollte mir auf die Lippen beißen und den Mund halten, aber wie soll man es schaffen, den Kindern nichts zu sagen, ihnen nicht zu raten, man weiß es aus eigener Erfahrung doch einfach besser. Schließlich bleibt man für immer Mutter, nicht nur, solange man ihnen die Nase putzen und die Unterhose runterziehen muss, damit sie Pipi machen können … Und dann die Geschichte mit der Wohnung. Sie suchten eine größere, und als die über mir zum Verkauf stand, habe ich es ihnen natürlich gesagt, auch weil es dann einfacher gewesen wäre, die Kleine zu hüten. Tja, es war nicht zu glauben: Er, Renzo, war begeistert von der Idee, aber sie fand tausend Ausflüchte, bis sie dann doch überzeugt war, aber nur weil es wirklich ein Schnäppchen war, denn die Eigentümer mussten sofort verkaufen. Vielleicht hätten sie die Wohnung besser doch nicht gekauft, dann müsste ich nicht sehen, wen sie ins Haus schleift; Penner, Schüler, Freundinnen kommen und gehen, und wehe, man sagt was, und nie ist aufgeräumt. Sie könnte sich ja eine andere Putzhilfe nehmen, die jetzige verbringt mehr Zeit mit Nichtstun als mit Arbeit, oder ich könnte sie beaufsichtigen, aber davon will sie nichts hören, sie ist zufrieden mit Luana. Und was mit dieser neuen Freundin passiert ist, meine Güte. Es ist nicht ihre Schuld, um Gottes willen, und Signora Dora war eine tadellose Person, aber jetzt stehen wir in der Zeitung, und wenn ich aus dem Haus gehe, schauen mich alle an. Und die arme Kleine flüchtet sich zu mir, wann immer es geht, denn zu Hause hat niemand Zeit, sich um sie zu kümmern, und ihre Mutter merkt nicht mal, dass sie Kummer hat und am liebsten weinen würde, auch wenn sie es dann nicht tut. Ich hätte wieder heiraten sollen, ja genau, statt alle Gelegenheiten verstreichen zu lassen, bloß hätte ich dann meine Witwenrente verloren und dem Staat Geld geschenkt, und das soll man nicht tun, die schmeißen es ja doch nur zum Fenster raus. Und mit einem Mann zusammenleben, ohne verheiratet zu sein, nein, das käme nicht in Frage, für meine Tochter schon, sie hat es getan, auch wenn sie dann doch geheiratet hat. Stimmt schon, dass man sich seine Kinder nicht aussuchen kann, aber nach dem Pech mit Guglielmo hätte ich wenigstens eine liebevolle Tochter haben können, die nachmittags mit mir spazieren oder bummeln geht, aber nein, sie führt den Hund aus, und ich glaube fast, dass sie ihn lieber hat als mich.

37

»Darf ich Sie ein Stück begleiten, Signora?«

»Klar, Gianni. Wie geht's dir?«

»Geht so.«

»Immer noch nicht vorbei?«

»Nein. Und wie geht's Ihnen?«

»So là là. Wird schon werden. Fährst du immer noch Fahrrad?«

»Ja, aber auf dem Fahrrad muss ich auch an sie denken.«

»Wie vorher oder ein bisschen weniger?«

»Ich weiß nicht. Aber abends schlafe ich sofort ein.«

»Ich sollte auch Rad fahren.«

Ein Taxi setzt ein paar Meter vor ihnen einen Passagier ab. Er kommt ihr irgendwie bekannt vor.

»Entschuldigen Sie, Signora Baudino, ich müsste Sie sprechen.«

Sie sieht ihn genauer an, da fällt es ihr ein: Er ist einer der beiden Unbekannten von Doras Beerdigung.

»Hier, jetzt?«

»Jetzt, wenn es Ihnen recht ist, aber nicht hier auf der Straße.«

Wer ist das, was will er, warum stellt er sich nicht vor? Er weiß, wer ich bin, und ich weiß nicht, wer er ist. Ich komme mir vor wie in einem Spionagefilm, einem dieser alten Filme, die ich so toll finde, mit Michael Caine als Agent Palmer. Aber der hier sieht nicht so gut aus. Längst nicht so gut.

»Würde es Ihnen etwas ausmachen, mir Ihren Namen zu nennen?«

»Bitte entschuldigen Sie, das hätte ich natürlich tun müssen. Alec McDonald.«

Ein Hamburger. Das ist ein falscher Name. Ich bin mitten in einem Spionagefilm. Eigentlich zum Lachen, wenn meine Situation nicht so beschissen wäre.

»Können wir irgendwo hingehen?«, fährt er fort. »Sagen Sie, wohin.«

»In die Bar vorn am Eck. In Ordnung?«

»Natürlich, Signora. Allerdings handelt es sich um eine etwas schwierige Sache …«

Eine schwierige Sache. Das hat gerade noch gefehlt. Zusätzlich zu dem Damoklesschwert einer Anschuldigung wegen Beihilfe zum Mord. Ich will einen Zeugen, egal, was er mir Schwieriges mitteilen will.

»Gianni Marchese, dieser junge Mann hier, wird mit jeder Schwierigkeit fertig.«

»Was haben Sie bitte gesagt?«

»Ich sagte, wenn Sie mir etwas sagen wollen, dann sagen Sie es in seiner Gegenwart. Entweder – oder.«

Es macht Spaß, die Muskeln spielen zu lassen. Ich habe es geschafft, Alec Hamburger aus dem Konzept zu bringen. Bilden sich diese Spione etwa ein, sie würden immer nur verängstigte kleine Jungfrauen oder Panther wie Grace Jones treffen? Es gibt auch Zwischengeschöpfe. Und Gianni amüsiert sich, der Gedanke an Eleonora ist erst mal beiseitegeschoben.

»Wird der junge Mann das Gespräch für sich behalten können?«

»Der junge Mann wird tun, was ich ihm sage.«

Allmachtsrausch. Bitte lach nicht, Gianni.

Sie gehen in die Bar, in den Innenraum, wo sie allein sind. Als sie sich hingesetzt haben, verpasst Gianni ihr einen kleinen Fußtritt unter dem Tisch. Bravo – denkt sie –, du spielst wenigstens mit. Wenn ich einen Sohn hätte, müsste er so sein.

Der Barmann nimmt die Bestellung auf, anschließend beginnt Mister Alec zu reden. Andrea Cantino, Doras Mann, ist ein lieber alter Freund gewesen, außerdem über viele Jahre ein Arbeitskollege. (Zwei Spione, denkt sie.) Im Namen ebendieser Freundschaft, fährt Mister McDonald fort, sei er auf die Beerdigung der Ehefrau gegangen. (Wohl eher nicht nur aus Freundschaft.) Doch da Doras Tod dunkle Flecken aufweise, wolle er ihr, Signora Baudino, ein paar Dinge hinterbringen, von denen sie höchstwahrscheinlich keine Kenntnis habe und die nützlich sein könnten. (Warum hinterbringen, und was wollte er als Gegenleistung?) Dora habe ihn in Washington angerufen und um den Namen eines tüchtigen Privatdetektivs gebeten, weil sie auf der Suche nach jemandem sei.

»Andreas Sohn«, unterbricht sie ihn.

»Ja. Kennen Sie auch das Ergebnis dieser Suche?«

»Nein.«

»Dottor Amoruso, der Detektiv, konnte keinen Sohn ausfindig machen.«

Der Barmann bringt das Bestellte, und dann ist es still. Pause.

»Glauben Sie mir, Signora, dieses heimliche Kind existiert nicht, denn in so vielen Jahren freundschaftlicher Verbindung hätte Andrea mir etwas davon gesagt.«

»Warum erzählen Sie mir das alles, Signor McDonald?«

»Dottor Amoruso hat mich darum gebeten, er ist genauso wie ich davon überzeugt, dass Sie mit Doras Tod nichts zu tun haben.«

»Danke für Ihr Vertrauen, aber verzeihen Sie eine Frage: Warum nimmt Dottor Amoruso nicht direkt Kontakt mit mir auf?«

»Aus Vorsicht, Signora, schließlich haben ihn die Carabinieri schon vernommen.«

»Hat er ihnen von dem Auftrag und seinem Ergebnis erzählt?«

»Ja, aus vielerlei Gründen.«

Wieder Schweigen. Sie denkt, was sie erfahren hat, wird ihr nichts nutzen. Oder vielleicht doch, denn sie weiß etwas, wovon die Carabinieri nicht wissen, dass sie es weiß. Mister McDonald ist eigentlich ein ganz netter Spion.

»Darf ich Sie etwas fragen, Signora?«

Darauf hatte sie gewartet, und sie sieht schicksalsergeben genervt drein.

»Sie müssen mir nicht antworten.«

»Fragen Sie.«

»Hat Dora sich in letzter Zeit irgendwie anders verhalten?«

»Schwer zu sagen, ich kannte sie noch nicht lange. Sie hatte sich eine ganze Weile nicht gerührt. Sie hat mir verschwiegen, wie die Suche nach dem Sohn ihres Mannes ausgegangen ist, sie hat mir nichts von ihrer Krankheit gesagt. Und auch nichts von dem Testament.«

»Das wundert mich nicht. Sie war eine Mischung aus manchmal überraschender Offenheit und vollkommener Verschlossenheit. Merkwürdig ist nur ihr Tod.«

»Und …«

Es ist mir rausgerutscht. Ich bin ihm auf den Leim gegangen, denkt sie. Ich hätte keinen Martini, sondern einen

Kaffee trinken sollen. Koffein macht den Kopf klar, vor allem auf nüchternen Magen. Und jetzt?

»Und was? Können Sie es mir sagen?«

»Merkwürdig ist auch, dass Dora beobachtet wurde.«

38

Gianni begleitet sie bis fast vor die Haustür. In der Bar hat er mit jugendlicher Gier unbekümmert zwei riesige belegte Brötchen verschlungen, und sie hat sich gefreut, dass ihm der Liebeskummer nicht den Appetit genommen hat. Mir auch nicht, denkt sie, trotz meiner Probleme und der überraschenden Wendungen in dieser Geschichte. Die Carabinieri haben mich nicht mehr vorgeladen, das ist schon mal positiv, es bedeutet, dass sie nicht nur mich, sondern auch andere Ziele im Visier haben. Nett von Amoruso, mich wissen zu lassen, dass der außereheliche Sohn unauffindbar ist, vielmehr gar nicht existiert, aber die Art der Kontaktaufnahme und was er nebenbei noch hat durchblicken lassen, finde ich schon merkwürdig. Wie Tenente Craighero und seine Leute auf ihn gekommen sind, kann man sich denken: über ein oder mehrere Telefongespräche von Dora. Aber ich kann mir nichts unter den »vielerlei Gründen« vorstellen, die ihn dazu gebracht haben, gleich auszupacken: Wollte er Ärger vermeiden, kollaborierte er bereitwillig für irgendeine Gegenleistung, unterlag er nicht der Schweigepflicht? Noch weniger verstehe ich, wozu er den amerikanischen Freund einschalten musste, um Kontakt mit mir aufzunehmen, es sei denn, die Flaute, in der ich mich wähne, ist gar keine Flaute, und die Carabinieri haben ein karibisches Unwetter für mich in petto. Vielleicht hören sie mittlerweile, ob legal oder nicht, mein Telefon und mein Handy ab, möglicherweise observieren sie mich auch, in der Hoffnung, dass ich mich verrate. Aber dann halten sie mich für ziemlich beschränkt! Ihrer Meinung nach beauftrage ich erst einen Komplizen, Dora vor die Tram zu stoßen, und dann verabrede ich mich telefonisch mit ihm, um ihn für seine Dienste zu entlohnen! Oder ich schwatze, ebenfalls am Telefon, mit Freunden und Verwandten über den glücklichen Ausgang meines Unterfangens! Dass nicht ich Dora umgebracht habe, steht inzwischen wohl fest: Hätten die berühmten Zeugen, die gleich von einem Stoß geredet haben, mich ins Spiel gebracht, sähe es jetzt noch schlechter für mich aus. Sie hatten die gleiche Beobachtung gemacht wie ich, wussten aber auch nicht, wer der Täter war (oder die Täterin, auch Frauen können töten), weil er in dem Gedränge geschützt war. Und das dreiste, das unverschämte Glück hatte, dass die Videokameras ausgeschaltet waren. Woher wusste er das? Oder wusste er gar nicht, dass es an dem Platz Videokameras gibt? Mögliche Hypothesen: Nummer eins, der Täter ist von irgendwoher angereist und kennt die Stadt und ihre neuralgischen Punkte nicht; Nummer zwei, er ist beschränkt oder unbesonnen oder beides; Nummer drei – die schlechteste –, er ist ein so geschickter, gut getarnter Profi, dass ihm die Kameras egal sind und er sicher ist, ungestraft davonzukommen. Es gäbe noch eine vierte Hypothese: dass er spontan gehandelt hat, ohne jeden Plan, und dass es geklappt hat. Auch das ist keine gute Hypothese, aber immerhin ist sie besser als die dritte.

Jetzt, da ich darüber nachdenke, ist mir unbegreiflich, warum mir das nicht schon längst aufgefallen ist: Dora wurde gar nicht vor die Straßenbahn gestoßen, der verhängnisvolle Stoß wurde ihr nicht verpasst, als die Bahn kam, sondern als die Schnauze schon vorbei war, wie wenn sich der Mörder zu spät entschlossen hätte. Jedenfalls musste er ein gewichtiges Motiv haben, und es wäre gut, wenn Craighero und seine Leute meines außer Acht ließen und ein anderes suchten. Klar, die Verdachtsmomente gegen mich habe ich ihnen auf dem klassischen Silbertablett serviert, als ich aussagte, ich wüsste zwar nichts von Doras Krankheit, sei aber über ihre Suche nach dem mysteriösen Sohn im Bilde. Dann servieren wir das Testament noch mit, und schon haben wir die Schuldige. Dass ich nicht Bescheid wusste, haben sie keine Sekunde geglaubt. Jedenfalls sitze ich gründlich in der Tinte, und den Mörder hat das Glück auf die Stirn geküsst.

Wie immer, wenn sie wieder ins Lot kommen wollte, wandte sie, sobald sie zu Hause war, die Hundetherapie an. Sie schmierte sich zwei Scheiben Toast, nahm den Dackel auf den Schoß und teilte ihr Essen mit ihm. Ich hätte mich wie Gianni von Mister Alec einladen lassen können, aber das gehört sich nicht, dachte sie. Das hier gehört sich allerdings auch nicht, richtiggehend unmanierlich benehme ich mich, ich esse, ohne den Tisch gedeckt zu haben, wie eine Stadtstreicherin oder eine untröstliche Witwe, und Potti nutzt die Situation aus, er schlabbert mir über den Hals und entschädigt sich ein wenig für das Alleinsein in den letzten Tagen. Wie ein

Splitter traf sie augenblicklich das schlechte Gewissen Livietta gegenüber, die sie mindestens so sehr wie den Hund vernachlässigt hatte. Das werde ich heute Abend wiedergutmachen, nahm sie sich vor, heute Abend bin ich nur für sie da.

Doch dem war nicht so, denn zur Abendessenszeit kam Gaetano, um sie und Renzo über den Stand der Dinge zu informieren.

»Jetzt habe ich meine Kollegen so weit, dass sie im Fall Nicola Sorrentino weiter ermitteln«, verkündete er sofort.

»Endlich eine gute Nachricht«, meinte sie.

»Aber es gibt auch eine schlechte.«

»Wie soll's auch anders sein …«

»Er hatte kein Telefon, weder Festanschluss noch Handy.«

»Gibt es noch Menschen ohne Telefon? Heutzutage klebt doch jeder das halbe Leben …«

»Ich meine, er hatte kein Handy, das auf seinen Namen lief. Dass er eines oder auch mehrere hatte, ist wahrscheinlich, wenn nicht sogar sicher, aber es ist keines zu finden. In der Wohnung war nichts.«

»Die Schwester?«

»Ich habe sie angerufen. Er hat ihr nie eine Nummer gegeben, damit sie ihn nicht kontrollieren konnte, sagt sie, und wenn sie in Turin war, besuchte sie ihn zu Hause. Sie richtete es so ein, dass sie vor neun Uhr morgens da war, aber manchmal traf sie ihn trotzdem nicht an, weil er schon in der Stadt war oder woanders geschlafen hatte.«

»Und?«

»Damit wird es kompliziert, man muss seine Wege rekonstruieren, Freunde ausfindig machen und so weiter.

Und sehen, ob eine Verbindung zu Dora zum Vorschein kommt.«

»Apropos Dora, der mysteriöse Sohn ihres Mannes scheint tatsächlich nicht zu existieren.«

»Woher weißt du das?«

»Ein gewisser Alec McDonald hat es mir von einem gewissen Dottor Amoruso ausgerichtet, und der wiederum ist der Privatdetektiv, den Dora engagiert hatte.«

»Fang noch mal von vorn an, und sag mir, wo, wann und warum er dir das gesagt hat.«

»Warum, weiß ich nicht, den Rest kann ich erzählen.«

Sie hörten schweigend zu. Livietta auf Gaetanos Schoß, Gaetano erstaunt und Renzo besorgt und übelster Laune.

»Du sagst, es war einer der beiden, die bei der Beerdigung dabei waren. Welcher war es?«

»Der Kleine mit den Geheimratsecken.«

»Den habe ich vorher noch nie gesehen. Den anderen schon, aber ich weiß nicht, wo ich ihn hintun soll.«

»Meinst du, das war Amoruso?«

»Das glaube ich nicht. Was hast du diesem Alec McDonald denn gesagt?«

»Dass da einer war, der Dora beobachtet hat.«

»Bitte nicht! Hast du ihm auch gesagt, wer es war?«

»Nein. Ich habe es mir gerade noch verkniffen.«

»Gott sei Dank. Allerdings wird jetzt noch jemand seine Nase in die Ermittlungen stecken, und es wird noch schwieriger sein, alles unter dem Teppich zu halten, bis der richtige Zeitpunkt gekommen ist.«

39

»Mama, hast du mich eigentlich lieb?«

Sie wollte nachsehen, ob Livietta schlief, und hatte ganz vorsichtig die Tür geöffnet, um nur einen schmalen Lichtstrahl eindringen zu lassen. Die Frage erwischte sie wie eine plötzliche Ohrfeige. Und plötzlich musste sie weinen.

»Natürlich habe ich dich lieb. Und wie.«

»Mach das Licht an, komm her.«

Sie betritt das Zimmer und setzt sich aufs Bett.

»Du weinst ja! Ich hab doch nur gefragt …«

»Du kannst nichts dafür. Nur … ich hab's zurzeit nicht so einfach, bitte entschuldige, wenn ich gereizt und unaufmerksam bin und mich schlecht benehme …«

»Aber lieb hast du mich trotzdem.«

»Klar, ganz fest.«

»Wie fest?«

»So fest wie die ganze Welt dick ist und noch ein bisschen mehr.«

»Noch mehr? Wie passt das in die Welt rein?«

»Es hängt ein bisschen raus. Ein Schwänzchen Lieb hat es nicht geschafft reinzuschlüpfen.«

»Wie schaut das Schwänzchen denn aus?«

»Geringelt und rosa.«

»Mit Fransen?«

»Nein. Es ist weich, warm und lang, aber ohne Fransen.«

»Aber geringelt. Kann ich dran ziehen?«

»Lieber nicht, sonst tust du ihm weh.«

»Hast du Papa auch lieb?«

»Natürlich hab ich ihn lieb. Auch ganz fest.«

»Mit Schwänzchen?«

»Ja, aber das ist ein anderes Schwänzchen.«

»Und er hat dich auch lieb.«

»Natürlich hat er mich lieb. Er hat dich und mich sehr lieb.«

»Dann macht es also nichts, wenn ihr schlecht drauf seid.«

»Wir werden versuchen, es nicht mehr zu sein. Soll ich hier bei dir schlafen?«

»Nein, ich will zwischen euch ins große Bett.«

Tags darauf fühlte sie sich schwach wie nach einem chirurgischen Eingriff. Nah am Wasser gebaut, immer kurz davor, wie eine Kletterpflanze ohne Stütze in sich zusammenzufallen. Nein, sagte sie, es reicht. Sie war nach der Schule auf dem Weg nach Hause, doch dann überlegte sie es sich anders und änderte die Richtung in der Hoffnung auf ein winzig kleines bisschen Glück. Sie hatte an der Sprechanlage schon mehrmals vergebens auf die Klingel gedrückt, als das Glück in Gestalt eines pechschwarzen Jungen mit blendend weißen Zähnen und einem Schlüsselbund in der Hand auftauchte.

»Klingel k. o.«, sagte er, »verstehen?«

»Klar verstehe ich, danke«, antwortete sie, folgte ihm in die Einfahrt und ging dann Richtung Innenhof.

»Bist du da, Unsterblicher?«

Diesmal öffnete er sofort und bat sie herein.

»Ich habe in der Bar ein paar *panini* geholt, magst du mitessen?«

»Ja. Was ist denn drauf?«

»Schinken, Mozzarella und Tomate, Thunfisch und Artischocken, Rührei mit Kräutern und Salat. In Ordnung?«

»Ja, klasse.«

»Aber ich habe nichts zu trinken. Ich wusste nicht, ob du da bist.«

»Wer hat dir denn aufgemacht?«

»Ein kleiner Afrikaner, vielleicht elf, zwölf Jahre alt.«

»Yussuf. Der ist in Ordnung. Ich nehme ihn manchmal mit und zeige ihm Turin. Was willst du denn trinken?«

»Wasser reicht völlig.«

»Zu *panini* nicht, sonst liegen sie im Magen. Da braucht es ein Glas Wein.«

»Soll ich im *Dì per Dì* eine Flasche holen?«

»Nein, den Wein steuere ich bei.«

»Hast du einen da?«

»Nein. Warte hier, den kriege ich vom Schreiner.«

»Wie du willst. Ist er gut?«

»Klar ist der gut, er macht ihn selber.«

»In der Werkstatt?«

»Quatsch! Er hat einen Weinberg bei Asti. Da wächst Barbera. Ich bin gleich wieder da.«

Er kehrte mit einer großen Flasche dunklem, schwerem Wein zurück, stellte zwei angeschlagene Teller und zwei Gläser auf den Tisch und legte zwei Stück Küchenpapier dazu; sie öffnete unterdessen die Tüte mit den Brötchen.

»Von jedem eins?«

»Ja, dann weiß ich nächstes Mal, welches mir am besten schmeckt.«

Sie aßen schweigend. Sie merkte, dass ihr die Gesellschaft des Unsterblichen guttat, und wunderte sich nicht darüber.

»Geht's dir wieder besser?«, fragte er nach einer Weile.

»Ja, danke. Dank dir.«

»Manchmal hat man's schwer.«

»Stimmt. Du hast es bestimmt auch manchmal schwer gehabt.«

»Ja, wegen meinem Vater, und danach auch.«

»Hat er dich geschlagen?«

»Nein, das hast du falsch verstanden. Er wollte vor einem Traktor vorbei und ist überfahren worden.«

»Als du klein warst?«

»Ich war zehn, und der Traktor ist von allein los, nachdem ich aufgesprungen war. Er hat immer gesagt, ich soll das nicht machen, aber ich hab manchmal nicht auf ihn gehört. Sie haben ihn ins Krankenhaus gebracht, aber er ist trotzdem gestorben. Ich bin dann krank geworden.«

»Und deine Mutter?«

»Sie war schon krank. Nach ihrem Tod haben mein Onkel und meine Tante mich zu sich genommen, aber das war nichts für mich. Mir ging's nicht so gut, da bin ich in ein Heim gekommen. Das war dann besser, und da war auch Mariuccia, die ist aber vor mir wieder weg. Sie war so blond wie Signora Dora.«

»Und dann?«

»Was dann war, erzähl ich dir ein anderes Mal. Was hat dein Polizistenfreund denn über den Mann mit den roten Schuhen rausgekriegt?«

»Dass er vielleicht gar nicht gefixt hat.«

»Sonst nichts?«

»Im Moment nicht. Er hatte keinen Festanschluss und kein Handy.«

»Aber einen Roller und ein Auto.«

»Roller und Auto? Warum hast du mir das nicht gesagt?«

»Du hast mich nicht gefragt. Wenn du was wissen willst, musst du fragen.«

»Stimmt. Was für einen Roller, was für ein Auto?«

»Ich weiß nicht, ich kenne mich da nicht aus. Der Roller war blau, das Auto dunkelgrün. Aber ich habe die Nummern aufgeschrieben.«

»Die Kennzeichen?«

»Ja. Ich hatte Angst, ich würde sie vergessen, wie die Telefonnummer, nach der du mich mal gefragt hast und bei der ich mir nicht mehr sicher war, also hab ich sie mir aufgeschrieben.«

»Gibst du sie mir?«

»Ich hole schnell den Zettel.«

40

Gaetano meldete sich nicht an seinem Handy, zu Hause ging er auch nicht ans Telefon. Wo bist du nur, Gaetano, ausgerechnet jetzt muss ich dir was Wichtiges sagen … Aber ob es wirklich so wichtig ist? Was nutzt es, wenn wir die Kennzeichen von Nicolas Roller und Auto wissen? Sie könnten vielleicht, aber nur vielleicht zu etwas nutze sein, falls er die Fahrzeuge von einem Freund gebraucht gekauft hat und falls dieser Freund bereit ist, uns Auskunft über ihn und seine Tätigkeiten zu geben. Ob er bereit ist oder nicht, ist nicht so wichtig: Es geht hier um Mordverdacht, und die Polizei wird nachbohren, solange es nötig ist, ohne sich mit »ich weiß nicht« und »ich kann mich nicht erinnern« abspeisen zu lassen. Aber Nicola hat sie vielleicht neu gekauft, und dann können wir von vorn anfangen, bei null. Nein, das ist unmöglich. Wenn uns die Schwester die Wahrheit erzählt hat, schwamm Nicola nicht im Geld, und wenn man an seine Wohnung denkt, ist das sowieso klar. Ich war nicht drin, aber Gaetano hat gesagt, sie ist eigentlich ein Loch, ein Quartier für frisch angekommene Flüchtlinge, nur eine Nummer besser als ein behelfsmäßiger Unterschlupf in den aufgelassenen alten Fabriken. Jemand, der so haust, kauft Roller und Auto nicht neu, er gibt sich mit uralten Rostbeulen zufrieden. Es sei denn, Nicola ist gar nicht die gestrandete Existenz, als die ihn die Schwester schildert, sondern ein kleiner oder mittlerer Boss im kriminellen Milieu, der so tun muss, als ginge es mit seinen Geschäften bergab, daher das Elendsquartier als Schutz vor eventueller unerwünschter Neugier. Nein, das passt nicht: Ein kleiner Boss spielt nicht Detektiv mit roten Schuhen, einen so unvorsichtigen Detektiv, dass der Unsterbliche auf ihn aufmerksam wird.

Gaetano, verflucht noch mal, geh an dein Handy, ruf an oder sei erreichbar! Was zum Teufel machst du denn?

Was er machte, erfuhr sie erst gegen zehn Uhr abends, als er sich endlich meldete. Vorher hatten sie, Renzo und Livietta drehbuchgemäß fröhliche Kleinfamilie gespielt, die sich ganz normal gibt, isst, über dies und jenes plaudert, scherzt und das Salz herumreicht, während sich der Hund, dem die Gabe des Wortes fehlt, mit Schwanzwedeln, Schnauzenstupsern und Winseln am Gespräch beteiligt. Spielen wir alle, oder bin das bloß ich?, fragte sie sich und schielte auf die Uhr oder warf einen Blick aufs

Telefon, um es kraft ihres Willens zum Klingeln zu bringen. Was ist diese scheinbare Normalität, die Ruhe vor dem Sturm, der Waffenstillstand zwischen zwei Orkanen, der Atemzug, den die Götter vor dem finalen Schlag gewähren? Als das Telefon klingelte, stürzte sie hin und rannte dabei fast Renzo um, der in der Wohnung herumlief und für eine dreitägige Dienstreise seinen Koffer packte.

»Ich habe den ganzen Nachmittag versucht, dich zu erreichen«, sagte sie. »Warum meldest du dich nicht am Handy?«

»Ich habe es zu Hause vergessen.«

»Wo bist du denn?«

»In Marseille.«

»Wie das?«

Er berichtete, dass er nachts hingefahren war, zu seiner Schwester, die nach einem Selbstmordversuch im Krankenhaus lag.

»Was ... wie denn? Hat sie Tabletten genommen, sich die Pulsadern aufgeschnitten, hat sie ...«

»Tabletten, jede Menge Tabletten. Es ist nur durch Zufall gut gegangen.«

»War der Zufall zufällig oder geplant?«

»Zufällig. Es war keine Szene.«

»Mein Gott ... Und wie geht es ihr jetzt?«

»Sie ist außer Gefahr. Sie ist völlig durch den Wind, wird aber morgen entlassen.«

»Was hast du vor?«

»Ich weiß noch nicht.«

»Nimm sie mit.«

»Ich glaube nicht, dass sie das will.«

»Na und? Wenn sie nicht will, fesselst du sie, legst sie in

Ketten, entführst sie, knallst ihr eine, Hauptsache, du nimmst sie mit.«

»Du kennst sie nicht.«

»Nein. Aber du, du musst ihr zeigen, dass du sie lieb hast.«

»Indem ich ihr eine knalle?«

»Ja. Zwing sie, zu tun, was du willst.«

»Findest du das wirklich einen guten Rat?«

»Nein, aber mir fällt kein besserer ein.«

»Und was mache ich mit ihr, wenn sie erst mal da ist?«

»Ich weiß es nicht, das sehen wir dann, ich helfe dir.«

»Warum wolltest du mich sprechen?«

»Wir reden darüber, wenn du zurück bist. Jetzt kümmere dich erst mal um sie.«

Das hat noch gefehlt, ein Selbstmordversuch der durchgeknallten Schwester. Wie toll! Und was für eine Überraschung hält das morgige Osterei für uns bereit? Einen Anruf von Tenente Craighero vielleicht.

Doch nicht der Tenente bestellte sie in die Kaserne, sondern Maresciallo Abatangelo, der sich für die Einkäufe und die Spitznamen der Händlerinnen interessiert hatte.

»Sie können nach der Schule kommen«, hatte er ihr großzügig zugestanden. »Passt Ihnen halb zwei?«

»Viertel nach zwei, bitte, dann kann ich noch eine Kleinigkeit essen.«

»Wie Sie wünschen, aber es wird nicht lange dauern.«

»Das hoffe ich«, hatte sie noch gesagt.

Ein anderes Büro. Maresciallo Abatangelo und sein Kollege – dessen Namen ich immer vergesse – erwarten mich bereits. Ohne Craighero: Ist das ein gutes oder ein schlechtes Zeichen? Wenigstens sind hier keine Spiegel, die Tür ist eine richtige Tür – ich bin durchgegangen –, das Fenster geht auf einen Innenhof hinaus, und man sieht die Äste eines Baumes. Die Farbe der Rinde lässt auf eine Platane schließen. Entweder beschäftigen sie einen erstklassigen Bühnenbildner, oder es handelt sich tatsächlich um ein echtes Büro ohne Requisiten und Tricks. Hören wir mal, was sie diesmal Grässliches wollen.

»Hat Signora Vernetti Ihnen erzählt, dass ihr häufig ein Unbekannter folgte?«

Du stellst die Frage verkehrt, Maresciallo, und ich brauche gar nicht zu schwindeln.

»Wie folgte?«

»Er beobachtete sie.«

»Nein, davon hat sie nichts gesagt.«

»Merkwürdig.«

»Wieso merkwürdig? Sie hat ja einiges für sich behalten.«

»Merkwürdig, weil Sie miteinander befreundet waren. Einer Außenstehenden hat sie es nämlich erzählt.«

»Wem denn? Ach ja, die Fragen stellen Sie. Ich nehm's zurück.«

»Das kann ich Ihnen schon sagen. Ihrer Friseurin.«

»Na ja, das ist normal.«

»Wieso ist das normal?«

»Ihrer Friseurin erzählen Frauen die privatesten Dinge. Wie das beim Herrenfriseur ist, weiß ich nicht, da war ich noch nie.«

»Zu einem kleinen Scherz aufgelegt, Signora?«

»Ganz und gar nicht, Maresciallo, mir wäre es nur lieb, wenn der Täter möglichst bald verhaftet würde und diese Geschichte ein Ende fände.«

»Das wollen wir auch.«

»Davon bin ich überzeugt.«

»Ich würde gern noch mal auf einen anderen Punkt zurückkommen. Hat Signora Vernetti Ihnen nie erzählt, sie sei bedroht worden oder fürchte etwas oder jemanden?«

»Nein, nie.«

»Und doch war da ein Mann, der ihr folgte, ein Mann in einem überlangen grauen Regenmantel. Haben Sie ihn nie bemerkt, wenn Sie zusammen unterwegs waren?«

Der Unsterbliche. Mein Gott, es wird immer schlimmer.

»Nein.«

Eine halbe Lüge. Halbe Lügen sind erlaubt, sie gehören in ein undefiniertes Terrain, in das Niemandsland zwischen zwei aneinandergrenzenden Ländern.

»Sprach die Signora oft von den Jahren in Amerika?«

»Ein- oder zweimal hat sie davon gesprochen.«

»Fällt Ihnen vielleicht noch irgendein Detail ein, von dem Sie uns noch nicht erzählt haben?«

»Ich muss überlegen. Das Einzige, was vielleicht seltsam war, war eine Bemerkung zum Tod ihres Mannes.«

»Was für eine Bemerkung?«

»Genau kann ich mich an das Gespräch nicht erinnern, aber ich meine, dass sie zuerst nicht an den Herzinfarkt geglaubt hat. Doch vielleicht wollte sie damit nur sagen, dass sie seinen Tod einfach nicht wahrhaben wollte.«

»Als würde man sagen: ›Ich kann es nicht glauben‹?«

»Ja.«

»Mehr fällt Ihnen nicht ein?«

»Nein.«

»Dann können Sie wieder gehen, Signora.«

Und jetzt? Jetzt schnell zum Unsterblichen, der hoffentlich zu Hause ist. Nein, nicht schnell, langsam. Nein, das ist auch nichts. Angenommen, sie observieren mich, weil sie wissen wollen, was ich mache und wohin ich gehe. Meine Güte, was für ein Chaos. Wenn die Carabinieri auf den Unsterblichen kommen, haben sie ihn am Wickel und mich ebenfalls. Er ist mein Freund, er hat Dora beobachtet, er hat ihr, von mir angestiftet, den verhängnisvollen Stoß versetzt: So sähen das die Marescialli und der Tenente. Der graue Regenmantel muss verschwinden, aber wie? Ihn einfach verschwinden zu lassen ist zu riskant, wenn das herauskommt, haben sie ein schwerwiegendes Indiz gegen mich, gegen uns. Er darf ihn nicht mehr anziehen, und man kann nur hoffen, dass sie ihn nicht auch so identifizieren. Was genau mag Dora der Friseurin erzählt haben, und was hat diese konkret dem Maresciallo gesagt? Er hat mir bestimmt nicht alles gesagt, was er weiß. Angenommen, der Unsterbliche ist Dora auf dem Weg zum Friseurgeschäft gefolgt, angenommen, sie hat ihn in der Nähe auf Beobachtungsposten gesehen und die Friseurin auf ihn aufmerksam gemacht … Das wird ja immer schlimmer. Was soll ich machen, soll ich auf Gaetano warten, und dann kümmert er sich um alles? Seine Schwester wird zwar heute entlassen, aber wann er zurückkommt, weiß kein Mensch. Um wie viel Uhr sie entlassen wird, weiß ich auch nicht, vielleicht schafft sie die Reise gar nicht. Ich rufe Gianni an, er soll zum Unsterblichen gehen und ihm sagen, er darf den grauen Regenmantel nicht mehr anziehen. Klasse, damit ziehe ich auch noch einen meiner Schüler in das Fiasko rein. Für Gianni wäre es allerdings eine schöne Abwechslung, es würde ihn von dem Gedanken an Eleonora ablenken. Optimaler Vorwand für eine miese Aktion, gratuliere! Wie soll ich ihn anrufen? Nicht mit dem Handy und nicht von zu Hause aus. Aus der Bar. Ich gehe hinein, bestelle einen Espresso – koffeinfrei, sonst kriege ich Herzrasen – und rufe an. Das ist ganz normal, schließlich könnte mein Akku leer sein. Aber was soll der Unsterbliche anziehen, wenn er rausgeht, den Mantel mit der Rückenschnalle?

»Sie wünschen, Signora?«

»Einen koffeinfreien Espresso. Nein: lieber einen Kamillentee, schön stark.«

»Nervös?«

»Allerdings. Wer ist heutzutage nicht nervös. Wo ist denn bitte das Telefon?«

»Im Nebenzimmer, aber ich glaube, es funktioniert nicht.«

»Klar, was auch sonst!«

»Ist es dringend?«

»Ja, mein Akku ist leer.«

»Ortsgespräch?«

»Ja.«

»Dann kommen Sie an die Kasse, da können Sie telefonieren, während der Tee zieht.«

»Danke, Leute wie Sie gehören gründlicher unter Schutz gestellt als Pandas.«

Sie trat an die Kasse, aber Gianni war nicht zu Hause.

41

Halb vier. Vielleicht ist Mama zu Hause. Soll ich den Hund wieder bei ihr lassen? Ja, denn diese Hektik und dauernde Angst ertrage ich nicht. Dafür ertrage ich Schuldgefühle, die sind mir seit der Erbsünde vertraut. Doch jetzt muss ich unbedingt mein Leben ausmisten. Ich fange mit der Schule an.

Sie erreichte die Praxis um Viertel nach vier, nachdem sie mit der Straßenbahn dreimal umgestiegen war. Das berühmte »Gitternetz« des Turiner Verkehrsverbunds: Wer es erfunden hat, müsste zumindest ins Exil geschickt werden. Und zwar nach Sibirien und nicht in die Karibik. Marcella, Sekretärin-Empfangsdame-Mädchen-für-alles, die einmal ihre Schülerin gewesen war und ihr diese Stelle zu verdanken hatte, empfing sie wie immer mit respektvoller Herzlichkeit:

»Signora, wie schön, Sie zu sehen! Alles in Ordnung?«

»Nicht so ganz.«

»Haben Sie es eilig?«

»Noch eiliger als sonst.«

»Dann schiebe ich Sie gleich dazwischen«, flüsterte sie.

Kleines undemokratisches Privileg. Unfair gegenüber den anderen Kranken oder eingebildeten Kranken im Wartezimmer. Ich bin keine Heilige, aber ich zahle Steuern und habe nie zu jemandem gesagt, wissen Sie eigentlich, wer ich bin. Wenn man mit einem Sanitäter befreundet ist, kriegt man sofort ein Bett im Krankenhaus und wird vom Chefarzt behandelt. Mir wurde wie allen Lehrern die Ermäßigung für Bahnfahrten gestrichen. Deswegen spare ich mir jetzt das Wartezimmer und hole bei Alberto raus, was geht. Ohne Schuldgefühle.

»Wie fühlst du dich denn?«

»Ich bin müde, deprimiert, schlafe schlecht oder gar nicht, habe ständig Magenschmerzen oder Kopfweh oder beides.«

»Wie ist dein Blutdruck?«

»Weiß ich nicht.«

»Warum misst du nicht ab und zu?«

»Weil ich es vergesse. Ich habe dringendere Probleme.«

»Ist der Mörder noch nicht gefunden?«

»Nein, und ich werde immer wieder vernommen. Ich kann nicht mehr.«

»Krempel den Ärmel hoch, dann messen wir mal Blutdruck. Rauchst du noch?«

»Ja, aber wenig, ganz wenig.«

»Wie viel?«

»Fünf, sechs, höchstens sieben Zigaretten täglich.«

»Zu viel. Siehst du: hundertfünfzig zu neunzig. Hör auf zu rauchen, halte ein bisschen Diät und entspann dich.«

»Mehr hast du nicht zu bieten? Da hätte ich ja nicht kommen müssen.«

»Was willst du denn von mir?«

»Ein Attest. Ich brauche eine Weile schulfrei.«

»Sag's doch gleich.«

»Na ja, du sollst ja auf deine beruflichen Kosten kommen. Aber die Kopf- und die Bauchschmerzen und die Angstzustände und all das habe ich wirklich.«

»Wie viele Tage brauchst du?«

»Eine Woche.«

»Einverstanden, aber versuch dich wirklich zu erholen. Du siehst nicht gut aus.«

»Tröstliche Diagnose. Meinst du, man kann von Sorgen Krebs kriegen?«

»Jetzt übertreib mal nicht. Vielleicht eine kleine Gastritis. Wie geht's Renzo?«

»Wie mir, glaub mir. Aber er reißt sich zusammen und sagt nichts.«

»Richte ihm einen schönen Gruß aus.«

Ich hätte um unbezahlten Urlaub aus persönlichen Gründen bitten können, aber Madame Buonpeso hätte ihn nicht genehmigt. Jetzt wird mir nichts vom Gehalt abgezogen, und sie muss die Klappe halten. Sie wird mir bestimmt eins auswischen wollen und einen Kontrollbesuch des Amtsarztes verlangen, aber der Amtsschimmel bewegt sich in Zeitlupe, und der Antrag wird zu spät geprüft werden. Dann habe ich endlich den ungerechtfertigten Strafzettel wettgemacht, dessen Betrag mir nie zurückerstattet wurde.

Gaetano rief um sieben an. Er war noch auf der Autobahn und tankte gerade. Ja, seine Schwester sei bei ihm, er habe sie überreden können mitzukommen.

»Im Guten oder im Bösen?«

»Ein Mittelding, mehr oder weniger ein Mittelding.«

»Eher in welche Richtung?«

»Eher im Bösen.«

»Und was hast du jetzt vor?«

»Ich weiß es nicht, ich kann sie eigentlich keine fünf Minuten allein lassen.«

»Bring sie zu mir, ich passe auf sie auf.«

»Aber du bist vormittags in der Schule.«

»Ich habe eine Woche frei, ich bin krankgeschrieben.«

»Bist du wirklich krank?«

»Nein, aber normalerweise geht es mir besser.«

»Und wenn Francesca nichts davon wissen will?«

»Dann versuchst du es eben noch mal im Bösen.«

Das war das Mindeste, was ich tun konnte. Er kommt sofort aus Rom, um mir zu helfen, er gibt sich – gab sich, bevor seine Schwester zum x-ten Mal durchdrehte – alle Mühe, mir in meinem Chaos beizustehen. Aber von wegen Leben ausmisten, von wegen jäten und ausholzen: Ich stecke im Amazonas fest, zwischen Giftschlangen und Schwärmen mörderischer Stechmücken. Jetzt erzähle ich Livietta, was los ist, damit sie keine peinlichen Fragen stellt. Und dann erzähle ich es meiner Mutter ... Ogottogott, sie wird mich fertigmachen mit ihren Vorwürfen und guten Ratschlägen und ihrem Gemecker und Geschimpfe.

Eine Dreiviertelstunde später sind sie da. Camilla hat sich gekämmt und bei einem Blick in den Spiegel ein halb enttäuschtes, halb verzagtes Gesicht gezogen. Dass ich nicht gut aussehe – wie Alberto meint –, ist ja noch ein Kompliment, denkt sie, ich sehe zehn Jahre älter aus, und zwar deutlich. Also Make-up und Rouge, vielleicht verschwinden vier oder fünf.

Francesca hat ein wunderschönes, tragisches Gesicht. Sie ist fix und fertig (sie werden dafür gesorgt haben, dass sie sich die Seele aus dem Leib kotzt, die Augenringe reichen bis über die Wangenknochen), aber schön ist sie trotzdem. Es ist eine Art Schönheit, die von starken Gefühlen herrührt. Eine Schönheit, wie man ihr heute selten begegnet. Und er ... am liebsten möchte ich, dass er mich ganz fest in den Arm nimmt, am liebsten würde ich auf der Stelle mit ihm ins Bett gehen, mir wird blümerant, der Verstand setzt aus, das Herz macht einen Sprung, der trockene Mund, jähes heftiges Begehren, wie ich es seit Jahren nicht erlebt habe. Er umarmt mich und drückt mich zu nah an der Brust, und ein paar Sekunden zu lang atmen wir gegenseitig unseren Geruch ein.

»Kommt, nehmt Platz«, sage ich mit einer Stimme, die nicht mir gehört.

Livietta sieht mich komisch an. Ich führe Gaetano und Francesca, ohne es zu merken, in die Küche, frage, ob sie etwas trinken oder essen wollen. Gaetano sagt Nein danke, dann sagt er Ja, ein Glas Wein, Francesca sagt nichts. Ich öffne den Kühlschrank und nehme eine Flasche Arneis heraus, schließe ihn wieder, dann überlege ich es mir anders und nehme noch Parmesan, Oliven und frische Salami, Giftzeug für Francesca – denke ich –, aber ich habe keine Ahnung, was jemand essen kann, der sich gerade vergiftet hat. Ich hole auch Brot und stelle alles auf den Tisch. Ich bin verlegen, meine Hände zittern leicht. Ich frage mich, was passiert wäre, wenn mich dieses plötzliche Verlangen in einem anderen Moment und an einem anderen Ort erwischt hätte.

»Gibt's Kuddelmuddel, Mama?«, fragt Livietta.

»Wenn du meinst … Magst du was essen, Francesca, hast du auf irgendwas Appetit?«

Sie antwortet nicht. Starrt mich an. Ich entkorke die Flasche und gieße zwei Gläser ein. Gaetano und ich trinken, ohne anzustoßen, weil es nicht gepasst hätte.

»Was gibt's Neues?«, fragt er.

Ich berichte und reiche ihm den Zettel mit den Kennzeichen.

»Hast du was unternommen?«, fragt er.

»Nein.«

»Gut so. Ich kümmere mich darum.«

»Iss erst was. Ich kann auch Nudeln oder ein Steak machen.«

»Schon gut, ich bin nicht hungrig. Francesca, du bleibst hier.«

Endlich redet Francesca.

»Wie lange?«

»Bis morgen«, antwortet Gaetano.

»Überwacht wie im Knast?«

Er sieht erschöpft aus, Camilla weiß nicht, was sie sagen soll.

»Francesca, bitte. Wir haben das doch besprochen. Es ist besser, wenn du nicht allein bist. Du musst dich ausruhen, dich erholen.«

»Dann sag mir, wo ich schlafen kann.«

Camilla bringt sie in Liviettas Zimmer, Francesca kickt sich die Schuhe von den Füßen und wirft sich, wie sie ist, aufs Bett, nicht mal die Jacke zieht sie aus.

»Soll das Licht anbleiben, oder soll ich es ausmachen?«

»Mach es aus.«

Camilla löscht das Licht und lehnt die Tür an. Nichts in dem Zimmer könnte irgendwie gefährlich sein, und die Scheren und Medikamente, die im Bad waren, hat sie weggeräumt. Sie kehrt in die Küche zurück, und dann begleitet sie Gaetano vor die Tür, schweigend und ohne ihn anzusehen. Während sie den Aufzug holt, legt er ihr die Hände auf die Schultern und dreht sie zu sich her.

Zurück in der Wohnung, räumt sie das Wohnzimmer auf, legt Bücher, Zeitungen und Kissen an ihren Platz, hebt Plüschtiere auf, richtet den Blumenstrauß in der Vase. Als nach ein paar Minuten Livietta ruft, ist sie in der Lage zu antworten.

»Wo soll ich heute Nacht schlafen?«

»Bei mir, macht dir das was aus?«

»Nein. Hat Francesca denn einen Schlafanzug und eine Zahnbürste?«

Daran hat sie nicht gedacht. Auch die beiden haben nicht daran gedacht, bestimmt waren sie so erschöpft und durcheinander, dass sie die Sachen im Auto vergessen haben.

42

Sie konnte nicht einschlafen. Um zwei Uhr nachts steht sie auf, schlüpft im Halbdunkel in Pantoffeln und Morgenrock, tastet sich durch den Flur, bleibt vor der offenen Tür des Zimmers, in dem Francesca schläft, stehen und lauscht dem leicht keuchenden Atem. Sie geht in die Küche, denn sie kann sowieso nicht lesen oder Hefte korrigieren oder den Unterricht für die Zeit, wenn sie wieder in die Schule muss, vorbereiten. Nach dem – zu Liviettas Entzücken – schludrigen Kuddelmuddel-Abendessen hat sie schon ein bisschen aufgeräumt, und da sie nicht dauernd denken will, richtet sie die Zutaten für einen Kuchen mit Haselnüssen und Honig her, wie man ihn in den Langhe isst, der einzige hausgemachte Kuchen, den das Kind nicht zugunsten abgepackter Schnitten verschmäht. Doch was sie antreibt, ist nicht Mutterliebe, sondern das

Bedürfnis, sich zu beschäftigen, den Gefühlswirrwarr mitsamt den Stunden vorbeigehen zu lassen. Sie knetet Eier, Butter und Mehl – mit der Hand, um keinen Lärm zu machen –, als sie plötzlich den Kopf hebt und Francesca in der Tür sieht. Schweigend mustern sie sich ein paar Sekunden. Dann tritt das Mädchen vor und setzt sich.

»Magst du was essen?«, fragt sie.

»Ein paar Kekse.«

»Ein Glas Milch oder Tee dazu?«

»Einen dünnen Tee mit Milch.«

Es folgt ein langes Schweigen, während das Teewasser heiß wird. Camilla sucht die Kekse, sucht die Kuchenform, sucht den Honig, sucht die Tasse, weil sie es nicht aushält, unter Francescas Blick untätig zu sein. Bis Francesca mit einer Frage dazwischenfährt: »Gehst du mit meinem Bruder ins Bett?«

»Nein.«

»Aber du würdest gern. Und er auch.«

Was soll ich darauf antworten? Dass sie das nichts angeht?

»Ja.«

»Und?«

»Nichts und.«

»Kuchenbacken als Fickersatz?«

»Vielleicht. Ich tue, was ich kann.«

»Warum sagst du nicht, dass ich mich um meinen eigenen Scheiß kümmern soll?«

»Wenn du willst, sage ich das… Nur ist das alles ein kleines bisschen, aber wirklich nur ein winzig kleines bisschen, eben auch dein Scheiß.«

»Weil er mein Bruder ist?«

»Genau.«

»Was mein Bruder macht, geht mich nichts an. Er ist erwachsen und für sich selbst verantwortlich.«

»Du auch.«

»Eben. Aber er meinte, sich in meine Angelegenheiten einmischen zu müssen.«

»Ich will mich nicht auch noch einmischen, aber ich finde, zwischen einem eventuellen Fick und einem Selbstmordversuch besteht ein gewisser Unterschied.«

»Was weißt du denn schon …«

»Fast nichts. Ich habe nie versucht, mich umzubringen.«

»Anscheinend hast du ein leichtes Leben.«

»Wie viele andere Menschen auch. Da, der Tee. Andere Kekse habe ich nicht. Kannst ja mal probieren.«

»Wieso ist Gaetano nach Turin zurückgekommen?«

»Um mir aus der Patsche zu helfen.«

»Und weil er sich in dich verknallt hat.«

»Möglich. Hast du was dagegen?«

»Um Himmels willen. Was hast du denn angestellt, dass er dir aus der Patsche helfen muss?«

»Gar nichts. Es ist etwas passiert. Eine Freundin von mir wurde umgebracht, und die Carabinieri verdächtigen mich, irgendwie darin verwickelt zu sein.«

»Da hat Gaetano alles stehen- und liegengelassen, um dir beizustehen. Der Ritter ohne Furcht und Tadel.«

»Er hat auch für dich alles stehen und liegen gelassen.«

»Er hätte es bleiben lassen können.«

»Das glaube ich nicht. Er liebt dich.«

»Er will nur, dass ich Laurent verlasse.«

»Wenn ich mich nicht irre, wolltest du ihn auch verlassen. Auf die endgültigste Art und Weise.«

»Du kotzt mich an.«

»Wenn du nicht sterben wolltest, war es Erpressung. Aber in einem solchen Fall sollte man die Tabletten richtig dosieren. Es wäre um ein Haar schiefgegangen.«

»Ich wollte sterben, ich wollte ein für alle Mal Schluss machen. Geht dir das nicht ins Hirn?«

»Doch, natürlich, du findest mich zwar zum Kotzen, aber dumm bin ich nicht. Ich empfinde es nur als Vergeudung. Selbstmord aus Liebe ist immer Vergeudung. Ein Glück, dass hinterher unsterbliche Tragödien darüber geschrieben werden.«

»Verarschst du mich?«

»Ein bisschen. Du hast mich beschimpft. Wer hat angefangen, du oder ich?«

Sie schweigen. Camilla nimmt sich eine Zigarette, ohne ihr eine anzubieten. Francesca trinkt ihren Tee.

»Wieso hast du mit einem Mord zu tun?«

»Ich habe eben nichts damit zu tun.«

»Das sagen alle Mörder.«

»Stimmt.«

»Warum verdächtigen sie dich also?«

»Weil das Schicksal einem manchmal übel mitspielt.«

»Erzähl.«

»Nachher, ich mache erst den Teig fertig, er wird sonst trocken.«

43

Es ist gleich halb zehn, und sie schläft immer noch. Anscheinend hat sie ihren Wecker nicht gestellt. Potti hat bestimmt in die Küche gepinkelt, und wenn Mama nachher aufsteht, schimpft sie mit ihm. Das ist das Einzige, wegen was sie mit ihm schimpft, mich tut sie öfter schimpfen, vor allem, wenn ich was falsch sage. Ich mache das meistens mit Absicht, weil ich genau weiß, dass man nicht »ich tu schimpfen« sagt, aber das kapiert sie nicht. Vielleicht hat sie es auch kapiert, und es macht ihr Spaß, mit mir zu schimpfen, vielleicht ist es auch wie ein Spiel, dass wir beide so tun als ob, wie wenn ich und Alice feine Dame spielen. Ich glaube, ich weck sie. In die Schule kann sie mich nicht mehr bringen, weil es zu spät ist, jetzt versäume ich die Computerstunde, aber die bringt sowieso nichts, weil die Lehrerin, die wir dafür gekriegt haben, keine Ahnung hat, und jedes Mal, wenn sie uns was erklären will, baut sie Mist und dann sagt sie, es ist nicht ihre Schuld, wenn das Programm nicht reagiert. Aber sie tut uns auch ein bisschen leid, sie ist nicht mehr so jung und sagt immer, sie hätte das selber erst lernen müssen, vorher hat sie nämlich taubstumme Kinder in einer Spezialschule unterrichtet, die jetzt geschlossen ist, und die Kinder haben sie zu den anderen getan. Wir wollten, dass sie uns die Gehörlosensprache beibringt, und sie hat gesagt, das darf sie nicht, sie muss im Klassenbuch genau vermerken, was sie uns erklären tut, sonst kriegt sie einen Verweis. Was sie uns erklärt, ohne tut. Aber sie hat uns die Gesten dann doch beigebracht, ich hab einen ganzen Haufen gelernt, und wenn ich ein taubstummes Kind treffe, können wir uns unterhalten, bloß dass ich bis jetzt noch keins getroffen habe. Ich glaube, ich wecke sie jetzt, dann weckt sie Francesca, und ich kann in mein Zimmer zum Spielen. Vielleicht lieber doch nicht, sie sollen lieber noch schlafen, dann sind sie nicht nervös oder sauer. Francesca hat versucht, sich mit Tabletten umzubringen, weil sie mit ihrem Freund gestritten hat, im Krankenhaus hat sie dann gekotzt und ist nicht gestorben. Die Erwachsenen streiten immer wegen irgendwas und sind dann ewig beleidigt, und wir sagen, ich bin nicht mehr dein Freund, aber dann ist es auch schon fast wieder vorbei. Papa und Mama haben früher wenig gestritten, das war gar kein richtiges Streiten, es war anders, wie wenn man jemand ärgert, aber nur zum Spaß, und am Ende haben beide gelacht. Jetzt sagen sie, dass sie wegen der Geschichte mit Dora nervös sind und weil Mama zu den Carabinieri muss, die verhören sie, aber ich glaub nicht, dass es nur deswegen ist. Wenn sie sich trennen, bleib ich bei der Mama, wie alle Kinder aus meiner Klasse, bei denen die Eltern getrennt sind, und am Wochenende geh ich zum Papa, aber ich weiß nicht, ob ich das will. Aber wie ich sie gefragt hab, richtig gefragt hab ich ja eigentlich nicht, aber wie sie mal fast gestritten haben und ich gesagt hab … ich weiß nicht mehr, was ich gesagt hab, und dann bin ich zur Oma gegangen, jedenfalls hat sie mich da gefragt, ob ich will, dass sie sich trennen, und ich hab Nein gesagt.

44

Oreste Puggella, siebenundachtzig Jahre alt, ist der Halter des Autos und des Rollers. Wütend schlägt Gaetano mit der Faust auf den Computertisch. Ein paar Kollegen sehen ihn erstaunt an. Es wird immer komplizierter, denkt er, oder der Unsterbliche hat sich einen Spaß erlaubt. Er musste schon seine Anwesenheit im Präsidium irgendwie rechtfertigen, und jetzt, um halb zehn Uhr abends, kann er nicht auch noch einen Siebenundachtzigjähren mit der Frage nerven, wem er Auto und Roller geliehen hat. Da er schon mal dabei ist, recherchiert er weiter und stellt fest, dass Puggella auch Halter eines Ford-Lieferwagens und eines Cherokee-Jeeps ist, der vier Monate zuvor angemeldet worden ist. Dann ist es nicht nur kompliziert, sondern klingt ziemlich verdächtig, nach vielversprechendem Anhaltspunkt. Doch die Befriedigung und die Erregung verschwimmen in der Müdigkeit nach zwei schlaflosen Nächten, in der mit Wut gemischten Angst um die Schwester, in dem wirren Durcheinander seiner eigenen Wünsche, in dem beklemmenden Gefühl der Ungewissheit. Morgen, denkt er, ich verschiebe alles auf morgen.

Von den Polizisten, die mit dem Fall Sorrentino zu tun hatten, war nur Inspektor De Beni im Dienst; er plagte sich mit einer Waffe, die bei einer Abrechnung benutzt worden war und für deren baldigen Fund jemand gesorgt hatte. Die Geschichte ging ihm auf den Sack – seine eigenen Worte –, und so kam ihm Gaetanos Versprechen, er werde ihm sämtliche Lorbeeren überlassen, wenn die Ermittlungen im Fall Sorrentino zu irgendeinem Ergebnis führten, sehr gelegen.

»Also los, Commissario, dann besuchen wir jetzt diesen Puggella und hören uns an, was er uns auf die Nase binden will.«

»Wir könnten uns duzen, wenn wir schon zusammenarbeiten, oder?«, schlug Gaetano vor.

»Alles klar, ich heiße Bernardo, aber alle nennen mich Dino. Sag mal, Yuri, haben wir einen Wagen, oder sind die alle unterwegs?«

Es gab ein Auto, aber in der Via Sesia 49 keine Spur eines Mannes namens Puggella.

»Das fängt ja gut an!«, meinte der Inspektor.

»Ich finde, schon«, entgegnete Gaetano.

Es war ein altes Arbeiterhaus mit Galerien zum Innenhof, das über die Jahrzehnte mit allerlei Zutaten ein neues Gesicht bekommen hatte, angefangen bei Selbstverständlichkeiten wie Veranden oder Satellitenschüsseln bis hin zu Raffinessen wie in Küchenzeilen verwandelte Außenklos oder Balkone, die zu bedenklich wirkenden Terrassen verbreitert waren. Sie klingelten an mehreren Türen und erhielten als Antwort nur Kopfschütteln, keine Ahnung, nie gesehen, bis eine alte Frau, die in etwa Puggellas Jahrgang sein mochte, sie nicht nur in ihre Wohnung ließ, sondern sogar in die Küche bat und als Gegenleistung für zwanzig Minuten Gesellschaft erklärte, dass die Mieter in letzter Zeit nicht lange blieben und innerhalb weniger Jahre ein kompletter Mieterwechsel stattgefunden hatte, und ja, Signor Oreste hatte mit seiner Frau da gewohnt und später, als er Witwer war, allein, in der dritten Etage, solange er Treppen steigen konnte, wenn auch mit Stock. Dann hatte sein Betreuer einen Platz in einem Altersheim gefunden, und das war sein Glück, denn es kümmerte sich niemand mehr um ihn, und mal abgesehen von den Beinen hatte er sich richtig gehen lassen, wie das bei Männern oft der Fall ist, wenn sie allein zurückbleiben, er hatte sich nicht mehr gewaschen, und seine Wohnung war, mit Verlaub, ein echter Saustall. Der Name des Altersheims? Wenn sie ein bisschen Geduld hätten, könnte sie die Weihnachtskarte suchen, die er ihr im Jahr seines Auszugs geschrieben hatte, und wenn sie sich recht erinnerte, war ein Stempel mit dem Namen des Heims auf der Karte. Die alte Frau holte einen Schuhkarton aus einer Schublade, setzte eine Brille auf, deren Bügel mit Pflaster angeklebt waren, und leerte einen Schwung Ansichtskarten auf den Tisch, von denen einige mindestens fünfzig Jahre alt waren. Der Inspektor erhob sich, um ihr zu helfen, doch Gaetano hielt ihn mit einem kurzen Kopfschütteln zurück. Die ist es nicht, die auch nicht, die ist von Leandro Ferroni, der zusammen mit meinem Mann, Gott hab ihn selig, bei Fiat am Fließband gearbeitet hat, das ist die letzte, die mir meine Cousine Celestina geschickt hat, bevor sie nach Dronero zurückkehrte, wo sie dann gestorben ist, die hier sind von Signora Toninelli, die jeden Sommer in einer Pension in Rimini gekocht hat, die nicht, keine Ahnung, wer das war, wenn man alt ist, spielt einem das Gedächtnis manchmal übel mit, und dann kam endlich die Postkarte von Oreste Puggella zum Vorschein, und die alte Frau hatte sich ganz richtig erinnert, die Karte trug tatsächlich den Stempel des Altersheims *Nostra Signora della Salute*, Via Cavour 33, Pianezza, Provinz Turin.

»Vielleicht ist Puggella längst tot, die Karte ist sechs Jahre alt«, meinte der Inspektor, als sie die Treppe hinuntergingen.

»Vor vier Monaten hat er noch gelebt, da hat er einen Jeep Cherokee gekauft. Wir rufen an und erkundigen uns, ob er noch dort oder mittlerweile woanders ist«, erwiderte Gaetano.

Das Altersheim *Nostra Signora della Salute* machte keinen schlechteren Eindruck als viele andere Heime, aber wie überall roch es auch hier nach dem nahen Tod, es roch nach Urin, nach eingetrocknetem Schweiß, nach schlechtem Atem und Wundliegen.

»Ob wir auch mal so enden?«, überlegte De Beni laut, als sie an einem alten Mann im Rollstuhl vorbeigingen, der sich in einem fort das spuckenasse Gebiss aus dem Mund holte und wieder hineinschob.

»Vielleicht noch schlimmer. Hoffentlich sterben wir vorher.«

Eine dunkelhäutige Angestellte erklärte ihnen in recht flüssigem Italienisch, Puggella sei nicht immer klar im Kopf, je nach Tagesverfassung mal so, mal so, aber im Großen und Ganzen gehe es ihm recht passabel, auch wenn er ohne Rollator nur ein paar Schritte schaffe. Warum sie ihn sprechen wollten?

»Es geht um eine Auskunft«, sagte der Inspektor kurz.

»Sind Sie verwandt?«

»Wir sind von der Polizei.«

Erstaunt und erschrocken machte die Frau den Mund auf und wieder zu.

»Informationen zu einem Auto und einem Roller, nichts weiter«, beruhigte Gaetano sie.

»Ich hole sofort die Leiterin«, sagte sie und entfernte sich eilig.

»Illegal und schwarz«, meinte De Beni.

»Sieht ganz so aus«, sagte Gaetano.

Die Leiterin wirkte wie eine eiskalte, effektive Kerkermeisterin. Sie wies sofort darauf hin, dass keine Besuchszeit sei und die Bewohner nicht gestört werden dürften. Gaetano zückte seinen Dienstausweis und schlug vor, die Wartezeit mit einem Rundgang durch das Haus zu überbrücken, nur so, um die Zeit herumzubringen und sich ein Bild zu machen, wie ein Altersheim eigentlich funktioniert. Ob die Signora etwas dagegen habe? Die Kerkermeisterin erwiderte, sie werde Signor Puggella gleich holen lassen.

Die Tagesverfassung von Oreste Puggella, den eine andere Pflegerin im Rollstuhl in ein Besucherzimmer geschoben hatte, war an diesem Tag weder so noch so, er hatte immer wieder Aussetzer. Sie brauchten über eine Stunde, um herauszufinden, dass er keine Verwandten mehr hatte außer seinem Großneffen Riccardo, dem Enkel seiner Schwester Beniamina, die vor fast sechzig Jahren bei einer Geburt gestorben war. Riccardo besuche ihn manchmal, und einmal seien sie zusammen Pilze essen gegangen, gebratene Steinpilze, die Nudeln auch mit Pilzsauce, Eiertagliatelle, die er, Oreste, nicht habe essen können, weil er es nicht geschafft habe, sie mit der Gabel aufzurollen. Riccardo habe sie ihm mit dem Messer klein geschnitten, aber sie seien kalt geworden, und kalte Nudeln seien wie die im Heim. Und dann? Dann waren sie wohin gefahren, wo man Autos kaufen konnte, und er hatte etwas unterschrieben, und dann hatte Riccardo ihm noch zwei Flaschen Fernet gekauft, die ihm die alte Vettel von Direktorin weggenommen hatte, weil ihm das angeblich nicht guttat. So ein Quatsch, er habe nach dem Abendessen immer ein Gläschen getrunken und sei mittlerweile siebenundachtzig, das solle ihm die Vettel erst mal nachmachen.

»Wie heißt Riccardo mit Nachnamen?«

»Ich weiß nicht«, sagte der Alte, »meine Schwester Beniamina hieß Puggella wie ich, Puggella verheiratete Aghemo. Sie hatte zwei Töchter, Rosanna und Ines, und Ines hat die Hebamme falsch rausgeholt, da hat sie zu viel Blut verloren und ist gestorben.«

»Ist Riccardo der Sohn von Rosanna oder von Ines?«

»Ich weiß nicht mehr, wir haben uns nicht so oft gesehen, sie wohnten am anderen Ende der Stadt, Richtung Santa Rita.«

»Und wann war Riccardo das letzte Mal hier?«

»Das letzte Mal war Nebel, da haben wir Pilze gegessen. Und was habe ich jetzt gewonnen?«

»Gewonnen?«, fragte der Inspektor.

»Eine Flasche Fernet«, antwortete Gaetano, »die holen wir jetzt gleich.«

»Aber passen Sie auf, die Alte darf sie nicht sehen, geben Sie sie Ziki-paki, die ist in Ordnung.«

»Bitte wem?«, fragte De Beni.

»Ich weiß, wer das ist«, mischte sich Gaetano ein, »du kaufst den Fernet, ich gehe so lange zu der alten Vettel.«

»Willst du dich etwa von ihr verabschieden?«

»Ich will ihr nur sagen, dass wir die Küche nicht gesehen haben und eventuell noch jemanden vorbeischicken, der mal einen Blick reinwirft.«

Über Beniamina Puggella verheiratete Aghemo und Rosanna Aghemo verheiratete Colato kamen sie relativ bald zu Riccardo Colato, vierunddreißig Jahre alt, wohnhaft in Turin in der Via Antonio Cecchi, mehrmals vorbestraft wegen Einbruchs und Hehlerei.

»Den brauchen wir nicht mit Samthandschuhen anzufassen«, meinte der Inspektor, »Einbruch plus Hehlerei plus Lieferwagen für den Transport der Ware und ein Geländewagen, mit dem er bei den Mädchen den großen Macker raushängen lässt.«

»Vielleicht fährt er ja gern in die Berge«, lästerte Gaetano.

»Wer die Berge mag, geht zu Fuß, der Typ ist doch nur ein beschissener Dieb, ohne Arbeit, aber mit einem Geländewagen für dreißigtausend Euro.«

»Du hast keine Ahnung von den Preisen, Dino, für dreißigtausend kriegst du keinen Cherokee, da musst du schon noch zehn drauflegen.«

»Dann nehmen wir den Kerl ins Kreuzverhör, und er soll uns erklären, wo er die Kohle her hat.«

Bei Riccardo Colato kamen sie erst um ein Uhr an. Gaetano musste noch mit der Schwester von Nicola Sorrentino telefonieren, und dann rief er Camilla an und fragte, wie es Francesca gehe.

»Gut, wir haben lange geschlafen, willst du sie sprechen?«

»Ja, bitte.«

»Er kommt gegen Abend vorbei«, berichtete Francesca anschließend. »Was ist mit mir? Stehe ich immer noch unter Hausarrest?«

»Du könntest mit meiner Tochter und dem Hund einen Spaziergang machen«, schlug Camilla vor.

»Sehr amüsant.«

»Und mir gleichzeitig einen Gefallen tun, das wäre klasse.«

»Was denn?«

»Einem Freund – dem Unsterblichen, ich habe dir heute Nacht von ihm erzählt – einen Anorak bringen und ihm sagen, dass er seinen grauen Regenmantel eine Zeit lang nicht tragen darf.«

»Willst du mich in deine Scheiße mit reinziehen?«

»Nein, ich will dich nur beschäftigen, und wenn du schon unterwegs bist, kannst du ihm aus der Bar Mogador drei Schokocroissants mitbringen.«

»Ich weiß aber nicht, wo die Bar Mogador ist.«

»Ich zeig's dir auf dem Stadtplan, und ich zeige dir, wie du zum Unsterblichen kommst.«

»Und wenn er nicht aufmacht?«

»Wenn, wenn, wenn … Du bist doch nicht von gestern, lass dir was einfallen, und wenn du vor seiner Tür stehst, sagst du, Camilla schickt dich.«

»Und wenn er mir nicht glaubt?«

»Schon wieder wenn? Er glaubt es, wenn er den Hund sieht.«

»Ist der Unsterbliche der, der mir das Eisschild geschenkt hat?«, erkundigte sich Livietta.

»Genau, du kannst dich gleich bei ihm bedanken und ihm sagen, dass du es toll findest, dann freut er sich.«

»Und warum kommst du nicht mit, Mama?«

»Weil ich nicht will, dass sie mich mit dem Unsterblichen in Verbindung bringen.«

»Was heißt ›in Verbindung bringen‹?«

»Ich erklär's dir, wenn ihr wieder da seid, Livietta, jetzt trefft ihr ihn am ehesten zu Hause an.«

»Ich will aber auch ein Schokocroissant, krieg ich eins?«

»Klar. Da habt ihr Geld, kauft Croissants für alle, und esst sie zusammen, aber sie müssen aus der Bar Mogador sein, andere mag er nicht.«

»Potti kriegt aber keins, süße Sachen sind schlecht für ihn.«

»Ein kleines Stückchen darf er haben, Livietta, er ist doch kein Hund.«

»Wieso ist er kein Hund?«

»Er ist ein kleiner Mensch im Hundedress und wäre gern du, mein kleines süßes Mädchen, aber er kann nicht.«

»Wäre er echt gern ich?«

»Klar, dann dürfte er manchmal im großen Bett schlafen, mit am Tisch essen und zur Jazzgymnastik gehen.«

»Wie groß darf sein Stück Croissant sein?«

»So groß, wie du willst.«

45

Dino De Beni, der nur einen vier Jahre alten Fiat Bravo besaß, konnte diese Angeber mit ihren Vierzigtausend-Euro-Jeeps auf den Tod nicht ausstehen, also hatte er mit Gaetano vereinbart, dass er den Part des fiesen Bullen übernehmen würde. Ab und zu musste er in dem Job auf seine Kosten kommen, verdammt noch mal, sie nahmen die Einbrecher, Hehler, Dealer, Zuhälter und Schläger zwar fest, aber zwei Tage später tummelten sich die Typen, mit Goldketten behängt wie die Madonna von Oropa, wieder an ihren Stammplätzen und spuckten aus, wenn ein Bulle vorbeilief, egal, ob von der Polizei, den Carabinieri oder der Zollfahndung.

Riccardo Colato, genannt Richi, war erwartungsgemäß

auch einer von dieser Sorte, und die Ankunft der beiden Polizisten schien ihn nicht sonderlich zu wundern. Überraschend war allerdings seine Erscheinung: Er war nicht so hässlich wie der Glöckner von Notre Dame, aber viel fehlte nicht.

»Was wollen Sie?«, fragte er ungerührt mit Blick auf den Dienstausweis, den ihm der Inspektor durch den Türspalt zeigte.

»Mit dir über Autos und Roller reden.«

»Ich habe weder Autos noch Roller.«

»Du fährst aber mit denen, die auf Oreste Puggella zugelassen sind.«

»Nie gehört.«

»Du verarschst uns. Wir kommen gerade aus Pianezza. Mach diese Scheißtür auf, dann plaudern wir ein bisschen.«

»Ich denke gar nicht dran, so lange Sie keinen Durchsuchungsbefehl haben.«

»Ach nein? Wir kommen trotzdem rein, wir vermuten nämlich, dass du Stoff im Klo versteckt hast, das geht auch ohne Durchsuchungsbefehl.«

»Dann zeige ich Sie an.«

»Bei deinen Vorstrafen? Wenn es drauf ankommt, lässt sich überall ein bisschen Pulver finden, sogar im Kloster.«

»Hör auf, Dino. Da ist der Staatsanwalt mit einem Ermittlungsbescheid schneller.«

»Ermittlungsbescheid weswegen?«

»Weil du deinen Freund Nicola Sorrentino umgebracht hast. Mit einer Überdosis. Komm, Dino, wir gehen.«

Richi war zwar ein harter Knochen, aber den Hieb steckte er nicht einfach weg.

»Ihr habt echt einen Schatten, alle beide.«

»Kann sein«, pflichtete der Inspektor bei, »aber such dir lieber gleich einen Anwalt. Einen besseren als Cammarota, auch wenn der dich schon ein paar Mal rausgeboxt hat.«

Sie taten, als gingen sie weg, woraufhin Richi sofort die Tür aufmachte und sie einließ. Wie auf dem Markt, wie auf dem Basar, dachte Gaetano: Das sind zwar andere Verhandlungen, aber sie folgen dem gleichen Muster. Viel Phantasie haben wir alle nicht, egal, ob wir Teppiche kaufen oder Bullen sind. Die Verkäufer und die Verbrecher auch nicht.

Richis Wohnung lag in einer hässlichen Gegend in einem hässlichen Haus, war aber richtig protzig. Homevideo, Ledersofas, Gemälde, die vielleicht Fälschungen waren, vielleicht auch nicht.

»Es wird ein Weilchen dauern, Colato, wir machen es uns bequem«, erklärte De Beni. »Gleich mal zu dem Renault und dem Roller, die du Nicola geliehen hast. Wozu brauchte er die?«

»Weiß ich nicht.«

»So geht es nicht. Dann fangen wir eben ganz von vorn an. Du hast also bei der Polizei angerufen.«

Nicht übel, dachte Gaetano, er geht in die Vollen. Aber wenn der Anruf nicht von Colato war, ist es ein Schuss nach hinten.

»Ich habe niemand angerufen.«

»Na gut, dann tun wir eben, was mein Kollege vorgeschlagen hat. Weißt du was? Wir sähen dich gerne wegen Nicolas Tod im Knast, egal, ob du ihn umgebracht hast oder nicht. Deswegen werden wir uns auch keine besondere Mühe geben, jemand anderes zu suchen.«

»Ich habe niemand umgebracht.«

»Du hast niemanden umgebracht, du hast nicht angerufen, als Nächstes sagst du, du hättest Nicola gar nicht gekannt.«

»Das habe ich nie behauptet.«

»Prima, du hast deinen Schulfreund nicht vergessen«, mischte sich Gaetano ein. »Den Freund, mit dem du schon damals geklaut hast, was euch unter die Finger kam. Den Freund, mit dem du die ganzen Jahre über Kontakt hattest, den du bei deinen kleinen Geschäften brauchen konntest. Bei den großen nicht, weil er zu dumm war. Was hat er am Ende denn getan, hat er dich erpresst?«

»Nicola und ich waren Freunde. Freunde erpressen sich nicht gegenseitig. Freunde bringen sich nicht gegenseitig um.«

»Manchmal schon, zum Beispiel wenn es mit der Freundschaft vorbei ist, wenn einer nicht mehr mitspielt.«

»Verdammt, was wollen Sie denn von mir? Nicola hatte niemand mehr außer seiner bescheuerten Schwester, die er nicht ausstehen konnte, er hatte nur noch mich, und er hing an mir, von wegen Erpressung und Freundschaft vorbei.«

»Und was ist mit Drogen?«

»Ich nehme keine, Nicola hat auch keine genommen.«

»Und wie erklärst du dir dann die Überdosis, an der er gestorben ist?«

»Gar nicht, ich kann es mir nicht erklären, ich verstehe es nicht.«

»Aber wir haben eine Vermutung. Dass ihn jemand erst betrunken gemacht und ihm anschließend die Spritze verpasst hat. Was sagst du dazu?«

»Ich sage gar nichts, weil ich nichts weiß.«

»Du solltest aber was dazu sagen. Zum Beispiel, wie es

kommt, dass wir von dir frische Fingerabdrücke in Nicolas Wohnung gefunden haben.«

Ganz schön frech, meine Güte, dachte Gaetano. Er pokert einfach gern. Aber stimmt schon, wenn Nicola und Richi wirklich so dicke Freunde waren, wie Alessia erzählt hat, könnte der eine in der Wohnung des anderen schon ein paar Fingerabdrücke hinterlassen haben. Und was Dino für einen Spaß daran hat, dieses Arschloch in die Mangel zu nehmen …

»Fingerabdrücke? Keine Ahnung, was weiß denn ich. Ich war manchmal bei Nicola, und er war manchmal bei mir.«

»Ich meine frische Fingerabdrücke. Richtig frische.«

Richis Nasenflügel bebten leicht. Jetzt haben wir ihn so weit, dachten Dino und Gaetano gleichzeitig, langsam wird er weich.

»Jetzt fangen wir noch mal bei dem Auto und dem Roller an, dann kommen wir auf die Fingerabdrücke zurück. Also, wozu hat er die Fahrzeuge gebraucht?«

»Er müsste jemanden beobachten, hat er gesagt.«

»Wen?«

»Weiß ich nicht. Eine Frau, hat er gesagt.«

»In wessen Auftrag?«

»Das weiß ich nicht.«

»Und wir glauben dir das nicht.«

»Es stimmt aber. Nicola erledigte manchmal kleinere Sachen für einen, den er Chef nannte oder Boss, aber wer das ist, hat er nie gesagt.«

»Und du hast auch nie gefragt.«

»Doch, oft. Irgendwann habe ich's aufgegeben. Sie haben doch selber gesagt, dass Nicola dumm war, er war wirklich ein bisschen beschränkt, er hat sich als kleiner Platzhirsch aufgespielt, dabei war er doch nur ein armer

Schlucker, der oft nicht mal genug Geld für die Miete oder ein Paar neue Schuhe hatte. Aber auch vor mir hatte er Geheimnisse, er wollte mir beweisen, dass er es schafft, da hat er Wert drauf gelegt. Und bevor Sie mich danach fragen – ich kann Ihnen gleich sagen, dass er mir seine Handynummer nicht gegeben hat, er hat mich auch nie mit einem Handy angerufen, er hat gesagt, er müsste auf der Hut sein, auf der Hut, der arme Kerl, weiß der Geier, wo er das her hat.«

»Aus einem Film, *Diebe haben's schwer*«, erklärte Gaetano.

»Nie gesehen. Jedenfalls mochte ich ihn, und wenn ich nicht wollte, dass einer stirbt, dann er.«

»Und als er dann gestorben war, hast du uns angerufen«, sagte Gaetano. Ein leicht pikierter Blick von Dino traf ihn, aber er dachte, dass es auch unter Kriminellen und Gaunern Freundschaft geben konnte und dass Richi Nicola wahrscheinlich hin und wieder kleine Aufträge erteilt hatte, um ihm Geld geben zu können, ohne dass Nicola sich gedemütigt fühlte; im Gegenzug hatte Nicola Richi vielleicht manchmal mitgenommen und ihm geholfen, eine Frau abzuschleppen, denn allein kriegte der höchstens eine Blinde ab.

»Wie bist du in Nicolas Wohnung reingekommen?«, hakte Gaetano nach. »War die Tür offen, hattest du einen Schlüssel?«

»Wenn er mir schon seine Handynummer nicht gegeben hat, dann erst recht nicht seinen Hausschlüssel. Nein, die Tür war zu.«

»Wie hast du sie aufbekommen?«

»So eine Scheißfrage. Man kriegt doch eine Tür auf, das war ja nicht Fort Knox.«

»Um wie viel Uhr war das?«

»Etwa halb eins, nachts.«

»Und was wolltest du dort so spät?«,

»Ihn mit dem Lieferwagen abholen. Wir waren verabredet.«

»Wozu?«

»Ein Auftrag.«

»Um halb ein Uhr nachts.«

»Jetzt hören Sie schon auf. Geht es hier um Nicolas Tod oder um einen Typen, der einen Umzug machen wollte, ohne dass es jemand merkt?«

»Mit seinen Sachen?«

»Ja, ich kann Ihnen auch den Namen sagen, nur darf seine Frau nichts davon erfahren.«

»Später, erzähl erst von Nicola.«

»Ich komme also an seinem Haus an, warte fünf Minuten oder so, dann steige ich aus, um zu schauen, wo er bleibt.«

»Und die Tür ist zu.«

»Ja, und drinnen brennt kein Licht. Ich denke, er hat sich verspätet, gehe zum Wagen zurück und warte. Aber es kam mir komisch vor, weil er sonst eigentlich pünktlich war, und wenn ihm was dazwischenkam, rief er immer gleich an, aber aus einer Telefonzelle, während ich ihn wie gesagt nicht anrufen konnte. Ich warte also noch eine Viertelstunde oder zwanzig Minuten, aber dann mache ich mir Sorgen, mir ging ja auch der Umzug womöglich durch die Lappen; ich denke also, dass er vielleicht eingeschlafen ist, ich will aber keinen Lärm machen, soll ja niemand auf die Galerien kommen, deswegen mache ich die Tür auf, gehe rein und schalte das Licht an. Nicola war tot, ich konnte es nicht glauben, ich habe seinen Atem gehört, den es nicht gab, und sein Herz, das nicht schlug, er war wirklich tot, aber noch nicht lange, er war noch warm, und wenn ich früher gekommen wäre, hätte ich ihn vielleicht retten können. Mir ging's so beschissen schlecht, weil er mit Drogen und mit der ganzen Drogenszene nichts am Hut hatte, die halb leere Whiskyflasche kam mir auch so komisch vor, jedenfalls stimmte da irgendwas überhaupt nicht, da hab ich dann mit einem Taschentuch alles abgewischt, was ich angefasst hatte, und bin weg.«

»Und dann hast du die Polizei angerufen.«

»Ja.«

»Warum?«

»Warum? Weil er mein Freund war, Herrgott noch mal, weil ich nicht wollte, dass ihn die Mäuse fressen, ich wollte nicht, dass er wie ein Hund da liegt und voller Würmer ist, bis er gefunden wird.«

»Hast du vorher, als du draußen gewartet hast, jemanden aus dem Haus gehen sehen?«

»Nein. Aber ich habe nicht drauf geachtet.«

»Merkwürdig: Du hast doch auf Nicola gewartet, der durch das Eingangstor hätte kommen müssen.«

»Hören Sie mir eigentlich zu? Ich habe doch gesagt, dass ich im Innenhof war und er anscheinend nicht zu Hause, da habe ich auf die Straße geachtet und nicht auf den Eingang.«

»Wie hattest du die Eingangstür geöffnet?«

»Das lausige Schloss kriegt man mit jedem normalen Schlüssel auf.«

»Und Nicolas Wohnungstür?«

»Ich musste den Schlüssel viermal umdrehen, das Schloss war also bis zum Anschlag zu.«

»Wie war die Tür, als ihr kamt? Abgeschlossen, wenn ich mich recht erinnere, oder?«, fragte Gaetano.

»Ja, abgeschlossen«, antwortete Dino.

»Aber ich habe sie nur hinter mir zugezogen! Glaubt ihr denn, ich hätte noch lange an dem Schloss rumgemacht und riskiert …«

»Dann hat der Mörder die Schlüssel mitgenommen und ist noch mal zurückgekommen«, überlegte Dino laut. »Ein unachtsamer Mörder, der erst etwas vergisst oder zu tun vergisst und dann die Tür, die nur zugezogen war, richtig abschließt. Aber Glück hat er auch, denn das alles schafft er, bevor wir kommen. Nach wie langer Zeit hast du uns angerufen?«

»Nach zwanzig Minuten, höchstens.«

»Wir waren eine Viertelstunde nach dem Anruf da. Der Mörder hatte etwa eine halbe Stunde Zeit, um die Sache in Ordnung zu bringen.«

»Aber es ist nicht gesagt, dass er es geschafft hat. Auch das Glück hat seine Grenzen«, meinte Gaetano, als sie gingen.

46

»Er ist nicht da«, sagt Francesca.

»Oder er antwortet nicht«, entgegnet Livietta. »Mama hat gesagt, dass er das manchmal macht. Klingel woanders.«

Francesca klingelt, eine Frauenstimme fragt, wer da ist,

Francesca bittet, ihr zu öffnen, weil sie in den Innenhof müsse. Das Tor geht nicht auf.

»Lass mich mal«, sagt Livietta.

»Ja bitte?« Diesmal ist es die zittrige Stimme eines alten Mannes.

»Zeugen Veronas.«

Das Tor öffnet sich.

»Siehst du, so macht man das«, erklärt Livietta wichtigtuerisch.

»Zeugen Jehovas, nicht Veronas.«

»Nein, Veronas. Das ist eine Stadt, da war ich schon.«

»Jehova heißt Gott, Zeugen Gottes.«

»Echt?«, meint Livietta zweifelnd.

Jetzt stehen sie vor der Wohnungstür des Unsterblichen. Sie klopfen, niemand antwortet.

»Siehst du, er ist nicht zu Hause«, sagt Francesca.

Livietta legt sich vor die Tür und drückt die Katzenklappe nach innen.

»Mach auf, Unsterblicher. Ich sehe deine Füße. Ich bin Livietta, die Tochter von Camilla.«

»Und wer ist da noch?«

»Francesca, die ist … eine Freundin von Mama. Der Hund ist auch dabei.«

»Wie ist der Hund zu Katzen, böse oder lieb?«

»Ganz böse.«

»Dann nimm ihn an die Leine, ich bringe Mohammed raus.«

»Wer ist Mohammed?«

»Meine Katze.«

Der Unsterbliche öffnet die Tür, setzt die Katze raus, lässt die beiden Mädchen ein und arretiert die Katzenklappe.

»Wow!«, ruft Livietta, »ist das toll hier!« Dann zeigt sie auf die Eisschilder: »Wo hast du die her?«

»Ich habe meine Quellen.«

»Die Reklame, die du mir geschenkt hast, ist die schönste von allen. Da schau, Schokocroissants.«

»Aus der Bar Mogador?«

»Ja.«

»Wie viele?«

»Zwölf, aber wir essen auch welche. Machst du uns einen Cappuccino zum Tunken?«

»Ich habe keine Milch da. Aber ich kann rasch welche holen.«

»Ich gehe«, sagt Francesca.

»Aber du kommst wieder, ja?«, fragt Livietta.

»Klar.«

»Schwör's.«

Francesca lächelt zum ersten Mal, schwört und geht.

»Warum hast du Angst, dass sie nicht wiederkommt?«, fragt der Unsterbliche.

»Weil … ich darf's eigentlich nicht sagen, aber ich sag's dir trotzdem, aber du darfst nichts sagen, dass ich's gesagt hab, okay?«

»Okay.«

»Weil sie mit ihrem Freund gestritten hat, und dann hat sie Tabletten genommen, weil sie sich umbringen wollte. Jetzt ist sie bei uns und schläft in meinem Zimmer, und ich schlafe im großen Bett, weil Papa nicht da ist. Wenn Papa wiederkommt, weiß ich nicht, wie wir es machen.«

Francesca kommt mit zwei Flaschen zurück.

»Einmal Vollmilch und einmal Halbfett, ich wusste nicht, welche du nimmst«, sagt sie und reicht dem Unsterblichen die Flaschen.

»Vollmilch. Gut, dass du die frische genommen hast, von der anderen wird man krank.«

»Ach was«, sagt Francesca.

»Jedenfalls sollte man ein bisschen aufpassen.«

»Aufpassen? Sag mal, bist du nicht der, der in die Autos rennt?«

»Das hat doch damit nichts zu tun. Das war zum Vergnügen. Ich habe aufgehört.«

»Wie das?«

»Ich habe darüber nachgedacht. Außerdem hab ich's jemand versprochen.«

»Meiner Mama?«, erkundigt sich Livietta.

»Nein. Aber es ist so, als hätte ich es ihr versprochen, weil sie immer gesagt hat, ich soll aufhören. Wollt ihr einen kleinen oder einen großen Cappuccino?«

»Einen großen. Hast du denn Kaffee?«, fragt Livietta.

»Ich hab löslichen Muckefuck, mögt ihr den?«

Livietta bejaht, Francesca weiß es nicht, weil sie noch nie Malzkaffee probiert hat.

Später sitzen sie am Tisch. Sie halten eine Art Brunch. Potti winselt. Livietta gönnt ihm drei großzügige Happen.

»Du bist keine Kollegin von Camilla«, sagt der Unsterbliche zu Francesca. »Ich habe dich nie in die Schule gehen sehen.«

»Nein, ich bin …«

Francesca weiß nicht, als was sie sich bezeichnen soll, und Livietta springt ein: »Sie ist die Schwester von Gaetano. Kennst du den?«

»Der Polizist?«

»Ja.«

»Wo wohnst du?«

»In Frankreich. Früher in Straßburg, jetzt in Marseille.«

»Gehst du wieder zurück?«

»Ja. Nein. Ich weiß es nicht.«

»Überleg's dir gut. Was habt ihr denn in eurer Tasche?«

»Ach ja«, sagt Livietta, »das ist ein Anorak von Papa, und Mama sagt, den musst du statt deinem grauen Regenmantel anziehen.«

»Warum denn?«

»Damit sie dich nicht mit ihr in Verbindung bringen.«

»Was heißt das?«

»Keine Ahnung, sie hat gesagt, dass sie es mir nachher erklärt und dass du deinen Regenmantel eine Zeit lang nicht tragen sollst.«

Francesca macht einen Erklärungsversuch, aber ohne großen Erfolg, auch weil ihr die Kette von Ereignissen, von denen Camilla ihr in der vorigen Nacht erzählt hat, jetzt ein wenig wirr vorkommt.

»Schon gut«, sagt er, »Camilla kann mir das später erklären, das ist schließlich ihr Beruf. Was machst du beruflich?«

»Ich helfe meinem Freund.«

»Und was macht er?«

»Er arbeitet in Diskotheken.«

»Was ist das für ein Job?«

»Ein Scheißjob. Die Croissants schmecken wirklich gut.«

»Klar, hab ich ja entdeckt. Gefällt dir Turin?«

»Ich weiß nicht, ich habe noch nichts gesehen.«

»Wenn du willst, gehen wir in die Stadt.«

»Wohin?«

»Überraschung.«

»Ich komm aber auch mit. Und Potti auch«, sagt Livietta.

»Du bewachst mich, was?«, sagt Francesca.

»Nein, aber Mama hat gesagt …«

»Du sollst mich nicht aus den Augen lassen. Also gut, gehen wir.«

47

Die ersten Frühlingstage haben es mir noch nie angetan. Für andere Leute sind sie ein Genuss, mich machen sie nervös. Dieses Jahr fallen sie auch noch in eine Zeit der Ungewissheit und belastenden Warterei. Ich male mir Möglichkeiten und Entscheidungen aus. Sie hat »danach« gesagt. Die Entscheidung wird sie treffen müssen, nicht ich, und in dem Fall ist das auch richtig so. Wir Männer haben die Führungsrolle sowieso längst abgelegt. Gleiche Rechte und Pflichten. Das Jagen und Beutemachen ist nicht mehr unser Privileg. Der Raub der Sabinerinnen, Gründungsmythos der römischen Kultur, in dem sich die geraubten Frauen der Rache von Vätern und Brüdern widersetzen und ihre Räuber in Schutz nehmen, ist Schnee von gestern. Aber … aber auch heute noch übt die Gewalt Faszination aus, und Abhängigkeit sorgt für geheime Lust. In Liebesbeziehungen sind die Grenzen zwischen den beiden Gegenpolen fließend, klare Definitionen verlieren an Bedeutung. Diese plötzliche Lust, ihr Gewalt anzutun, sie einfach zu nehmen … und sie hätte sich gestern Abend nicht gewehrt. Wie unberechenbar wir sind, wenn starke Emotionen und Gefühle ins Spiel kommen. Unser prekäres Gleichgewicht, die Schubladen, in denen wir Überzeugungen, Entscheidungen und Prioritäten abgelegt haben, die mentale Wohnung, in der unsere Widersprüche zusammenleben können: alles auf den Kopf gestellt, alles durcheinander wie nach dem Durchzug einer Bande von Vandalen. Die Instrumente, die man zur Bewältigung der tausend alltäglichen Eventualitäten braucht, sind unauffindbar, wir fühlen uns in einem fremden Land verloren. Verloren in Turin, mit sechsunddreißig, fast siebenunddreißig Jahren. Ich habe schon mal versucht wegzugehen, und jetzt hat es mich doch wieder hierher verschlagen … Die Vernunft sagt, ich soll einen Schlussstrich ziehen, die Stelle in Rom annehmen und ein neues Leben beginnen. Doch gleichzeitig ist die Versuchung übermächtig, sie zu drängen, sie zu einer Entscheidung zu zwingen, wie ich sie mir wünsche. Und dann? Was würde wohl in ihr überwiegen, der Groll wegen einer quasi aufgezwungenen Entscheidung oder Dankbarkeit, weil ihr die Entscheidung abgenommen ist?

Und dann Francesca. Meine Schwester, die schon so viel falsch gemacht hat. Was kann ich für sie tun, vorausgesetzt, sie lässt mich etwas tun? Aber immerhin konnte ich sie hierher bringen, sie von Laurent wegholen, ich habe sie gezwungen, mit Gewalt. Camilla hat mir zugeredet.

48

Um halb zwei klingelt es an der Sprechanlage. Das werden Livietta und Francesca sein, denkt sie und öffnet die Haus- und dann die Wohnungstür, ohne sich zu erkundigen, wer da sei. Kurz darauf bittet eine Männerstimme um Einlass, und in der Tür erscheint Mister McDonald.

»Kommen Sie herein«, sagt sie erstaunt, aber nicht sehr, und tritt zur Seite. Ihr Staunen angesichts unerwarteter Ereignisse ist seit einiger Zeit gedämpft, eigentlich ist es gar kein Staunen mehr, es ist etwas anderes, fast ein schlichtes Zur-Kenntnis-Nehmen von etwas, das vom Möglichen ins Reale gewechselt ist. Ebenfalls seit einiger Zeit hält sie sich am liebsten in der Küche auf; in diesem Schoß, dieser Schutzhöhle fühlt sie sich sicherer als irgendwo anders. So bittet sie Mister McDonald, den sie nur flüchtig kennt und dem sie in keinster Weise nahesteht, direkt in die Küche.

»Kaffee?«, schlägt sie vor. Er antwortet: »Ja, bitte, aber keinen Espresso«, und sie ärgert sich insgeheim ein bisschen, weil sie, höflich wie sie ist, Filterkaffee machen und dann für sich selbst noch die Espressomaschine anwerfen muss, denn dieser wässrigen Brühe hat sie noch nie etwas abgewinnen können. Er hat noch seinen Mantel an, fragt: »Darf ich?« und macht Anstalten, ihn auszuziehen, während sie mit dem Kaffeekochen zugange ist. »Natürlich«, antwortet sie, und sie merkt, wie unverbindlich ihre Gastfreundschaft geworden ist. Es ist mir egal, denkt sie, bei dem ganzen Wahnsinn sind gute Manieren meine letzte Sorge. Sie stellt ihrem Gast einen großen Becher blassbräunlichen Kaffee hin und kommt ohne Umschweife zur Sache: »Nun, Mister McDonald, wem oder was verdanke ich Ihren Besuch?«

Der direkte Einstieg irritiert ihn, und so versucht er erst mal abzulenken: »Ihre Küche ist sehr hübsch, Signora Baudino. Man fühlt sich wohl hier.«

»Danke, aber ich fürchte, der Zweck Ihres Kommens liegt nicht in einer Beurteilung des Wohlfühleffekts meiner Küche, nicht wahr?«

»Nein, natürlich nicht. Ich würde, wenn das möglich ist, gern ein paar Informationen mit Ihnen tauschen.«

»Gut. Aber eins noch, bevor wir anfangen. Ich frage Sie nicht, woher Sie wissen, wo ich unterrichte und wo ich wohne, weil ich das selber herausbekomme, ich frage Sie aber, warum Sie sich so für den Tod von Signora Vernetti und, in zweiter Linie, für meine Person interessieren.«

Diesmal sind keine Zeugen dabei, denkt sie, ich spiele mit offenen Karten, und ich lasse den Dingen ihren Lauf. Er nickt, anscheinend hat er mit der Frage gerechnet.

»Einverstanden. Dora war die Frau meines besten Freundes, und wir waren ebenfalls miteinander befreundet, wenn auch weniger direkt, wenn man so sagen will, weniger eng. Dass ich wissen will, warum sie umgebracht wurde und von wem, dürfte doch verständlich sein. Aber es geht noch um etwas anderes, wie Sie richtig vermuten. Außerdem bin ich sicher, dass Sie mit ihrem Tod nichts zu tun haben.«

»Wie kommen Sie darauf?«

»Dora hat mir von Ihnen erzählt. Sie täuschte sich nicht in anderen Menschen, und ich muss ihr zustimmen.«

»Danke, dass Sie mich freundlicherweise für unschuldig halten, und ich bin auch bereit, Ihnen zu glauben, denn in meiner Lage wirkt jeder Vertrauensbeweis wie eine Aufbauspritze. So, und jetzt sagen Sie, worum es noch geht.«

»Andrea, Doras Mann, war in den Tagen vor seinem Tod spürbar in Sorge. Er hatte scharfe Differenzen mit einem Funktionär des Instituts, für das er arbeitete, Ärger im Job, wenn Sie so wollen, und war sehr angespannt. An seinem Todestag war sein Kalender mit Terminen gespickt, und er kam erschöpft in eine wichtige Sitzung, bei der diese Differenzen beigelegt werden sollten. Ein paar Minuten später erlitt er einen tödlichen Herzinfarkt. Zuerst bezweifelte Dora die Todesursache, doch der Verdacht war unbegründet, das kann ich Ihnen versichern, ich war selbst bei der Sitzung anwesend, und der Notarzt kam sofort, konnte aber nichts mehr tun.«

»Glaubte Dora nicht an einen natürlichen Tod?«

»Nein, aber die Obduktion war eindeutig.«

»Warum erzählen Sie mir das alles, Signor McDonald?«

»Weil ich gerne wüsste, ob Dora Ihnen davon erzählt hat.«

»Ich verstehe nicht, was Sie meinen.«

»Wenn Dora Ihnen davon erzählt hat, hat sie vielleicht auch anderen Leuten gegenüber davon gesprochen, und dann wären viele Dinge um einiges komplizierter.«

»Weil auch Andrea Cantino vielleicht doch nicht eines natürlichen Todes gestorben ist?«

»Nein. Weil Dora vielleicht an längst Vergangenes gerührt hat.«

»Mal sehen, ob ich das recht verstanden habe, Signor McDonald: Doras Mann war Geheimdienstler oder Spion, wenn Sie wollen, er lag mit einem Kollegen oder einem Vorgesetzten im Clinch, und Dora dachte, er sei deswegen umgebracht worden. Sie glauben das nicht, befürchten aber, dass Dora wieder von der Geschichte angefangen und damit eine längst vergessene Frage aufgeworfen und sich selbst in Lebensgefahr gebracht hat. Stimmt das?«

»Ja, so etwa.«

»Mir hat Dora nur gesagt, sie hätte zuerst nicht glauben können, dass ihr Mann gestorben ist, mehr nicht. Und falls Sie Wert auf meine Meinung legen, ich denke nicht, dass sie sonst mit jemandem darüber gesprochen hat. Sie wissen ja, dass sie auch mir einiges verschwiegen hat.«

»Aber Sie hat Ihnen gesagt, dass sie beobachtet wurde.«

»Nein, das hat sie ihrer Friseurin erzählt, und ich weiß es von den Carabinieri.«

Als McDonald geht, ist es zwei Uhr. Gott sei Dank waren wir allein, denkt sie, wenn Livietta und Francesca in der Zwischenzeit gekommen wären, hätte es einen schönen Schlamassel gegeben, sie hätten sofort vom Unsterblichen geredet und von dem Auftrag, den sie ihnen erteilt hatte. Sie müssten längst zurück sein, wahrscheinlich lassen sie sich einfach Zeit. Einen schönen Schlamassel habe ich auf jeden Fall am Hals, denn jetzt mischt auch der Geheimdienst noch mit. Ein Mal, ein einziges Mal in vierzig Jahren wollte ich ein aufregendes Leben, und jetzt habe ich den Salat. Meine Freundin ist verunglückt, und ich war dabei. Tödlich verunglückt. Kein zufälliger, sondern ein absichtlich herbeigeführter Unfall. Vorsätzliche Tötung. Von den Carabinieri vernommen. Der Beihilfe zum Mord verdächtigt. Ein mehrsprachiger Spion reist sofort aus Amerika an. Der Ehemann der Freundin, ebenfalls Spion, ist möglicherweise auch eines nicht natürlichen Todes gestorben. Internationale Verwicklungen. Aber der Spion ist nicht Cary Grant. Ich leide an Höhenangst. Wenn ich mich auf dem Monviso über einen Abgrund hängen lasse, übergebe ich mich erst und zerschelle anschließend in der Tiefe. Ich nehme alles zurück: Ich will ein spießiges Leben führen, ich will ein Esszimmer mit Bonbonnieren hinter den Glastürchen der Anrichte, ich will gehäkelte Spitzendeckchen unter den Blumenvasen, ich will Filzplättchen, damit das Bohnerwachs keine Kratzer kriegt, ich will jeden Abend fernsehen, außer manchmal samstags, wenn wir Pizza essen gehen. Ich will Gaetano nicht kennengelernt haben, ich will für einen Fernsehstar schwärmen, den ich nie treffen werde, ich will mich langweilen und zwei Nachmittage in der Woche im Supermarkt verbringen. Ich will die Wohnung perfekt in Ordnung halten, ohne Staub, ohne herumliegende Sachen, ohne ungebügelte Wäschehaufen. Ich will Mamas Ratschläge befolgen und so werden, wie sie mich haben will.

Vielleicht wäre dann alles wieder gut.

Aber so sicher ist es auch nicht, dass dann alles gut wäre: Vielleicht will der Ladenbesitzer unten im Haus die Versicherung betrügen, kalkuliert den Sprengstoff falsch, und das ganze Haus fliegt in die Luft. Neun Tote: ich, Mann, Tochter, Mutter, außerdem fünf weitere Pechvögel und nicht zu vergessen der Hund.

Warum sind die beiden mit Potti im Schlepptau denn noch nicht da, warum trödeln sie so?

Oder ein Lastzug kippt im Mont-Blanc-Tunnel um, geht in Flammen auf, und dann trifft es einen eben, auch wenn man zum ersten Mal im Leben durch den Tunnel fährt. Aber Mister Spion gegenüber habe ich mich diesmal zugeknöpft gegeben. Wie schlau: Ich habe den Unsterblichen mit keinem Wort erwähnt und Nicola Sorrentino auch nicht, hinsichtlich Friseurin und Carabinieri habe ich sogar die Wahrheit gesagt, er wird also, wenn er seine Maulwürfe losschickt, alles bestätigt finden. Aber für mich sieht es schlecht aus, fürchte ich. Wenn der Geheimdienst im Spiel ist, kann man sich die Wahrheit sonst wo hinstecken, die können behaupten, letztes Jahr wäre Ostern auf einen Donnerstag gefallen, und es nutzt gar nichts, ihnen einen Kalender unter die Nase zu halten. Wenn ihnen danach ist, drehen sie den Film zurück, und Dora ist gestolpert, weil sie zu viele Schlaftabletten intus hatte. Ein neues Gutachten über die Obduktion: Die früheren Ergebnisse werden von den späteren widerlegt. Wenn ihnen aber nicht danach ist und sie einen Schuldigen brauchen, um die ganze Sache zu vertuschen, zaubern sie augenblicklich eine andere Wahrheit aus dem Hut: Die falsche, die perfide Freundin hat es auf ein Millionenobjekt abgesehen, bezirzt einen armen Schwachkopf und überredet ihn, Dora gegen die Trambahn zu stoßen. Eine miese kleine Lehrerin ohne Schutzengel und ein halber Irrer: Kein noch so skrupelloser Rechtsverdreher wird ihre Verteidigung übernehmen und sich in Talkshows starkmachen. Wie viele Jahre werden sie mir aufbrummen? Ich könnte ein paar Kinder fabrizieren und als bejahrte Wöchnerin den Arm des Gesetzes eine Weile auf Abstand halten, aber früher oder später stecken sie mich in den Knast. Mir nutzt nicht mal die Kronzeugenregelung, dieses Vorrecht für Mafiosi und Terroristen, ich kann höchstens auf gute Führung zählen. Ich werde meine Landsmänninnen im Knast, die unbedingt ein Diplom machen wollen, in Literaturgeschichte unterrichten, oder den Immigrantinnen, die unbedingt hierbleiben wollen, Italienisch beibringen. Ich werde viel Zeit haben und lesen und einen Thriller schreiben, der dank meines Daseins als Gefangene einen Verleger findet, und ab und zu kriege ich Besuch von einem Politiker, der einen Fernsehauftritt braucht.

Verdammt, was machen die beiden denn so lange!

Mit der Kost darf ich nicht heikel sein, im Gefängnis servieren sie keine Drei-Sterne-Menüs, nur zerkochte Pasta, Fleisch von an Altersschwäche oder Mühsal gestorbenen Kühen, vergammeltes Obst. Wenn die Brühe zu scheußlich ist, lasse ich sie stehen oder gebe sie besonders hungrigen Mitgefangenen. Das Abnehmen wird mir nicht schwerfallen, ich werde in Größe achtunddreißig passen, und wenn ich meine Strafe verbüßt habe, ziehe ich wieder die Klamotten an, die mir jetzt zu eng sind, aber noch immer in meinem Schrank hängen und bis dahin Vintage und somit todschick sein werden. Wie das mit den Zigaretten geregelt ist, weiß ich nicht. Der Staat wird mich bestimmt auch davon erlösen, hat er sich doch die Moral auf die Fahnen geschrieben. Schließlich ist das Hauptziel der Strafe die Umerziehung, heißt es. Im Lauf der Zeit werde ich resignieren und mich in das erlittene Unrecht fügen. Ich werde darüber nachdenken, dass die Wahrheit ist, was in Büchern und Zeitungen steht, was im Fernsehen gezeigt wird, was von Leuten verkündet wird, die etwas gelten. Anders als vor tausend, zweitausend, dreitausend Jahren ist – abgesehen von der Technologie – nur, dass das heute die meisten Menschen wissen.

Ich hätte den beiden mein Handy mitgeben sollen, dann könnte ich jetzt feststellen, wo sie sind. Ein Brunch mit dem Unsterblichen ist schön und gut, aber sie müssen ja nicht bei ihm überwintern. Vielleicht war ich unvorsichtig, aber ich fand es wichtig, Francesca Vertrauen entgegenzubringen, damit sie nicht das Gefühl hat, sie würde bei mir hinter Schloss und Riegel sitzen.

So vieles ist nicht stimmig: Warum setzen sie, wenn es sich wirklich um internationale Verwicklungen handelt, einen unterbelichteten Typen wie Nicola Sorrentino auf Dora an? Außer es gab neben Nicola noch jemanden, vielleicht auch mehrere Personen, echte Profis, von denen der Unsterbliche nichts mitgekriegt hat. Dora hatte, wenn sie allein oder mit mir in der Stadt unterwegs war, möglicherweise eine ganze Prozession im Schlepptau, Nicola mit den roten Schuhen, den Unsterblichen im grauen Regenmantel und andere Leute in mir unbekannter Garderobe. Alec McDonald zufolge hatte Doras Mann »Differenzen« mit einem Kollegen, aber was bedeuten »Differenzen« in der Welt der Spione? Die Entdeckung, dass der andere ein doppeltes Spiel spielte, dass er Dokumente fälschte, dass er in besonders schmutzige und üble Geschäfte verwickelt war? Zu der »wichtigen Sitzung« kommt Mister Cantino so »erschöpft«, dass er gleich eine Herzattacke erleidet, falls der tödliche Infarkt tatsächlich stattgefunden hat und nicht die plausibel klingende Version eines Mordes ist. Mittels Aconitin zum Beispiel, falls die Spione ihre Klassiker gelesen haben. Wenn ja, haben sie das Rezept entsprechend abgewandelt: kein bitterer Saft der Eisenhutwurzel, mit dem die Römer ihre Schwertklingen einrieben und auf diese Weise zu verlässlich tödlichen Waffen machten (der Tod durch einen Schwerthieb wäre per se verdächtig), sondern ein paar feingemahlene Samen unter das Kaffeepulver oder die Teeblätter gemischt, das schmeckt nach nichts, Mister Cantino kippt das Gebräu, segnet – hoppla – das Zeitliche mitsamt allen Symptomen des Herzinfarkts, und der Vorfall wirkt ganz und gar natürlich. Der Geheimdienst kennt sicher tausend und eine halbseidene Methode, um Leute aus dem Weg zu räumen, und womöglich ist »sofortige ärztliche Hilfe« ein Euphemismus für den Gnadenschuss.

Allmählich mache ich mir echte Sorgen: ein achtjähriges Mädchen, das zwar helle, aber nun mal erst acht Jahre alt ist, eine zumindest neurotische Dreiundzwanzigjährige, ein kleiner Hund, der zwar knurrt, aber eher harmlos ist, und sie stecken sonst wo. Vielleicht sind sie mit dem Unsterblichen unterwegs; er kennt sich in der Stadt gut aus, aber kein Reiseveranstalter würde ihn jemals als Führer anheuern. Ruhig, ganz ruhig. Hör auf, im Stillen Minuten und Schritte zu zählen, sie kommen bestimmt bald. Aber es ist doch nichts dabei, aus einer Telefonzelle anzurufen, das könnte Francesca doch machen!

An seinem Todestag hatte Andrea Cantino jede Menge Termine im Kalender stehen. Man hat natürlich überprüft, mit wem er Termine hatte, man hat sich natürlich gefragt, worum es jeweils ging. Wenn ihm nicht die Müdigkeit oder die Anspannung wegen der »Differenzen« mit dem Kollegen so zugesetzt hat, dann könnte es auch einer dieser Termine gewesen sein. Wenn es aber wirklich ein Infarkt war, dann gab es keinen Schuldigen außer seinen Herzkranzgefäßen und dem hohen Blutdruck. Nur eigenartig, dass Andrea Cantino bei dem Gesundheitswahn, der in Amerika grassiert, in dieser Hinsicht so unachtsam war, und eigenartig, dass Dora als gute Ehefrau ihn nicht regelmäßig zum Check-up geschickt hat. Aber natürlich stirbt man, bei allem Gesundheitswahn, auch in Amerika.

Um fünf Uhr nachmittags war sie aufgelöst vor Angst. Francesca, Livietta und Potti waren immer noch nicht zurück und hatten auch nichts von sich hören lassen. Was soll ich machen?, fragte sie sich unentwegt, aber sie fand keine brauchbare Antwort. Renzo, der noch in Zürich war, hatte sie nicht angerufen, um ihn nicht mit ihrer Panik anzustecken, zu ihrer Mutter war sie nicht gegangen, weil sie die ausnahmsweise gerechtfertigten Vorwürfe fürchtete, Gaetano hatte sie nicht angerufen, weil ihr schlechtes Gewissen sie plagte. Sie hatte ihm zugeredet, die Schwester mitzubringen, sie hatte sich erboten, sie aufzunehmen, und dann war sie so bodenlos leichtsinnig. Doch ihre Sorge galt in erster Linie Livietta. Sie war mit einer Gestörten unterwegs, die so wenig zu verlieren hatte, dass sie keine vier Tage zuvor nicht mehr hatte leben wollen. Die von krankhafter Selbstzerstörung getrieben war und in einem weiteren Anfall von Wahnsinn oder Verzweiflung den Menschen, der zufällig neben ihr stand, womöglich mit in den Tod riss. Von der Brücke am Corso Sommeiller, beispielsweise. Nein, das ist zu weit, das schaffen sie nicht zu Fuß, und Francesca kennt sich in der Stadt nicht aus, sie weiß nicht, dass das eine verlockende Stelle ist. Andere Brücken? Ausgeschlossen, die sind noch weiter draußen. Wo dann, und wie? Was für Todesphantasien wohnen in einem lebensmüden Geist? Und wenn der Unsterbliche sie mit seiner Macke angesteckt hat? Dabei ist er die doch los, hat er zumindest behauptet. Wenn sie in einen Unfall verwickelt wären, hätte jemand angerufen. Nein, unmöglich: Das Kind hat keinen Ausweis dabei, Francesca auch nicht, sie sind so losgezogen, nur mit ihrem Portemonnaie, in das sie das Geld für die Croissants getan hat. Mein Gott, vielleicht liegen sie in einem Krankenhaus, und niemand weiß, wer sie sind! Oder sie sind an irgendeinen Gauner geraten, einen Junkie, einen Psychopathen, einen Killer, der sie im Guten oder im Bösen gezwungen hat, in sein Auto einzusteigen, und sie sonst wohin verschleppt hat. Vergewaltigt, misshandelt. Messer, Schlingen, Knüppel. Zerschundene Körper im Dreck, in einer Hecke versteckt. Potti an einem Baum aufgehängt. Die Stadt ist gewalttätig, überall lauern Gefahren. Es ist allein meine Schuld, und ich werde mir das nie verzeihen können! Nie, nie, nie.

»Wir haben uns die Eiskeller angesehen. Was hast du, Mama?«, sagt Livia, als sie endlich zurückkommen.

Sie ist nicht mehr blass, sondern grün, ihre Hände zittern, ihr Atem geht keuchend. Sie antwortet nicht. Angst und Panik sind einer unsäglichen Wut auf Francesca gewichen. Sie setzt sich hin, damit sie ihr keine Ohrfeige verpasst. Geistesabwesend starrt sie auf Potti; er hat nach dem Marsch, der zu lang für seine kurzen Beine war, alle viere von sich gestreckt. Sie sieht Francesca nicht an, denn sie empfindet einen ungeahnten Hass auf sie. Warum hast du nicht ein paar Tabletten mehr geschluckt, denkt sie. Francesca zieht ihre Jacke aus, setzt sich und sieht Camilla ein paar Sekunden fest an.

»Entschuldige«, sagt sie. »Bitte entschuldige.« Dann legt sie ihre Hand auf Camillas Hand.

49

»Darf ich dich was fragen?«, erkundigt sich Dino.

»Nur zu«, antwortet Gaetano.

»Wieso interessiert dich dieser Fall eigentlich so? Ich weiß schon, es geht mich nichts an, aber schließlich arbeiten wir zusammen, und da wüsste ich das gern.«

»Das ist eine lange Geschichte.«

»Verstehe. Du magst nicht darüber reden.«

»Nein, nein, du kannst es ruhig wissen. Es gibt einen Zusammenhang mit einem anderen Fall, in dem die Carabinieri ermitteln, die Frau, die vor die Straßenbahn gestoßen wurde. Eine Freundin von mir steckt mit drin, aber sie hat nichts damit zu tun.«

»Und du willst sie da wieder rausholen. Ist sie eine Freundin oder deine Freundin?«

»Eigentlich …«

»Schon gut, vergiss es.«

»Sie ist nicht meine Freundin. Sie ist verheiratet und hat eine Tochter.«

»Aber sie ist mehr als nur eine Freundin.«

»Dino, was willst du, ein Geständnis?«

»Gott bewahre. Mir reichen die von unserer Kundschaft. Lass es gut sein.«

»Sie ist mehr als nur eine Freundin, aber nicht, was du denkst.«

»Meine Güte, du bist verliebt. Und sie?«

»Sie auch, glaube ich.«

»Glaubst du oder weißt du es?«

»Ich weiß es.«

»Ja und?«

»Es ist ihre Entscheidung.«

»Und jetzt steht sie erst mal unter Mordverdacht. Nicht so lustig.«

»Stimmt.«

»Nun, alles zu seiner Zeit. Erst helfen wir ihr aus der Patsche, und dann entscheidet sie sich. Oder du entscheidest dich. Jetzt erklär mir mal, was die beiden Fälle miteinander zu tun haben.«

Gaetano berichtet. Was der Unsterbliche erzählt hat, von dem Gespräch mit Nicolas Schwester, von Doras Haus … Dino hört aufmerksam zu. Nicht nur sein berufliches Interesse ist geweckt, auch die Lust an Verwicklungen und etwas Komplizenhaftem.

»Man müsste feststellen, in wessen Auftrag Sorrentino die Vernetti beobachtet hat. Dieser bedauernswerte Trottel mit seiner Heimlichtuerei bringt auch als Toter noch alles durcheinander. Er hatte sicher ein Handy, und es lief auf irgendeinen anderen Namen, aber das hat der Mörder verschwinden lassen. Von Fingerabdrücken keine Spur, erstens weil er natürlich aufgepasst hat, und dann, weil wir alles angegrapscht haben, als wir den Toten fanden. Na ja, wenn ein Junkie krepiert, ist man nicht so zimperlich … Meinst du, Colato hat uns alles gesagt, was er weiß?«

»Was Nicola betrifft, wahrscheinlich schon. Über seine eigenen Geschäfte nicht.«

»Aber er hat uns ein schönes Protokoll unterschrieben. Das hilft uns weiter, außerdem haben wir ihn damit am Wickel. Hältst du es für möglich, dass er geklaute Autos in den Osten und nach Nordafrika verschiebt?«

»Könnte sein, dazu ein paar kleinere Gaunereien wie

Umzüge von Geschiedenen, die ihrem oder ihrer Ex eins auswischen wollen.«

»Und ich versuche jetzt mal, ihm mit seinem Cherokee eins auszuwischen. Ein Arsch, und hässlich wie die Nacht.«

»Stimmt, er ist wirklich hässlich. Und mir geht dauernd eine Frage im Kopf rum.«

»Mir auch. Was der Mörder so Wichtiges vergessen hat, dass er noch mal umgekehrt ist.«

»Genau. Und wenn er es nicht gefunden hat und es immer noch dort ist?«

»Wir gehen noch mal hin. Ab und zu ein Glückstreffer wäre nicht schlecht.«

50

Trauer legt unvermutete Empfindlichkeiten bloß, erweitert Risse in der Panzerhaut, fördert Erinnerungen zutage, die man für immer begraben hoffte. Alessia sitzt in der Küche, sie wollte sich die Kasse in der Metzgerei und den Schwatz mit den Kundinnen ersparen und hat eine Frühjahrserkältung vorgeschoben. Draußen scheint eine milde Sonne, die Farben wie auf einer Osterpostkarte, aber sie mag nicht hinausschauen. Ich dachte, ich hätte die Orientierungslosigkeit und diese beklemmende Unruhe nach Nicolas Tod überwunden, denkt sie, doch dann hat der Besuch von Commissario Berardi alles wieder infrage gestellt. Mord, hat er gesagt, und sein Kollege hat es bestätigt. Kein böse ausgegangenes Bravourstück mit noch so einer verkrachten Existenz, kein Unfall, kein Fehler, keine teuer bezahlte Dummheit. Nein, jemand wollte ihn umbringen und hat alles sorgfältig inszeniert, um die Spuren zu verwischen. Wer, warum? Mein armer dummer Bruder, hast dich nicht schützen können, hast dir kein anderes Leben ausgedacht. Es ist nicht allein deine Schuld, ich bin auch schuld daran, ich habe nicht genug darauf bestanden, dir zu helfen, und vor allem hoffte ich jedes Mal, du würdest meine Hilfe ablehnen. Erst jetzt kommt mir in den Sinn, dass du das vielleicht gemerkt hast, dass du hinter meinen guten Absichten das Scheinheilige gespürt hast. Verzeih mir, Nicola. Wenn wir nur umkehren, den anderen ein bisschen besser verstehen könnten … Und wir beide, du und ich, andere Entscheidungen treffen würden. Du hast mit deinem Leben bezahlt, ich bin in einem Leben gefangen, unter dem ich immer mehr leide. Bis vor wenigen Tagen glaubte ich, die schlimmste Zeit wäre vorbei, die Zeit nach der Hochzeit, als ich so viele Hoffnungen begraben musste. Dann kamen die Kinder, ich musste mich um sie kümmern und kam vor lauter Breichen, Bauchweh, Kacke und aufgeschürften Knien gar nicht dazu, irgendetwas nachzutrauern, ich habe nicht einmal gemerkt, wie unbefriedigt ich war. Und später habe ich mich daran gewöhnt, nichts weiter zu verlangen, mich zufriedenzugeben. Aber jetzt bin ich unduldsam, ich begehre auf, am liebsten würde ich allem einen Tritt verpassen und ein neues Leben anfangen. Die Kinder sind groß genug und kommen ohne mich aus, sie haben ihre Schule, das Fitness-Center, ihre Freunde und eine erste Liebe. Zu Hause ist es ihnen zu eng, ihre Interessen liegen außerhalb. Giuliano könnte eine andere Frau finden, eine seiner Kundinnen, die Zeit im Überfluss haben und ihm schöne Augen machen, und nicht nur damit er ihnen das zarteste Filet oder Kalbsschnitzel zurücklegt. Ich weiß schon, er hat mir nie unrecht getan, er ist ein guter Mann und alles, aber bei der Vorstellung, den Rest meines Lebens neben ihm zu verbringen, bin ich auf Nicola fast neidisch. Ich sterbe einen Tod in kleinen Portionen, jeden Tag ein homöopathisches Kügelchen, kein Trost bis zum Ende. Weggehen, mit fast vierzig den Mut haben, den ich mit zwanzig nicht hatte, als ich einen sicheren Platz haben wollte, bevor ich von zu Hause auszog. Endlich einen Mann finden, mit dem ich gern ins Bett gehe. So, jetzt kann ich es mir endlich eingestehen. Einen wie Commissario Berardi, bei dem ist mir ganz flau geworden, als wir heute miteinander redeten, dieses süße, weiche Gefühl in der Leistengegend, wie ich es nur mit sechzehn hatte, bei Michele, wenn er mich streichelte und küsste, und der mich dann verließ, weil seine Eltern nicht wollten, dass er mit der Tochter einer Hure geht. Danach machte ich einen Bogen um die Männer, weil ich so unter dieser Trennung litt, außerdem schämte ich mich, und ich wollte nicht noch mal eine solche Enttäuschung erleben. Bei Giuliano war es anders: Ich liebte ihn nicht, also konnte er mich nicht verletzen. Toll, wie ich mein Leben versaut habe, fast so gut wie mein Bruder! Nein, ich konnte dem Commissario nicht helfen, ich weiß nicht, wer der »Chef« ist, der hin und wieder einen kleinen Auftrag für Nicola hatte. Aber ich habe das Gefühl einer Erinnerung, die ich nicht beleben kann, etwas Fernes, das mir entgleitet, während ich es zu fassen versuche. Wenn es Ihnen einfällt, können Sie mich jederzeit anrufen, hat er gesagt. Ich würde mich für mein Leben gern erinnern, um es Nicolas Mörder heimzuzahlen. Und auch, um ihn, den Commissario, wiederzusehen.

51

Der Tenente ist noch nicht da. Die beiden Marescialli stehen zu einem Plausch vor dem Kaffeeautomaten.

»Neuigkeiten?«, fragt Saracco, der ein paar Tage frei hatte.

»Wenig. Am Samstag habe ich mittags Schluss gemacht und bin zur Porta Palazzo, ich wollte zur Marghera«, sagt Abatangelo.

»Um die Größe ihrer Titten zu überprüfen?«, zieht ihn der Kollege auf.

»Um Gorgonzola zu kaufen. Die Baudino hatte recht.«

»Sind sie echt so groß, wie sie gesagt hat?«

»Jetzt hör schon auf. Sie hatte recht mit dem Gorgonzola.«

»Und die Titten?«

»Mit denen auch, wenn du's unbedingt wissen willst. Eine Fensterbank, auf die Geranientöpfe passen.«

»Ich steh nicht auf großen Titten.«

»Dich haben sie wohl mit Milchpulver gefüttert.«

»Meinst du, das kommt daher?«

»Keine Ahnung. Ich steh schon drauf, aber zu groß dürfen sie auch nicht sein. Und kein Silikon.«

»Große hängen.«

»Aber bei den kleinen hast du nichts in der Hand. Die sind wie die Äpfel von dem Apfelbauern.«

»Hast du die auch gekauft?«

»Ja, aber nur ein Kilo.«

»Wie sind sie?«

»Wie andere auch, würde ich sagen. Aber ich verstehe nicht viel davon, ich esse wenig Obst.«

»Warum hast du sie dann gekauft?«

»Aus Neugier. An dem Stand waren mindestens zwanzig Leute, ich dachte, es muss einen Grund für die Schlange geben.«

»Was machen wir mit der Baudino?«

»Wir warten ab. Es gibt nichts Neues.«

»Aber Ciccarelli sitzt uns im Nacken.«

»Um den kümmert sich der Tenente. Er wird ihm die Flügel schon stutzen. Wozu eigentlich diese Eile, als hätte er Feuer unter dem Arsch?«

»Weiß ich auch nicht, der ist einfach so. Schafft Nardi den ganzen Papierkram, den er überprüfen muss?«

»Er sitzt Tag und Nacht dran. Es gibt ein paar Ungereimtheiten, sagt er.«

»Und wie weit sind wir mit dem Mann, der sie beobachtet hat?«

»Aliberti ist ihm noch nicht auf der Spur. Aber einer der Pförtner in der Wohnanlage, der in Urlaub war, hat ihn auch gesehen. Jetzt machen sie ein neues Phantombild.«

»Wenn wir ihn kriegen, sind wir ein Riesenstück weiter.«

»Wenn wir ihn kriegen, lösen wir den Fall.«

52

Kein Glückstreffer. Sie hatten Nicolas Wohnung durchforstet, und es war nichts Brauchbares dabei herausgekommen, der Mörder hatte alles mitgenommen, was ihn belasten könnte. Das Gewühle in Kleidung und Unterwäsche des bedauernswerten Kerls (vergilbte Unterhosen, löchrige Socken, ein paar Marken-Sweatshirts), in den spärlichen Essensvorräten (Sardinendosen, Gläser mit eingelegtem Gemüse, Kekse, Getränke und Instantkaffee aus dem Supermarkt) und ein paar *Dylan-Dog-*, *Diabolik-* und *Tex-Willer-*Heften hatte Gaetano den Rest gegeben. Ein Leben, in dem es kaum einen Hoffnungsschimmer, kaum Liebe, kaum Perspektiven gegeben hatte. Bisweilen musste er daran denken, dass Leben häufig ohne viel eigenes Zutun zerbrechen, nur weil sich materielles und mentales Elend anhäuft, Leben, die keinen Eingang in die Statistiken finden und sich offiziellen Erhebungen entziehen. Einwegflaschen, Ramsch für die Müllkippe. Dino hatte ein Dutzend Videos gefunden, jetzt schob er sie rasch in den Recorder und wusste schon, was er zu sehen bekäme: Orgien, Genitalien in Großaufnahme, portioniertes Menschenfleisch. Billige Pornografie als Ersatz für wirklichen Sex. Kein Terminkalender, keine Notiz, nichts Geschriebenes, das irgendein Indiz geliefert hätte. Schließlich gaben sie auf, und weil sie nichts unversucht lassen wollten, fuhren sie nach Ciriè, um mit der Schwester zu sprechen, vielleicht war ihr ja noch etwas eingefallen. Ihr war nichts mehr eingefallen.

»Wir drehen uns im Kreis«, meinte Dino, und Gaetano

fürchtete, er würde das Handtuch werfen. Doch dann waren sie beide auf die Idee gekommen, sich Nicolas persönliche Gegenstände anzuschauen, die Kleidung, die er am Abend seines Todes getragen hatte: In einem versiegelten Plastikbeutel waren neben Portemonnaie, Schuhen und so weiter auch seine Jeans verwahrt, und in der Vordertasche der Jeans hatten sie endlich etwas gefunden.

»Ich müsste mal duschen«, sagt Francesca später, »aber mein Gepäck ist noch im Auto.«

»Ein Handtuch und neue Schlappen kannst du von mir haben, auch einen Bademantel, aber meine Unterwäsche passt dir nicht«, antwortet Camilla, deren Angst, Wut und böse Gedanken längst verflogen sind.

»Danke, Bademantel reicht, Gaetano bringt mir dann meine Sachen.«

Francesca verschwindet im Bad, Livietta erzählt von ihrem Abenteuer in den Eiskellern.

»Die sind tief, Mama, wie riesige Trichter, Höhlen, aber aus Ziegeln, warst du da mal? Der Unsterbliche sagt, wie es noch keine Kühlschränke – ist das nicht richtig? –, dann eben als es noch keine Kühlschränke gab, haben die Leute da Schnee reingetan, der dann Eis geworden ist, und wenn sie eins brauchten, haben sie sich welches geholt, aber im Sommer, weil er sagt, dass sie im Winter keins brauchten. Und was haben sie gemacht, wenn sie im Winter Lust auf ein Wassereis hatten? Ach, du meinst, dann hatten sie eben keins. Der Unsterbliche sagt, Schneeeis schmeckt besser wie das aus der Gefriertruhe … als das aus der Gefriertruhe, jetzt hab ich's richtig gesagt, was meinst du? Ich glaub nicht, weil Eis doch immer aus Wasser gemacht wird. Oder? Dann probieren wir das mal aus und machen Eis mit Wasser aus dem Wasserhahn und mit Mineralwasser und schauen, was besser schmeckt. Und wenn wir in die Berge gehen, machen wir welches aus Schnee. Meinst du, Francesca bringt sich noch mal um?«

Kaum hat sie ihr Abenteuer berichtet, klingelt es an der Sprechanlage: »Ja bitte?«, fragt Camilla.

»Ich bin der Amtsarzt, öffnen Sie bitte. Welcher Stock?«

»Sind Sie wirklich Amtsarzt?«, fragt sie den Unbekannten mittleren Alters, der aus dem Aufzug tritt.

»Natürlich. Wollen Sie meinen Ausweis sehen?«

»Der nutzt nichts. Wenn Sie nicht sind, als was Sie sich ausgeben, würde im Ausweis doch wieder etwas anderes stehen.«

»Aber warum sollte ich denn nicht der Amtsarzt sein, Signora?«

»Weil heutzutage scharenweise Polizisten und Techniker der Telekom, Wasser-, Strom- und Gaswerke unterwegs sind, die beileibe keine sind. Außerdem ist es kaum zu glauben, dass der Amtsarzt am ersten Krankheitstag erscheint. Aber kommen Sie ruhig herein, Sie sehen mir nicht nach einem Betrüger aus.«

»Wie sieht ein Betrüger denn aus?«

»Anders als Sie. Ich glaube an Lombrosos Lehre vom geborenen Verbrecher.«

»Und Sie irren sich nie?«

»Und wie oft. Doch dann denke ich gern, ich hätte nicht aufmerksam hingeguckt. Hauptsache, die Theorie stimmt. Möchten Sie einen Kaffee oder sonst etwas zu trinken, oder dürfen Sie nicht, weil Sie im Dienst sind?«

»Doch, natürlich darf ich. Gerne einen Kaffee. Ich sehe schon, Sie haben eine richtige Espressomaschine.«

»So ist es. Nehmen Sie doch Platz. Und erklären Sie mir mal, wieso der Amtsschimmel plötzlich Beine kriegt.«

»Das müssten Sie mir erklären.«

»Ich?«

»Ja. Was haben Sie getan, haben Sie Ihrer Direktorin vielleicht gedroht, Sie würden sie umbringen, haben Sie sie beleidigt oder geschlagen?«

»Überhaupt nichts habe ich getan. Aber ich unterstütze nicht jeden ihrer Pläne, schleime mich nicht bei ihr ein, bin kein Spitzel, und das bringt sie auf die Palme.«

»Wie oft waren Sie in den letzten fünf Jahren krankgeschrieben?«

»Außer jetzt nur einmal. Drei Tage wegen einer Grippe.«

»Dann hat die Direktorin Sie tatsächlich auf dem Kieker. Heute Vormittag hat sie herumtelefoniert und ist reihenweise Leuten auf den Sack, pardon, auf den Wecker gegangen, weil sie unbedingt erreichen wollte, dass Sie sofort amtsärztlich untersucht werden. Wie viele Tage haben Sie denn beantragt?«

»Eine Woche. Ich bin erschöpft, ich habe Magenschmerzen, kann ohne und manchmal auch mit Schlafmitteln nicht schlafen.«

»Was ist denn los?«

»Ich werde des Mordes verdächtigt.«

»Ach du Sch …! Entschuldigen Sie. Was für ein Mord denn?«

»Dora Vernetti, die Frau, die gegen die Tram gestoßen wurde.«

»Ach ja, Sie kamen mir doch bekannt vor. Aber da ich Lombrosos Lehre ebenfalls nicht abgeneigt bin, möchte ich Ihnen sagen, dass Sie mir nicht nach einer Mörderin aussehen.«

»Danke. Heute ist mein Glückstag: Das höre ich jetzt schon zum zweiten Mal.«

»Köstlich, Ihr Espresso. Welche Sorte verwenden Sie?«

»Ich kaufe ihn in der Rösterei. Achtzig Prozent Arabica, zwanzig Prozent irgendwas anderes, frisch gemahlen ist er am besten, aber den Perfektionismus habe ich mir jetzt gespart.«

»Wissen Sie was? Ich gebe Ihnen vierzehn Tage, und ob Sie schon früher wieder in die Schule wollen, entscheiden Sie selbst.«

»Sehr freundlich. Wir Lombrosianer verstehen uns doch auf Anhieb.«

53

In der Vordertasche der Jeans steckte ein Papierkügelchen, das sich, glatt gestrichen, als Kassenbeleg erwies. Ausgabedatum: der Tag von Nicolas Tod, achtzehn Uhr fünfzig. Betrag: 16,65 Euro. Erstandene Ware: die Flasche Jack Daniels, die später halb leer gefunden wurde. Der Kassenbeleg stammte von *Vizi e Sfizi*, einem Supermarkt für Weine, Liköre und Delikatessen an der Staatsstraße 29 zwischen Moncalieri und Trofarello, etwa zwölf Kilometer außerhalb von Turin. Gaetano rief sofort Richi an und fragte, ob Nicola an dem Tag einen Wagen oder einen Roller aus seinem Fuhrpark geliehen habe, und die Antwort lautete Nein. Unwahrscheinlich also, dass er die Flasche selbst gekauft hatte, viel eher war das sein Besucher und Mörder gewesen.

»Meinst du, wir sind auf dem richtigen Weg?«, fragte Dino.

»Ich hoffe es«, seufzte Gaetano.

Sie fuhren zu *Vizi e Sfizi*, aufgeregt wie zwei Spürhunde, die Witterung aufgenommen hatten und die Spur nicht erkalten lassen wollten, doch auch getrieben von der unausgesprochenen Furcht, dass sie am Ende längst gefroren war. Das Papierkügelchen war ein gutes Indiz – das sagte ihnen ihr Spürsinn als Ermittler –, vielleicht war der Mörder seinetwegen noch mal zurückgekehrt, doch nach so langer Zeit konnte man kaum hoffen, dass sich noch jemand erinnerte.

Der Leiter des Supermarktes erwies sich als ausgesprochen hilfreich (er hat wohl etwas zu verbergen und will uns schnell wieder loswerden, dachten Dino und Gaetano beiläufig), blätterte unverzüglich eine Kartei durch und sagte, sie hätten wirklich Glück, die Kassiererin, die den Kassenbeleg getippt habe, sei gerade da, sie möchten bitte etwas Geduld haben und zehn Minuten warten, er lasse sie vertreten und schicke sie zu ihnen. Die Kassiererin stand keine zehn, sondern fünf Minuten später vor ihnen und konnte sich, wie befürchtet, an nichts erinnern. Sie tippe jeden Tag Hunderte von Kassenzetteln, in einem solchen Supermarkt natürlich nur für den Kauf von Weinen, Likören oder Esswaren: Sie merke sich die Gesichter der Kunden höchstens ein paar Sekunden, nur bis sie das Geld oder die Scheckkarte entgegengenommen und gegebenenfalls das Restgeld gezahlt habe. Doch da sie nichts zu verbergen hatte und ihr ein bisschen Abwechslung von der Kasse willkommen war, ihr außerdem die beiden Polizisten gefielen, fügte sie ungefragt hinzu, der Markt werde videoüberwacht, was übrigens auf mehreren Schildern am Eingang stehe, die Dino und Gaetano in der Eile wohl übersehen hatten. Wie lange die Aufnahmen gespeichert blieben? Das wisse sie nicht, das müssten sie den Chef fragen, Ragioniere Delli Carri. Sie holten den Chef, der ein Gesicht machte, als quälten ihn Bauchschmerzen (Steuerhinterziehung? Ware aus geklauten Lastwagen? Schwarz beschäftigte Immigranten? Räumlichkeiten nicht hundertprozentig vorschriftsmäßig?), und stellten ihm die gleiche Frage. Das sei nicht fest geregelt, antwortete er, es hänge von verschiedenen Faktoren ab. Und die wären? Na ja, wenn zum Beispiel die beiden Aufseher in Zivil verdächtige Personen ausmachten, die sich ein bisschen zu viel umsähen, die zu oft kämen, ohne etwas zu kaufen, oder wenn die Diebstähle überhand nähmen, na ja, dann blieben die Aufnahmen auch zwei, drei Wochen oder einen Monat lang gespeichert, andernfalls würden sie nach vier oder fünf Tagen gelöscht.

»Uns interessiert der 5. April, können Sie bitte nachsehen, ob es die Aufnahmen noch gibt?«

»Sofort«, sagte der Leiter und verließ das Büro; Dino, der im Lauf der Jahre zu der Überzeugung gelangt war, dass das Überlisten der Polizei ein Nationalsport war, dem auch die mustergültigsten Bürger frönten, ging vorsichtshalber mit. So ein Musterknabe war Delli Carri wohl auch wieder nicht, denn er hatte vor lauter Aufregung vergessen, die Kassiererin an ihren Platz zurückzuschicken, und so stand sie dort im Büro und machte Gaetano verträumte Augen.

»Verdammter Mist noch mal, bei diesen Scheißermittlungen klappt aber auch überhaupt nichts!«, schimpfte Dino, als er sich ins Auto setzte und die Tür zuknallte. Video gelöscht, wieder ein Schlag ins Wasser. »Und jetzt? Sollen wir den Carabinieri erzählen, was wir wissen, beziehungsweise nicht wissen, sondern vermuten, oder warten wir auf ein Wunder?«

»Ein Informant wäre hilfreicher als ein Wunder.«

»Ein Informant bei den Carabinieri?«

»Hm.«

»Und was soll uns der verraten?«

»Etwas über Vernettis Telefongespräche oder ihre Finanzen zum Beispiel.«

»Kennst du niemanden bei denen?«

»Niemanden, der sich so weit aus dem Fenster lehnen würde. Außerdem arbeite ich auf eigene Faust an dem Fall, vergiss das nicht.«

»Und der Polizeipräsident?«

»Der hat doch kein Interesse, irgendwas zu unternehmen. Ohne wichtigen Grund werden stabile Verhältnisse und gute formale Beziehungen nicht angetastet.«

»Und was tun wir jetzt?«

»Ich weiß es nicht. Ich würde mich am liebsten besaufen und nichts mehr denken.«

»Das können wir gemeinsam machen. Zwei verbitterte und frustrierte Polizisten hocken an der Bar wie in einem amerikanischen Film.«

»Bist du auch frustriert?«

»Eher sauer.«

»Warum?«

»Weil ich meiner Ex Unterhalt zahlen muss.«

»Geschieden?«

»Noch nicht, nur getrennt. Die wird mir bei der Scheidung das letzte Hemd ausziehen. Und? Was ist jetzt mit unserem Besäufnis?«

»Ich kann nicht.«

»Triffst du dich mit deiner Süßen?«

»Ich muss meiner Schwester ihr Gepäck bringen.«

»Ich verstehe gar nichts mehr.«

»Das ist auch eine lange Geschichte. Meine Schwester wohnt bei ihr, bei der Süßen, wie du sie nennst, weil sie eine schwere Krise hatte und ich nicht wusste, wohin mit ihr.«

»Oje. Dir geht es ja noch schlechter als mir.«

»Das glaube ich auch.«

54

Jetzt, da sie nach Shampoo und Pflegespülung duftet und ihr Gesicht nicht mehr grünlich gelb ist, wirkt Francesca weniger mitgenommen, aber in ihren Augen flackert immer noch ein unruhiges, fast fiebriges Licht.

»Was soll ich jetzt machen?«, fragt sie Camilla.

»Jetzt warten wir auf Gaetano und deine Sachen.«

»Und dann?«

»Ich weiß nicht, das hängt in erster Linie von dir ab.«

»Wenn etwas von mir abhinge, wäre ich jetzt nicht hier.«

»Du wärst unter der Erde und könntest nicht zurück.«

»Wer sagt denn, dass ich weitermachen will?«

»Ich weiß nur, dass es vorbeigeht.«

»Was geht vorbei?«

»Der Wunsch zu sterben und vieles andere auch.«

»Was zum Beispiel?«

»Die Verzweiflung, das Gefühl, gescheitert zu sein, dass man sich selbst nicht mag, die zerstörerische Liebe zu einem anderen Menschen.«

»Aha, fragen Sie Frau Camilla.«

»Warum nicht.«

»Damit du von oben herab deine beschissenen Ratschläge verteilst?«

»Die verteile ich höchstens aus den Niederungen meiner Widersprüche.«

»Ach ja, ich hatte ganz vergessen, dass dich auch eine Liebe kaputt macht.«

»Sie macht mich nicht kaputt, zumindest noch nicht.«

»Was hast du vor?«

»Ich weiß nicht, ich müsste auch eine Entscheidung treffen, und ich glaube nicht, dass mir das leichtfallen wird.«

»Die Entscheidung, mit jemandem zu vögeln oder nicht, ist doch nicht so schwierig, oder?«

»Es geht nicht darum, zu vögeln oder nicht zu vögeln.«

»Worum dann? Willst du alles stehen und liegen lassen, um was mit meinem Bruder anzufangen? Du machst ein Riesendrama daraus, das steht doch nicht dafür, oder?«

»Francesca, hör auf mit dem Quatsch: Wer hier Dramen veranstaltet, bist du, du wolltest sogar sterben. Dramatischer geht's ja nicht.«

»Du hast keine Ahnung. Ich hatte tausend Gründe, Schluss zu machen.«

»Tausend Gründe hieße, Laurent hat eine andere oder

behandelt dich schlecht, verprügelt dich vielleicht sogar, oder du bist ihm egal, oder er hat keine Lust mehr und kann es gar nicht erwarten, dass du dich aus dem Staub machst?«

»Ja, aber du kannst alle deine ›oder‹ streichen.«

»Ein fieses Schwein nicht weil er eine andere hat, sondern weil er dich schlecht behandelt … Und so einem willst du es leicht machen?«

»Ich will es ihm nicht leichtmachen, ich will, dass er mich liebt.«

»Man liebt doch nicht auf Kommando, und wenn es aus ist, ist es aus. Auch ein Spätzünder hat das in deinem Alter längst kapiert.«

»Du kotzt mich an.«

»Das hast du mir schon gesagt, und ich bin nur nicht sauer, weil es dir schlecht geht.«

»Und weil ich Gaetanos Schwester bin.«

»Genau, einer anderen hätte ich einen Arschtritt verpasst.«

»Bei deinen Latschen würde das nicht sehr wehtun.«

»Natürlich hätte ich vorher Springerstiefel angezogen, was glaubst du denn.«

»Ich sehe dich nicht in Springerstiefeln, das passt nicht zu dir.«

»Ich habe auch gar keine, aber ich kann mir jederzeit welche kaufen.«

»Du solltest dir lieber mal neue Latschen zulegen.«

»Da hast du nicht unrecht. Was rätst du mir? Blaue Pantoffeln mit Straußenfedern, marokkanische Schlappen mit nach oben gebogener Spitze, bestickte Filzpantöffelchen, gläserne Aschenputtel-Schühchen?«

»Mir egal, du kannst auch barfuß laufen.«

»Barfuß nicht, das gibt Fußabdrücke auf dem gewachsten Boden, und das kann ich Luana nicht antun.«

»Wer ist Luana?«

»Meine Haushaltshilfe.«

»Adleraugen scheint sie nicht zu haben, wenn man sich die Wohnung so ansieht.«

»Weißt du was, Francesca? Allmählich kann ich verstehen, dass Laurent dich loswerden will, oder spielst du bei ihm das brave Lämmchen und vor dem Rest der Welt die Viper?«

Es gibt eine Pause in dem Wortgefecht, und in der Pause fangen Francescas Augen an zu glänzen wie von zurückgehaltenen Tränen.

»Komm, hilf mir, die Wohnung aufzuräumen, bevor sie sich in ein Zigeunerlager verwandelt«, sagt Camilla, »und dann bereiten wir zusammen das Abendessen vor. Kannst du kochen?«

»Ein bisschen.«

»Was kannst du denn am besten?«

»Fleisch.«

»Dann machst du das Fleisch, und ich den ersten Gang. Was magst du lieber, Nudeln oder Reis?«

»Reis.«

»Pilaf-Reis, dazu eine Sauce aus Castelmagno-Käse, Diät hin oder her. Eigentlich gehört Trüffel darübergestreut, aber die Saison ist vorbei.«

Während sie schweigend aufräumen, überlegt Camilla, ob sie nicht zu hart gewesen ist. Wahrscheinlich schon, denkt sie, aber dieses Mädchen bringt mich in Rage wie selten jemand. Ausgerechnet jetzt, da ich so gestresst bin und mit meinen eigenen Sorgen und Ängsten nicht fertig werde. Dafür kann sie natürlich nichts, ihr Leid ist viel größer als meines, und sie ist weder fähig noch willens, es zu überwinden. Wie soll ich ihr helfen? Und wer hilft mir? Gott sei Dank ist Renzo nicht da, es besteht also keine Ansteckungsgefahr. Ich darf nicht an ihn denken, sonst geht es mir noch schlechter. Aber wie soll ich nicht an ihn denken, er ist mein Mann, ich habe ihn lieb ... und morgen kommt er.

»Wer bringt mich morgen in die Schule?«, fragt Livietta, »du oder die Oma?«

»Ich. Und Francesca, wenn sie Lust hat, früh aufzustehen. Und falls sie dann immer noch Lust hat, gehen wir zusammen Schlappen kaufen, nein, keine Schlappen, sondern Hausschuhe.«

»Was ist das?«, fragt Francesca. »Eine Friedenserklärung?«

»Waffenstillstand. Kannst du Rad fahren?«

»Schon, aber was hat das damit zu tun?«

»Nur so eine Idee. Wir reden morgen darüber.«

»Falls ich morgen noch da bin.«

»Klar.«

Dann kommt Gaetano mit Francescas Taschen. Er umarmt seine Schwester mit einer Zärtlichkeit, die wehtut, sicher hat ihn die Sorge um sie unterschwellig den ganzen Tag bedrückt. Mit welcher Nachsicht er sie liebt, denkt Camilla, vielleicht lieben alle in der Familie sie so, und am Ende lassen sie zu, dass sie sich etwas antut. Aber steht mir ein Urteil zu? Leben, Literatur, Theater, Kino und Mythen, alles ist voller *amour fou*.

»Viel haben wir nicht zu bieten, mein Kollege und ich«, sagt Gaetano, und dann erzählt er, was sie gemacht haben, mit wem sie gesprochen haben, wo sie überall waren. »Wenn wir wüssten, was die Carabinieri inzwischen ermittelt haben, könnten wir den Fall vielleicht lösen, aber so …«

»Warum redet ihr nicht mal mit dem Tenente und seinen Marescialli?«

»Das wäre im Augenblick ein Schuss nach hinten. Der Unsterbliche würde mit reingezogen werden. Möglicherweise haben sie inzwischen ein Phantombild von ihm.«

Sie essen den Reis mit Käsesauce und das Fleisch, das Francesca gebraten hat. Köstlich, das Mädchen taugt doch zu etwas, denkt Camilla. Aber vor allem denkt sie an Renzo, der am nächsten Tag zurück sein wollte.

55

»Gianni, ich brauche deine Hilfe.«

»Jederzeit, Signora.«

Gaetano ist nach dem Abendessen gleich gegangen: Zwischen ihm und Camilla herrscht verlegenes Schweigen, es fällt ihnen schwer, den Blick des anderen auszuhalten. Francesca hat nichts mehr von Abhauen gesagt, sie fischt ein paar Sachen aus den Taschen, wobei Livietta hilft und stört. Camilla hat sich ins Arbeitszimmer zurückgezogen, um zu telefonieren.

»Fährst du immer noch Fahrrad?«

»Ja, mit Loris, jeden Nachmittag ein paar Stunden, wenn es nicht regnet.«

»Und geht's dir besser?«

»Ein bisschen.«

»Hättet ihr noch ein Rad, du und Loris?«

»Für Sie? Wollen Sie die Fahrradtherapie ausprobieren?«

»Nicht für mich, für eine junge Frau, der es nicht gut geht.«

»Liebeskummer wie bei mir?«

»Schlimmer. Wenn ihr sie morgen Nachmittag hier bei mir abholen und auf eure Tour mitnehmen könntet … ich weiß nicht, vielleicht würde sie das ein bisschen ablenken.«

»Ich treibe ein Fahrrad auf. Wie sollen wir sie denn behandeln?«

»Kameradschaftlich, aber ohne Streicheleinheiten. Sie hat einen Hang zum Masochismus. Sie soll sich richtig anstrengen.«

»Passt Ihnen zwei Uhr?«

»Natürlich.«

»Hat sie denn Lust? Zum Radfahren, meine ich.«

»Das kommt dann schon.«

Am nächsten Morgen stehen sie früh auf. Camilla geht mit dem Hund hinunter, Francesca ist beauftragt, für alle drei Frühstück zu machen. Sie tut es, ohne zu meckern, anschließend bringen sie gemeinsam Livietta in die Schule.

»Willst du wirklich Schuhe kaufen?«, fragt sie.

»Ja, weil du recht hast. Aber ich würde vorher gern einen Informationsaustausch abwickeln, zumindest versuchen will ich es. Hast du Lust auf ein Abenteuer mit richtigen Spionen und Möchtegernspionen?«

»Spione? Reicht dir dein Thriller nicht, willst du noch eine Spionagegeschichte dazu?«

»Wenn schon, denn schon. Wir brauchen eine Telefonzelle.«

»Hast du dein Handy vergessen? Nimm meines.«

»Nein, kein Handy, besser ein öffentliches Telefon.«

»Ach ja, wir sind ja in einem Spionagefilm.«

Camilla ruft Mister McDonald an, der ihr für den Fall, dass ihr etwas einfällt, eine Nummer gegeben hat. Sie verabreden ein Treffen eine Stunde später in der Bar vom letzten Mal: Bis dahin ist Zeit, Pantoffeln zu kaufen. Die gar keine Pantoffeln sind, sondern richtige Hausschuhe, die sehr bequem und auch noch hübsch anzusehen sind. Ausnahmen bestätigen die Regel.

Mister McDonald kommt ein paar Minuten zu früh, aber sie sind schon seit einer Viertelstunde da, bescheidene Vorsichtsmaßnahme gegen eventuelle indiskrete Blicke. Camilla stellt Francesca nur mit ihrem Vornamen und als Freundin vor, dann kommen sie ohne Umschweife zur Sache.

»Ich habe ein paar Informationen für Sie und erwarte selbiges von Ihnen. Sind Sie dabei?«

Er scheint sich nicht zu wundern: Vielleicht, denkt sie, hat er so etwas erwartet, in der Welt der Spione finden Floskeln der langsamen Annäherung, taktische Gefechte zur gegenseitigen Einschätzung wie im Boxring nicht immer Anwendung.

»Einverstanden«, sagt er.

»Ich fange an«, sagt sie.

Sie erklärt, dass zwei Personen Dora beobachtet haben, Nicola und der Unsterbliche, sie erklärt, dass zwischen Doras und Nicolas Tod ihres Erachtens ein Zusammenhang besteht, sie erzählt einfach alles, was sie weiß. Er hört aufmerksam zu und wirkt in keinster Weise überrascht oder erstaunt, und ihr ist nicht klar, ob ihm von all dem bereits etwas bekannt ist. Aber das war vorauszusehen, Spione stoßen nie vor Verwunderung kleine Schreie aus, sie sind klischeehaft undurchschaubar.

»Was wollen Sie wissen?«, fragt er anschließend.

»Dreierlei. Erstens, wie weit die Carabinieri mit den Ermittlungen sind.«

»Finden Sie nicht, dass das eine unmögliche Bitte ist?«

»Nein. Ich bin überzeugt, dass Dottor Amoruso das in Erfahrung bringen kann.«

»Und Commissario Berardi nicht?«

Sie ist nicht undurchschaubar wie ein Spion und hatte mit dem Einwand gerechnet.

»Nein. Das würde sich womöglich störend auf das Verhältnis zwischen den Carabinieri und der Polizei auswirken. Es war schon immer heikel, wie Sie wissen.«

»Und zweitens?«

»Zweitens eine Kleinigkeit: den Namen von Andrea Cantinos Patentante und die Adresse des Altersheims, in dem sie lebt. Dottor Amoruso war sicher bei ihr.«

»In Ordnung.«

»Drittens sagten Sie doch, Doras Mann habe am Tag seines Todes jede Menge Termine gehabt. Könnte man feststellen, mit wem?«

»Ich fürchte, nein.«

»Warum nicht?«

»Es ist lange her, die Geschichte ist abgeschlossen, und ich glaube nicht, dass man sie gern wieder aufrollt. Jedenfalls waren es rein geschäftliche Termine.«

»Wissen Sie, mich interessieren weder der Tod von Andrea Cantino noch seine Differenzen mit Kollegen oder Vorgesetzten. Mich interessiert, ob er mit jemandem von hier Kontakt hatte.«

»Mit wem denn?«

»Wenn ich es wüsste, würde ich nicht fragen. Jemand, mit dem er beruflich nichts zu tun hatte.«

»Jemand, der nervös wird, falls Dora sich auf die Suche nach dem mutmaßlichen Sohn ihres Mannes macht?«

»Könnte doch sein, oder?«

»Könnte sein. Ich sehe zu, was ich machen kann.«

»Melden Sie sich bei mir?«

»Selbstverständlich. Versprochen ist versprochen.«

Auch in der Welt der Spione?, fragt sie sich. Aber ihn fragt sie nicht.

56

Wir sind weise Tiere, und unsere Weisheit ist unbewusst und unschuldig. Emotionale Ausnahmezustände ertragen wir nicht lange. Gott sei Dank. Heute Vormittag hat Francesca Spaß gehabt, denkt Camilla. Sie sprühte zwar nicht vor Glück, Glück ist etwas anderes, ein flüchtiger Zustand, den ein Nichts zerreißt und verstößt: ein feindseliges Wort, ein scharfer Blick, zu enge Schuhe, ein Krümel im Auge. Aber auch tiefer Schmerz, die Trauer um einen Verlust, Verlassenwerden gewähren eine Atempause. Der große Leichenschmaus in der bäuerlichen Kultur: ein kluger Ritus, um wieder Lebenskraft zu schöpfen, die Gedanken daran zu hindern, bei dem unter der Erde verwesenden Körper zu weilen, bei dem maskenhaften Gesicht, diesem elenden, ekligen Ding, dieser verfallenden rohen Materie, die eben noch ein Mensch gewesen war. So manche Visionen, manche Gedanken werden vom Wein, von den Speisen, von Worten und kleinen unvorhergesehenen Ereignissen verscheucht. Heute Vormittag hatte Francesca Spaß. Sie dachte nicht an Marseille, nicht an Laurent, der nicht anrief, der sie auch im Krankenhaus nicht besucht hatte, der an der Wand gelehnt und gleichgültig zugesehen hatte, als Gaetano Francescas Sachen zusammensammelte und einpackte. Laurent, der, als Gaetano sich die Taschen auflud und gehen wollte, nur (aber das weiß sie nicht) meinte: *»Enfin elle m'a foutu la paix«* – und da ging Gaetano nicht, sondern drehte sich wütend um und rammte ihm sein Knie in die Eier und verpasste ihm gleich noch einen Kinnhaken und einen Tritt gegen das Schienbein. Keine Ahnung, ob er Springerstiefel trug. Laurent will sie nicht mehr, er kann nichts mehr mit ihr anfangen, die körperliche Anziehung ist vorbei, doch Francesca klammert sich an ihn und verlangt seine Liebe, und er kann es gar nicht erwarten, dass sie für immer verschwindet. Mit einem Röhrchen Schlaftabletten oder sonst wie. Die Grausamkeit der Entfremdung, der Gleichgültigkeit, die zu Verweigerung wird, zu überheblicher Ablehnung ohne Mitleid und Verständnis. Wenn es vorbei ist, ist es vorbei, aber der andere (die andere) ist kein Gegenstand. Und doch fügen wir die schlimmsten Verletzungen ausgerechnet dem Menschen zu, den wir geliebt haben oder zu dem wir uns hingezogen fühlten. Laurent muss einer dieser arroganten Typen sein, die unfähig sind zu einer nicht nur rein sexuellen Beziehung und sich einbilden, die ganze Welt drehe sich um ihren Schwanz. Sie nimmt das hin, will jedoch etwas Unmögliches, nämlich geliebt werden.

Aber heute hatte sie einen guten Vormittag. Sie interessierte sich für die Geschichte und war neugierig, wie sie sich wohl entwickelte. Ein sachliches Interesse, das nicht an mein Schicksal und meine Probleme geknüpft ist, sondern an die Geschichte als solche. Immerhin. Eine kleine Flucht aus ihrer Obsession, ein Blick über den Tellerrand. Später sträubte sie sich nicht gegen die Fahrradtour, unbeteiligt und resigniert willigte sie ein, wie ein Schulmädchen, das brav erledigt, was die Lehrerin aufgegeben hat. Bloß bin ich in dem Fach keine Lehrerin, ich taste mich blind voran und bediene mich dabei der Mittel, die ich zur Hand habe, ich segle auf Sicht und pralle womöglich auf den einen oder anderen Felsen. Beispielsweise meine Gereiztheit und meine Unfähigkeit, die der anderen zu ertragen. Gianni wird trotz seiner jungen Jahre wahrscheinlich einen geeigneteren Schlüssel zu einer Wellenlänge mit Francesca finden, zu ihrem Wirrwarr aus Kummer, ohne ihr zu nahe zu treten. Und die körperliche Anstrengung, die dazu erforderliche Konzentration, und sei sie minimal, tun ein Übriges. Komisch, dass ich, die ich selten ins Fitnessstudio gehe und keinerlei Sport treibe, so sehr auf die Bewegung der Muskeln vertraue. Auch einer meiner Widersprüche.

Im Altersheim *Villa fiorita* gibt es keine festen Besuchszeiten, man darf die Bewohner nur nicht beim Essen oder während der Mittagsruhe stören. Signora Angiolina Barovero sitzt mit ein paar Altersgenossinnen, die wie sie ins Leere schauen, im Garten in der Frühlingssonne. Ich habe nichts mitgebracht, um mich lieb Kind bei ihr zu machen, denkt Camilla, keine Blume, keine Kekse oder Pralinen. Nicht dass ich nicht daran gedacht hätte, ich hatte einfach keine Lust. Sie hat Dora die letzten Lebensmonate vergällt, ihr einen quälenden Zweifel eingeimpft, die Gewissheiten ihres vergangenen Lebens aus den Angeln gehoben: Warum sollte ich liebenswürdig sein? Nur weil sie alt ist? Ist das Alter etwa ein Alibi, das Straffreiheit garantiert und Gemeinheiten entschärft? Wie viel Groll steckt in manchen Alten gegen die, die nicht alt sind? Wie viel Neid auf die Jugend oder die Blüte des Lebens, während sie den Hauch des Todes im Nacken spüren? Missgünstiger Neid, nicht Bedauern oder wehmütiges Erinnern an frühere Zeiten hat Angiolina Barovero veranlasst, Dora wehzutun. Wie soll ich mich da nicht über sie ärgern.

»Signora Barovero, ich muss mit Ihnen reden. Mein Name ist Camilla Baudino, ich bin eine Freundin von Dora.«

Angiolina Barovero wendet ihr einen harten grauen Blick zu, zwei skeptische Augen in einem Gesicht aus Eidechsenhaut, das vorgestreckte Kinn zeugt von einer ebenso unerschütterlichen wie absurden Herrschsucht.

»Dora ist tot.«

»Sie wurde umgebracht, Signora Barovero. Ich möchte Sie ein paar Dinge fragen.«

Ihre beiden Mitbewohnerinnen machen keine Anstalten aufzustehen, sie beobachten Camilla, und ihr Blick ist nicht mehr verloren, sondern forschend. Es geschieht etwas Unvorhergesehenes in der Monotonie der immer gleichen Tage, und das wollen sie sich keinesfalls entgehen lassen.

»Unter vier Augen und sehr dringend.«

Die beiden erheben sich widerwillig, und Camilla denkt, wie demonstrativ beschwerlich und geplagt sie aufstehen und zu einer anderen Stuhlgruppe schlurfen.

»Ich kenne Sie nicht. Ich habe Ihnen nichts zu sagen.«

»Bitte, Signora. Wenn Sie nicht mit mir reden, werden Sie mit der Polizei oder den Carabinieri reden müssen.«

»Worüber denn?«

»Über das, was Sie Dora erzählt haben, über den Sohn von Andrea.«

»Es war schon ein Polizist da, ich habe ihm alles gesagt.«

»Sie haben mit Dottor Amoruso geredet, der ist kein Polizist, sondern Privatdetektiv. Dora hat ihn geschickt.«

»Und wer schickt Sie?«

»Niemand. Aber ich habe nicht die Absicht, mich in fremde Angelegenheiten einzumischen, ich will nur Doras Tod verstehen. Ich stand neben ihr, als sie gegen die Tram gestoßen wurde.«

»Und was hat Andreas Sohn damit zu tun?«

»Ich glaube, dass er etwas damit zu tun hat. Bitte, Signora, sagen Sie mir, was Sie über ihn wissen.«

»Ich weiß nichts. Andrea hat nur einmal von einem Kind gesprochen. Vor langer Zeit.«

»Was genau hat er gesagt? Wissen Sie das noch?«

»Er wollte einen Rat.«

»Weil er nicht wusste, was er tun sollte?«

»So ungefähr. Ich mochte Andrea sehr.«

»Und Dora?«

»Dora, Dora … Dora war seine Frau, mehr nicht.«

»Erzählen Sie von dem Kind.«

»Andrea hat sich mir immer anvertraut, er hat mir alles erzählt. Seit er in Amerika lebte, habe ich nur noch selten von ihm gehört, er hatte viel zu tun, schrieb kaum, und am Telefon meldete immer sie sich.«

»Das Kind.«

»Eines Tages besuchte er mich, und da sprach er davon. Er erzählte mir die Geschichte.«

»Nämlich?«

»Er sprach davon, als beträfe das Problem einen anderen, aber ich begriff, dass es sich um ihn handelte, ich kannte ihn gut … Eine verheiratete Frau war im Spiel. Das Kind war nicht von ihrem Ehemann. Er fragte mich, ob der leibliche Vater gut daran tue, selbst nicht in Erscheinung zu treten und nur für den Unterhalt aufzukommen.«

»Und was haben Sie geantwortet?«

»Dass nur er dies entscheiden kann. Dass es von vielen Dingen abhängt.«

»War Andrea sicher, dass es sein Kind war?«

»Ich weiß es nicht. Das hat er mir nicht gesagt.«

»Obwohl er sich Ihnen immer anvertraut hat.«

»Ja, aber in dem Fall war es anders.«

»Inwiefern?«

»Er hat mir nicht gesagt, wer die Frau war, was für ein Mensch sie war, es schien … es schien ihm nicht besonders wichtig zu sein. Und fragen wollte ich nicht.«

»Aber so, wie Dora von ihm geredet hat, passte das nicht zu ihm.«

»Nein, und er wollte ein Kind, aber sie konnte ihm keines schenken.«

»Auch sie wollte eines, und dass sie keines bekommen hat, lag nicht an ihr. Aber ich finde das alles so merkwürdig …«

»Was denn?«

»Dass Andrea sich nie um das Kind gekümmert hat, dass er nie mit Dora darüber gesprochen hat, dass es keine Spur von diesem Kind gibt.«

»Nach so vielen Jahren verlieren sich Spuren.«

»Spuren aus Zahlungsvorgängen nicht, wenn man einer Sache wirklich auf den Grund gehen will.«

»Anscheinend ist dieser Detektiv, wie heißt er noch mal … ach ja, Amoruso, der Sache eben nicht richtig auf den Grund gegangen.«

»Doch, das glaube ich schon. Noch etwas: Warum hatten Sie, als Andrea Ihnen die Geschichte erzählte, den Eindruck, das Kind sei ihm nicht so wichtig?«

»Weil … weil er wie in der dritten Person sprach, ja, genau.«

»Als ob er eine Geschichte erzählte?«

»Ja.«

»Könnte es denn nicht sein, dass er tatsächlich die Geschichte eines anderen erzählt hat?«

»Und warum hätte er mir die erzählen sollen?«

»Um Ihre Meinung zu hören, das haben Sie selbst gesagt. Ihre Meinung zu einer Angelegenheit, in die zum Beispiel ein Freund verwickelt war.«

»Ich weiß nicht, das glaube ich nicht … Daran habe ich nie gedacht.«

»In dem Fall würde sich einiges klären: Andreas Desinteresse, die Tatsache, dass er nie mehr mit Ihnen darüber gesprochen hat, dass er es Dora verschwiegen hat, dass es von diesem Kind keine Spur gibt.«

»Ich weiß es nicht, ich weiß es nicht, ich bin müde.«

»Entschuldigen Sie. Ich kann morgen wiederkommen, wenn Ihnen das lieber ist.«

»Nein. Ich will nichts mehr von der Geschichte hören.«

»Zwei Fragen hätte ich noch.«

»Fragen Sie, und gehen Sie dann.«

»Wer waren damals die engsten Freunde von Andrea?«
»Mit drei oder vier Schulfreunden stand er noch in Verbindung. Aber ich weiß ihre Namen nicht mehr.«
»Letzte Frage. Warum haben Sie Dora davon erzählt?«
Angiolina Barovero dreht den Kopf weg. Als verweigere sie eine Antwort. Doch dann sieht sie Camilla offen an und gibt sich einen Ruck: »Warten Sie, bis Sie alt sind, dann wissen Sie es.«

57

Angeblich leiden Frauen, wenn der Vierzigste naht, und sie ist jetzt vierzig. Wann kriegen denn Männer ihre Krise, mit fünfzig, sechzig oder fünfundvierzig? Angeblich ist in einer Ehe das siebte das verflixte Jahr. Wir sind drei Jahre später dran und stecken jetzt in der verflixten Zeit. Wenn die überwunden ist, wird dann alles wieder gut, oder resigniert man aus Trägheit, heuchelt sich gegenseitig etwas vor und macht einfach weiter? Sie ist unzufrieden und unruhig, ich ebenfalls, mindestens so wie sie, obwohl wir uns mögen und gegenseitig respektieren. Das Leben wird zu einem Käfig, die Gewohnheit macht jede Geste und jedes Wort staubig. Die Lust auszubrechen, den Rhythmus des Alltags zu ändern. Unduldsamkeit verdrängt die Nachsicht gegenüber den Macken des anderen. Die Langeweile der tausend Kompromisse, um Streit zu vermeiden. Das Verkümmern der Lust. Ein Körper, den man zu gut kennt. Man findet andere Körper, andere Gesichter, andere Blicke interessant und aufregend. Das Liebhaben verdrängt die Liebe, aber ist das eine Weiterentwicklung oder ein lauer Ersatz? Ich komme heute Abend zurück nach Hause und würde am liebsten wegbleiben. Brauchen wir einander wirklich, oder sind das nur tröstliche Worte, um nicht zu tiefzuschürfen? Wir sind vorsichtig geworden, wir achten darauf, uns nicht gegenseitig auf die Füße zu treten, wir stützen uns beim Gehen auf die Krücken der guten Erziehung. Kann das von Dauer sein, oder ist einer plötzlich so ungeduldig, genervt und wütend, dass er den provisorischen Wartezustand aufbricht? Wie reden wir dann miteinander? Sind wir weiterhin vorsichtig, um die Zukunft nicht zu sehr zu belasten, oder werden wir den Mut zur Wahrheit haben, werden wir auch über die Wahrheit hinausgehen, werden die Worte, schwer wie Steinbrocken, die dünne Eisschicht, auf der wir balancieren, zerbrechen? Und vor allem – worauf hoffe und warte ich eigentlich?

58

»Mama, kannst du nicht ein bisschen langsamer fahren?«

»Ich hab's eilig, mein Schatz, und tausend Sachen zu erledigen.«

»Wann kommt Papa?«

»Um acht, halb neun, zum Abendessen.«

»Kommt Gaetano auch?«

»Weiß ich nicht.«

»Bleibt Francesca bei uns?«

»Weiß ich nicht.«

»Will sie immer noch sterben?«

»Weiß ich auch nicht.«

»Mensch, du weißt heute aber auch gar nichts!«

»Das kommt eben manchmal vor.«

»Aber weißt du, wo Francesca jetzt ist?«

»Sie macht mit zwei Schülern von mir eine Radtour.«

»Wie sind sie?«

»Nett, vor allem der eine.«

»Sieht er auch gut aus?«

»Ja.«

»Vielleicht verliebt sie sich in ihn.«

»Das glaube ich nicht.«

»Warum nicht? Wenn er nett ist und auch noch gut aussieht …«

»Zu jung. Und ich glaube, er ist nicht ihr Typ.«

»Aber ihr Typ will sie doch nicht mehr.«

»Ja, aber sie ist immer noch in ihn verliebt.«

»Das geht bestimmt vorbei.«

»Ja, klar. Hast du Lust, mit dem Hund runterzugehen, wenn wir zurückkommen?«

»Nein, aber ich mach's trotzdem.«

»Bist ein liebes Kind.«

»Ich weiß.«

»Hat Gaetano sich gemeldet?«, fragt Francesca sofort, als sie nach Hause kommt.

»Nein, bei mir nicht. Wie war eure Tour?«

»Schön. Aber ich muss wissen, wie es weitergeht.«

»Was meinst du?«

»Was er macht, was ich machen soll.«
»Was willst du denn machen?«
»Ich weiß es nicht.«

»Commissario Berardi hier. Könnte ich bitte mit Signora Sorrentino sprechen?«
»Die ist nicht da.«
»Wann kann ich sie erreichen?«
»Weiß ich nicht.«
»Sind Sie ihr Mann?«
»Ja.«
»Können Sie mir ihre Handynummer geben?«
»Das nutzt nichts, sie hat es hier gelassen.«
»Wo kann ich sie denn erreichen?«
»Weiß ich nicht.«
»Können Sie ihr ausrichten, dass sie sich gleich bei mir meldet, wenn sie zurück ist?«
»Nein.«
»Und warum nicht?«
»Weil sie weg ist. Weg, verstehen Sie? Heute Morgen hat sie gewartet, bis ich im Laden war und die Kinder in die Schule gegangen sind, dann hat sie ihre Sachen gepackt, aus der Garage den Krempel von ihrer Alten geholt und ist abgehauen. Ach ja, sie hat einen Zettel hinterlassen: ›Ich muss allein sein. Verzeiht mir.‹ Sie hat mich eiskalt im Stich gelassen. Die Kinder hat sie auch im Stich gelassen. Alles wegen diesem Scheißbruder, der sogar als Leiche noch unser Leben kaputt macht. Ein Dreckskerl, ein drogensüchtiger Dieb.«
»Er war nicht drogensüchtig.«
»Aber er ist doch an einer Überdosis gestorben!«
»Er wurde umgebracht, Signor Gobbi, die Überdosis

hat ihm jemand verpasst. Damit kann sich Ihre Frau wahrscheinlich nicht abfinden, sie kann es nicht akzeptieren.«

»Und Sie glauben, dass sie es allein besser akzeptieren kann? Können Sie mir verraten, was für ein Mist den Frauen im Kopf rumgeht?«

»Ich weiß es nicht, Signor Gobbi.«

»Die Sorrentino ist dran. Sie will dich. Mit mir hat sie's nicht so.«

»Ich muss Sie sprechen, Commissario Berardi. Mir ist etwas eingefallen. Und gefunden habe ich auch etwas.«

»Wann Sie wollen, auch jetzt gleich, wo Sie wollen.«

»Nicht in Ciriè, da bin ich nicht mehr.«

»Ich weiß.«

»Haben Sie mit meinem Mann gesprochen? Wie hat er es aufgenommen?«

»Ich weiß nicht … das ist am Telefon schwer einzuschätzen.«

»Wo sollen wir uns treffen?«

»Hier im Kommissariat, wäre Ihnen das recht?«

»In einer halben Stunde, vierzig Minuten.«

»Gut. Dann erwarten wir Sie, mein Kollege und ich. Zimmer Nummer sechs.«

»Francesca, kannst du aufpassen, dass die Zwiebeln nicht anbrennen?«

»Gehst du weg?«

»Mir ist was eingefallen. Ich muss telefonieren.«

»Aus einer Zelle?«

»Ja.«

»Wird dein Telefon wirklich abgehört?«

»Ich weiß es nicht, aber ich will kein Risiko eingehen.«

»Entschuldigen Sie, Signor McDonald, ich bin's noch mal.«

»Ja bitte, Signora Baudino?«

»Ich müsste mit Dottor Amoruso sprechen. Es gibt was Neues.«

»Von wo aus rufen Sie an?«

»Aus einer Zelle.«

»Bleiben Sie dort, und rufen Sie mich in fünf Minuten noch mal an.«

»Mein Telefon wird abgehört, stimmt's?«

»Ich weiß es nicht.«

»Während du weg warst, haben Gaetano und dein Mann angerufen«, sagt Francesca.

»Und?«

»Gaetano geht mit einem Kollegen Pizza essen und kommt gegen halb zehn, dein Mann kommt später als geplant, ebenfalls um halb zehn, wir sollen nicht mit dem Essen warten.«

»Amoruso kommt auch um halb zehn, er sagt, es ist alles in Ordnung.«

»Was ist in Ordnung?«

»Ich werde weder beobachtet noch überwacht, vom Telefon weiß er nichts.«

»Kommt McDonald auch?«

»Keine Ahnung.«

»Ein richtiges Gipfeltreffen also.«

»Hoffentlich kommt was dabei raus. Hast du dir überlegt, was du jetzt machen willst?«

»Ich habe gar nicht nachgedacht. Ich weiß es nicht.«

59

Der Gipfel begann kurz nach halb zehn. Renzo fehlte, er hatte noch mal angerufen, er sei später losgefahren und werde an einer Raststätte essen, dafür war Dino De Beni mit von der Partie, der so lange auf Gaetano eingeredet hatte, bis der ihn mitnahm. Berufliches Interesse hatte ihn dazu gebracht, sich selbst einzuladen, vor allem aber Neugier. Er war gespannt auf die Frau, deretwegen sich sein Kollege so ins Zeug legte, und gespannt auf die schwierige Schwester. Auch litt er unterschwellig darunter, dass er nach der Trennung noch keine neue Partnerin gefunden hatte, während sich seine Exgattin mit ihrem Neuen über den monatlichen Scheck freute. Außerdem hatte ihn die Sorrentino, die nicht übel war und ebenfalls Gesellschaft suchte, keines Blickes gewürdigt, sondern nur Augen für Gaetano gehabt.

»Sag mal, was finden die Frauen eigentlich an dir?«, hatte er ihn später gefragt. »Was stellst du mit ihnen an?«

»Gar nichts«, hatte er geantwortet, »und ich habe übrigens auch eine Exfrau.«

»Lebst du auch getrennt?«

»Nein, ich bin geschieden.«

»Und wie viel musst du löhnen?«

»Nichts, sie hat wieder geheiratet, sobald sie konnte.«

»So eine Sauerei, du hast echt immer Glück.«

»Das kann ich zurzeit aber nicht behaupten.«

»Ach, ich würde schon mit dir tauschen.«

Gaetano hatte ihn amüsiert angeguckt, und Dino hatte schon kapiert, aber als er Camilla Baudino gegenüberstand, erwies sich das Bild, das er sich von ihr zusammengesponnen hatte, als unbegründet. Er hatte sie sich – nun ja – ein bisschen aufregender vorgestellt, mit dem gewissen Etwas, das einen zumindest schwindlig machte, das einen Mann dazu brachte, alles stehen und liegen zu lassen, um ihr aus der Patsche zu helfen, das den Wunsch in ihm weckte, sie ihrem Ehemann auszuspannen und ganz für sich zu haben, dabei war sie eine völlig normale Frau, eine, die zwanzig oder fünfundzwanzig Jahre zuvor nie und nimmer ins Finale einer Miss-Italy-Wahl gekommen wäre. Dass es so was gibt, dachte er, die Sorrentino ist eine einzige Einladung, die braucht man nur leicht zu berühren, um sie ins Bett zu kriegen. Als Gaetano vor ihr stand, hätte man meinen können, er sieht sie gar nicht, während er die andere nicht aus den Augen lässt, und als sie die Tür öffnete, dachte ich schon, er fällt gleich über sie her, es war ihm völlig egal, dass ich danebenstand oder was sonst los war. Sie … sie versucht noch eher, so zu tun, als wäre nichts, aber so ganz schafft sie es nicht, ihre Stimme überschlägt sich, und sie atmet hastig, seit zehn Jahren beobachte ich die Reaktionen der Leute, da merkt man rasch, ob jemand ruhig und entspannt ist oder ihm das Herz bis zum Hals klopft. Gaetanos Schwester ist ein hübsches Mädchen, aber ich mache lieber einen Bogen um sie, wegen so einer könnte man schon den Kopf verlieren, das wäre nicht so gut. Die macht dir das Leben womöglich zur Hölle, sie ist für meinen Geschmack zu unruhig, man braucht sie nur zwei Minuten zu beobachten, und schon weiß man, dass es mit ihr dauernd Spannungen gäbe, außerdem habe ich keinen Bock, mich ausgerechnet mit der Schwester eines Kollegen herumzuärgern. Klar ist am Ende immer alles anders als erwartet, mit Barbara dachte ich, ich hätte ein beschauliches Leben, sie wirkte so anpassungsfähig, beschwerte sich nicht über meine Arbeitszeiten und auch sonst über nichts, und keine zwei Jahre später konnte ich gar nicht glauben, dass ich diese Frau mal geheiratet hatte. Immer beleidigt, immer schlecht drauf, an allem meckerte sie herum, an mir, meiner Familie, der Wohnung, die ihr so gefallen hatte, an unseren Freunden … Gott sei Dank wollten wir keine Kinder und haben aufgepasst. Zum Glück ist es vorbei, wir sind getrennt, und ich habe zwar die Wohnung behalten, aber die gehörte mir schon vorher, allerdings drücke ich auch jeden Monat ein hübsches Sümmchen ab. Weil sie halbtags arbeitet, die arme kann nicht voll arbeiten wie andere Frauen, sie braucht ihre Zeit zum Meditieren, das Luder ist nämlich inzwischen Buddhistin und Vegetarierin, ausgerechnet sie, die immer über alles und jeden geschimpft hat. Buddhistin und Vegetarierin und Friedensaktivistin, und früher hat sie Sechshundert-Gramm-Steaks niedergemacht, und mir hat sie alles Mögliche hinterhergeschmissen, wenn wir stritten. Schon merkwürdig, auf welche Art ihr der Buddhismus guttut, denn statt für ihren Seelenfrieden zu sorgen, hat er sie irre geil gemacht, und sie hat sich sofort mit einem anderen zusammengetan. Wenn sie in die Scheidung einwilligt und mich dafür bluten lässt, was ich befürchte, drehe ich den Spieß um, und dann werden wir schon sehen, wer gewinnt, meine liebe billige Pseudobuddhistin. Aber diese Francesca schaut wirklich klasse aus, so eine siehst du einmal und vergisst sie nie mehr.

»Dino, willst du jetzt einen Kaffee oder nicht?«, fragt Gaetano.

»Ja, bitte, ohne Zucker.«

»Ohne Zucker und auch sonst nichts oder mit einem Schuss Grappa?«, erkundigt sich Camilla.

»Na ja, mit Grappa ist er natürlich besser.«

Sie hat gemerkt, dass er sie beobachtet und taxiert, aber das kümmert sie wenig. Klar ist er neugierig, denkt sie, wer weiß, inwieweit er über mich und Gaetano im Bilde ist oder was er denkt. Auch Männer erzählen sich manches im Vertrauen und nicht nur beim Friseur.

Amoruso habe ich mir ganz anders vorgestellt. Aus unerfindlichen Gründen habe ich einen Doppelgänger von Mister McDonald erwartet, mit blassem Gesicht, das man rasch wieder vergisst; nein, er ist ein schöner Mann, auch wenn er nicht den gängigen Vorstellungen von gestähltem Körper und gemeißelten Muskeln (aber gottlob nicht mit abgezogener Haut wie in den Anatomiebüchern) entspricht, er ist ein schöner Mann wie aus einem französischen Schwarzweißfilm der fünfziger Jahre, auch ein bisschen wie aus amerikanischen Filmen von Regisseuren wie Michael Curtiz oder Howard Hawks, die einen Blick für Schauspieler hatten. Privatdetektiv, Private Eye, Hammett, Chandler, Marlowe. Er sieht nicht aus, als beschäftige er sich mit gehörnten Ehegatten, eingetretenen Moteltüren, Blitzlichtgewittern, dem Paar, das starr vor Schreck die Augen aufreißt und das Laken bis zum Kinn hochzieht. Industriespionage? Schon eher. Aber es heißt nie Spionage, immer nur Gegenspionage, so wie Angriffskriege Präventivschläge sind. Die verfälschende Macht der Sprache; den Tieren sind wir auch deshalb überlegen, weil wir fähig sind zu simulieren. Sie simulieren auch, aber das ist eine List der Evolution im Überlebenskampf. Und wir? Wir haben nicht die amoralische Unschuld der Tiere, wir leiden an unserer Schuld.

Allerdings nicht jeder. Gewissensbisse sind auf jeden Fall eine elitäre Strafe.

»Gib her, lass mich das machen«, sagt Francesca in einer peinlichen Schweigepause und nimmt ihr die Grappaflasche ab, die sie immer noch nicht entkorkt hat. Jeder beobachtet jeden und wartet darauf, dass einer die Karten auf den Tisch legt. Francesca, die nicht mit von der Partie ist, beobachtet vor allem Amoruso. Der arme Mensch heißt mit Vornamen Narciso, und Camilla lässt ihre Gedanken wandern, um einen klaren Kopf und sich selbst wieder in den Griff zu bekommen, und fragt sich, wie Eltern so kurzsichtig oder leichtsinnig sein und ihren Sohn Narciso nennen können, wenn er mit Nachnamen Amoruso heißt. Narzissen sind hübsche Blumen, sie duften nach Bergwiese, Stille und leichter Luft, beschwören aber auch einen ambivalenten Mythos herauf, und wer den Namen trägt, trägt auch ein kleines Kreuz. Doch Narciso Amoruso scheint hart im Nehmen, denn er hat seinen peinlichen Namen nicht mit einem Diminutiv getarnt, das auch nicht so leicht zu finden wäre.

»Sollen wir anfangen, Camilla?«, schlägt Gaetano vor, der ihre Verunsicherung spürt und gerührt ist und sich geschmeichelt fühlt. Sie hat sich verändert in den letzten Tagen, denkt er, wie empfindlich sie ist, sonst lässt sie sich doch mit ihrer distanziert ironischen Art nicht aus der Ruhe bringen.

»Gut, dann fange ich an«, antwortet sie und erklärt, dass Andrea Cantinos unauffindbarer Sohn wahrscheinlich der Sohn eines Freundes ist und dass das Verhalten dieses Freundes Cantino befremdet und er deshalb die Tante um ihre Meinung gebeten hat. Sie war früher wohl nicht so verbittert und noch nicht so in ihr Ego eingepanzert.

»Wenn, wie ich mir schon dachte, Andrea Cantino kein Kind hatte, hat sich diese Fährte erledigt«, sagt Amoruso.

»Das glaube ich nicht«, entgegnet Camilla. »Ich habe lange darüber nachgedacht und mir den zeitlichen Ablauf überlegt, und wie es aussieht, ist alles erst nach dieser verflixten Eröffnung in Bewegung gekommen.«

»Was meinen Sie mit ›in Bewegung gekommen‹?«

»Signora Vernetti wendet sich an Sie, Dottor Amoruso, und …«

»Vorher hat sie ihren Vermögensverwalter Bonadé-Bottino um Informationen gebeten.«

»Der offensichtlich keinen Hinweis auf jahrelange Zahlungen gefunden hat. Doch kurz darauf beginnt jemand, Dora zu beobachten.«

»Woher wollen wir wissen, dass sie nicht schon vorher beobachtet wurde?«

»Von meinem Freund Secondo Traversa, den ich, auch wenn es merkwürdig klingt, für glaubwürdig halte. Der Verfolger mit den roten Schuhen, Nicola Sorrentino, tritt erst später auf den Plan, und nach einer Weile hört er auf, hinter ihr her zu spionieren. Er hört auf, als Dora sich eingestehen muss, dass sie den Sohn ihres Mannes nicht finden wird, oder als sie zu der Überzeugung gelangt, dass dieser Sohn gar nicht existiert, falls sie überhaupt jemals daran geglaubt hat. Wahrscheinlich besteht zwischen diesen Punkten ein enger Zusammenhang, auch wenn ich mir keinen vorstellen kann.«

»Wenn ich Sie recht verstehe, sollte Ihres Erachtens nach dem Sohn, der nicht als solcher anerkannt ist, eines engen Freundes von Andrea Cantino gesucht werden.«

»Genau, Dottor Amoruso, auch wenn es absurd klingt.«

»Haben Sie eine Ahnung, wer dieser Freund sein könnte?«

»Die Tante sagt, Cantino sei mit drei oder vier ehemaligen Schulkameraden eng befreundet gewesen.«

»Die werden ja nicht so schwer zu finden sein. Hat sie auch gesagt, auf welcher Schule er war?«

»Nein, ich habe nicht gefragt. Ich war unkonzentriert, aber die Unterhaltung gestaltete sich auch ziemlich schwierig.«

»Macht nichts, das kann ich leicht recherchieren. Oder möchten Sie und Ihr Kollege sich darum kümmern, Commissario Berardi?«

Dino und Gaetano verständigen sich mit einem Blick, und ihre Antwort lautet Nein, denn wenn die Polizei in der Vergangenheit von Doras Mann stöbert, um herauszufinden, wer seine Freunde waren, kommt sie möglicherweise den Carabinieri ins Gehege, und das lässt sie besser bleiben.

»Einverstanden«, sagt Amoruso, »vor allem nachdem ich inzwischen weiß, dass Craigheros Leute die Konten von Andrea Cantino überprüfen.«

»Wo hat denn da einer aus dem Nähkästchen geplaudert, bei den Carabinieri oder bei den Banken?«, erkundigt sich Dino.

»Bei den Carabinieri redet keiner, die waren noch nie so zugeknöpft.«

»Die Banken dagegen sind recht auskunftsfreudig, nur nicht uns gegenüber. Auch wenn ihnen die Richter noch so sehr auf die Finger klopfen, sie versuchen immer, möglichst wenig preiszugeben und uns Knüppel zwischen die Beine zu werfen. Und wenn sie eine Empfangsbestätigung, einen Kontoauszug oder eine kleine Quittung herausrücken, winden sie sich wie unter grässlichen Bauchkrämpfen.«

»Schon gut, Dino, lass uns weitermachen«, sagt Gaetano. Aber Dino ist stinksauer. Erst hat sich die Sorrentino vorhin im Büro einen Dreck um ihn gekümmert, wie Luft hat sie ihn behandelt; dann Gaetano und seine Freundin, die sich mit den Augen verschlingen – von wegen, die beiden haben sich bisher auf Blicke und Worte beschränkt, von wegen ich würde gern, aber es geht nicht –; dann die Vorstellung, dass seine blöde Ex mit dem tollen Typen fickt, den sie bei den Buddhisten kennengelernt hat; dann die verhinderte Selbstmörderin, die ihn kein einziges Mal anschaut, sondern auf Amoruso geil ist, diesen Beutelschneider, der mit ein paar Observationen und hier und da einem Foto in einer einzigen Woche so viel verdient wie er in drei Monaten; wahrscheinlich braucht er auch nur ein kleines Trinkgeld lockerzumachen oder jemanden unausgesprochen zu erpressen, und schon haben die drei Affen nichts gesehen, nichts gehört, nichts gesagt.

Camilla hat unterdessen Gläser und Flaschen auf ein Tablett gestellt, Whisky, Calvados und so weiter, und wendet sich als Erstes an ihn: »Dottor De Beni, wenn Sie gern Grappa trinken, müssen Sie den hier probieren. Er stammt aus einer Brennerei in Piobesi d'Alba. Ich finde ihn köstlich, und er ist der Einzige, von dem ich kein Kopfweh kriege, auch wenn ich mal über die Stränge schlage.«

»Sie schlagen manchmal über die Stränge, Signora?«

»Ich bin zwar keine Mörderin, aber den einen oder anderen Fehler habe ich schon, Dottor De Beni.«

»Bitte sagen Sie Dino zu mir.«

»Und Sie Camilla.«

Ich verstehe. Sie spürt, was in anderen Menschen vor sich geht. Sie greift Spannungen auf. Sie kann die Atmosphäre entgiften. Mit einer banalen Bemerkung vielleicht, aber sie kann es. Sie ist zwar nicht mein Typ, aber sie hat was. Gaetano ist nicht dumm. Vielleicht war seine Exfrau auch so eine Nervensäge wie meine.

Camilla spielt Barfrau und schenkt sich selbst als Letztes von dem Grappa ein, den sie Dino angeboten hat. Eine großzügige, nicht gerade damenhafte Portion. Alle merken es, und Francesca provoziert sie: »Du langst ja gut hin.«

Sie gibt keine Antwort, sieht ihr aber ins Gesicht, und ihre Augen sagen, dass Grappa besser ist als Schlaftabletten. Francesca versteht und wendet den Kopf ab.

»Was Ihre andere Bitte betrifft, Signora Baudino«, schaltet sich McDonald ein, »melde ich mich bei Ihnen, sobald ich Nachricht habe.«

»Was für eine Bitte?«, fragen Dino und Gaetano wie aus einem Munde.

McDonald hat sichtlich keine große Lust zu einer Erklärung, aber da er das Thema unvorsichtigerweise zur Sprache gebracht hat, muss er wohl oder übel antworten. Er faselt etwas zusammen, sodass Dino schon fast wieder ärgerlich wird, aber Camilla, die aufgestanden ist, um Eis zu holen, gibt ihm zu verstehen, dass sie später darüber reden würden.

»Wir haben etwas Neues von Alessia Sorrentino«, sagt Gaetano. »Könnte interessant sein. Eine Erinnerung und dieses Foto hier.« Er zieht ein stark vergilbtes Polaroid aus der Tasche. Amoruso, McDonald, Camilla und Francesca sehen nicht viel und recken die Hälse, dann reichen sie es herum, um es in Ruhe anschauen zu können. Das Foto zeigt einen Mann und eine Frau, die nach vorn blicken, ins Objektiv, und der Mann hat einen Arm um die Taille der Frau gelegt, die bildschön ist und lächelt. Sie stehen vor einer Wiese an einem Lattenzaun, im Hintergrund verschneite Berge. Auf der Rückseite des Fotos steht, von der Hand einer Frau geschrieben, »In Champoluc mit dem Chef« und ein Datum, 25. April 1968.

»Die Frau«, sagt Gaetano, »ist die Mutter von Alessia und Nicola, der Mann ist nicht der Vater.«

»Wer ist der Chef?«, fragt Camilla.

Diesmal liefert Dino die Erklärung: Nicola Sorrentino erledigte ab und zu mehr oder weniger saubere Geschäfte für einen Mann, den er Chef oder Boss nannte, zumindest sagt das der vorbestrafte Richi oder Riccardo Colato, anscheinend sein einziger Freund, auch *Richi la boia* genannt.

»Richi der Henker?«, fragt McDonald.

»*Boia* ist in dem Fall Dialekt und heißt Kakerlake«, erklärt Dino, »und er ist wirklich eine. Hässlich und eklig wie eine Kakerlake.«

McDonald hat etwas einzuwenden: »Ich beschäftige mich mit Insekten und kann Ihnen versichern, dass Kakerlaken weder hässlich noch eklig sind.«

»Geschmäcker sind verschieden«, meint Dino verächtlich. Was wollen diese Säcke eigentlich – denkt er –, der eine bildet sich wunder was ein, der andere hat einen Kakerlakenspleen. Der eine blättert in geheimen Bankunterlagen, als wären es Telefonbücher, der andere züchtet zwischen zwei internationalen Sauereien Küchenschaben und Käfer auf dem Balkon oder im Bad, und am Ende krabbelt das grauslige Getier mit seinen Fühlern und Füßchen womöglich aus den Schaukästen und will Kopf oder Bäuchlein gekratzt haben. Also so was. Er muss an Totò denken und schmunzelt.

»Übrigens«, sagt Gaetano, der nicht nachvollziehen kann, warum sein Kollege so launisch ist, »übrigens ist Alessia Sorrentino bei dem Satz auf dem Foto eingefallen, dass ihre Mutter, wenn sie ausging, manchmal sagte: ›Gott sei Dank gibt's den Chef‹ oder ›Darum kümmert sich hoffentlich der Chef‹.«

»Nicolas Auftraggeber, der möglicherweise ein Freund der Mutter war. Interessant«, meint Amoruso, und Dino blitzt ihn böse an. Doch da fällt ihm ein, dass er und Gaetano bei der gleichen Schlussfolgerung das gleiche Adjektiv benutzt haben, und er weiß selbst nicht, warum er so giftig ist.

Dann bitten McDonald und sein Freund jeder um eine Kopie des Fotos, Camilla versucht mehrmals, es zu scannen, aber das misslingt, die Gesichter sind unkenntlich. Kurzes Getuschel und anschließende Vereinbarung, gleich noch in Amorusos Büro zu fahren und bessere Kopien zu machen.

Der Gipfel löst sich gegen elf Uhr auf. Camilla und Gaetano haben nicht miteinander gesprochen. Francesca hat beschlossen, noch einen Tag zu bleiben. Renzo ist noch nicht zu Hause.

60

Am nächsten Morgen steht Camilla um sieben auf. Abends hat sie Renzo die üblichen unverfänglichen Fragen gestellt – wie war's, wie geht's dir, brauchst du was –, auf die er zerstreut und müde antwortete: alles in Ordnung, danke, ich will nur noch schlafen. Sie gingen zu Bett, Rücken an Rücken, aber auf Distanz, beide darauf bedacht, sich nicht zu bewegen und gleichmäßig zu atmen, taten, als schliefen sie, und schliefen spät ein. Jetzt macht sie Frühstück, dann weckt sie ihn und kann es gar nicht erwarten, dass er die Wohnung verlässt. Ich bin nicht so weit, noch nicht, denkt sie, um mich ernsthaft einem Gespräch zu stellen.

»Wo ist Livietta?«, fragt er.

»Bei der Oma, sie hat dort geschlafen.«

»Wer bringt sie in die Schule?«

»Die Oma, und ich hole sie ab.«

»Gut, ich weiß nämlich nicht, wann ich aus dem Büro komme. Gibt's was Neues bei den Ermittlungen?«

»Ein paar Lichtblicke, aber nichts Konkretes.«

»Erzähl's mir heute Abend. Ich muss los.«

Dann ist er weg. Wir sind wie zwei Fremde, die sich möglichst aus dem Weg gehen. Zwei Mieter einer gemeinsamen Wohnung, die unter dem Zusammenleben leiden.

Sie fängt an aufzuräumen (Luana war seit vier Tagen nicht da, sie hat eine späte Grippe oder tut zumindest so), gefolgt von ihrem Dackel, der mit den Augen um Ansprache und Liebkosungen bettelt. Sie bückt sich rasch und streichelt den freudig winselnden Hund, damit Francesca nicht aufwacht. Doch als sie kurz darauf an der Zimmertür vorbeigeht, hört sie den unverwechselbaren Klang von nicht unterdrückten Schluchzern. Sie weiß nicht, ob sie hineingehen, klopfen oder weitergehen soll, und zögert ein paar Sekunden; das Schluchzen hört nicht auf, also öffnet sie kurzerhand die Tür, setzt sich aufs Bett und nimmt das Mädchen fest in den Arm.

»Glaub mir, Francesca, es geht vorbei.«

»Woher weißt du das?«

»Als ich einundzwanzig war, war ich unsterblich verliebt, ich dachte nur noch an ihn, ich ließ Prüfungen an der Uni sausen und glaubte, es sei für immer.«

»Und dann?«

»Dann hat er sich in eine andere verliebt, aber er war so anständig, es mir zu sagen.«

»Und danach?«

»Danach, ziemlich lange danach, habe ich mich in Renzo verliebt. Ich glaubte wieder, es sei für immer.«

»Aber ich kann das nicht.«

»Doch, du kannst es, ganz allmählich.«

»Du weißt doch gar nicht, was los ist, es ist nicht nur wegen Laurent ...«

»Ich weiß es nicht, aber ich kann es mir vorstellen. Laurent, deine Eltern, der Neuanfang ...«

»Ich gehe nicht zu meinen Eltern zurück, ich habe keine Lust, das halte ich keine zwei Tage aus.«

»Bleib bei Gaetano, und dann entscheide in aller Ruhe. Jetzt steh auf, es regnet zwar, aber wir müssen los.«

»Wohin denn?«

»Zum Unsterblichen, ich bin ihm eine Erklärung schuldig. Außerdem will ich ihn gern besuchen.«

Vielleicht erwartet der Unsterbliche einen Besuch,

ihren Besuch, denn er öffnet Tor und Tür, ohne sich lange bitten zu lassen.

»Wie geht's?«, fragt er erst Camilla und dann Francesca, und beide antworten:

»So là là, und selbst?«

»Auch so là là, den Mantel habe ich nicht mehr angezogen, die Jacke ist gut, obwohl sie langsam ein bisschen zu warm ist, aber ich wüsste gern, was das alles soll.«

Camilla fängt an zu erklären, aber irgendwann fällt er ihr ins Wort: »Schon gut, hör auf. Mir wird ja ganz schwindlig. Ich sehe mir jetzt die Häuser an, die sie in der Spina Tre hochziehen, im ehemaligen Industriegebiet. Da ist jetzt alles ganz anders, wie eine andere Stadt. Ihr könnt mitkommen, wenn ihr wollt.«

»Ich kann nicht, Unsterblicher, ich habe zu viel zu tun. Außerdem regnet es«, sagt Camilla.

»Ja und? Wir können doch mit der Tram oder dem Bus fahren. Ich weiß, wo die besten Haltestellen sind, dann kann ich bequem sitzen und aus dem Fenster schauen.«

»Ich komme mit«, sagt Francesca.

»Schön, dann lade ich dich zum Essen ein, in ein Lokal.«

»In ein Lokal?«, wundert sich Camilla.

»Ja, in der Via Mantova, bei den Leuten mit der Kooperative. Da isst man gut, es gibt zwei erste und zwei zweite Gänge mit Beilagen, du kannst dir einen aussuchen, dazu einen Viertelliter Wein oder einen halben Mineralwasser. Fünf Euro pro Person.«

»Und da isst man wirklich gut?«, fragt Camilla.

»Wenn ich es dir sage! Das ist keine Suppenküche, sondern ein richtiges Restaurant. Wenn ich nächsten Monat meine Rente kriege, gehen wir mal zusammen hin, und ich lade dich ein.«

61

»Und, besserer Laune heute Morgen?«, fragt Gaetano.

»Ich war nie schlecht gelaunt«, antwortet Dino.

»Na ja, gestern Abend ...«

»Gestern Abend ging mir der Beutelschneider auf den Sack. Was meinst du, sollen wir schon mal auf eigene Faust anfangen?«

»Wie denn?«

»Wir versuchen rauszukriegen, wer Cantinos Freunde waren und von wem dieser verflixte Sohn sein könnte.«

»Wir haben ihn doch gebeten, sich darum zu kümmern.«

»Na und? Wir haben es uns eben anders überlegt, lassen den Polizisten raushängen und verlangen eine schnelle Antwort. Und weißt du was? Es kümmert mich auch nicht, wenn wir Craighero ins Gehege kommen, ich habe darüber nachgedacht, was Camilla gesagt hat, und finde, dass es auch unser Revier ist.«

»Deines, ich bin offiziell in Urlaub.«

»Ich bitte dich, inzwischen hat sich im Präsidium herumgesprochen, dass du in dem Fall mit drinsteckst.«

»Aber bisher hat keiner was merken lassen. Sollen wir bei den Gymnasien anfangen?«

»Den humanistischen oder den naturwissenschaftlichen?«

»Bei den humanistischen. Wie viele gab es damals in Turin?«

»Keine Ahnung, bestimmt weniger als jetzt. Ich frage Gramaglia, der weiß alles über Turin.«

Kurz darauf kommt Dino mit den Namen der humanistischen Gymnasien, von denen es damals sechs gab, vier staatliche und zwei private. Sie beschließen, bei den staatlichen anzufangen, und suchen die Telefonnummern heraus.

»Falls die im Sekretariat Zicken machen und meinen, das ginge nicht so schnell, drohe ich mit einem Anruf des Polizeipräsidenten im Direktorat, was meinst du, wie schnell die ihren Arsch in Bewegung setzen. Ich bin heute Morgen in Macherlaune, ich bin ein harter Kerl wie in einem amerikanischen Film, ich bin ein Macho, ich bin Robert De Niro!«, verkündet Dino.

»De Niro spielt normalerweise aber einen Gangster«, wendet Gaetano ein.

Eineinviertel Stunden später haben sie die Antwort: Andrea Cantino hat von '48 bis '53 das Cavour-Gymnasium besucht und mit der Höchstzahl an Punkten abgeschlossen.

»Wie er abgeschlossen hat, interessiert uns nicht, Signorina, was wir brauchen, ist eine vollständige Liste seiner Klassenkameraden. Spätestens in einer halben Stunde, per E-Mail oder Fax.«

»Aber dazu brauche ich alle Listen aus den Klassenbüchern!«

»Sie werden doch wohl ein Kopiergerät haben, so stiefmütterlich behandelt der Staat die Schulen auch wieder nicht. Der Polizeipräsident will keine Einwände hören, und die Journalisten stehen schon Schlange.«

»Ich werde mein Möglichstes tun, aber ich weiß nicht, ob ich es in einer halben Stunde schaffe. Wissen Sie, die Klassenbücher …«

»Schluss mit den Ausreden, Signorina, lassen Sie sich von jemandem helfen.«

Fünfundzwanzig Minuten später spuckt das Faxgerät die Listen aus, und die beiden nehmen sie sich vor.

»Meine Güte, sind da viele durchgerasselt! Zweiunddreißig in der Neunten, sechzehn in der Zehnten: Über die Hälfte war raus. In der Elften sind es wieder dreißig, da haben sie anscheinend zwei Klassen zusammengelegt, in der Zwölften zweiundzwanzig und am Ende neunzehn. Wo fangen wir an?«, fragt Dino.

»Mit der Neunten und der Dreizehnten.«

»Das heißt?«

»Wir nehmen die Mitschüler, mit denen Cantino in allen Klassen zusammen war, und lassen die anderen erst mal weg. Es ist eher wahrscheinlich, dass er mit denen, die zusammengeblieben sind, auch später befreundet war.«

»Dann bleiben zehn übrig. Ja, wen haben wir denn da: Pietro Bonadé-Bottino, den Vermögensverwalter! Volltreffer! Wir fahren sofort zu ihm und stellen ihm ein paar Fragen.«

»Das geht nicht, er ist tot.«

»Wann ist er gestorben, gestern?«

»Vor etwa vier Jahren.«

»Aber Amoruso hat doch neulich noch mit ihm gesprochen!«

»Mit seinem Sohn, der anscheinend das Büro des Vaters übernommen hat.«

»Woher weißt du das?«

»Bonadé-Bottino junior war mit seiner Frau auf der Beerdigung der Vernetti; McDonald, der Amerikaner, war auch da.«

»Was für ein Typ ist der Sohn?«

»Wirkt elegant, aber was heißt das schon. Seine Frau ist blond, groß, dünn und mit Sonnenbrille.«

»Blind oder berühmt?«

»Einen weißen Stock hatte sie nicht.«

»Hast du mit dem Dandy und der Diva geredet?«

»Nein, sie haben sich nur Camilla vorgestellt.«

»Dir nicht?«

»Ich kam zu spät, da war die Beerdigung schon fast vorbei. Außerdem wollte ich nicht, dass mich jemand sieht.«

»Meinst du nicht, dass uns der Sohn auch was nutzt?«

»Vielleicht, aber so kollidieren wir direkt mit Tenente Craighero.«

»Stimmt. Vielleicht können wir die anderen Freunde aufstöbern, vorausgesetzt, sie leben noch.«

»Wir wollen es hoffen. Ruf noch mal in der Schule an und lass dir die Adressen von den zehn, vielmehr neun Freunden geben, dann kommen wir über das Einwohnermeldeamt an die aktuellen Adressen.«

»Die erschießt mich.«

»Robert De Niro und erschießen? Nie und nimmer.«

62

»Meinst du, der Tenente kann Ciccarelli noch eine Weile hinhalten?«, fragt Maresciallo Abatangelo.

»Aber ja«, antwortet Kollege Saracco, »außerdem beißen bellende Hunde nicht.«

»›Beeilen Sie sich! Die Sache muss zügig erledigt werden!‹ Als würde er im Akkord arbeiten.«

»Ich glaube eher, dass er schüchtern ist.«

»Wer? Ciccarelli?«

»Ja. Er schaut immer woanders hin, wenn man mit ihm redet, und er redet schnell, das ist oft so bei schüchternen Menschen.«

»Mag sein, aber wenn einer mit vierzig noch schüchtern ist, ist er vielleicht auch nicht der Hellste.«

»Apropos nicht der Hellste, wie weit ist Aliberti mit dem Phantomzeichner?«

»Immer noch nicht weiter, das heißt bei null. Vielleicht ist er nicht der Hellste, aber diesmal liegt es nicht an ihm, dass er nichts zuwege bringt, die Zeugenaussagen stimmen nicht überein.«

»Aber alle stimmen darin überein, dass hinter der Vernetti ein Mann und eine Frau standen, die dann verschwunden sind.«

»Ja, aber die Beschreibungen sind ungenau. Von der Frau wissen wir nur, dass sie groß ist, und der Mann sieht ein bisschen anders aus, als ihn die Friseurin und der Portier der Wohnanlage beschrieben haben.«

»Auf Zeugen kann man sich selten verlassen. Was sie sagen, ist immer mit Vorsicht zu genießen, auch wenn sie bereitwillig mitarbeiten.«

»Da fällt mir noch eine Möglichkeit ein.«

»Was denn?«

»Dass der Mann, der hinter der Vernetti stand, und derjenige, der sie verfolgt hat, verschiedene Personen sind. Könnte sein, oder?«

»Könnte sein, wenn die Aussagen der Leute an der Porta Palazzo halbwegs übereinstimmen würden, auch mit den beiden anderen. Die Geschichte wird immer verworrener, noch dazu, weil so viele Leute mitmischen, die das gar nichts angeht. Nein, solange Nardi mit dem Papierkram nicht fertig ist, können wir hier Däumchen drehen, denn die Liste mit den Telefongesprächen der Vernetti bringt uns auch nicht weiter.«

»Haben wir aus ihrer Wohnung wirklich alles mitgenommen, was wir brauchen?«

»Aber ja. So viel war das gar nicht, außer den Unterlagen, die Nardi auf dem Tisch hat: keine Computer, keine Tagebücher, nur alte Briefe und Fotos, mit denen wir nichts anfangen können.«

»Ich nehme sie mir noch mal vor, vielleicht haben wir ja was übersehen.«

Die Tür geht auf. Herein kommt nicht Craighero, um sich zu erkundigen, ob es etwas Neues gibt, sondern Nardi: »Kommt mit, ich habe was gefunden!«

63

Francesca kommt gegen drei Uhr zurück. Der Unsterbliche hat sie bis vor die Tür begleitet, wollte aber nicht mit hinaufgehen, weil er noch einen Termin hatte.

»Was kann der für Termine haben?«, fragt Francesca.

»Die denkt er sich aus. Er tut beschäftigt, um die Gespenster fernzuhalten, um seinem Tag einen Sinn zu geben«, antwortet Camilla.

»Wie alle anderen auch.«

»Ein bisschen mehr als die anderen. Das Schicksal hat es nicht sonderlich gut mit ihm gemeint, und doch kommt er irgendwie zurecht.«

»Kleine Nachhilfe im Mutfassen?«

»Nein, keine Nachhilfe, ich bin außer Dienst. Wie war das Lokal?«

»Ob du es glaubst oder nicht, das Essen ist nicht schlecht. Ich hätte es nicht für möglich gehalten, dass man für fünf Euro eine komplette Mahlzeit kochen kann. Weiß der Himmel, wie er das entdeckt hat. Ach ja, ich wollte dich was fragen …«

»Nur zu.«

»Kann ich noch ein oder zwei Tage bleiben?«

»Klar. Aber dann schlaf im Arbeitszimmer, aus Rücksicht auf Livietta, sie ist sowieso schon von der Rolle. Ist das in Ordnung?«

»Ja, natürlich. Was wird dein Mann wohl dazu sagen?«

»Nichts, denke ich.«

»Hast du eine Entscheidung getroffen?«

»Ich kann mich zu nichts entschließen. Ich lasse alles auf mich zukommen.«

»Wie ich. Hast du was von Gaetano gehört?«

»Nein.«

Gaetano saß neben Dino im Auto, ihr Ziel war eine Villa auf dem Weg Richtung Hügel. Sie waren den Spuren von Andrea Cantinos neun Schulfreunden aus der neunten bis dreizehnten Klasse nachgegangen, hatten sich die Arbeit geteilt und die gegenwärtigen Adressen herausgefunden. Zwei auf dem Friedhof, einer seit über zwanzig Jahren in Hongkong, ein weiterer vegetierte seit einem Autounfall vor sich hin. Blieben noch fünf. Von diesen fünfen hatten sie nur drei telefonisch erreicht, aber einer erklärte sofort, er habe mit Andrea seit der Schulzeit nie mehr zu tun gehabt, geschweige denn ihn gesehen, ein anderer, Geschäftsführer eines multinationalen Süßwarenherstellers, saß in Palermo in einer Konferenz und versprach, sich zu melden, sobald er wieder in Turin sei. Blieb Raimondo Bertone, ein renommierter Architekt mit Büro in der Via Viotti und Wohnung in der Strada del Salino, der sich sofort bereit erklärte, sie zu einem Gespräch zu empfangen.

»Wir zwei sind das Überfallkommando, wir sind die Ledernacken bei der Polizei!«, scherzte Dino, während er sämtliche rote Ampeln ignorierte und sich nicht um die Vorfahrt im Kreisverkehr scherte.

»Meinst du wirklich, dass Robert De Niro so fährt?«, spöttelte Gaetano und klammerte sich am Türgriff fest.

»Ich bin nicht mehr De Niro, ich bin Steve McQueen.«

»Der früh gestorben ist.«

»An Krebs, nicht bei einem Unfall. Aber hör auf, du beschwörst noch einen herauf.«

Raimondo Bertone sah gut aus. Aufrechter Gang trotz der Jahre, legere Klamotten (die Uniform der Architekten, dachte Gaetano, der sich in Jeans, Hemd und Pullover wenig präsentabel fühlte), von einem guten Friseur geschnittenes dichtes weißes Haar, tiefblaue Augen. Ein Typ, der bei Frauen bestimmt besser ankam als Richi, der Kakerlak. Von Bertone erschienen anlässlich einer Tagung oder einer Diskussion über Architektur manchmal Fotos in einer Stadtzeitung, und Gaetano erkannte ihn sofort als den Unbekannten auf Doras Beerdigung.

Ihre Freundschaft habe angedauert, bis Andrea nach Amerika gegangen sei, sagte er. Dann sei, wie es leider vorkomme, die Beziehung wegen der großen Entfernung eingeschlafen. Anfangs hätten sie sich noch ein paar Mal getroffen, wenn er dienstlich in den Staaten zu tun gehabt oder seinen Urlaub dort verbracht habe oder wenn

Andrea seine Eltern und seine Schwester besucht habe, aber seit mindestens zwanzig Jahren hätten sie sich nicht mehr gesehen oder gesprochen. Doch es sei eine schöne Freundschaft gewesen, eine dieser Freundschaften, die sich wie ein roter Faden durch die Jugend und das junge Erwachsenenalter bis in die besten Jahre ziehe, eine Freundschaft, die passé, aber in der Erinnerung lebendig sei und an die er mit einiger Wehmut zurückdenke, wie das eben so sei, wenn man älter werde und mehr zurück als nach vorn blicke. Sie hätten keine Geheimnisse voreinander gehabt, doch in Gefühlsdingen seien sie eher scheu und zurückhaltend gewesen. Andrea sei sein Trauzeuge bei der ersten Hochzeit gewesen, die Ehe habe zehn Jahre gehalten, und Andrea sei ihm und seiner Frau sehr nahe gewesen, als sie ihren Erstgeborenen verloren, der mit zwei Jahren einen anaphylaktischen Schock erlitten habe. Andrea habe eine Heirat immer gescheut, über Jahre habe er eine Verlobung, die beide nicht recht ernst genommen hätten, aufrechterhalten, bis sie sich schließlich einvernehmlich, ohne sich anzugiften oder Rachegefühle zu hegen, getrennt hätten. Andrea habe sich leidenschaftlich wie ein Zwanzigjähriger in Dora verliebt, dabei sei er schon vierunddreißig gewesen, und sie die Zwanzigjährige.

»Wissen Sie«, fügte er hinzu, »manchmal dachte ich, er würde vielleicht zurückkommen und wir könnten uns wieder treffen und uns in Ruhe alles erzählen, von seinem Tod habe ich erst aus der Zeitung erfahren, als seine Frau umgekommen war.«

»Halten Sie es für möglich, dass Andrea kurz vor der Hochzeit ein Kind mit einer verheirateten Frau bekommen hat und er zwar Unterhalt gezahlt, sich aber ansonsten sein Leben lang nicht um dieses Kind gekümmert hat?«

»Ein Kind? Undenkbar, das hätte er mir erzählt. Und undenkbar sind vor allem die Umstände.«

»Wer waren die anderen Freunde, mit denen Andrea regelmäßig verkehrte?«

»Pietro Bonadé-Bottino, der nach seinem Abschluss in Betriebswirtschaft in der Kanzlei seines Vaters anfing, Arturo Gribaudi, der zusammen mit Andrea Jura studiert hat und den ich immer noch hin und wieder im Whist-Club treffe, und Bruno Olmo. Er und Pietro Bonadé-Bottino leben nicht mehr.«

»Sind das alle?«

»Ja. Das waren seine besten Freunde.«

Der Einzige, den sie noch hätten fragen können, war Arturo Gribaudi, der Geschäftsführer, der dienstlich in Palermo war. Gaetano holte das Foto hervor, das er von Alessia bekommen hatte.

»Kennen Sie den Mann zufällig?«

»Das Foto ist zwar mindestens dreißig, fünfunddreißig Jahre alt, aber natürlich kenne ich ihn.«

64

Um sich abzureagieren, kicken Dino und Gaetano auf dem Gehsteig in der Strada del Salino eine Bierdose vor sich her, indigniert beäugt von einer verspätet pelzbemantelten Dame, die auf die Straße treten muss, um ihnen auszuweichen.

»Tor! Getroffen!«, schreit Dino. »Zwei eins!«

»Du mogelst, zwei zwei!«, entgegnet Gaetano.

»Deins von vorhin gilt nicht. Der war nicht drin.«

»Von wegen. Dir werde ich's zeigen!« Gaetano tritt nach der fliegenden Dose. Sie knallt gegen die Eingangstür eines luxuriösen Wohnhauses, just als der schmuck uniformierte Portier heraustritt.

»Soll ich die Polizei rufen?«, fragt er im Tonfall einer beleidigten Gottheit.

»Wieso? Haben Sie eine Leiche in der Pforte?«, scherzt Dino und spielt weiter.

»Wo sind wir hier denn? Etwa in San Salvario oder an der Porta Palazzo?«, kontert der Pförtner.

»Gilt nicht! Du warst im Abseits!«, schreit Dino, ohne auf ihn einzugehen.

»Ich allein und im Abseits? Was hast du denn für Regeln?«

Der Portier ist auf hundertachtzig. »Es reicht! Schluss jetzt, sofort, sonst rufe ich die Polizei!«

»Ach ja? Und was wollen Sie erzählen? Dass jemand im Eingang eine Bombe deponiert hat oder zwei Marokkaner vor Ihrem Palast Fußball spielen?«, fragt Dino, der langsam sauer wird.

»Ihr seid schlimmer als Marokkaner!«

»Klar, wir sind Polizisten«, sagt Gaetano und hält dem verblüfften Portier seinen Ausweis unter die Nase.

Bis zu ihrem in der Nähe geparkten Wagen kicken sie herum wie zwei Fünfzehnjährige, die vor dem Jugendhaus Fußball spielen.

»Die Welt ist voller Idioten«, philosophiert Dino. Dann, das Thema wechselnd: »Klasse, dank Bertone dürften wir einen guten Schritt weitergekommen sein.«

»Klasse, Nardi«, sagt unterdessen Maresciallo Abatangelo. »Wer suchet, der findet. Wann hat der Mist denn angefangen?«

»So weit bin ich noch nicht. Jedenfalls ist das ziemlich lange her.«

»Und wurde hübsch unter den Teppich gekehrt.«

»Sieht so aus.«

»Sieht es so aus«, fragt Saracco, »oder wissen wir das sicher?«

»Woher sollten wir? Die Toten können wir nicht mehr fragen. Es ist zum junge Hunde kriegen«, sagt Nardi.

»Was denn?«, erkundigen sich die beiden anderen.

»Meines Erachtens fehlt etwas. Jemand hat was verschwinden lassen.«

»Gegen Schmiergeld?«

»Klar, was sonst.«

»Der kann einpacken, sobald wir Beweise haben.«

»Wer? Der gezahlt oder der das Geld genommen hat?«

»Beide, diese Schweine. Es scheint vorwärtszugehen. Wir holen sofort den Tenente.«

»Dann kann er Ciccarelli auch gleich sagen, dass wir nicht den ganzen Tag Däumchen drehen.«

»Entschuldigen Sie den Überfall, Signora Baudino«, sagt Dottor Amoruso, »aber ich war in der Nähe und wollte lieber persönlich und nicht am Telefon mit Ihnen sprechen. Signor McDonald musste überraschend abreisen und lässt grüßen. Sie auch, Signorina.«

Die beiden danken mit einem Kopfnicken, Francesca fügt sogar ein Lächeln hinzu, Camilla bietet ihm einen Kaffee an.

»Nein, danke, ich bin in Eile. Ich konnte mich noch

nicht wie vereinbart kümmern. Eine wichtige Familienangelegenheit.«

»Hoffentlich nichts Schlimmes.«

»Im Gegenteil. Meine Frau hat gerade ein Kind zur Welt gebracht, ein bisschen früher als erwartet.«

»Herzlichen Glückwunsch.«

»Danke. Ich wollte Ihnen nur berichten, was Signor McDonald erfahren hat.«

»Über Cantinos Termine am Tag, als er starb?«

»Ja. Es gab keine unvorhergesehenen Begegnungen, er hat nur Kollegen oder Leute aus seinem Umkreis getroffen. Das einzig Unvorhergesehene war, dass eine Verabredung fast im letzten Moment geplatzt ist.«

»Mit jemandem von hier?«

»Ja.«

»Mit wem denn?«

65

»Natürlich kenne ich ihn«, hatte Bertone, der Architekt, gesagt. »Wir waren fünf Jahre lang unzertrennlich. Während und nach dem Studium war Andrea das Bindeglied zwischen ihm, mir, Bruno und Arturo. Er trommelte alle zusammen, und dann veranstalteten wir ein gemeinsames Essen oder fuhren ins Stadion, gingen ins Kino oder ins Konzert. Andrea hielt die Gruppe zusammen, er verhinderte, dass sie sich auflöste, als außer ihm alle heirateten. Er hatte seine Dauerverlobte – wir nannten sie die alte

Verlobte, nicht weil sie viel älter gewesen wäre als er, nur drei Jahre, sondern weil sie sich nicht entschließen konnten, den Verlobungszustand zu beenden. Sie mochten sich, er und Amalia, sie hatten viel Spaß miteinander, aber es war mehr Freundschaft als Verliebtheit. Ich weiß noch, dass ich Andrea eines Tages fragte: ›Was ist, heiratest du sie jetzt endlich?‹, und er, nach so vielen Jahren, die sie zusammen waren: ›Ich habe sie nie gefragt, aber sie mich auch nicht.‹ Dann trennten sie sich freundschaftlich, und wir feierten die Entlobung gemeinsam, wir, unsere Frauen, Andrea und Amalia, mit einem Fest in meiner Wohnung. Danach verliebten sie sich beide fast zur gleichen Zeit anderweitig. Amalia, wer hätte das gedacht, in einen Hippie – man nannte sie damals noch Gammler –, mit dem ist sie auf und davon. Sie restaurierte Papier, Manuskripte, Bücher, Drucke, sie war eine der besten Restauratorinnen Italiens und vielleicht ganz Europas, Sammler beknieten sie, ihre bibliophilen Schätze zu restaurieren, Direktoren von Museen und Bibliotheken gaben sich die Klinke in die Hand. Sie und ihr Typ sind nach Indien gegangen, aber nicht nach Goa, das damals schon Hippie-Hauptstadt war, sondern in den Süden, sie reisten ein paar Jahre herum, wechselten dann den Kontinent und landeten in Kanada, wo er weiter seinem Hippie-Dasein frönte und sie eine Werkstatt für kostbares Papier eröffnete. Sie bekamen Kinder, vier oder fünf oder sechs, genau weiß ich es nicht, weil ich auch zu ihr seit Jahren keinen Kontakt mehr habe. Andrea hatte Dora kennengelernt und verblödete ziemlich – na ja, hinterher lässt sich leicht reden –, denn er benahm sich, als hätte er persönlich die Liebe erfunden oder entdeckt. Deshalb meinte ich, dass er in der Zeit bestimmt keine andere Beziehung hatte, Dora war sein Ein und Alles.«

»Könnte nicht vorher was gelaufen sein? Als sich die Geschichte mit der Dauerverlobten hinzog?«, hatte Dino gefragt.

»Nein. Er hätte nie etwas mit einer verheirateten Frau angefangen. Es passte nicht zu ihm.«

»Wirklich nicht? Das kommt in den besten Familien vor.«

»Du hast doch gehört, was er gesagt hat«, war Gaetano ihm ins Wort gefallen.

»Und vor allem hätte es nicht zu ihm gepasst, die Sache so zu beenden, wie Sie es schildern. Pietro hingegen …«

»Ja?«, hatte Dino nachgehakt.

»Na ja, Pietro war anders. Er war mit einer Xanthippe verheiratet, bei der er bis zu ihrem Tod während einer Reise in Bali geblieben ist. Das Boot ist in einem Taifun gekentert, und sie hat es erwischt. Es hätte eine Befreiung sein können, doch nicht viel später ist er ebenfalls gestorben, der arme Kerl. Nicht vor Verzweiflung, sondern an Lungenkrebs. Er hatte sein Leben lang geraucht wie ein Schlot, eine Zigarette nach der anderen, vielleicht wollte er seine Hände beschäftigen, um sie nicht zu erwürgen. Es gibt Frauen, die wie dafür geschaffen sind, das Leben der Menschen in ihrem Dunstkreis unweigerlich zu zerstören, und so eine war Delfina. Allerdings war sie schön, bildschön, und Pietro hatte eine Schwäche für solche bezaubernden Frauen, diese großen, schlanken, königlichen Frauen, die früher eine Seltenheit waren. Heutzutage findet man sie überall, sogar auf dem Straßenstrich. Aber offen gesagt, auch wenn ich jetzt ordinär werde –

ich glaube nicht, dass Delfina allzu oft die Beine breitgemacht hat, sie spielte gern die Gnädige und meinte, ihr stünde kraft ihrer bloßen Existenz alles zu, ohne dass sie selbst etwas geben müsste. Ein Scheißweib, um es auf den Punkt zu bringen. Dass Pietro fremdging, war noch das Wenigste, was ihr passieren konnte. Er könnte schon ein Kind mit der lachenden Schönheit auf dem Foto gehabt haben, für solche Frauen schwärmte er, Delfina war genauso, bloß hat sie sicher nie in ihrem Leben so gelacht. Er könnte auch das Kind nicht anerkannt haben, nachdem er schon ein Kreuz zu tragen hatte und bestimmt keine Lust zu einem zweiten hatte.«

»Er hätte sich von seiner Frau trennen und erst mal tief durchatmen können«, hatte Dino entgegnet.

»Das hätte er nicht können. Er war praktizierender Katholik, bis zuletzt.«

»Ging aber fremd.«

»Na ja, was ist schon dabei. Das hat es immer gegeben.«

»Ich weiß nicht, ich gehe nicht in die Kirche, und von meiner Frau habe ich mich getrennt.«

»Das waren andere Zeiten, Ispettore, vergessen Sie das nicht. Pietro litt unter diesem Zustand, hat aber nie versucht, da rauszukommen, er wollte es auch gar nicht. Und mit der Zeit hat er sich wohl damit abgefunden.«

»Er war Cantinos Vermögensverwalter. Wissen Sie darüber etwas, Signor Bertone?«, hatte Gaetano gefragt.

»Die Bonadé-Bottinos verwalten seit vier Generationen Vermögen. Pietros Großvater, sein Vater, dann hatte er selbst damit, wie gesagt, gleich nach dem Studium angefangen, ebenso sein Sohn. Sie hatten immer eine gute Klientel.«

»Gab es nie Ärger, finanzielle Probleme, riskante Spekulationen?«

»Nicht dass ich wüsste. Pietro war kein Abenteurer, er ging mit fremdem Geld sehr sorgsam um, und ich glaube, dass er seinen Sohn in diesem Sinne erzogen hat. Andrea vertraute ihm blind.«

»Auch dem Sohn?«

»Das weiß ich nicht. Vermutlich schon, wenn er die Verwaltung bei ihm belassen hat. Was hat das alles eigentlich mit Doras Tod zu tun?«

66

»Also, noch mal von vorn«, sagt Dino, als er ins Auto steigt. »Pietro Bonadé-Bottino hat eine Beziehung mit Mama Sorrentino, die ihn mehr oder weniger zärtlich ›Chef‹ nennt. Und dieser Chef hat ab und zu einen kleinen Job für Nicola.«

»Bonadé-Bottino senior ist vor vier Jahren gestorben, da ist der Chefsessel vermutlich automatisch an den Sohn übergegangen.«

»Und weißt du was? Ich nehme außerdem an, dass Nicola der Sohn des Chefs ist. Des Seniorchefs, meine ich. Zu abwegig?«

»Nein, aber wir brauchen Beweise.«

»Wo fangen wir an?«

»Bei Alessia Sorrentino. Bei den Sachen ihrer Mutter, die sie aus der Garage mitgenommen hat. Wenn wir recht haben, wenn wir einmal so richtig Glück haben, können wir feststellen, ob und wo die verstorbene Signora Sorrentino ein Bankkonto hatte und ob jemand fünfundzwanzig Jahre lang Geld dorthin überwiesen hat.«

»Banken sind ein rotes Tuch für mich.«

»Das war mir klar. Und wenn wir den regulären Weg nehmen, werden wir alt darüber.«

»Wie dann?«

»Amoruso.«

»Ohne mich, dieser Idiot. Warum sollte der uns den Gefallen tun?«

»Weil es in seinem eigenen Interesse liegt. Und das hat mit McDonald zu tun.«

»Glaubst du?«

»Ja. McDonald will nicht, dass Andreas Tod ins Spiel gebracht wird. Er will, dass Doras Mörder gefunden wird und die Angelegenheit damit erledigt ist. Ich glaube nicht, dass er aus purer Freundschaft angereist ist.«

»Und Amoruso ist sein Mann?«

»Sicher. Dora hat sich doch auf seinen Rat hin an ihn gewandt. Aber was Amoruso und McDonald ausbrüten, wissen wir nicht.«

»Wir können sie fragen.«

»Vergiss es. Wir rufen Alessia an, und wenn wir fündig werden, bitten wir Amoruso, sich um das Konto zu kümmern.«

67

Alessia ist in Turin bei einer Freundin untergekommen, einer Arbeitskollegin aus der Supermarktzeit, mit der sie die Jahre über immer in Verbindung gestanden hat. Als Gaetano anruft, schluckt sie gerade ihre Tränen hinunter, Tränen der Trauer, des Kummers, der Unsicherheit. Mit fast vierzig wirft man nicht so einfach alles über Bord, sagt sie sich immer wieder, aber ich kann so nicht weitermachen. Ich brauche Arbeit, eine Wohnung. Ich muss mit Giuliano reden. Ich muss es den Kindern erklären. Das wird schwer, sie werden mir Gemeinheiten ins Gesicht knallen, sie werden mich nicht verstehen. Vielleicht halten sie mir meine Mutter als leuchtendes Beispiel vor und denken oder sagen: wie die Mutter, so die Tochter. Vielleicht tut es ihnen gut, das zu denken oder zu sagen, es wird ihnen helfen, sich mit allem abzufinden. Denn ich kann ihnen nicht eingestehen, was wirklich los ist, ich kann ihnen nicht sagen, dass sie mein Gefängnis sind und dass ich lebenslänglich nicht ertrage. Ich hoffe, dass Commissario Berardi findet, was er sucht, und dass Nicolas Mörder ins Gefängnis kommt. Mein armer Bruder, erst jetzt, da wir nicht mehr miteinander reden können, merke ich, wie sehr du mir fehlst.

»Mein Bruder ist nie zu erreichen«, sagt Francesca ungeduldig. »Ich versuche es schon seit einer halben Stunde, aber entweder ist sein Handy ausgeschaltet, oder er hat keinen Empfang.«

»Ruf im Kommissariat an«, schlägt Camilla vor.

Gaetano ist nicht im Kommissariat, aber Dino sagt, er müsse bald kommen, und fragt, ob er etwas ausrichten könne.

»Nein, danke, ich komme später vorbei«, sagt Francesca knapp.

»Ich kann es nicht länger vor mir herschieben«, sagt sie danach zu Camilla, »aber ich weiß einfach nicht, was ich tun soll. Ich weiß nicht mal, ob ich es schaffe, nicht nach Marseille zurückzugehen, wirklich einen Schlussstrich zu ziehen. Du sagt, es wird wieder, aber mir geht es immer noch schlecht. Und wenn ich es schaffe, nicht zurückzugehen, weiß ich trotzdem nicht, wohin mit mir. Ich will mit Gaetano reden, hören, was er vorhat, obwohl ich glaube, dass er es selbst nicht weiß.«

»Du kannst mitfahren«, bietet Camilla ihr an. »Ich setze dich ab, mache dann meinen Einkauf und hole Livietta von der Schule ab.«

»Im Flur die dritte Tür links, Zimmer Nummer sechs«, erklärt der Wachtmeister an der Pforte, aber im Zimmer ist nur Dino.

»Setz dich, er müsste in ein paar Minuten kommen«, sagt er. »Wie geht's?«

»So là là. Und dir?«

»Die Arbeit geht, der Rest so là là.«

Er bietet ihr eine Cola an, und sie unterhalten sich. Und da Gaetano auf sich warten lässt und sie vom Hundertsten ins Tausendste kommen, lädt er sie irgendwann auf eine Pizza ein und sie sagt Ja.

Ich würde auch gern mit Gaetano reden, denkt Camilla, während sie nicht weit vom Kommissariat eine Parklücke sucht. Aber ich weiß nicht, was ich ihm sagen soll. Man soll sich nie einbilden, stark zu sein, das eigene Leben im Griff zu haben, die beste Entscheidung treffen zu können. Dieser grässliche Zustand, der kein Ende nimmt, die Anspannung, die sich zu Erschöpfung auswächst, das Warten, das nur noch aus Angst vor dem Nachher besteht.

Sie steigt aus und schließt die Tür ab, und als sie aufblickt, steht Gaetano vor ihr.

»Wir müssen reden«, sagt er und umarmt sie, und sie nickt, weil ihr die Stimme versagt.

68

In dem alten Koffer, den Alessia aus der Garage mitgenommen hat, steckt alles, was von der Vergangenheit der Familie Sorrentino übrig ist: Fotografien, vergilbte Zeitungsausschnitte, Rechnungen, Garantien von Elektrogeräten, die Heiratsurkunde der Eltern, Impfscheine, Schulzeugnisse und Hefte aus der Grundschule. Als Gaetano in dem Wust kramt, fragt er sich, was für eine Frau Romilda Barra verheiratete Sorrentino gewesen ist – sie demütigte ihren Mann, bis er für immer verschwand, behielt aber die Heiratsurkunde, sie legte in ihren Kindern ein unglückliches Leben an, jedem seines, und bewahrte dennoch Hefte, Zeichnungen und Wunschzettel auf. War sie selbst unglücklich? Vielleicht, obwohl das Lachen auf den Fotos eigentlich nicht dafür sprach. Unter den vielen

Papieren, von denen Alessia den Blick abwendet, um nicht zu weinen, findet Gaetano schließlich, worauf er gehofft hat, nämlich die Empfangsbestätigungen eingelöster Schecks. Aber es ist zu spät, denkt er, als er sich verabschiedet, Amoruso kann sich nicht mehr darum kümmern, wir müssen uns bis morgen gedulden.

Um neun Uhr abends haben sich Tenente Craighero und seine Leute in der Kaserne in der Via Valfrè durch eine Unmenge Notizen und Bankunterlagen gearbeitet. Die Beweise für den finanziellen Ruin von Andrea und Dora Cantino sind eindeutig und unbestreitbar: ein Vermögen an Wertpapieren und Schuldverschreibungen, das innerhalb von drei Jahren aufgrund von Fehlentscheidungen oder noch Schlimmerem durchgebracht wurde und von dem praktisch nichts mehr übrig ist. Ein immer schon von der Kanzlei Bonadé-Bottino verwaltetes Vermögen, die freie Hand in allen Entscheidungen hatte.

»Ein sauberes Motiv, schade, dass es uns nichts nutzt«, sagt Nardi, während er Notizen und Unterlagen sortiert und wieder in einen Aktenordner einheftet.

»Ist das Alibi wirklich wasserdicht?«, fragt der Tenente und massiert sich müde die Schläfen, um die Kopfschmerzen zu lindern, unter denen er seit Tagen leidet.

»Hundertprozentig, überprüft und bestätigt. So ein Pech aber auch«, antwortet Saracco.

»Pech für uns, er ist fein raus. Sonst hätten wir ihn längst eingebuchtet«, meint Abatangelo. »Und was machen wir jetzt, Tenente?«

»Gar nichts. Wir gehen nach Hause.«

69

Jetzt kommt die Katastrophe, denkt Enrico Bonadé-Bottino und steckt sich am Stummel seiner Zigarette eine neue an. Sie kommt, und diesmal bin ich erledigt. Einmal bin ich ihr entgangen, vor anderthalb Jahren, das war ein doppeltes Wunder. Das erste Wunder war, dass er mit niemandem gesprochen hatte, nicht mal mit seiner Frau. Er hatte fünfmal angerufen, ich konnte ihn zwei Wochen lang hinhalten, dann wurde er stur und wollte nichts mehr hören. »Nehmen Sie auf der Stelle ein Flugzeug und kommen Sie her«, hatte er gesagt, und ich musste mich sofort auf den Weg machen, dabei wäre ich am liebsten verschwunden. Aber dann, im Hotel, geriet ich in Panik, gegen die ich nicht ankam. Kalter Schweiß, Magenkrämpfe, zitternde Hände. Ich rief ihn an und bat ihn, unser Treffen zu verschieben, weil ich krank sei, aber er glaubte mir nicht. Ich glaube, wenn ich allein gewesen wäre, hätte ich mich umgebracht, nur um ihn nicht treffen zu müssen und mir ins Gesicht sagen zu lassen, ich sei ein Idiot und ein Verbrecher, aber Adriana hatte darauf bestanden, mich zu begleiten. Er war außer sich am Telefon und schrie, er wüsste alles und würde mich fertigmachen. Doch dann hatte er einen Herzinfarkt, und das war das zweite, noch größere Wunder als das erste. Anfangs wollte ich mit dem Abenteuer des amerikanischen Marktes nichts zu tun haben, er roch nach Risiko, stand im Kontrast zur Tradition der Kanzlei, aber es wäre auch eine großartige Chance gewesen, wenn es geklappt hätte, wenn nicht alles innerhalb weniger Monate zusammengebrochen wäre, nach den ersten Indiskretionen, den ersten Gerüchten, den ersten überstürzten Verkäufen. Ich wollte es nicht wahrhaben und redete mir ein, dass es sich lediglich um eine Korrektur handelt, wie man sie oft erlebt. Dann habe ich wie besessen alles aufs Spiel gesetzt. Und alles verloren. Ich habe nur deshalb durchgehalten und notdürftig Löcher gestopft, habe nur deshalb nicht alles hingeschmissen und bin abgehauen, weil ich das Andenken meines Vaters wahren wollte, der in all den Jahren nie eine solche Dummheit begangen beziehungsweise Scheiße gebaut hat und niemals Geld unterschlagen hat. Wegen des Andenkens an meinen Vater und dank meiner Frau. Adriana versteht nichts von Investitionen, aber sie liebt mich, sie macht mir keine Vorwürfe, sie beklagt sich nicht und steht zu mir. Sie wirkte zerbrechlich, als wir uns kennenlernten, zerbrechlich und auch ein bisschen verkracht, dabei war es mein Glück, dass ich sie getroffen habe. Ihres auch, muss ich sagen, zumindest bisher. Jedenfalls ist sie das genaue Gegenteil von meiner Mutter, die das Leben der Menschen, die um sie waren, mehr als dreißig Jahre lang vergiftet hat. Dann schob ich, was noch übrig war, ein bisschen hin und her, konnte, auch dank meines Freundes in der Bank, alles so hindrehen, dass die anderen Kunden nicht argwöhnisch wurden und alles in Ordnung glaubten, aber da kommt sie daher, die Witwe Cantino, und will etwas über einen Sohn wissen und verlangt eine exakte Vermögensaufstellung, und als ich mir Zeit lasse und die Sache hinauszögere, setzt sie einen Detektiv darauf an, der als Erstes in der Bank herumschnüffelt. Mein Freund verständigt mich, aber was kann ich tun? Nur hoffen, dass der Typ nicht zu weit vordringt, nicht unter der Oberfläche gräbt. Ich beauftrage Nicola

Sorrentino, Dora im Auge zu behalten, um herauszufinden, ob noch weitere Personen in die Sache involviert sind, aber er stellt nichts Besonderes fest. Ich wusste vorher schon, dass es wahrscheinlich ein Schlag ins Wasser sein würde, Nicola war immer ein Taugenichts gewesen, und ich verstehe heute noch nicht, warum mein Vater ihm solche fadenscheinigen Aufträge gegeben und mir ans Herz gelegt hat, ihn weiter zu beschäftigen, aber diesmal hätte Nicola wirklich nicht viel mehr tun können. Er hat zwar zu nichts getaugt, aber eins muss man ihm lassen, er hat nie gequasselt, war immer auf der Hut, wie er sagte. Ich litt Höllenqualen, ich fürchtete, die Witwe könnte jeden Augenblick mit ihrem Detektiv in der Kanzlei auftauchen. Am Tag schluckte ich Angstlöser, damit ich halbwegs ruhig war und mich nicht gehen ließ, wie Adriana mir einschärfte, nachts schluckte ich Schlafmittel, und plötzlich geschieht das Unfassliche, ein Unfall, und ich glaubte beinahe an ein drittes Wunder. Doch dann stellt sich heraus, dass es kein Unfall, sondern Mord war, und einen Mord kann kein Mensch als Wunder bezeichnen. Ich hatte ein handfestes Motiv, so handfest wie das Motiv ihrer Freundin, die das Haus erbt, denn früher oder später kriegen die Carabinieri die Geschichte mit den verschwundenen Unterlagen und dem Herumgeschiebe sicher raus, aber mein Alibi ist wasserdicht, an dem Vormittag, als sie umgebracht wurde, saß ich in der Kanzlei und habe mir den Kopf zerbrochen, um eine Lösung zu finden. Aber diese Freundin war in dem Moment bei ihr, es wird allerdings einen Grund geben, warum sie nicht festgenommen wurde. Und dann stirbt Nicola an einer Überdosis. Ich habe nie gemerkt, dass er Drogen nahm, dabei kenne ich mich damit schon ein bisschen aus. Zu viele Wunder, zu viele Zufälle. Jetzt ist die Katastrophe unausweichlich. Gott sei Dank wollte ich nie, dass Nicola mich in der Kanzlei oder auf dem Handy anruft, das auf meinen Namen läuft, Gott sei Dank habe ich immer Vorsichtsmaßnahmen getroffen …

70

Zu fünft sitzen sie in Tenente Craigheros Büro.

»Wir haben jetzt einiges in der Hand und sollten nicht länger warten«, hatte Dino gesagt. »Außerdem scharrt mein Chef schon mit den Hufen.« »Und außerdem«, hatte Gaetano hinzugefügt, »kann ich meinen Urlaub nicht noch mal verlängern. Aber mit Amorusos Entdeckung schaffen wir es vielleicht.« »Vielleicht? Nur vielleicht?«, hatte Dino entgegnet. »Meiner Meinung nach schaffen wir es sicher.«

»Ispettore, Commissario, ich dachte mir schon, dass Sie irgendwann kommen würden«, erklärt der Tenente und deutet auf zwei Stühle.

»Da sind wir. Falls wir Ihnen in die Quere gekommen sind – wir ermitteln in einem Fall, der sich mit Ihrem überschneidet«, sagt Dino.

»Sie ermitteln? Meines Wissens hat der Commissario aus persönlichen Gründen Urlaub genommen.«

»Genau«, antwortet Gaetano, »und der persönliche Grund besteht in Signora Baudino, die eine gute Freundin ist und nichts mit der Tat zu schaffen hat.«

»Hat sie nichts mit der Tat zu schaffen, weil sie eine gute Freundin ist?«

»Nein, Tenente. Das eine hat mit dem anderen nichts zu tun. Und dass sie mit der Sache wirklich nichts zu schaffen hat, dürften auch Sie wissen, denn andernfalls hätten Sie ihr längst einen Ermittlungsbescheid zustellen lassen.«

»Ach, der Bescheid wird doch oft deshalb nicht gleich zugestellt, damit man freie Hand beim Ermitteln hat, nicht wahr, Commissario?«

»Klar, aber ich glaube, darum geht es diesmal nicht. Ispettore De Beni sagt Ihnen jetzt, was er herausgefunden hat.«

»Was wir herausgefunden haben. Tenente, wenn die Frau, in die Sie verliebt sind, in einen Mordfall verwickelt wäre, würden Sie sich da nicht auch kümmern?«, platzt es aus Dino heraus.

Gaetano funkelt ihn wütend an, Craighero fängt an zu husten, die beiden Marescialli rutschen auf ihren Stühlen herum. Nur Dino fühlt sich pudelwohl in seiner Haut, er legt alles ausführlich dar und breitet Fotos und Unterlagen auf dem Tisch aus.

Danach herrscht erstauntes Schweigen.

»Wie kommen Sie dazu?«, fragt schließlich der Tenente und zeigt auf die Unterlagen, die über einen Zeitraum von fünfundzwanzig Jahren Gutschriften einer Tarnfirma zugunsten des Kontos von Romilda Sorrentino bestätigen.

»Amoruso«, sagt Dino trocken.

»Das dachte ich mir. Davon kann unsereins nur träumen. Er bekommt auch heraus, wer hinter den anonymen Firmen in Liechtenstein steckt. Er war auf Zack, der alte

Bonadé-Bottino, mehr als der Sohn, wenn es darum ging, die Mauscheleien unter den Teppich zu kehren.«

»Welche Mauscheleien?«

»Zum Beispiel das Fiasko mit dem Geld der Cantinos.«

»Aber dann hat er ja ein Motiv!«, rufen Dino und Gaetano wie aus einem Munde.

»Ja, aber auch ein Alibi. Ein wasserdichtes, überprüftes Alibi, verdammt noch mal«, entfährt es dem Tenente.

»Scheiße, dann können wir von vorn anfangen«, meint Dino entmutigt.

»Nicht ganz von vorn«, widersprechen Abatangelo und Saracco. »Wenn wir jetzt alles, was wir wissen, in einen Topf werfen, wäre noch jemand anzuhören. Was meinen Sie, Tenente, sollen wir sie holen lassen?«

71

Mein Magen ist zugeschnürt wie bei einer mittelalterlichen Folter, mein Mund trockener als Saharasand. Trockenheit im Rachen, heißt es im Waschzettel des Tranquilizers, auch wir haben einen Rachen, nicht nur Tiger und Löwen, aber der gequälte Magen ist keine Nebenwirkung, er ist ein Symptom, das die Tropfen nicht lindern. Dazu der Brechreiz, die zittrigen Hände und die Unfähigkeit, an etwas anderes zu denken als an diese verfluchte Warterei. Ich wollte mit zu Craighero, aber beide haben gesagt, das soll ich nicht tun; wie im Konvoi haben Gaetano und Dino gesagt, es sei nicht korrekt. Das klingt schön, wie im Konvoi, aber so sagt man bei Schiffen, nicht bei Menschen. Ob etwas korrekt ist oder nicht, juckt mich in dem Fall überhaupt nicht. Bonadé-Bottino junior wird sich erklären müssen, und so manches dürfte nicht sauber sein. Haben die Carabinieri eigentlich selbst etwas rausgekriegt, oder haben sie sich einen Scheiß gekümmert? Der Unsterbliche würde sagen, ich rede wie ein Fuhrknecht. Meine Mutter würde mir auch eins auf den Deckel geben. Nein, das könnte sie gar nicht, weil ich es nicht sage, sondern nur denke. Allerdings wie ein Fuhrknecht. Wer weiß, warum ausgerechnet wie ein Fuhrknecht. Vielleicht weil sie allein auf dem Bock saßen und nach Lust und Laune fluchen konnten. Pferde, Esel und Mulis konnten nicht protestieren. Außer Francis, das sprechende Muli. Da gibt es sieben Filme, einer blöder als der andere, nein, alle gleich blöd, ohne hierarchische Blödheitsskala. Ich habe alle sieben im Filmclub an der Uni über mich ergehen lassen, ein paar sogar in Originalsprache ohne Untertitel. Eine Auswahl amerikanischer Genrefilme aus den fünfziger Jahren. Auch sämtliche Lassie-Folgen habe ich mir angeguckt. Damals war ich masochistisch, ohne es zu wissen. Wie Francesca, die ich heute gut brauchen könnte, dann könnte ich wenigstens mit ihr zanken, aber nein, sie ist mit Gianni und Loris Rad fahren. Was könnte ich nur tun, ich kann nicht ruhig sitzen, Scheiße, was könnte ich tun. Ich lasse den Verschluss an der schönen braunen Handtasche reparieren, die fast neu und nicht abgewetzt ist. Aber wo. Am Balon gibt es einen Schuster. »Wir reparieren Taschen, Koffer, Stiefel und Sonstiges aus Leder« steht auf dem Schild im Schaufenster. Am Balon, das geht nicht, ich war seitdem nicht mehr dort, da mag ich nicht hin. Wo dann? Die Gelben

Seiten, aber was suche ich eigentlich? Mal sehen. Reparaturen gibt es nicht, das müsste zwischen Rentenberatung und Restaurants stehen, da steht aber nichts. Man lässt nichts mehr reparieren, man wirft alles weg. Nach uns die Sintflut. Wir konsumieren, und was mit unseren Nachkommen geschieht, kümmert uns nicht. Die Moral prähistorischer Reptilien. Vielleicht unter Taschen. Nichts, die werden nur verkauft. Und Lederwaren? Ebenso. Schuster? Fehlanzeige. Ich finde nie etwas in den Gelben Seiten, ich könnte sie auf der Stelle in die Tonne treten, wenn sie im Briefkasten stecken. Keine Ahnung, ob das bedruckte Papier Dioxin produziert, wenn man es verbrennt. Plastik schon, das habe ich irgendwo gelesen. Ich gehe raus, in der Wohnung halte ich es nicht länger aus. Ein Marsch mit Potti, das tut ihm auch gut. Ich besuche den Unsterblichen, hoffentlich ist er zu Hause, und nehme die Tasche mit, vielleicht finde ich unterwegs eine Werkstatt. Wann rufen sie denn endlich an und erzählen mir, was los ist?

»Ah, du bist es«, sagt der Unsterbliche. »Du schaust aber nicht gut aus.«

»Kein Wunder. Ich weiß immer noch nicht, ob sie mich einsperren oder nicht. Und ich kann nicht zu Hause herumsitzen.«

»Dann drehen wir jetzt eine Runde. Wozu hast du zwei Taschen dabei?«

»Eine muss zur Reparatur.«

»Ich hätte Schuhe zum Besohlen.«

»Gibt es noch jemanden, der Schuhe besohlt?«

»Ja, am Balon. Steht auf dem Schaufenster.«

»Auf dem Schaufenster steht ›Wir reparieren Taschen,

Koffer, Stiefel und Sonstiges aus Leder‹, nicht ›Besohlen Schuhe neu‹.«

»Wenn sie Stiefel reparieren, reparieren sie auch Schuhe, besohlen sie also neu.«

»Vielleicht, aber ich glaube es nicht.«

»Wetten wir?«

»Worum?«

»Wenn du gewinnst, schenke ich dir noch eine Eisreklame.«

»Und was schenke ich dir, wenn du gewinnst?«

»Hmm … Eine Überraschung. Bist du dabei«?

»Bin ich.«

»Also los.«

72

»Warum erschrickst du, wenn das Telefon klingelt?«, hat er mich vor ein paar Tagen gefragt. »Weil ich ein bisschen angespannt bin, obwohl ich glaube, dass alles bald ein gutes Ende nimmt«, habe ich geantwortet. Dabei war ich mir gar nicht sicher, aber ich musste so tun als ob, damit wenigstens er sich sicher fühlen konnte. Ich liebe ihn, ich will nicht, dass er zusammenbricht. Und weswegen. Wegen des Andenkens an seinen Vater, aus Fairness gegenüber den Kunden … Sein Vater ließ nichts anbrennen, bei mir hat er es auch versucht, kaum dass wir uns kennenlernten, das habe ich Enrico nie erzählt. Und die Kunden brachten nie ein Danke über die Lippen, wenn er einen Volltreffer landete und ihre Brieftaschen anschwollen. Ich liebe ihn, ich will nicht, dass er zusammenbricht. Er hat nichts Böses getan, er hat nur falsch investiert. Das ist vielen anderen auch so ergangen, die machen sich nichts draus, aber er leidet seit Jahren, er hat ein Magengeschwür und müsste sich in Acht nehmen, dürfte nicht eine Zigarette nach der anderen rauchen wie sein Vater. Nein, er ist nicht wie sein Vater. Er ist alles für mich. Mir ist das ganze Geld, der Schmuck, das Haus egal, sie können sofort alles haben, ich brauche nichts. Aber ihm ist das so wichtig. Die Kanzlei Bonadé-Bottino, der gute Name, der Schein, der ganze bürgerliche Quatsch. Aber ich bin ihm auch wichtig, er hat mich sofort und vorbehaltlos geliebt. Er war für mich da, als ich Hilfe brauchte. Er hat mir aus meiner Not geholfen. Ich habe für ihn getan, was ich konnte. Ich darf jetzt nicht zusammenbrechen, ich weiß, dass ich es schaffen kann. Dass ich es schaffen muss. Nicht meinetwegen, sondern für ihn.

73

Zwar war es bis zu der Werkstatt am Balon ziemlich weit, und sie wollte auch nicht zum Balon, doch dann hatte Camilla den Unsterblichen untergehakt, und sie waren losgelaufen. Er hatte angesichts der vertraulichen Geste überrascht und erfreut gewirkt, die Schultern gestrafft und sich erboten, die Hundeleine zu halten. Wenn meine Mutter mich sehen würde!, hatte sie gedacht, für einen

Moment von ihren bohrenden Gedanken abgelenkt. Wenn Madame Buonpeso mich sehen würde. Krankgeschrieben, aber mit einem Gestörten unterwegs. Übrigens sieht man ihm nicht an, dass er gestört ist, falls er das überhaupt ist. Die Formel-1-Fahrer bezeichnet niemand als gestört. Auch die nicht, die sich an einem Seil von einer Brücke stürzen. Oder die, die Rafting oder Climbing oder sonst einen ing-Sport treiben. Sie lieben die Gefahr, heißt es. Der Unsterbliche auch. Oder vielleicht doch nicht, er liebt – liebte – die Gefahr nicht, sondern suchte sie, um sich zu bestrafen. Die Bekanntschaft mit Dora, mochte sie auch einseitig sein, hat ihn versöhnt und vielleicht dafür gesorgt, dass er sich verzeihen konnte. Und wer weiß, wo er seinen blauen Mantel mit der Rückenschnalle hingetan hat, in dem er wie ein kleiner proletarischer Lord ausgesehen hat. Renzos Anorak steht ihm gut, ist aber allmählich zu warm. Wenn er die Wette gewinnt, könnte ich ihm einen neuen Regenmantel schenken, einen, der kürzer als der alte und nicht grau ist. Aber am liebsten würde ich ihm ein Handy schenken, dann kann ich ihn ab und zu anrufen und fragen, wie es ihm geht. Und was hätte er selbst wohl am liebsten? Ich könnte ihn fragen, aber dann ist die Überraschung dahin. Ich sondiere vorsichtig.

»Hast du deinen grauen Regenmantel in die Reinigung gebracht?«

»Ja, aber ich habe ihn nicht dort gelassen.«

»Warum nicht?«

»Zu teuer. Außerdem hat die Frau in der Reinigung gesagt, sie wüsste nicht, ob die Flecken rausgehen.«

»Hast du ihn weggeworfen?«

»Spinnst du? Ich habe ihn selbst gewaschen, mit warmem Wasser.«

»Sind die Flecken rausgegangen?«

»Nein. Er ist so fleckig wie vorher, aber er ist eingegangen.«

»Und jetzt?«

»Jetzt hängt er im Schrank. Vielleicht nehme ich bis zum Herbst ja ab.«

»Lieber nicht, du bist genau richtig so. Besser ein neuer Mantel.«

»Ich weiß nicht. Richtig warm ist so ein Mantel nicht, und wenn es geregnet hat, bin ich trotzdem nass geworden.«

Dilemma gelöst, ich schenke ihm ein Handy. Eine Windjacke hat er, und für den nächsten Herbst und Winter kaufe ich ihm eine schöne lange Jacke. Richtig gefüttert und wasserdicht. Mit Kapuze. Ich kaufe sie gleich morgen auf dem Markt am Corso Palestro, da kann ich die letzten Sonderangebote für Wintersachen nutzen. Falls ich morgen nicht ganz schnell zu einem Anwalt muss, weil sie beschlossen haben, dass ich eine Mörderin bin. Himmel Herrgott Dreckmist verdammte Scheiße es ist doch zum Kotzen.

»Es wird schon alles gut«, sagte er.

»Kannst du Gedanken lesen?«

»Ich sehe es dir an. Dein Hund macht schlapp. Komm, wir machen eine Pause, ich lade dich in die Bar ein.«

»Ja, aber ich lade dich ein.«

»Nein. Es war meine Idee, deshalb bin ich zuständig. Am Donnerstag kriege ich meine Rente.«

»Und wie kommst du bis Donnerstag zurecht?«

»Ich habe noch genug. Im Notfall gibt es das Cottolengo und den Schreiner.«

»Und mich.«

»Es schickt sich nicht, von einer Frau Geld zu leihen.«

»Ich bin deine Freundin.«

»Ja, aber du bist eine Frau.«

»Und wenn ich ein Mann wäre, könnte ich dir Geld borgen?«

»Wenn du ein Mann wärst, wärst du nicht du. Da ist eine Bar. Aber nimm nichts Teures.«

Sie hatten zwei *canarini* bestellt (heißes Wasser, Zitronenschale und Zucker) und sich Zeit gelassen, damit sich der Hund ausruhen konnte. Die Barfrau, jung, hübsch und gestylt, konnte es gar nicht erwarten, dass das seltsame Pärchen wieder verschwand, und schnaubte unverholen. Camilla merkte es und sagte: »Bitte ein Glas Wasser aus dem Wasserhahn, danke« und trank es ganz langsam und in winzigen Schlückchen. Erst als sie fertig war, taten sie der Barfrau den Gefallen und verschwanden wieder.

Die Werkstatt am Balon war klein, roch nach gut gegerbtem Leder und wirkte anheimelnd wie ein Bild in einem Kinderbuch. Der Inhaber, ein kleiner Mann um die sechzig und runzlig wie ein alter Kobold, empfing sie mit einem schiefen Lächeln, als kämpfe er mit seinem Gebiss. Auf einem Podest standen mehrere reparierte Schuhe und Stiefel.

»Siehst du?«, sagte der Unsterbliche und stellte seine Schuhe auf die Theke. »Ich hatte recht. Schuhe werden immer noch besohlt.«

»Aber ja«, stimmte der Mann zu. »Allerdings geben die meisten Leute inzwischen lieber ein bisschen mehr Geld aus und kaufen neue. Aber die sind dann aus Kunststoff, und davon kriegt man kaputte Füße und Hühneraugen, oder aus Gummi.«

»Und davon kriegt man Stinkfüße«, fügte der Unsterbliche hinzu.

»Das wollte ich in Gegenwart einer Dame nicht sagen, aber es ist allzu wahr. In der Straßenbahn riecht es manchmal, dass man sich fast übergeben möchte, mit Verlaub. Wie hätten Sie die Absätze denn gern, nur verstärkt oder …«

Der Schuster war begeistert, denn er hatte gemerkt, dass der Kunde ebenfalls begeistert war und gar nicht zuhörte.

»Unsterblicher, er redet mit dir«, schaltete sich Camilla ein.

»Da, schau«, sagte er und zeigte auf eine Stelle oberhalb der Regale an der hinteren Wand.

Sie blickte auf und sah die drei Fotos, die dort hingen, und ihr Herz tat einen Sprung.

»Da bist du, mit Dora …«

»Schöne Fotos, nicht wahr? Die hat mein Enkel gemacht«, warf der Schuster ein.

»… und noch einer Person, die ich schon mal irgendwo gesehen habe, ich weiß aber nicht, wo«, schloss der Unsterbliche.

»Ich aber«, sagte Camilla. Und dann, zu dem Schuster: »Wann hat Ihr Enkel die Fotos denn gemacht?«

»Am neunundzwanzigsten März. Das weiß ich genau, weil er am Tag vorher Geburtstag hatte und ich ihm ein neues Handy geschenkt habe. Mit dem hat er die Fotos gemacht, dann hat er sie am Computer ausgedruckt und mir geschenkt, weil das Ladenschild darauf zu sehen ist. Ist Ihnen nicht gut, Signora? Wollen Sie vielleicht ein Glas Wasser?«

»Ja, bitte, das brauche ich jetzt wirklich.«

Sie rief sofort Gaetano auf dem Handy an. Es ist mir egal, ob er mit Craighero und Kollegen in einer Vollversammlung sitzt, diese Fotos lösen vielleicht den Fall. Nicht vielleicht. Nein, werde jetzt nicht übermütig, du darfst die Unglücksgötter nicht herausfordern. Dora ist am neunundzwanzigsten März gestorben. Auf dem Foto ist schemenhaft einer der drei Straßenmusiker zu erkennen, denen wir ein Stück gefolgt sind, der mit dem Sax, dahinter sind wir, Dora und ich, so deutlich zu erkennen, dass man nicht einmal die Pixel bearbeiten muss, um uns klarer herauszuholen, und wiederum hinter uns, direkt hinter uns, die Blondine mit der Sonnenbrille, die sie, glaube ich, auch auf der Beerdigung trug. Ein Zufall? Nicht die Brille, sondern die Anwesenheit der blonden Signora Bonadé-Bottino. Handy ausgeschaltet, bitte rufen Sie später wieder an. Ich halte die Warterei nicht aus, ich rufe jetzt in der Kaserne an und lasse mich mit dem Tenente verbinden, bleibe stur, falls er nicht zu sprechen sein sollte, und erkläre, es sei dringend.

Eine gute Viertelstunde später betraten Craighero und Gaetano den Laden. Der Schuster war in groben Zügen über die Wichtigkeit der drei Fotos informiert worden, und er frohlockte schon bei der Vorstellung, dass sein Enkel, der verzogene Drückeberger, endlich mal etwas zustande gebracht hatte, wenn auch versehentlich. Camilla kriegte vor Aufregung kein Wort heraus, nickte den beiden nur zu und wies mit dem Kopf auf die Wand hinter der Ladentheke. Erst dann besann sie sich, ermutigt von den kurzen Kommentaren und den erleichterten Gesichtern der beiden Kriminaler, auf ein Minimum an Höflichkeit: »Tenente Craighero, das ist Signor … Signor Secondo Traversa.«

»Ich heiße Unsterblicher.«

»Ich weiß, und ich freue mich, Sie kennenzulernen. Sie haben uns allen sehr geholfen.«

»Wobei denn?«

»Bei den Ermittlungen. Sie haben herausgefunden, dass Signora Vernetti beobachtet wurde, Sie haben die Adresse des Mannes, der sie verfolgte, und das Kennzeichen seines Wagens geliefert …«

»Und ich habe die Fotos entdeckt. Camilla hat ja nicht mal hingesehen. Sie ist in Ordnung, aber sie merkt oft was nicht.«

»Ein Glück, dass Sie dabei waren.«

»Nehmen Sie die Blonde mit der Sonnenbrille jetzt fest?«

»Wir haben sie gerade vernommen, als Signora Baudino anrief. Mit den Fotos ist das Alibi, das sie uns geliefert hat, geplatzt. Danke für alles.«

Camilla blickte den Tenente an, als hätte sie ihn noch nie gesehen. Gaetano war neben sie getreten, hatte ihr den Arm um die Schultern gelegt und sie fest gedrückt. Dann wanderte er mit der Hand zu ihrem Hals und streichelte sie hinter dem Ohr und im Nacken. Ihre Spannung löste sich in einem plötzlichen Orgasmus.

74

Adriana Salierno verheiratete Bonadé-Bottino hatte lange Widerstand geleistet. Ein harter Knochen, sie hatte es geschafft, den beiden Marescialli und dem Tenente, die sie abwechselnd vernahmen, offen ins Gesicht zu sehen. Jeden Vorwurf zurückzuweisen. Nicht zu zögern, auch wenn ihre Behauptungen unglaubhaft klangen. Sie sagte den Beamten, sie habe Signora Vernetti nie getroffen. Sie wisse nicht, wer Nicola Sorrentino sei. Sie habe nie Drogen genommen. Sie sei am neunundzwanzigsten März nicht am Balon gewesen. Doch die Carabinieri wandten eine probate Taktik an: Sie ließen sie lügen und dann über ihre eigenen Lügen stolpern. Fangen wir bei den Drogen an, Signora: Wir wissen, dass Sie schon einmal wegen Drogenbesitzes festgenommen wurden. Das ist über fünfzehn Jahre her, musste sie mit zusammengebissenen Zähnen zugeben, danach habe ich nie mehr welche angefasst. Aber es handelte sich um Heroin, Signora, und da wissen Sie natürlich, wie man mit Armbinde und Spritze umgeht. Das weiß doch jeder, da muss man nur ein paar Filme gesehen haben. Alles Übrige leugnete sie rundweg. Sie mauerte, gut zwei Stunden lang. Unterdessen war Camillas Anruf eingegangen, später zeigten sie ihr die Fotos, die der Unsterbliche in der Werkstatt des Schusters entdeckt hatte, und schließlich brachen sie ihre Hartnäckigkeit mit einem Bluff auf: Hinten auf dem Mantel, den Signora Vernetti am Vormittag des neunundzwanzigsten März trug, habe der Erkennungsdienst Schweißspuren der Hand gefunden, mit der die Signora gestoßen wurde. Aus diesen Spuren sei die DNA des Mörders isoliert worden. Sie haben hier geraucht, Signora Salierno, Ihre DNA werden wir anhand der Zigarettenstummel feststellen.

Vier Stunden Fragen und Leugnen, bis sie zermürbt aufgab, dann kam die Geschichte ans Licht. Sie habe gewusst, dass Signora Vernetti Samstag vormittags mit einer Freundin in der Bar Ambaradan frühstücke, und sei ebenfalls hingegangen. Warum? Nur so, aus Neugier. Aus Neugier? Das scheint uns nicht glaubhaft, Signora. Warum nicht? Sie wollte die Frau, die das Leben ihres Mannes vergiftete, nur einmal aus der Nähe sehen. Sie war der Vernetti und besagter Freundin zu den Ständen am Flohmarkt und am Bauernmarkt gefolgt, und dann stand die Vernetti in dem Gedränge am Fußgängerüberweg direkt vor ihr. Ja, sie hatte sie gestoßen, nein, es war nicht geplant, sie hatte spontan gehandelt, die Straßenbahn fuhr ja schon vorbei. Und dann? Dann rief ein paar Tage später Nicola an und wollte wissen, was los sei. Sie war es, die sich an dem Extrahandy meldete, und sie vereinbarte für ihren Mann ein Treffen spätabends. Doch sie gab ihrem Mann eine doppelte Dosis Schlafmittel und ging allein zu dem Treffen. Nicola verlangte Geld dafür, dass er den Mund hielt, aber er hätte trotzdem geredet, das war klar. Sagen Sie bloß nicht, das sei auch nicht geplant gewesen, fuhr der Tenente sie an. Mein Mann hat es nicht verdient, dass ihn eine Jammergestalt wie Nicola in den Dreck zieht, antwortete sie. Mein Mann hat ihn immer unterstützt. Die Jammergestalt, wie Sie ihn nennen, ist der Halbbruder Ihres Mannes. Mein Mann hat weder Halbgeschwister noch richtige Geschwister. Mein Mann ist ein guter Mensch. Ich habe es getan, um meinen

Mann zu schützen. Mein Mann weiß nichts davon, und es tut mir nur seinetwegen leid. Schluss jetzt, es reicht.

Sie waren nicht weiter in sie gedrungen: Die Details würde sie vor Gericht erläutern.

75

»… he, wach auf!«, flüstert Gaetano wieder und streichelt sie im Dunkeln zärtlich und geduldig. Camilla spürt die Wärme und den Duft seines Körpers, sie spürt seinen Atem im Nacken und im Haar. Ein langsames, träges, zufriedenes Aufwachen. Ein Anlanden Welle um Welle am Strand des Bewusstseins nach dem langen Tauchen im Schlaf. Sie lässt die Augen noch geschlossen, atmet tief ein und lächelt.

»Wie geht's dir?«, fragt er sie und dreht sie zu sich her.

»Gut, neben dir.«

»Mir auch, mit dir neben mir.«

»Neben einer Frau, die älter ist als du.«

»Neben der Frau, die ich wollte.«

»Redest du schon im Imperfekt?«

»Neben der Frau, die ich wollte, die ich will, die ich wollen werde. Die ich mir einfach geschnappt habe. Die ich fast geraubt habe.«

»Schön, wenn man geraubt wird. Es lindert die Schuldgefühle.«

»Willst du darüber reden?«

»Besser nicht. Du sollst mich nur ein bisschen fester drücken.«

»Wenn ich dich noch fester drücke, zerdrücke ich dich.«

»Tu's trotzdem. Es ist so schön.«

»… he, wach auf!«, sagt Renzo wieder und öffnet die Fensterläden. »Ich habe dir einen Espresso gebracht. Es ist schon zehn vorbei.«

»Macht doch nichts«, sagt Camilla und streckt sich. »Heute ist Samstag. Endlich habe ich mal eine Nacht richtig geschlafen. Und du, hast du gut geschlafen?«

»Nicht so besonders.«

»Gut, der Espresso, stark und cremig, so mag ich ihn.«

Er setzt sich an den Fuß des Bettes und sieht sie fest an.

»Wenn du ausgetrunken hast und halbwegs wach bist, müssen wir reden.«

Sie trinkt langsam und sieht ihn ebenfalls fest an.

»Lieber nicht. Worüber man nicht sprechen kann, darüber muss man schweigen. Ludwig Wittgenstein, *Tractatus Logico-Philosophicus*.«

»Du mogelst, das hast du nie gelesen.«

»Aber ich kenne den letzten Satz. Ich teile ihn. Du nicht?«

»Hmm … fast.«

»Fast ist keine Antwort. Ja oder nein.«

»Ganz schön dogmatisch, ja oder nein, schwarz oder weiß. Es gibt auch grau.«

»In dem Fall nicht. Teilst du ihn, oder teilst du ihn nicht?«

»Ich habe ›fast‹ gesagt. Nur ›fast‹.«

»Verstehe. Dir brennt eine Frage auf den Nägeln. Ich hätte auch eine. Jeder eine, und damit basta. Schieß los.«

»Dein Verehrer?«

»Abgereist. Allein, Francesca wollte bleiben. Deine Verehrerin?«

»Gibt es nicht mehr.«

»Hast du sie umgebracht?«

»Nur eine Frage, hast du gesagt.«

»Stimmt. Damit schließen wir die Klammer und fangen von vorn an. Ohne wehmütige Gedanken.«

»Fast ohne.«

»Diesmal hast du recht, fast ohne. Dafür aber mit Freude, und wenn du was von der Freude der Schiffbrüche sagst, erwürge ich dich.«

»Ich habe es nicht gesagt und auch nicht gedacht. Du könntest mich nie erwürgen.«

»Weil ich dich liebe?«

»Auch, aber vor allem weil du ein Zwerg bist und mir nur bis zur Schulter reichst.«

»Ein Zwerg? Ein Zwerg ist vielleicht zu klein, um einen zu erwürgen, aber er kann Gift in die Suppe tun.«

»Wenn mein Zwerg das macht, esse ich die Suppe.«

»Das stammt von Churchill, aber er hat es ein bisschen anders ausgedrückt.«

»Weiß ich selbst, jetzt lass doch mal die Lehrerin.«

»Würdest du mir noch einen Espresso bringen?«

»Wer bin ich denn, dein Butler?«

»Ach was. Aber einen Butler können wir uns jetzt fast leisten. Weißt du noch, was mir meine amerikanische Freundin vermacht hat?«

Ich danke Antonio Franchini und Giulia Ichino für die liebevolle Teilnahme an meiner Arbeit.

Ich danke allen Freunden und Freundinnen für die vielen fruchtbaren Gespräche, insbesondere danke ich Sara Soria (im Auto unterwegs ins Roero), Alberto Chiantaretto (in seiner Praxis und vor einer Beerdigung), Dalia Oggero (bei mehreren Abendessen), Paolo Gramaglia (am Telefon), Elena Accati (am Handy), Carla Capra (vor allem per E-Mail) und dem Maresciallo der Carabinieri Davide Polo (bei mir zu Hause).

Andrea Vitali

Als der Signorina Tecla Manzi das Herz Jesu abhanden kam

Roman. Aus dem Italienischen von Christiane Landgrebe. 288 Seiten. Piper Taschenbuch

Ein unberechenbares Mütterchen, eine falsche Leiche im richtigen Grab und Mussolini als Medizin gegen Würmer – durch den Diebstahl eines Heiligenbildchens gerät die beschauliche Welt von Bellano am Comer See aus allen Fugen. Die Carabinieri wollen den lästigen Fall schnell aufklären, doch das Ganze weitet sich zu einer Affäre aus, in die so mancher ehrbare Bürger verwickelt ist. Eine wunderbare Geschichte, wie sie italienischer nicht sein könnte.

»Mit schrägem Humor erzählt Andrea Vitali eine herrlich altmodische Geschichte von seltsamen Familien, Vorurteilen und Korruption.«
my self

05/2348/01/L

Loriano Macchiavelli

Tödliches Gedenken

Kriminalroman. Aus dem Italienischen von Sylvia Höfer. 208 Seiten. Piper Taschenbuch

Kommissar Antonio Sarti kann sich wirklich Schöneres vorstellen, als in einer kalten Nacht ein abgelegenes Partisanen-Denkmal zu bewachen, doch er erfüllt seine Pflicht. Um so ärgerlicher, daß ein kurzer Moment allzu menschlicher Unaufmerksamkeit respektlosen Schmierfinken schändliches Handeln ermöglicht. Unverzüglich verfolgt er die flüchtigen Übeltäter. Einen findet er tatsächlich und schon nach wenigen Metern: ausgestreckt am Boden liegend, mit zertrümmertem Schädel …

»Es lohnt, diesen Autor zu entdecken. Loriano Macchiavelli verbindet Spannung, Sozialgeschichte und skurrilen Humor auf wunderbar leichtfüßige und spielerische, man ist geneigt zu sagen: italienische Weise.«
Hamburger Abendblatt

05/2113/02/R